녹정기

4

鹿鼎記

The Duke of the Mount Deer by Jin Yong

녹정기 4 − 신룡교의 묘수

1판 1쇄 인쇄 2021. 01. 15.
1판 1쇄 발행 2021. 01. 30.

지은이 김용
옮긴이 이덕옥
발행인 고세규
편집 봉정하, 구예원 디자인 유상현 마케팅 김용환 홍보 반재서
발행처 김영사
등록 1979년 5월 17일 (제406−2003−036호)
주소 경기도 파주시 문발로 197(문발동) 우편번호 10881
전화 마케팅부 031)955−3100, 편집부 031)955−3200 | 팩스 031)955−3111

값은 뒤표지에 있습니다.
ISBN 978−89−349−8947−9 04820
      978−89−349−8943−1 (세트)

홈페이지 www.gimmyoung.com   블로그 blog.naver.com/gybook
인스타그램 instagram.com/gimmyoung   이메일 bestbook@gimmyoung.com

좋은 독자가 좋은 책을 만듭니다.
김영사는 독자 여러분의 의견에 항상 귀 기울이고 있습니다.

일러두기

본문의 미주는 옮긴이의 주이다. 작품의 이해를 돕기 위한 김용 선생님의 작가 주는 •로 표기하고 미주 뒤에 수록한다.
단, 전체 내용에 대한 주일 경우 • 없이 장만 표기한다. 외국 인·지명은 대부분 현대 우리말 표기에 맞추었다.

녹정기 鹿鼎記

신룡교의 묘수

김용 대하역사무협 — 이덕옥 옮김

4

김영사

청 왕조 때 무관들이 하사받아 입었던 황마괘黃馬褂

그림 속 인물은 영국인 고든ㅊ쭍(영국군의 지휘관으로, 청나라의 요청을 받아 태평천국의 난을 진압했다)이다. 위소보가 입었던 황색 장포도 이와 대동소이하다. 단지 치수가 좀 작았을 뿐이다.

청나라 무장들이 출진하여 진격하는 모습을 담은 그림

청나라 무장들이 궁술을 연습하는 모습을 담은 그림

동소완의 모습

우지정馬之鼎이 그렸다. 청나라 때 민간 전설에 의하면, 순치 황제가 총애했던 동악비董鄂妃가 바로 동소완董小宛이라고 한다. 그녀를 모벽강冒辟疆으로부터 빼앗아왔다는 것이다. 후세 사학자들의 고증에 의하면, 그 전설은 확실하지 않다고 한다.

청나라 강희 황제 때의 자기

오채伍彩 누공기문鏤空虁紋 훈향로薰香爐다.

청나라 때 구슬을 엮어 만든 대라마 大喇嘛의 모자,
천주모 穿珠帽

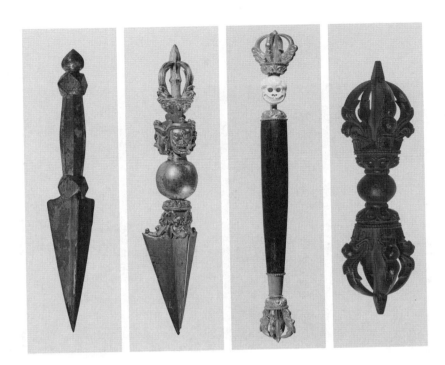

불교의 법기法器

(왼쪽부터) 쇠로 만든 철항마저鐵降魔杵, 금으로 만든 금항마저金降魔杵, 촉루금항마저髑髏金降魔杵, 금강저金剛杵.

소림사 승려들이 권법을 연마하는 연권도 練拳圖

소림사 승려들이 병기를 연마하는 연병인도 練兵刃圖

두 그림은 청나라 강희, 옹정 연간에 그려졌다. 현재 파리 프랑스 원동학회遠東學會에 소장
돼 있다.

청나라 순치 황제가 그린
〈묵국도 墨菊圖〉

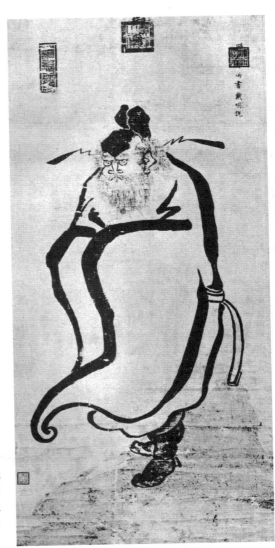

순치 황제가 그린
〈종규 鍾馗〉

그림에 '어필御筆'과 호부상서
대명설戴明說에게 하사한다는
'사호부상서대명설賜戶部尙書戴
明說'이란 글이 적혀 있다. 대명
설은 순치 황제 12년 4월에 호
부상서에 부임했으니, 그 당시
그려졌을 것이다.

이때, 느닷없이 동쪽 가옥에서 여인의 울음소리가 들려왔다.

무척 애절한 소리였다. 빗소리가 요란했지만 그 울음소리는 또렷하게 들렸다.

위소보는 기겁을 해 입이 딱 벌어지고 안색이 창백해졌다.

침묵이 흐르는 가운데, 다른 사람들도 마찬가지로 서로 마주 보며 모골이 송연해졌다. 아무도 말을 못하고 있는데, 이번에는 서쪽 가옥에서 애처로운 울음소리가 들려왔다.

위소보가 마차 안에서 한잠 자고 있는데, 저녁 무렵 갑자기 요란한 말발굽 소리가 들리더니 말 한 필이 질풍처럼 가까이 달려왔다. 남자의 고함 소리가 잇따랐다.

"마부! 마차 안에 혹시 어린아이가 타고 있지 않소?"

위소보는 유일주의 음성임을 이내 알아들었다. 그는 마부가 대답하기도 전에 마차 안에서 고개를 빼꼼 내밀고 웃으며 말했다.

"유 대형, 날 찾는 거요?"

유일주는 흙먼지를 뒤집어쓴 채 땀을 뻘뻘 흘리고 있었다. 그는 위소보를 보자 고함을 질렀다.

"그래, 드디어 널 찾아냈구나!"

그러고는 말을 가까이 몰아 다가왔다.

"당장 내려와!"

위소보는 그의 언동이 심상치 않아 깜짝 놀랐다.

"유 대형, 내가 뭘 잘못했기에 그렇게 화를 내는 거요?"

유일주는 그가 탄 마차의 노새 머리통을 향해 다짜고짜 채찍을 날렸다. 노새는 고통스럽게 울부짖으며 앞발을 쳐들었다. 그 바람에 마차는 뒤로 끼웃했고, 마부는 하마터면 땅바닥에 떨어질 뻔했다.

영문을 모르는 마부는 대뜸 화를 냈다.

"대명천지에 이게 무슨 행패야! 귀신이 씌었나?"

유일주는 악을 썼다.

"그래, 내 행패를 좀 부리겠다!"

그러더니 채찍을 떨쳐서 마부의 채찍을 휘어감아 확 끌어당겼다. 마부는 쿵 하고 땅바닥에 떨어졌다. 유일주는 마부에게 채찍을 날리며 다시 악을 썼다.

"그래, 행패를 부려야겠다! 행패를 부릴 거야!"

채찍을 맞은 마부는 버둥거렸으나 일어나지 못하고 계속 욕만 해댔다. 유일주가 다시 채찍질을 하자 피가 사방으로 튀었다.

위소보는 놀라서 입이 딱 벌어졌다.

'마부와 아무 원한이 없는데 왜 저리 심하게 때리지? 아무래도 날 노리고 온 것 같으니, 마부를 다 때리고 나서 날 때리려 하겠지! 난 저 놈의 적수가 못 되는데, 이거 정말 큰일이군!'

그는 신발 속에서 비수를 꺼내 노새의 엉덩이를 살짝 찔렀다. 노새는 아프고 놀라서 마차를 끌고 미친 듯이 앞을 향해 달려나갔다.

유일주는 마부를 놔둔 채, 말을 몰고 뒤쫓아오며 소리쳤다.

"이놈아! 사내라면 도망가지 마라!"

위소보는 차창 밖으로 고개를 내밀어 소리쳤다.

"이놈아! 사내라면 쫓아오지 마라!"

유일주는 말에 채찍질을 가하며 질풍처럼 쫓아왔다. 노새도 물론 빨리 달리지만 수레를 달고 있어 아무래도 좀 느렸다. 어느 정도 달리자 유일주와의 간격이 계속 좁혀졌다. 위소보는 유일주에게 비수를 던질까도 생각해봤지만, 아무래도 맞힐 자신이 없었다. 귀중한 비수만

잃게 될 것 같았다. 그저 노새에게 빨리 달리라고 마구 소리를 질러댈 밖에!

그때 갑자기 귓전에 바람소리가 스치는가 싶더니 오른쪽 볼이 화끈거렸다. 채찍을 맞은 것이다. 그는 황급히 마차 안으로 얼굴을 집어넣었다. 휘장 틈으로 보니 유일주가 탄 말의 머리가 바로 코앞까지 쫓아왔다. 순식간에 유일주가 마차로 뛰어오를 것 같았다. 번쩍 뇌리에 떠오르는 생각이 있어, 품속에서 은자 한 닢을 꺼내 냅다 던졌다. 운이 좋았는지 은자가 정통으로 말의 눈을 맞혔다.

말의 왼쪽 눈에서 피가 흘렀다. 눈알이 파열돼 앞이 보이지 않는지 비스듬히 이어진 산등성이를 향해 미친 듯이 치달렸다. 유일주는 황급히 말고삐를 힘껏 끌어당겼다. 그러자 말은 고통을 참지 못하고 펄쩍펄쩍 날뛰었다. 그 바람에 유일주는 말 등에서 떨어지고 말았다. 그는 땅에 떨어지자마자 바로 일어섰다. 말은 비명을 질러대며 숲을 향해 쏜살같이 달려 삽시간에 멀어져갔다.

위소보는 깔깔 웃었다.

"유 대형, 말을 몰 줄 모르면 자라를 잡아서 타고 다니지 그래!"

유일주는 노발대발하며 마차를 향해 달려왔다.

위소보는 흠칫 놀라 노새를 급히 몰았다. 잠시 후 고개를 돌려보니 유일주가 20~30장쯤 떨어져 계속 쫓아오고 있는데, 그 속도가 만만치 않았다. 그를 따돌리기란 결코 쉬운 일이 아니겠다는 생각이 들었다. 다급한 나머지 비수를 꺼내 다시 노새의 엉덩이를 살짝 찔렀다. 그러나 이번엔 그의 뜻대로 되지 않았다. 노새는 아파서 펄쩍펄쩍 뛰더니 갑자기 머리를 돌려 유일주 쪽으로 달리는 게 아닌가!

위소보는 크게 당황해 소리쳤다.

"이놈아, 그쪽이 아니야! 넌 대체 누구 편이냐? 나 죽는 꼴을 보려고 그래?"

그는 얼른 고삐를 끌어당겨 방향을 돌리려 했으나 이성을 잃은 노새는 그의 뜻에 따라주지 않았다. 상황이 이상하게 돌변하자 위소보는 잽싸게 마차에서 뛰어내려 길옆 숲속으로 내달렸다.

그러나 얼마 달리지 못해 유일주가 벌써 뒤따라와 왼손을 뻗어 그의 뒷덜미를 낚아챘다. 위소보는 반사적으로 비수를 꺼내 뒤로 찔러냈다. 그러자 유일주는 대뜸 오른손으로 행운유수行雲流水의 초식을 전개해 그의 손목을 움켜쥐었다. 그리고 팔을 꺾어 비수의 방향을 틀어서 오히려 위소보의 목을 겨냥하게끔 만들었다. 호통이 잇따랐다.

"이놈아, 이래도 까불 거냐?"

그러면서 왼손으로 철썩철썩 위소보의 빰을 후려갈겼다.

위소보는 손목이 끊어지는 듯한 고통에 비명을 내질렀다. 목에도 써늘한 한기가 느껴졌다. 자신의 목을 겨냥하고 있는 비수는 워낙 예리해서, 살짝 닿기만 해도 두부 썰 듯이 목이 절단되고 말 것이었다. 그는 고통을 참으며 헤벌쭉 웃었다.

"유 대형, 말로 합시다. 한 식구나 다름없는데 왜 이렇게 거칠게 구는 거죠?"

유일주는 그의 얼굴에 퉤하고 침을 뱉었다.

"이놈아, 누가 너랑 한 식구냐? 이… 이… 생쥐 같은 녀석! 궁에서 감언이설로 나의 방 사매를 꼬시고, 그것도 모자라서 감히… 한 이불 속에서 잠자리를 했다고? 이런… 내 손에 죽어봐라, 이놈…."

이마에 시퍼런 심줄이 튀어나오고, 눈에서 불을 내뿜는 것 같았다. 왼손으로 주먹을 쥔 채 바로 위소보의 얼굴을 내리칠 기세였다.

위소보는 그가 왜 이리 화가 났는지 비로소 이유를 깨달았다. 바로 방이 때문이었다. 한데 그런 사실을 어떻게 알았을까? 아무튼 지금은 위기일발의 순간이다. 유일주가 화를 참지 못하고 손에 힘을 조금만 더 가하면 자기 목에 바로 구멍이 뚫릴 터였다.

위소보는 억지로 웃으며 말했다.

"방 낭자는 유 대형의 정인인데 내가 어떻게 그런 무례한 짓을 할 수 있겠어요? 방 낭자는 오로지 유 대형뿐인데요, 밤낮으로 오직 유 대형만 생각해요."

그 말에 유일주는 화가 좀 가라앉는지 물었다.

"네가 그걸 어떻게 알아?"

위소보의 목에서 비수를 약간 뒤로 뺐다.

위소보가 말했다.

"방 낭자가 간곡히 부탁해서 유 대형을 구해준 거예요. 유 대형이 위험에서 벗어난 것을 알고 얼마나 좋아했는지 몰라요."

유일주는 왠지 다시 화를 내며 이를 갈았다.

"야, 이 죽일 놈아! 네까짓 놈의 도움은 필요 없어! 날 구해줬어도 좋고, 안 구해줬어도 상관없어! 왜 감언이설로 방 사매를 꼬드겨서 너한테 시집가게… 마누라가 되라고 강요했느냐?"

비수를 다시 앞으로 약간 밀었다.

위소보는 잡아뗐다.

"네? 그게 무슨 말이에요? 누가 그래요? 방 낭자 같은 수화폐월의 미인은 유 대형처럼 영준하고 뛰어난 영웅한테나 어울리죠."

유일주는 다시 화가 좀 가라앉았다. 비수도 조금 뒤로 물렸다.

"지금 잡아떼는 거냐? 방 사매가 너한테 시집가겠다고 약속했다는데… 사실이냐?"

그 말에 위소보는 깔깔 웃었다.

유일주가 다그쳤다.

"왜 웃는 거야?"

위소보가 웃으며 말했다.

"유 대형, 내가 묻겠는데… 내시도 마누라를 얻을 수 있나요?"

유일주는 치밀어오르는 분노를 참을 수 없어 급히 달려왔는데, 위소보가 내시라는 사실을 미처 생각지 못했다. 내시는 당연히 아내를 맞이할 수 없다. 지금 위소보의 말을 듣자 화가 풀리고 어이가 없어 웃음이 나왔다. 그러나 여전히 그의 손목을 풀어주지 않고 물었다.

"그런데 방 사매는 왜 너한테 시집을 가야 된다고 하지?"

위소보가 반문했다.

"그 말을 어디서 들었는데요?"

유일주가 대답했다.

"방 사매와 소군주가 하는 말을 들었는데, 거짓일 리가 있느냐?"

위소보가 다시 물었다.

"그들끼리 한 말인가요? 아니면 직접 유 대형한테 말한 건가요?"

유일주는 약간 멈칫하더니 대답했다.

"그들끼리 한 말이야."

서천천은 방이와 목검병을 호위해 석가장으로 가는 길에, 얼마 못 가서 오입신과 오표, 유일주를 만났다. 세 사람은 궁에서 모진 고문을 당해, 비록 뼈를 상하지는 않았지만 만신창이가 되어 있었다. 그래서 상처를 치료하기 위해 역시 석가장으로 가는 길이었다. 그들은 길 위에서 서로 반기며 회포를 풀었다.

그런데 유일주를 대하는 방이의 태도가 전과는 판이하게 달랐다. 처음 만나서 '유 사형'이라고 인사를 했을 뿐, 좀처럼 시선을 주지 않고 쌀쌀하게 대했다. 유일주는 그녀를 조용한 데로 데려가 다정한 말을 나누고 싶었으나, 방이는 줄곧 목검병과 함께 있으면서 떨어지지 않았다.

유일주는 영문을 몰라 답답하고 은근히 짜증도 났다. 그래서 가까이 접근하자 방이는 냉정하게 잘라 말했다.

"유 사형, 앞으로 우린 그냥 동문 오누이로 지내요. 그 외엔 아무 얘기도 하지 말아요. 아무 생각도 하지 말고요."

유일주는 깜짝 놀랐다.

"아니… 이유가 뭔데?"

방이는 차갑게 말했다.

"이유는 없어요."

유일주가 그녀의 손을 잡아끌었다.

"사매, 대체…?"

방이는 그의 손을 거세게 뿌리쳤다.

"이러지 말아요!"

유일주는 이렇듯 크게 무안을 당하자, 그날 밤 객잔에 누웠지만 잠

이 오지 않았다. 몸을 이리 뒤척이고 저리 뒤척이다가 살그머니 일어
나 방이와 목검병이 묵고 있는 방으로 다가가 창밖에서 몰래 귀를 기
울였다. 생각했던 대로 두 사람이 나직이 대화하는 소리가 들렸다.

목검병이 말했다.

"유 사형을 그렇게 쌀쌀맞게 대하면 얼마나 상심하겠어요?"

방이가 말했다.

"어쩔 도리가 없잖아. 일찍 상심하고 일찍 날 잊어야 상처가 빨리
아물지."

목검병이 다시 말했다.

"정말 그에게 시집을… 어린 위소보한테 시집갈 거야? 한참 어린데
어떻게 그의 아내가 될 수 있겠어요?"

방이가 대꾸했다.

"네가 개한테 시집가고 싶은가 보지? 그래서 나더러 유 사형한테
잘해주라는 거 아니야?"

목검병이 다급하게 부인했다.

"아… 아니야! 그럼 사저가 먼저 위소보한테 시집가라고!"

방이는 한숨을 내쉬었다.

"그날 난 맹세를 했어. 하늘에 맹세했다고. 그걸 벌써 잊은 거야? 난
분명히 말했어. '천지신명께 맹세할게! 계 공공이 만약 유일주를 구해
준다면 소녀 방이는 계 공공의 아내가 되어 평생 남편만을 섬기고 보
필하겠습니다. 설령 계 공공이 저를 아내로 맞아들이지 못한다고 해도
평생 곁에서 모시겠습니다. 지금 한 약속을 지키지 않는다면 만겁의
지옥으로 떨어져 영원히 환생하지 못해도 좋습니다.' 그리고 또 이렇

게 말했어. '소군주가 증인이 돼줄 거야.' 난 잊을 수가 없어. 소군주도 잊지 않았을 거야."

목검병이 고개를 끄덕이며 말했다.

"그 말을 한 것은 사실이지. 하지만 내 생각엔 그가… 그냥 장난으로 한 말이지, 설마 진짜 그렇게 하지는 않겠지."

방이가 말했다.

"장난이든 정말이든 상관없어. 여자로서 그에게 시집가겠다고 맹세까지 한 이상 절대 약속을 저버릴 수 없어. 더구나… 더군다나…."

목검병이 물었다.

"더구나 뭐?"

방이가 다시 말했다.

"나도 곰곰이 생각해봤어. 설령 약속을 없던 일로 친다고 해도… 우린 그와 함께… 한 이불 속에서… 잤잖아!"

목검병이 낄낄 웃었다.

"위소보는 정말 장난꾸러기야. 무슨《영렬전》에 나오는 대목이라고, '목 왕야가 화살을 쏴서 운남을 평정하고, 계 공공이 쌍수로 가인佳人을 끌어안는다'고 했잖아. 사저, 그는 정말 사저를 끌어안았고, 얼굴에다 입맞춤도 했어!"

방이는 한숨을 내쉬며 더 이상 아무 말도 하지 않았다.

유일주는 창밖에서 그녀들의 대화를 듣고 오장육부가 뒤틀렸다. 온 천지가 뒤집어지는 것 같아 안절부절못했다.

방이의 음성이 다시 들려왔다.

"솔직히 말해서 그는 나이가 어리고 장난기가 심하지만 우리한테 잘해줬어. 이번에 헤어져서 언제 다시 만나게 될지 모르겠네."

목검병이 다시 낄낄 웃었다.

"사저, 혹시 그가 보고 싶은 거야?"

방이가 말했다.

"보고 싶으면 보고 싶은 거지, 그게 뭐 어때서?"

목검병이 말했다.

"맞아, 나도 왠지 그가 보고 싶어. 우리가 함께 석가장으로 가자고 졸랐는데 한사코 일이 있다고 했잖아. 그게 사실일까? 아니면 또 거짓말일까?"

방이가 다시 말했다.

"식사 후에 쉬면서 그가 마부랑 한담하는 걸 들었는데, 산서山西로 가는 길을 자세히 묻더라고. 정말 산서로 갈 모양이야."

목검병은 걱정이 되는 모양이었다.

"아직 나이도 어린데 혼자 산서로 가다가 나쁜 사람이라도 만나면 어쩌려고…."

방이가 한숨을 쉬었다.

"난 원래 서 어른에게 우릴 호위하지 말고 그를 따라가라고 말하려 했어. 하지만 서 어른은 내 말을 들어주지 않을 것 같았지."

목검병이 뭔가 말하려는 것 같았다.

"사저, 내 생각에… 저…."

방이가 물었다.

"뭔데?"

목검병은 한숨을 내쉬며 얼버무렸다.

"아무것도 아니야."

방이가 말했다.

"애석하게도 우리 둘 다 부상을 입었어. 아니면 그와 함께 산서로 갔을 텐데… 이제 오 사숙과 유 사형을 만났으니 그를 다시 찾아가긴 글렀어."

여기까지 들은 유일주는 머리가 핑 돌아 쿵 하고 이마를 창틀에 찧었다. 방이와 목검병은 깜짝 놀라 소리쳤다.

"누구냐?"

유일주는 끓어오르는 질투심에 미쳐버릴 것만 같았다. 생각은 한 가지뿐이었다.

'놈을 죽여버릴 거야! 놈을… 죽일 거야!'

무턱대고 앞마당으로 뛰어가서 말을 몰고 문밖으로 내달렸다. 위소보가 산서로 간다고 했으니 곧장 서쪽으로 말머리를 돌렸다. 날이 밝을 때까지 말을 몰아, 산서로 가는 노정을 물어물어 관도를 따라서 계속 달렸다. 그리고 마차가 지나가면 무조건 물었다.

"마차 안에 혹시 어린아이가 타고 있지 않소?"

위소보는 유일주가 분명히 방이와 목검병의 대화를 엿듣고 알아낸 일이라고 생각했다. 당연히 자세한 사연은 알지 못할 것이었다. 그래서 웃으며 말했다.

"유 대형, 아무래도 사매한테 깜박 속은 것 같아요."

유일주가 물었다.

"뭘 속았다는 거지?"

위소보가 설명했다.

"방 낭자가 사형을 단단히 골려줘야겠다고, 나한테 말했어요. 온갖 애를 써 구해줬는데, 자기를 대수롭지 않게 생각한다고 하더군요."

유일주는 눈을 둥그렇게 떴다.

"뭐라고? 내가… 내가 언제 그랬다는 거야?"

위소보는 그의 표정을 살피며 물었다.

"그녀에게 은비녀를 선물했죠, 그렇죠? 매화가 새겨진 비녀던데…."

유일주가 그를 빤히 쳐다봤다.

"그래, 그걸 어떻게 알았지?"

위소보는 마구 시부렁댔다.

"그녀는 궁에서 혼전을 벌이다가 비녀를 떨어뜨리고는 발을 동동 굴렀어요. 자기가 사랑하는 사람이 선물한 거라 절대 잃어버려서는 안 된다는 거예요. 목숨을 걸고라도 꼭 찾아와야 한다면서, 나한테도 찾아달라고 신신당부를 하더군요."

유일주는 표정이 굳어지며 생각에 잠기는 듯했다.

"아니… 그렇게까지 날 생각했단 말이야…?"

위소보가 힘주어 말했다.

"그렇다니까요, 내가 왜 거짓말을 하겠어요?"

유일주가 다시 물었다.

"그래서 어떻게 됐지?"

위소보는 눈살을 찌푸리며 말했다.

"손목을 움켜쥐어서 아파 죽겠는데 어떻게 말해요?"

유일주는 침을 꿀꺽 삼켰다.

"알았어!"

방이가 그렇게 끔찍하게도 자기를 생각한다는 말을 듣자, 분노가 거지반 누그러졌다. 그리고 손목을 놔준다 해도 이 어린것이 달아나지 못할 거라고 생각해 잡고 있던 손목을 놓았다.

"그래서 어떻게 됐는데?"

위소보는 손목이 마비될 정도로 아팠다. 천천히 비수를 신발 속에 갈무리했다. 가만히 보니 손목이 시퍼렇게 멍들어 있었다. 그는 인상을 쓰며 투덜거렸다.

"목왕부 사람들은 남의 손목 움켜쥐는 걸 좋아하나 봐요. 유 대형도 그렇고, 그 백한풍도 그렇고… 목가권의 '개나수법'은 정말 대단한 것 같아요."

그는 '금나수법'을 '개나수법'이라고 애매모호하게 말했다. 유일주는 잘 알아듣지 못했다. 생각이 온통 딴 데 가 있었다.

"방 사매는 내가 선물한 은비녀를 잃어버리고 어떻게 했지?"

위소보가 말했다.

"개나수법에 손목이 멍들어 숨을 잘 못 쉬겠어요. 좀 쉬었다가 말할게요. 아무튼 이건 방 낭자를 아내로 맞이하느냐 못하느냐가 걸린 아주 중요한 일이에요."

이번에 유일주는 위소보가 '개나수법'이라고 하는 말을 분명히 들었다. 그러나 지금은 그걸 문제 삼을 겨를이 없었다. 위소보가 방이를 아내로 삼겠다고 한 말 때문에 화가 나서 부리나케 달려온 참이었다. 게다가 '이건 방 낭자를 아내로 맞이하느냐 못하느냐가 걸린 아주 중요한 일'이라고 하지 않는가! 관심이 갈 수밖에 없었다.

"답답하게 질질 끌지 말고 빨리 말해봐!"

위소보는 느긋했다.

"어디 앉아서 좀 쉬었다가 기운을 차려서 말해야겠어요."

유일주로서는 어쩔 도리가 없었다. 위소보와 함께 숲 가장자리 아름드리나무 아래로 갔다. 위소보가 나무뿌리에 걸터앉자 그도 나란히 앉았다.

위소보가 한숨을 내쉬며 말했다.

"안타깝네요, 안타까워!"

유일주는 걱정이 되어 얼른 물었다.

"뭐가 안타깝다는 거지?"

위소보가 말했다.

"사매가 여기 없는 게 안타깝다고요. 함께 있으면 당신과 어깨를 나란히 하고 다정하게 속삭일 텐데… 방 낭자는 당신을 얼마나 좋아하는지 몰라요."

유일주는 기분이 좋아서 입이 귀에 걸렸다.

"그걸 어떻게 알아?"

위소보가 다시 말했다.

"그가 직접 말한 거예요. 그날 비녀를 다시 찾아오겠다는 일념으로 목숨까지 걸고, 궁중 시위들이 지키고 있는 초소 세 군데를 뚫고 갔어요. 비록 중상을 입었지만 시위를 세 명이나 죽이고 간신히 비녀를 찾아왔죠. 그래서 내가 말했어요. '방 낭자, 왜 그런 미련한 짓을 했죠? 그깟 은비녀가 몇 푼이나 한다고 목숨까지 걸어요? 내가 천 냥을 줄게요. 우리 함께 가서 그런 비녀를 몇천 개쯤 만들어요. 하루에 열 개씩, 매일 다른 걸로 바꿔 머리에 꽂자고요. 1년 내내 매일매일 새 걸로 꽂아도 될 만큼 만들어요.' 그랬더니 방 낭자가 이렇게 말하더라고요. '어린것이 뭘 안다고 그래? 이건 사랑스러운 유 사형이 선물한 거야. 네가 천 개를 주든 만 개를 주든, 황금비녀를 주든 진주비녀를 주든, 다 필요 없어. 사랑스러운 유 사형이 준 거라면 은비녀든 구리비녀든 쇠비녀든 난 너무 좋아!' 유 대형, 방 낭자는 정말 너무 어리석지 않아요?"

유일주는 몹시 좋아서 딱 벌어진 입을 다물 줄 몰랐다.

"아… 아… 한데 어젯밤에 소군주랑 한 말과 왜 다르지?"

위소보가 말했다.

"한밤중에 그들이 묵고 있는 방 밖에서 몰래 엿들었군요, 그렇죠?"

유일주의 얼굴이 살짝 붉어졌다.

"일부러 엿들은 게 아니라 오줌이 마려워서 일어났다가 우연히 듣게 된 거야."

위소보가 다시 말했다.

"유 대형, 그러면 안 되죠! 다른 구석진 곳도 많을 텐데 왜 하필이면 방 낭자가 자고 있는 방 밖에서 오줌을 싸요? 얼마나 지린내가 났겠어요? 수화폐월한 낭자한테 그 지린내가 배면 어쩌려고요?"

유일주는 기가 찼다.

"그래, 알았어. 그다음에 방 사매가 뭐라고 했는데?"

위소보가 생뚱맞게 말했다.

"배고파 죽겠어요. 말할 기운조차 없으니 우리 뭘 좀 사먹어요. 배가 불러야만 방 낭자한테 들은 닭살 팍팍 돋는 말도 술술 나오죠."

그는 유일주를 사람이 많은 곳으로 데려가 도망칠 생각이었다.

유일주는 궁금했다.

"방 사매가 닭살 돋는 말을 했단 말이야? 워낙 조신하고 언동이 반듯해서 그런 말을 한 적이 없는데…."

위소보가 말했다.

"네, 좋아요! 워낙 조신하고 언동이 반듯해서 닭살 돋는 말을 할 줄 모른다고요? 그녀는 분명히 '너무 사랑스러운 유 사형'이라고 했어요. 그리고 또 무슨… '다정다감하고 멋들어진 유 사형'이라고도 했는데, 빌어먹을! 그게 닭살 돋는 말이 아니라고요? 난 정말 듣기가 민망했다고요. 흥! 남부끄러운 줄도 모르고 그런 말을 예사롭게 하다니!"

유일주는 기분이 좋아서 가슴이 두근거렸다. 그러면서도 고개를 갸웃했다.

"그럴 리가… 방 사매가 어떻게 그런 말을 했지?"

위소보는 토라진 척했다.

"네, 알았어요! 내가 괜한 말을 한 것 같네요. 그러니 빨리 가서 뭘 좀 사먹읍시다!"

그러면서 몸을 일으켰다.

유일주는 지금 한창 짜릿한 기분을 만끽하고 있는데, 어찌 그냥 자리를 뜨겠는가? 얼른 위소보의 어깨를 살짝 눌렀다.

"그러지 말고 우선 좀 앉아. 내가 가져온 마른식량이 있으니까 일단 요기부터 하자고. 그 얘기를 다 한 다음에 마을로 가서 사과하는 의미로 내가 푸짐하게 한턱낼게."

그는 등에 짊어진 봇짐을 풀어 마른식량을 꺼냈다. 밀가루를 개 얇게 구운, 소가 들어 있지 않은 호떡 같은 전병이었다.

위소보는 전병을 하나 집어 귀퉁이를 손으로 찢어서 몇 번 씹더니 투덜댔다.

"짜지도 않고, 달지도 않고… 이게 대관절 뭐예요? 한번 먹어봐요."

그러고는 귀퉁이를 찢은 전병을 건네주었다.

유일주가 말했다.

"너무 말라서 좀 딱딱해졌으니까 맛이 없을 수밖에. 그래도 우선 허기부터 채우자고."

그러면서 전병을 찢어 먹었다. 위소보가 퉁명스럽게 말했다.

"좀 먹을 만한 게 없나?"

그는 봇짐에 들어 있는 전병들을 뒤적이더니 말했다.

"제기랄, 오줌이 마려운데… 잠깐 실례 좀 하고 올게요."

약간 떨어진 큰 나무 아래로 가서, 몸을 돌려 바지를 내리고 오줌을 쌌다. 유일주는 행여 그가 달아날까 봐 뚫어지게 주시했다.

위소보는 오줌을 다 싸고 돌아와 유일주 옆에 앉았다. 그러고는 다시 전병들을 뒤적거리더니 하나를 골라 먹기 시작했다. 유일주도 한나절이나 쉬지 않고 뒤를 쫓아왔기 때문에 배가 고팠다. 그도 전병을 집어 우격우격 씹으며 말했다.

"그럼 방 사매와 소군주가 그렇게 말한 것은 날 골려주려고 일부러 그런 거였나…?"

위소보는 짜증 섞인 말투로 반문했다.

"내가 방 낭자 배 속의 회충도 아닌데 그걸 어떻게 알겠어요? 당신은 그의 사랑스럽고 다정다감하고 멋들어진 사형이니 당연히 잘 알

텐데 왜 나에게 물어보지?"

유일주가 얼른 다독거렸다.

"그래, 알았어! 아까 내가 좀 거칠게 군 건 사과할게. 그러니 자꾸 뜸들이지 마!"

위소보는 그의 표정을 살피며 말했다.

"그렇다면야 내가 솔직하게 다 말하지. 방 낭자는 정말 아름답고 현숙해서 내가 만약 내시가 아니라면 마누라로 삼고 싶었어. 한데 내가 마누라로 삼지 않더라도 당신도 역시 마누라로 삼지 못할걸!"

유일주는 다급해졌다.

"아니… 왜? 왜 안 돼?"

위소보는 느긋했다.

"그렇게 다그치지 말고… 차근차근 다 말해줄 테니까 우선 좀 먹으라고…."

유일주의 입에서 거친 말이 튀어나왔다.

"빌어먹을! 답답하게 왜 자꾸만 우물쭈물 뜸을 들이는 거야? 이거 원, 속이 타서…."

여기까지 말하고는 갑자기 몸이 휘청했다. 위소보가 얼른 물었다.

"왜 그래? 어디가 불편해요? 음식이 아무래도 좀 이상한가 봐."

유일주는 깜짝 놀랐다.

"뭐라고?"

벌떡 몸을 일으켰으나 비칠비칠 몇 바퀴 돌더니 쓰러졌다.

위소보는 깔깔 웃으며 그의 엉덩이를 걷어찼다.

"엇? 전병에다 몽한약을 넣은 거야? 사매한테 써먹으려다가 멍청하게 자기가 먹고 말았군."

유일주는 신음을 한번 내더니 인사불성이 되었다.

위소보는 그를 다시 두어 번 걷어찼는데, 전혀 움직이지 않았다. 즉시 그의 허리띠를 풀어 두 발을 단단히 묶고, 두 손도 뒤로 해서 꽁꽁 묶었다. 주위를 살펴보니 아름드리나무 아래 커다란 돌이 있었다. 그 돌을 힘껏 들어내니 제법 큰 구멍이 파였다. 그 아래는 돌무더기였다. 위소보가 손으로 돌무더기를 치우자, 깊이가 다섯 자가량 되는 구덩이가 생겼다.

위소보는 웃으며 중얼거렸다.

"네놈을 오늘 생매장시켜주마!"

유일주를 끌어다가 구덩이 속에 세워놓았다. 그리고 얼굴과 어깨만 드러나게끔 돌무더기와 흙으로 공간을 메우고 발로 꾹꾹 다졌다.

위소보는 한 발 물러서 자신의 작품을 감상하며 매우 흡족해했다. 이어 개울가로 가서 장포를 벗어 물에 적신 뒤 유일주에게 돌아왔다. 그리고 장포를 짜서 유일주의 머리에다 물을 떨어뜨렸다.

유일주는 찬물세례를 받자 서서히 깨어났다. 처음에는 영문을 몰라 버둥거렸으나 꼼짝도 할 수 없었다. 위소보가 무릎을 감싸안고 한쪽에 쪼그리고 앉아 싱글벙글 웃고 있는 모습이 시야에 들어왔다. 유일주는 잠시 멍해 있다가 곧 어찌 된 일인지 알아차렸다. 다시 몸을 버둥거려 봤지만 움직일 수 없는 건 마찬가지였다. 낭패가 아닐 수 없었다.

"이보게, 위 형제! 장난 좀 그만해."

위소보가 욕을 했다.

"이런 육시할 놈을 봤나! 장난치지 말라고? 이 어르신은 지금 중대한 임무를 완수해야 될 몸인데, 네깟 놈하고 장난칠 여가가 어딨어?”

냅다 오른쪽 볼때기를 걷어찼다. 입술이 터지며 피가 흘러내렸다.

위소보는 다시 욕을 퍼부었다.

“방 낭자는 내 마누란데 네놈이 감히 눈독을 들여? 이런 썩을 놈을 봤나! 감히 내 손목을 비틀고 뺨을 후려치고 채찍으로 갈겨? 좋다, 이놈아! 나도 네 귀부터 자르고, 다시 코를 베어버리겠다. 칼로 야금야금 널 도려내줄게.”

그러면서 비수를 꺼내 몸을 숙이고 칼등으로 그의 얼굴을 살짝 문질렀다. 유일주는 혼비백산 소리를 질렀다.

“아… 형제… 위 형제, 아니 위 향주! 목왕부와의 유대를 봐서라도 제발… 제발 좀 살려줘….”

위소보가 말했다.

“내가 목숨을 걸고 궁에서 널 살려냈는데 배은망덕도 유분수지, 오히려 날 죽이려 해? 흥! 흥! 너 같은 조무래기 따위가 감히 이 어르신을 건드려? 나더러 목왕부와의 유대를 봐서라도 살려달라고 했지? 그럼 날 잡을 때는 왜 천지회와의 유대를 생각하지 않았느냐?”

유일주는 통사정을 했다.

“그래, 내가 잘못했어. 제발… 제발… 너그럽게 용서해줘.”

위소보는 더 겁을 주기로 마음먹었다.

“네 머리통을 360번 찔러야 내 분이 가라앉을 것 같아!”

그는 유일주의 변발을 끌어당겨 비수를 날렸다. 예리하기 짝이 없는 비수가 스쳐가자 땋아내린 그의 변발이 싹둑 잘렸다. 그리고 다시 그의 머리를 겨냥해 비수를 이리저리 움직였다. 삽시간에 머리카락이

다 베어져 대머리가 되어버렸다.

위소보가 욕을 했다.

"그래 꼴좋다, 이 새끼야! 난 땡추만 보면 화가 치미는데, 너를 당장 죽여버리겠다!"

유일주는 애써 배시시 웃었다.

"위 향주, 난 땡추가 아닌데…."

위소보가 또 욕을 했다.

"빌어먹을! 땡추가 아니면 왜 머리를 빡빡 깎았어? 나를 또 속일 셈이냐?"

유일주는 속으로 시부렁댔다.

'네가 내 머릴 잘라놓고, 무슨 말이야?'

그러나 목숨이 상대의 손에 달려 있는지라 감히 반박하지 못하고 그저 비실비실 웃었다.

"어찌 되었든 모든 게 다 저의 잘못입니다. 위 향주께선 넓으신 아량으로 나무라지 마십시오."

말투까지 공손하게 바뀌었다. 위소보가 바로 다그쳤다.

"좋아! 그럼 묻겠는데… 방이, 방 낭자는 누구의 마누라냐?"

유일주는 선뜻 대답을 하지 못했다.

"그건… 그건…."

위소보가 언성을 높였다.

"무슨 이것저것이야? 빨리 말해!"

손에 쥐고 있는 비수를 그의 얼굴 앞에 흔들어댔다.

유일주는 기겁을 했다. 일단 이 위기를 넘기고 봐야 했다. 상대는 생쥐 같은 어린 내시다. 놈이 원하는 대로 아부도 할 수 있다. 그러지 않고 녀석이 정말 화가 나서 비수로 자신의 귀를 자르고 코를 베어버리면 그야말로 낭패가 아닌가! 유일주는 얼른 말했다.

"네! 그녀는… 당연히 위 향주의… 위 향주의 부인입니다."

위소보는 깔깔 웃었다.

"그녀? 그녀가 누구라는 거야? 말을 분명하게 해야지! 땡추가 하는 말은 흐리멍덩해서 잘 알아듣지 못하겠어."

유일주가 또박또박 말했다.

"방이, 방 낭자는 위 향주의 부인입니다!"

위소보는 고개를 끄덕였다.

"좋아! 우리 말을 분명히 해두자고! 넌 내 친구야, 아니야?"

유일주는 그의 말투가 다소 누그러진 것 같아 내심 안도했다.

"저 같은 놈이 감히 바랄 수는 없지만, 위 향주께서 친구로 생각해주신다면 저야 뭐… 감지덕지죠."

위소보가 말했다.

"난 너를 친구로 생각한다. 강호에선 친구끼리 의리를 지켜야 해, 안 그래?"

유일주가 얼른 대답했다.

"아, 네! 네… 친구는 의리를 지켜야죠."

위소보가 다시 말했다.

"그렇기 때문에 친구의 아내는 절대 넘볼 수 없어! 앞으로 내 마누라한테 수작을 부리고 침을 흘리면 어떻게 되는지 알지? 당장 하늘에 대고 맹세해!"

유일주는 속이 터졌다. 결국 또 상대의 꼼수에 당한 것이다.

위소보가 은근히 협박을 했다.

"맹세하기 싫으면 안 해도 돼. 눈깔을 뛰룩뛰룩 굴리는 것을 보니, 무슨 꿍꿍이속인지 다 알겠어."

그러면서 비수를 유일주의 눈앞에 천천히 흔들어댔다. 눈앞에 흰 광채가 번뜩이자 유일주는 얼른 입을 열었다.

"아… 아녜요. 위 향주 부인에게 절대 수작을 부리지 않을게요."

위소보가 물었다.

"앞으로 방 낭자를 쳐다보거나 말을 붙이면 어떻게 하지?"

유일주가 대답했다.

"그럼… 벼락을 맞아 죽을 겁니다!"

위소보가 말했다.

"그럼 넌 스스로 후레자식이 되는 거야!"

유일주는 울상이 됐다.

"네, 맞아요. 그래요!"

위소보가 다시 말했다.

"뭐가 맞고, 뭐가 그래야?"

그러면서 비수로 살짝 유일주의 눈꺼풀을 건드렸다.

유일주는 기절초풍했다.

"앞으로 방 사매를 쳐다보거나 말을 붙이면 난… 후레자식입니다!"

위소보는 깔깔 웃었다.

"그렇다면 목숨은 살려주지! 대신 머리에다 오줌을 한번 갈기고 나서 놓아줄게."

그는 비수를 신발 속에다 갈무리하고 바지를 내리려 했다.

이때 숲속에서 별안간 여자의 호통 소리가 들려왔다.

"이런… 해도 너무하는군!"

위소보는 방이의 음성임을 금방 알아들었다. 그가 놀라고도 기뻐하며 고개를 돌리자 숲속에서 세 사람이 걸어나왔다. 앞장선 사람은 역시 방이였다. 그 뒤로 서천천과 목검병이 보였다. 그리고 약간 사이를 두고 또 두 사람이 나타났는데, 오입신과 오표였다.

다섯 사람은 숲속에 몸을 숨긴 지 한참 되었다. 당연히 위소보와 유일주의 행동을 다 지켜보았고, 나눈 말도 자세히 들어 알고 있었다. 나중에 위소보가 유일주 머리에 오줌을 싼다고 하기에, 그러면 평생 풀수 없는 원한을 맺게 되므로 방이가 그만 소리를 지른 것이었다.

위소보가 멋쩍게 웃으며 말했다.

"이제 보니 다들 여기에 있었군요. 오 어른의 체면을 봐서 오줌은 생략하도록 하죠."

서천천이 얼른 달려와 유일주를 묻은 구덩이의 돌무더기와 흙을 치우고 그를 꺼냈다. 그리고 손과 발을 묶었던 허리띠를 풀어주었다.

유일주는 수치심에 고개를 푹 숙인 채 일행을 쳐다보지 못했다.

오입신은 안색이 쇳덩어리처럼 차가웠다.

"유 현질, 위 향주가 우리 목숨을 구해줬는데 어떻게 배은망덕하게 그를 구타하고 욕하고 손목을 비틀 수 있지? 자네 사부님이 알면 과연 뭐라고 하실까?"

그는 계속 고개를 흔들어대면서 매우 불쾌한 투로 말을 이었다.

"강호에서 살아가는 우리에게 가장 중요한 건 '의리' 두 글자야. 괜한 질투심 때문에 친구한테 몹쓸 짓을 해서야 되겠는가? 배은망덕은 개돼지만도 못한 짓이야!"

그러면서 '퉤!' 하고 땅에 침을 뱉었다. 말을 할수록 더욱 화가 치미는 것 같았다.

"간밤에 자네가 미친 듯이 화를 내면서 말을 몰고 나가기에 모두들 사태가 심상치 않다는 것을 직감하고 바로 뒤를 쫓았어. 한데 위 향주의 얼굴을 붓도록 때리고 손목을 비트는 것은 차치하고 비수로 목을 겨냥하더군. 그러다가 자칫 실수로라도 목을 찔러 목숨을 잃게 된다면 어쩌려고 그랬나?"

유일주는 분이 가시지 않아 악을 쓰듯 소리쳤다.

"그럼 내 목숨을 내놔 보상하면 되잖아요!"

오입신은 화를 냈다.

"흥! 말을 아주 쉽게 하는구먼! 자네가 무슨 영웅호한인가? 자네 목숨을 내놓는다고 천지회 10대 향주 중 한 사람인 위 향주의 목숨과 맞바꿀 수 있다고 생각하나? 더군다나 다 죽은 자네 목숨을 누가 살려주었나? 바로 위 향주가 아닌가? 은혜를 입었으면 보답을 할 줄 알아야지! 배은망덕도 유분수지, 위 향주를 해치려 하다니!"

유일주는 위소보의 강요에 못 이겨 하늘에 맹세까지 했다. 그 순간에는 목숨을 잃을 것 같아 어쩔 수 없이 한 맹세지만, 방이가 다 들었을 거라고 생각하니 수치심과 분노로 어찌할 바를 몰랐다. 그런데 사숙이란 자가 계속해서 자기를 나무라며 잔소리를 늘어놓자 분노가 폭발하고 말았다. 눈을 부릅뜨고 사숙한테 덤벼들었다.

"오 사숙님! 이미 엎어진 물입니다. 위가는 털끝 하나 다친 데가 없어요! 대관절 나더러 어쩌라는 겁니까? 뭘 원하시는지, 사숙님이 하라는 대로 할게요!"

오입신은 펄쩍 뛰며 그에게 삿대질을 했다.

"유일주! 넌 위아래도 없느냐? 나랑 한판 붙자는 거야, 뭐야?"

유일주가 맞받아쳤다.

"난 싸우자고 하지 않았어요. 싸워봤자 적수도 되지 못하고요!"

오입신은 더욱 화가 치밀었다.

"뭐라고? 그럼 실력으로 날 꺾을 수 있으면 정말 싸워보겠다는 뜻이냐? 말해봐! 넌 궁에서 목을 친다니까 죽는 게 겁나 바로 살려달라고 애원하면서 스스로 이름까지 다 밝혔잖아! 난 유 사형의 체면을 고려해 여태껏 그 일을 입 밖에 내지 않았어. 흥! 내 제자가 아닌 게, 운이 좋은 줄 알아라!"

그의 말인즉, 만약 자기 제자였다면 단칼에 죽였을 거란 뜻과 다름없었다.

유일주는 궁에서 살려달라고 애원했던 자신의 추태가 까발려지자 안색이 창백하게 변해 고개를 숙인 채 아무 말도 하지 못했다.

위소보는 자기가 우세해지자 웃으며 여유 있게 말했다.

"됐어요, 됐어. 오 어르신, 유 대형은 저한테 그냥 장난을 친 것뿐이니 너무 나무라지 마세요. 그리고 제가 한 가지만 부탁할게요. 지난 일은 절대 유 어르신께 말하지 마세요."

오입신이 고개를 끄덕였다.

"위 향주께서 그렇게 분부한다면 따르겠습니다."

이어 유일주에게 고개를 돌렸다.

"봐라, 위 향주는 역시 큰일을 할 인물이지 않으냐. 얼마나 아량이 넓으냐?"

위소보는 방이와 목검병에게 웃으며 말했다.

"한데 여긴 웬일로 왔지?"

방이가 말했다.

"할 말이 있으니 잠깐만 나 좀…."

위소보는 헤벌쭉 웃으며 그녀에게 다가갔다. 유일주는 방이가 많은 사람이 지켜보는 앞에서 위소보를 다정하게 부르자 눈에 쌍심지를 켰다. 당장 칼을 뽑아 덤벼들고 싶었다. 그런데 갑자기 '철썩' 하는 소리가 들렸다. 방이가 위소보의 뺨을 때린 것이었다.

위소보는 깜짝 놀라 뒤로 한 걸음 물러나 손으로 뺨을 어루만졌다.

"아니… 왜 날 때리는 거지?"

방이가 얼굴을 붉히며 눈꼬리를 치켜올렸다.

"날 뭘로 보고 그래? 유 사형한테 무슨 말을 했지? 남의 등 뒤에서 그렇게 함부로 사람을 민망하게 만들다니!"

위소보가 말했다.

"난 별로… 나쁜 말을 안 했는데…."

방이가 앙칼지게 말했다.

"나쁜 말을 안 했다고? 난 한 마디도 빠뜨리지 않고 다 들었어! 정말… 두 사람 다 보기 싫어!"

그녀는 정말 민망하고 속이 상해서 눈물을 흘렸다.

서천천은 그냥 보고만 있을 수 없었다. 남녀 간의 미묘한 감정 때문에 서로 소란을 피우는 것은 그냥 웃어넘길 수 있지만, 자칫 잘못하다가는 천지회와 목왕부의 불화로 비화될 수도 있어 얼른 껄껄 웃으며 나섰다.

"위 향주와 유 형제는 둘 다 조금씩 손해를 본 셈이니 없었던 일로 합시다. 이 늙은이는 배가 고파 죽을 지경입니다. 빨리 식당을 찾아가서 맛있는 걸 실컷 먹었으면 좋겠어요."

그의 말이 끝나기 무섭게 북풍이 이는가 싶더니, 거짓말처럼 하늘에서 완두콩알만 한 빗방울이 후드득 떨어지기 시작했다. 서천천은 하늘을 올려다보며 말했다.

"갑자기 빗방울이 떨어지다니, 희한한 일이네."

급기야 북녘 하늘에서 시커먼 구름이 몰려왔다.

"한바탕 쏟아질 것 같은데, 우선 비 피할 곳을 찾아야 될 것 같소."

일행 일곱 명은 큰길을 따라 서쪽으로 향했다. 방이와 목검병은 아직 상처가 다 낫지 않아 걷는 게 좀 불편했다. 빗줄기가 갈수록 굵어지는데 연도에 농가나 움막조차 보이지 않았다. 일곱 사람은 다 비에 흠뻑 젖었다. 위소보는 또 장난기가 발동해 웃으며 말했다.

"다들 천천히 걸읍시다. 빨리 걸어도 물에 빠진 생쥐 꼴이 되고, 늦게 걸어도 물에 빠진 생쥐니, 오십보백보 아니겠어요?"

그의 썰렁한 농담에 목검병만 몰래 낄낄 웃었다.

일행이 다시 얼마 동안 걷자 물소리가 들렸다. 냇가 가까이 온 것이다. 냇물을 거슬러 약 반 리쯤 되는 곳에 작은 집 한 채가 보였다. 일행은 반색을 하며 걸음을 재촉했다. 가까이 가보니 다 쓰러져가는 낡은 절간이었다. 어쨌든 비를 피할 곳을 찾은 셈이다. 비록 다 낡아빠졌으나 없는 것보다야 훨씬 나았다. 절문은 낡아서 이미 무너졌고, 안으로 들어서자 곰팡이 냄새가 코를 찔렀다.

방이는 무리해서 걸은 탓인지 상처 부위가 저려왔다. 아픔을 참으려는 듯 눈살을 찌푸리며 이를 악물었다.

서천천은 낡은 탁자와 의자를 부숴 불을 피웠다. 다들 비에 젖은 옷을 말려야 했다. 먹구름은 갈수록 짙어지고, 빗줄기도 더 거세졌다. 서천천은 봇짐을 풀어 마른식량을 모두에게 나눠주었다.

유일주는 잘린 변발을 모자 속에 쑤셔넣어 끄트머리만 약간 밖으로 드러나게 했다. 위소보는 히죽히죽 웃으며 그를 힐끗힐끗 쳐다보았다.

목검병이 웃으며 위소보에게 나직이 물었다.

"아까 유 사형이 먹은 전병에다 무슨 짓을 했어?"

위소보는 눈을 둥그렇게 떴다.

"아니야, 난 아무 짓도 안 했어."

목검병은 그의 말을 믿지 않았다.

"흥! 아무 짓도 안 했다고? 그럼 유 사형이 왜 몽한약에 당해 정신을 잃고 쓰러졌는데?"

위소보는 시치미를 떼고 딴전을 부렸다.

"몽한약에 당했다고? 언제? 난 왜 몰랐지? 아니겠지. 보라고, 저기 멀쩡히 앉아서 불을 쬐고 있잖아?"

목검병은 흥, 코웃음을 치며 곱게 눈을 흘겼다.

"또 얼렁뚱땅하고 있네! 정말 말 안 할 거야?"

한쪽에 앉아 있는 방이도 뭔가 미심쩍었다. 앞서 유일주가 위소보의 손목을 비트는 상황은 멀리서 보았기 때문에 확실치 않지만, 나중에 두 사람이 나무뿌리에 걸터앉아 얘기를 나누고 있을 때 살그머니 가까이 다가갔었다. 숲속에 몸을 숨긴 채 유일주가 자신의 봇짐에서 전병을 꺼내 나눠먹는 것은 똑똑히 지켜보았다. 그리고 유일주는 위소보가 달아날까 봐 한시도 눈을 떼지 않고 주시했는데, 왜 갑자기 정신을 잃고 쓰러졌는지 이해가 가지 않았다.

위소보는 짓궂게 웃으며 말했다.

"유 사형은 어쩌면 간질병이 있나 봐. 갑자기 병이 발작하니까 인사불성이 됐겠지."

그 말을 들은 유일주가 자리에서 벌떡 일어나 삿대질을 해가며 소리쳤다.

"아니… 이런… 생…."

방이가 위소보에게 눈을 부라렸다.

"이리 와봐!"

위소보는 고개를 내둘렀다.

"싫어! 또 때리려고 그러지? 난 못 가!"

방이가 말했다.

"유 사형을 모독하는 말을 하면 안 돼! 항상 말을 조심해야지."

위소보는 혀를 날름 내밀어 보이고는 아무 말도 하지 않았다.

유일주는 내심 흐뭇했다. 방이는 어쨌든 자기편을 들어주는 게 분명했다.

'그래, 저 생쥐 같은 녀석은 정말 음흉해. 사매가 저런 고약한 녀석보다야 당연히 나를 더 생각해주겠지.'

날은 갈수록 어두워졌다. 일곱 사람은 모닥불을 중심으로 둘러앉아 있었다. 워낙 낡은 절간이라 곳곳에서 비가 샜다. 뚝뚝, 빗방울이 위소보 머리 위에 떨어지더니 어깨에도 한 방울씩 떨어지기 시작했다. 그는 왼쪽으로 몸을 약간 틀었으나 빗방울은 여전히 그를 따라다녔다. 그것을 본 방이가 말했다.

"이리 와, 여긴 비가 안 새."

위소보가 망설이자 다시 말했다.

"때리지 않을 테니 겁먹지 마."

위소보는 헤벌쭉 웃으며 그녀 가까이 가서 앉았다.

방이가 목검병의 귀에 대고 나직이 뭐라고 말하자, 목검병은 생긋이 웃으며 고개를 끄덕였다. 그리고 위소보의 귀에다 입을 바싹 갖다 대고 소곤거리듯 말했다.

"방 사저가 그러는데, 다 한 식구처럼 허물이 없기 때문에 잘되라고 혼을 내준 거래. 유 사형한테 너무 지나치게 하지 마. 무슨 뜻인지 알아들었지?"

위소보도 그녀의 귀에 대고 소곤거렸다.

"한 식구라니? 난 무슨 뜻인지 잘 모르겠어."

목검병이 그가 속삭인 말을 방이에게 귀엣말로 전해주었다. 그러자 방이가 그에게 눈을 흘기며 목검병에게 말했다.

"내가 하늘에 맹세한 것은 꼭 지킬 테니 걱정 말라고 해."

목검병이 그 말을 다시 위소보한테 전해주자, 위소보도 목검병의 귀에 대고 속삭였다.

"방 낭자는 날 한 식구로 생각한다는데, 너는?"

목검병은 홍, 코웃음을 날리며 그의 팔을 때리려 했다. 위소보는 살짝 피하면서 방이에게 연신 고개를 끄덕여 보였다. 방이는 웃는 듯 마는 듯, 화가 난 듯 아닌 듯 묘한 표정을 짓고 있었다. 모닥불에 비친 그녀의 모습은 뭐라 형용할 수 없을 정도로 아름다웠다. 위소보는 가까이서 두 여인의 은은한 향기를 맡으며, 기분이 무척 좋았다.

유일주는 세 사람과 멀찌감치 떨어져 있었다. 그는 목을 길게 빼고 애써 귀를 기울였으나 그냥 '유 사형'이나 '한 식구' 같은 말만 어렴풋이 들릴 뿐, 다른 이야기는 잘 들리지 않았다. 세 사람은 시시덕거리며 아주 다정해 보였다. 자기는 아예 안중에도 없는 듯해서 화도 나고 질투심이 불타올랐다.

방이가 다시 목검병의 귀에 대고 말했다.

"무슨 수법으로 유 사형을 기절시켰는지, 한번 물어봐."

위소보는 방이가 너무 궁금해하는 것 같아서 목검병에게 솔직히 말해주었다.

"오줌을 싸면서 왼손으로 몰래 몽한약을 약간 집어가지고 돌아와 전병을 뒤적거리면서 다 묻혔지. 난 오른손으로만 전병을 집어먹었고, 왼손으로는 전병을 건드리지 않았어. 이젠 알겠지?"

목검병은 고개를 끄덕였다.

"그랬군."

그녀가 말을 전해주자 방이가 다시 물었다.

"그 몽한약은 어디서 났는데?"

위소보가 대답했다.

"궁에 있을 때 시위가 준 거야. 유 사형을 구할 때도 바로 그 가루약을 썼어."

위소보가 오줌을 눌 때 방이와 목검병은 당연히 자세히 볼 수 없었다. 그러니 몽한약을 집어 전병에 묻힌 것을 알 리가 만무했다.

지금 밖에는 비가 억수처럼 퍼붓고 있었다. 빗줄기가 지붕에 떨어지는 소리도 아주 요란했다. 그러니 위소보의 입술이 목검병의 귀뿌리에 거의 닿아야만 말을 주고받을 수 있었다. 그 광경을 지켜보는 유일주는 속이 부글부글 끓어올랐다. 그는 벌떡 일어서려다가 등이 기둥에 부딪혔다. 그러자 우지끈 하는 소리와 함께 낡은 기둥이 삐걱하면서 머리 위에 기왓장이 몇 장 떨어져내렸다. 이 절간은 낡을 대로 낡은 데다가 억수 같은 비에 바람까지 세차게 몰아치자, 더 이상 지탱하기가 어려웠던 것이다. 곧이어 천장이 갈라지면서 기왓장과 함께 무너져내렸다.

서천천이 황급히 소리쳤다.

"안 되겠어! 집이 무너진다! 빨리 밖으로 나가요!"

일행은 서둘러 밖으로 뛰쳐나갔다. 몇 걸음 내딛지도 못했는데 와르르 소리가 들리며 쿵 하고 절 지붕이 폭삭 내려앉았다. 이어 허물어진 담장도 무너졌다.

바로 그때, 말발굽 소리가 요란하게 들려왔다. 동남 방향으로부터 10여 필의 말이 질풍처럼 달려왔다. 어둠 속에서 사람들의 모습이 여기저기서 어른거리는 게, 말마다 다 사람이 타고 있는 것 같았다.

늙수그레한 음성이 먼저 들렸다.

"어이구, 비를 피할 만한 절이 여기 있었는데, 다 무너지고 말았군."

다른 한 사람이 위소보 일행에게 큰 소리로 물었다.

"이보시오! 여기서 뭐 하는 거요?"

서천천이 응대했다.

"절 안에서 비를 피하고 있었는데, 갑자기 무너지는 바람에 하마터면 깔려죽을 뻔했소!"

말을 탄 한 사람이 욕을 했다.

"빌어먹을! 하늘 밑창이 뚫렸나, 왜 이렇게 비가 쏟아지는 거야?"

또 다른 한 사람이 말했다.

"조노삼趙老三, 이 절간 말고 주위에 비를 피할 만한 집이나 동굴이 없을까?"

그 늙수그레한 음성의 주인공이 조노삼인 모양이었다. 그가 말했다.

"그래… 있긴 있는데, 없는 거나 마찬가지야."

물은 사내가 대뜸 쌍소리를 했다.

"제기랄! 대체 있다는 거야, 없다는 거야?"

조노삼이 다시 말했다.

"서북쪽으로 가다가 산모퉁이를 돌면 귀옥鬼屋 한 채가 있는데, 귀신이 나와서 아무도 접근할 수 없어. 그러니 있으나마나지."

그의 일행들에게서 웃음과 욕설이 터져나왔다.

"난 귀신 따위는 겁나지 않아! 귀신이 있으면 더 좋지, 잡아서 안줏감으로 쓰면 되니까!"

또 한 사람이 소리쳤다.

"잔말 말고 어서 앞장서! 이건 목욕하는 것도 아니고, 제기랄! 비를 쫄딱 맞으니 기분이 영 찝찝해."

조노삼이 머뭇거리며 말했다.

"난 오래 살 욕심은 없지만 비명횡사하고 싶진 않아. 다들 안 가는 게 좋을 거야. 여기서 북쪽으로 30리 정도 가면 고을이 나와."

일행 중 누군가 또 투덜댔다.

"이런 장대비를 맞으며 어떻게 30리를 더 가? 우리 머릿수가 몇인데, 그깟 귀신을 두려워하는 거야?"

조노삼이 말했다.

"알았어, 그럼 서북 방향으로 쭉 가서 산모퉁이를 돌면 길이 하나밖에 없는데, 그 길을 따라 곧장 가면 틀림없이…."

그의 말이 끝나기도 전에 다들 말 머리를 서북쪽으로 돌려 치달렸다. 조노삼이 타고 온 것은 나귀였다. 그는 약간 멈칫하더니 나귀를 돌려 동남쪽, 그러니까 왔던 길로 되돌아갔다.

서천천이 입을 열었다.

"오 형, 위 향주! 우린 어쩌면 좋겠소?"

오입신이 말했다.

"내 생각엔…."

아무래도 위소보의 의견을 따라야 될 것 같아 고개를 돌렸다.

"위 향주의 분부에 따를 테니… 어쩌면 좋겠소?"

위소보는 귀신이 무서웠지만 내색할 수 없었다.

"난 상관없으니 오 어른이 알아서 하세요."

오입신이 다시 말했다.

"귀신은 무슨 얼어죽을… 다 시골 사람들이 지어낸 얘길 거요. 설령 귀신이 있다고 해도 한바탕 붙으면 되죠."

위소보는 내키지 않았다.

"안 보이는 귀신도 많대요, 일단 눈에 띄면 그땐 이미 늦을 텐데…."

말투로 보아 귀신을 두려워하는 걸 알 수 있었다.

유일주가 나서서 큰 소리로 말했다.

"귀신이나 요괴 따위를 왜 겁내는지 모르겠네! 이렇게 계속 비에 홀딱 젖으면 다들 오한에 걸려 쓰러질 겁니다!"

위소보는 목검병이 추워서 계속 떨고 있는 게 안타깝고, 또 방이 앞에서 유일주에게 꿀리기 싫어 소리쳤다.

"좋아요! 다들 그리로 갑시다. 대신 귀신을 만나면 조심해야 해요."

일곱 명은 조노삼이 말한 대로 서북쪽으로 가서 산모퉁이를 돌았다. 주위가 워낙 캄캄해 길을 잘 분간할 수 없었다. 숲속에 희뿌옇게 보이는 것이 작은 폭포인 듯싶었다.

위소보는 진심으로 그 귀옥으로 가고 싶지 않았다.

"산속에서 길을 찾지 못하는 것은 귀신의 장난이에요. 우린 이미 귀신한테 홀린 것 같아요."

서천천이 말했다.

"물이 흐르는 곳에 길이 있을 거예요. 물줄기는 산길을 따라 흐르기 마련이니까요."

오입신이 그의 말에 찬동했다.

"맞아요!"

그러고는 물줄기를 따라 올라갔다. 일행도 뒤를 따랐다.

얼마쯤 가자, 저편에서 말 울음소리가 들려왔다. 앞서 떠난 10여 명의 사내들이 이미 가 있는 것 같았다. 서천천은 속으로 생각을 굴렸다.

'저들은 뭐 하는 사람들인지 모르겠네.'

자기와 오입신이 합세하면 웬만한 무림인 열댓 명은 충분히 상대해 낼 수 있을 터라 크게 걱정은 하지 않았다.

일행은 계속 물줄기를 따라 산길을 거슬러올라갔다. 숲속 깊숙이 접어들자 주위가 더 캄캄해졌다. 앞쪽에서 문을 요란하게 두드리는 소리가 들려왔다. 역시 가옥이 있었던 것이다.

위소보는 겁이 나기도 하고, 비를 피할 곳을 찾아 좋기도 했다. 이때 누군가 갑자기 손을 뻗어와 그의 손을 잡아주었다. 보들보들한 손이었다. 이어 귓전에 부드러운 음성이 들려왔다.

"겁내지 마."

바로 방이였다.

문을 두드리는 소리가 계속 들리는데도 아무도 문을 열어주지 않았다. 일행 일곱 명이 가까이 가보니, 제법 넓은 가옥이 어둠 속에 자리하고 있었다.

말을 타고 온 사내들은 계속해서 고함을 질러댔다.

"문 좀 열어주시오! 문 열어요! 비를 좀 피하다 갑시다!"

아무리 불러도 안에선 인기척이 없었다. 한 사람이 결론을 내렸다.

"사람이 안 사는 집이야."

또 한 사람이 말했다.

"조노삼이 귀옥이라고 했는데, 누가 감히 여기서 살겠어? 담을 넘어서 들어가자고!"

흰 광채가 번뜩이더니 두 사람이 칼을 뽑아쥐고 담장을 넘었다.

잠시 후 대문이 활짝 열렸고, 그들 일행이 우르르 안으로 들어갔다.

서천천은 다시 생각했다.

'역시 무림인들이었군. 무공은 별로 높은 것 같지 않은데….'

일곱 사람도 안으로 들어갔다. 대문 안으로 들어서자 너른 마당이 펼쳐지고, 더 들어가니 대청이 있었다. 누군가 기름보를 꺼내 화섭자로 불을 댕겼다. 대청 한가운데 탁자 위에 양초가 놓여 있었다. 양초에 불을 붙이자 눈앞이 환해졌다. 모두들 안도의 숨을 내쉬는 것 같았다. 대청 안에는 자단목으로 만든 탁자와 의자가 정연하게 놓여 있었다. 모름지기 어느 대갓집에 온 듯한 기분이 들었다.

서천천은 속으로 중얼거렸다.

'탁자나 의자에 먼지 한 점 없는 게, 아무래도 누가 살고 있는 집 같은데….'

한 사람이 큰 소리로 외쳤다.

"이봐요! 여기 아무도 없나요? 아무도 없어요?"

대청은 넓고 천장이 높아 그의 외침은 메아리가 되어 은은히 되돌아왔다.

메아리가 멎자, 요란한 빗소리만 들릴 뿐 다른 소리는 일절 들리지 않았다. 다들 서로 마주 보며 내심 이상하다는 생각을 했다.

수염이 긴 노인 하나가 서천천에게 물었다.

"여러분은 강호 사람들인가요?"

서천천이 대답했다.

"난 허(許)가라 하는데 다들 집안 식구 친척들입니다. 산서에 사는 가족을 찾아가는 길인데, 억수 같은 비를 만나게 되었지요. 한데 어르신의 존성대명은 어떻게 되는지요?"

그 노인은 고개를 끄덕였다. 일곱 사람 중에 어린아이도 있고 여자도 끼어 있어 별로 의심이 되지 않는 모양이었다. 그는 물은 말에는 대답하지 않고 눈살을 가볍게 찌푸렸다.

"이 집은 아무래도 좀 이상한 것 같은데…."

또 한 사람이 소리쳤다.

"집에 아무도 없는 거요? 다들 죽어버렸나?"

잠시 기다렸지만 역시 대답이 없었다.

그 노인은 의자에 앉아 일행 중 여섯 사람을 가리키며 말했다.

"너희 여섯 명은 뒤에 가서 살펴봐라."

여섯 명의 사내가 칼을 뽑아쥐고 뒤쪽으로 향했다. 허리를 구부려 천천히 걸음을 옮기는 것이 매우 신중을 기하는 모습이었다. 문을 걷어차는 소리와 다그치는 소리가 계속 들려왔지만 별 이상이 없는 것 같았다. 그 소리가 갈수록 멀어졌다. 집의 규모가 꽤 커서 끝까지 가는 데 시간이 좀 걸리는 듯싶었다.

노인은 나머지 네 사람에게 다시 말했다.

"가서 장작을 찾아 횃불을 만들어서 뒤를 따라가봐라."

네 사람이 대답을 하고 역시 뒤쪽으로 갔다.

위소보 등은 대청 한쪽 기다란 창문틀에 기대앉았다. 아무도 입을 열지 않았다.

서천천은 상대편을 살펴보았다. 그들 중 열 명은 뒤쪽으로 갔고, 나머지는 여덟 명인데 다들 무명베옷을 입고 있었다. 차림새로 미루어 어느 방파幫派의 일원 같기도 하고, 또 표국의 표사 같기도 했다. 표사라면 뭔가 호송할 텐데 그런 것은 보이지 않았다. 도무지 정체를 종잡을 수 없었다.

위소보는 너무 답답해서 방이에게 물었다.

"이 집에 정말 귀신이 있는 걸까?"

방이가 뭐라고 대답하기도 전에 유일주가 튀어나와 말했다.

"당연히 귀신이 있지! 사람이 죽으면 귀신이 되는데, 사람이 죽은 곳이라면 귀신이 있기 마련이지!"

위소보는 오싹 떨며 자신도 모르게 몸을 움츠렸다.

유일주가 한술 더 떴다.

"천하의 악귀들은 특히 어린아이만 보면 잡아먹으려고 덤벼들어. 어른은 양기가 강해서… 목매달아 죽은 귀신이나 머리가 잘린 귀신, 뿔 달린 귀신은 어른한테는 까불지 못하지."

방이가 위소보의 손을 꼭 잡았다.

"사람은 귀신을 두려워하지만, 귀신은 사람을 더 두려워해. 불빛을 보면 바로 달아나잖아."

발걸음 소리가 들리더니 앞서 뒤뜰로 갔던 여섯 명이 먼저 돌아왔다. 그들은 모두 아리송하다는 표정이었다. 그리고 누가 먼저랄 것 없이 제각기 떠들어댔다.

"한 사람도 보이지 않아요. 한데 가는 곳마다 아주 깨끗하게 청소를 해놨어요."

"침상에는 이불이 깔려 있고, 침상 밑에는 신발이 놓여 있는데 다 여자 신발이에요."

"옷장에도 전부 여자 옷만 있고, 남자 옷은 하나도 보이지 않아요."

유일주가 큰 소리로 외쳤다.

"여자 귀신이야! 집 안이 온통 여자 귀신들로 가득 차 있군!"

모두들 고개를 돌려 그를 쳐다보았다. 일순 조용해지면서 아무도 입을 열지 않았다.

그때 갑자기 뒤쪽에서 괴성이 들려왔다. 노인이 자리에서 벌떡 일어나 곧바로 뒤뜰로 달려갈 태세였는데, 그 전에 네 사람이 대청 안으로 뛰어들어왔다. 손에 들려 있던 횃불은 전부 꺼진 상태였다. 그중 한 명이 소리쳤다.

"저쪽에 죽은 사람이 너무 많아요!"

얼굴이 공포로 질려 있었다. 노인은 안색이 굳어지며 호통을 쳤다.

"웬 호들갑이냐? 난 또 무슨 강적을 만났다고! 죽은 사람을 왜 두려워하는 거야?"

그 사내가 대답했다.

"두려워하는 게 아니라… 너무 해괴해요."

노인이 물었다.

"뭐가 해괴하다는 거냐?"

이번엔 다른 사내가 대답했다.

"동쪽에 있는 방 안에는 전부… 죽은 사람들의 영패가 즐비해요. 얼마나 많은지 몰라요!"

노인은 생각을 굴리며 다시 물었다.

"그럼 죽은 시신이나 관은 없더냐?"

두 사내는 서로 마주 보더니 떠듬떠듬 대답했다.

"저… 자세히… 보지 못했어요. 없는 것 같았어요."

노인이 말했다.

"횃불을 좀 더 많이 만들어라. 다 함께 가보자. 어쩌면 사당일지도 몰라. 흔히 있을 수 있는 일이지….”

그는 대수롭지 않은 듯 말했지만 뭔가 꺼림칙한 게 있는 것 같았다. 십중팔구 사당이 아닐 거라고 생각하는 게 분명했다.

사내들은 의자와 탁자의 다리를 부숴 횃불을 만들어서 우르르 뒤뜰로 몰려갔다.

서천천이 말했다.

“내가 가볼 테니 다들 여기 있어요.”

그도 사내들을 따라가자, 오표가 물었다.

“사부님, 아까 그 사람들은 정체가 뭘까요?”

오입신이 고개를 흔들며 말했다.

“잘 모르겠어. 말투를 들어보면 산동이나 관동 일대의 사람들 같은데… 관아의 앞잡이들 같지는 않은데… 혹시 염효들인가? 하지만 몸에 아무것도 지니지 않았잖아?”

유일주가 괜히 나섰다.

“그 사람들의 정체는 별로 중요하지 않아요. 문제는 이 집 안에 바글바글한 여자 귀신들이죠!”

말을 하면서 위소보에게 혀를 날름 내밀어 보였다. 위소보는 오싹 소름이 끼쳐 방이의 손을 더 꼬옥 쥐었다. 자기 손에 식은땀이 배어 있는 것을 스스로도 느낄 수 있었다.

목검병이 떨리는 목소리로 말했다.

“유… 유 사형, 겁주지 말아요. 무서워요.”

유일주가 말했다.

“소군주는 걱정할 필요 없어. 금지옥엽이라 그 어떤 악귀도 감히 해

59

16. 귀곡산장의 풍운

코지하지 못하고 멀리 피할 거야. 악귀가 가장 증오하는 것은 남자도 아니고 여자도 아닌 내시야!"

방이는 눈꼬리를 치켜세우며 화난 표정으로 무슨 말을 하려다가 다시 삼켰다.

잠시 뒤 걸음 소리에 이어 뒤채로 갔던 사람들이 다 돌아왔다. 위소보는 그제야 마음이 놓여 안도의 숨을 내쉬었다.

서천천이 나직이 말했다.

"뒤채엔 방이 열 칸쯤 있는데, 전부 신위神位를 모시는 영당靈堂으로 꾸며져 있어요. 그 영당 수만도 약 30군데가 되는데, 영당마다 또 예닐곱 개의 신주가 모셔져 있고… 보아하니 영당마다 모셔져 있는 신주가 죽은 한 식구인 것 같아요."

유일주가 그의 말을 받았다.

"흐흐… 그럼 악귀가 수백 개는 되겠네요?"

서천천은 고개를 절레절레 내둘렀다. 그는 산전수전을 다 겪었고 강호 경험이 풍부했지만 이런 해괴한 일은 듣도 보도 못했다. 잠시 머뭇거리다가 다시 입을 열었다.

"정말 이상한 것은 영당 신위 앞에 전부 다 촛불이 밝혀져 있다는 사실이에요."

"으악!"

"앗!"

위소보와 방이, 목검병이 동시에 놀란 외침을 토했다.

한 사내가 말했다.

"우리가 조금 전에 들어갔을 때는 뒤채에 촛불이 하나도 켜져 있지 않았는데….”

노인이 물었다.

“혹시 잘못 기억하고 있는 게 아닌가?”

먼저 갔던 네 사나이는 서로 마주 보더니 고개를 내둘렀다.

노인이 다시 말했다.

“이건 귀신이 아니라… 우린 지금 고수를 만난 거야. 삽시간에 서른 곳이 넘는 영당에다 촛불을 다 밝혔다는 건 웬만큼 민첩한 솜씨로는 불가능한 일이지.”

이어 서천천의 의견을 물었다.

“허 어른, 어떻게 생각합니까?”

서천천은 일부러 겁을 먹은 척하면서 딴전을 부렸다.

“아무래도 우리가 집주인한테 결례를 범한 것 같으니, 가서… 영당에 절을 올려… 사죄를 해야 될 것 같습니다.”

이때, 느닷없이 동쪽 가옥에서 여인의 울음소리가 들려왔다. 무척 애절한 소리였다. 빗소리가 요란했지만 그 울음소리는 또렷하게 들렸다. 위소보는 기겁을 해 입이 딱 벌어지고 안색이 창백해졌다. 침묵이 흐르는 가운데, 다른 사람들도 마찬가지로 서로 마주 보며 모골이 송연해졌다. 아무도 말을 못하고 있는데, 이번에는 서쪽 가옥에서 애처로운 울음소리가 들려왔다.

유일주와 오표, 그리고 두 사내가 거의 동시에 소리쳤다.

“귀곡성鬼哭聲이야!”

하지만 노인은 코웃음을 날리더니 갑자기 큰 소리로 외쳤다.

“우린 이 부근을 지나다가 비를 피하기 위해 양해도 구하지 못하고 잠시 폐를 끼치게 된 거요. 직접 뵙고 사과를 드리고 싶소이다."

그의 음성은 진기가 충만해 멀리 퍼져나갔다. 그러나 한참 기다려도 아무런 응답이 없었다. 노인은 고개를 갸웃하더니 다시 소리쳤다.

"집주인이 불청객을 달가워하지 않는 모양이니 우린 하룻밤만 신세를 지고 날이 밝는 대로 떠나자!"

그러면서 다들 조용히 하라는 손짓을 했다. 다 함께 숨을 죽이고 귀를 기울였지만, 한참이 지나도 역시 반응이 없었다. 그리고 이젠 울음소리도 들리지 않았다.

한 사내가 나직이 말했다.

"장삼章三 어른, 집주인이 사람이든 귀신이든 날이 밝으면 빌어먹을, 이 귀옥에 불을 질러 잿더미로 만들어버립시다."

장삼이라 불린 노인이 손사래를 쳤다.

"중요한 일을 아직 처리하지 못했는데, 공연히 말썽을 일으킬 필요 없어. 우선 앉아서 좀 쉬자고."

그들은 옷을 말리려고 대청에다 불을 피웠다. 한 사람이 술이 담긴 호로병을 꺼내 노인에게 건넸다. 노인은 술을 몇 모금 마시더니 곁눈질로 서천천을 잠시 훑어보고 나서 물었다.

"허 어른, 아까 한 식구라고 했죠? 그런데 왜 말투가 다 다른가요? 허 어른은 북경 말투고, 어떤 사람은 운남 말투던데요."

서천천은 웃으면서 말했다.

"역시 노련한 강호인답게 귀가 밝으시군요. 큰누이동생이 운남으로 시집갔습니다. 이쪽이 바로 매부예요."

그러면서 오입신을 가리켰다. 그리고 말을 이었다.

"매부와 조카들은 다 운남 사람이죠. 또 둘째 누이동생은 산서로 시집가서, 천지남북으로 흩어져 살기 때문에 10년에 한 번 만나기도 어려워요. 이번엔 그 둘째를 만나러 산서로 가는 길입니다."

그가 오입신을 '매부'라 지칭한 건 예의를 갖춘 것이었다. 당시 북방에선 통상적으로 매부를 '애삼촌'이라고 불렀는데, 그 말은 또한 욕이 되기도 했다.

노인은 고개를 끄덕이며 술을 한 모금 마시더니, 여전히 곁눈질을 하며 물었다.

"몇 분은 북경에서 왔나요?"

서천천이 시인했다.

"네, 그래요."

그러자 노인이 엉뚱한 것을 물었다.

"그럼 오는 도중에 혹시 열서너 살 먹은 어린 내관을 보지 못했소?"

노인의 입에서 이 말이 나오자 서천천 등은 모두 내심 흠칫했다. 다행히 노인은 곁눈질로 서천천만 쳐다봤는데, 그는 노련해 안색 하나 변하지 않았다. 오표와 목검병 등은 얼굴에 놀란 티가 났으나 눈치챈 사람은 없었다.

서천천이 태연하게 말했다.

"내관 말인가요? 북경성에는 늙고 어린 내관이 너무 많아서 길을 걷다 보면 여러 명 보게 되죠."

노인은 고개를 저으며 말했다.

"북경성에서 본 내관 말고… 이곳까지 오는 도중에 보지 못했느냐고 물었소이다."

서천천은 웃었다.

"어르신은 잘 모르시는 모양이군요. 대청 법도에 따르면, 내관은 경성을 벗어날 수 없게끔 돼 있습니다. 그건 죽을죄에 해당하죠. 요즘 내관들은 명 왕조 때처럼 행세를 하지 못합니다. 어느 내관이 감히 경성을 벗어날 수 있겠습니까?"

노인은 고개를 한번 끄덕이더니 말했다.

"음… 어쩌면 변장을 했을 수도 있지 않을까요?"

서천천은 연신 고개를 내둘렀다.

"감히 그러지 못할 겁니다. 어디 감히…."

약간 멈칫하더니 물었다.

"어르신, 나이 어린 내관을 찾으시는 모양인데 어떤 내관입니까? 산서에 가서 친척들을 만나고 경성으로 돌아가면 한번 알아봐드리죠."

노인은 코웃음을 쳤다.

"흥! 고맙긴 한데, 과연 명이 그렇게 길지 모르겠소."

그러면서 눈을 감더니 더 이상 입을 열지 않았다.

서천천은 속으로 생각했다.

'그가 찾는 내관이 열서너 살쯤 되었다면 바로 위 향주가 아닌가? 이 사람들은 천지회도 아니고 목왕부도 아니니, 십중팔구 뭔가 음해를 하려는 게 분명해. 만약을 위해 확실하게 떠봐야지.'

그가 넌지시 말했다.

"어르신, 북경성에 어린 내관은 많은데 이름이 알려진 이는 단 한 사람입니다. 그의 명성은 천하에 다 알려졌기 때문에 아마 어르신도 들었을 겁니다. 바로 그 오배를 제거하고 큰 공을 세운 내관이죠."

노인이 감았던 눈을 떴다.

"음… 그 소계자, 계 공공을 말하는 거요?"

서천천이 그의 말을 받았다.

"그 말고 또 누가 있겠어요? 정말이지 간담도 있고 무예도 고강해서 아주 대단한 내관 같더군요."

노인이 물었다.

"그가 어떻게 생겼죠? 혹시 본 적이 있소?"

서천천이 웃으며 말했다.

"하하… 그 계 공공은 거의 매일 북경성에서 이리저리 돌아다니기 때문에 북경 사람치고 그를 보지 못한 사람은 별로 없을 겁니다. 그 계 공공은 시커멓고 뚱뚱해 다들 뒤꽁무니에서 꿀돼지라고 놀리죠. 듣자니 나이는 열서너 살이라는데, 그냥 보기에는 열예닐곱은 더 돼 보이더라고요."

방이는 잡고 있는 위소보의 손에 힘을 약간 주었고, 목검병은 그의 등을 살짝 쳤다. 다들 속으로 낄낄 웃었다. 위소보는 귀신이 무서워 떨고 있었는데, 노인이 자기에 대해 묻는 말을 듣자 어떡해야 할지 궁리를 하느라 무서움을 다 잊었다.

노인이 말했다.

"그래요? 내가 들은 건 다른데… 그 계 공공은 앳돼 보이지만 아주 영악하게 생겼다고들 하더군요. 아마 허 어른의 저 조카랑 비슷하게 생겼을 것 같은데… 하하… 하하…."

그러면서 위소보를 똑바로 쳐다봤다.

그때 유일주가 갑자기 입을 열었다.

"듣자니 그 소계자는 비겁하기 짝이 없고 몽한약을 즐겨 쓴다더군요. 그가 오배를 죽인 것도 몽한약을 썼기 때문입니다. 아니고서야 겁도 많고 귀신을 겁내는 그 녀석이 어떻게 오배를 죽였겠습니까?"

이어 위소보에게 배시시 웃으며 말했다.

"사촌동생, 말해봐. 안 그래?"

오입신이 버럭 화를 내며 그의 얼굴을 향해 냅다 일장을 날렸다. 유일주는 고개를 숙여 피하는 동시에 왼발로 바닥을 찍으면서 몸을 일으켰다. 오입신이 일장을 후려친 것은 벽계전시碧鷄展翅 초식이고, 유일주가 몸을 피한 것은 금마시풍金馬嘶風 초식으로, 다 목가권의 무공이었다. 한 사람은 화가 치밀어 생각도 않고 냅다 공격을 전개했고, 한 사람은 반사적으로 몸을 피하느라 자신들도 모르게 본문의 무공을 펼친 것이다.

노인은 벌떡 자리를 박차고 일어나 껄껄 웃었다.

"좋았어! 위장술이 아주 뛰어나구먼!"

그가 일어나자 부하들도 덩달아 다 일어났다. 노인이 외쳤다.

"한 놈도 놓치지 말고 다 잡아라!"

오입신은 품속에서 단도를 꺼내 왼쪽으로 휘둘러 한 사내의 목을 베고, 오른쪽으로 휘둘러 또 한 명을 쓰러뜨렸다.

노인이 허리춤에 차고 있던 한 쌍의 판관필判官筆을 뽑아 서로 문지르자 '찌찌' 소리가 났다. 다음 순간 쌍필을 떨쳐 왼쪽으로는 오입신의 목줄기, 오른쪽으로는 서천천의 가슴을 노렸다. 혼자서 둘을 상대하는데, 그 공격 동작이 아주 민첩했다.

서천천은 오른쪽으로 미끄러지면서 한 사내의 눈을 찔러갔다. 그 사내는 급히 뒤로 물러나다가 수중의 단도를 빼앗기고, 다음 순간 허리에 통증을 느끼며 자신의 칼에 허리를 베었다.

한쪽에선 오표도 싸움에 가담했고, 유일주도 약간 주춤하더니 채찍을 풀어 공격을 펼쳤다. 상대편은 비록 수가 많지만 노인이 오입신과 막상막하를 이룰 뿐, 나머지는 무공이 평범했다.

위소보는 전세를 정확히 파악했다.

'저 노인만 건드리지 않으면 나머지는 충분히 상대할 수 있을 거야.'

그가 비수를 뽑아쥐고 앞으로 뛰쳐나가려 하자, 방이가 얼른 그를 말리며 말했다.

"우리가 이길 거야. 나서지 않아도 돼."

위소보는 속으로 중얼거렸다.

'이길 걸 아니까 나서려는 거지, 질 것 같으면 벌써 달아났을 거야.'

이때 갑자기 '찌찌' 하는 소리가 들리는가 싶더니, 노인이 한쪽으로 멀찌감치 물러나 한 쌍의 판관필을 서로 비벼댔다. 부하들도 일제히 그의 뒤로 물러나 양쪽으로 늘어서서 신속하게 날개 모양의 진을 구축했다. 잰걸음으로 잽싸게 각자의 위치를 잡아 진을 형성한 것이다. 10여 명이나 되는데도 서로 부딪치거나 밀리지 않고 아주 질서정연했다. 평상시 진 만드는 훈련을 많이 한 게 분명했다.

오입신과 서천천은 그들의 돌발 행동에 약간 놀라며 뒤로 몇 걸음 물러났다. 오표는 앞뒤를 잴 겨를도 없이 무조건 돌진했다. 순간, 진 가운데서 칼 네 자루가 쭉 뻗어나왔다. 두 자루는 그의 어깨를 노리고, 두 자루는 다리를 노렸다. 그 배합이 아주 절묘했다. 게다가 진 중간쯤에서 창 두 자루가 쑥 뻗쳐와 오표의 칼을 막았다.

"앗!"

오표는 어깨에 칼을 맞고 비명을 질렀다.

오입신이 급히 외쳤다.

"후퇴해!"

오표는 부상을 입은 채 뒤로 물러났고, 삽시간에 전세가 뒤집혔다.

서천천은 위소보와 두 여자 앞을 호위하며 상대방의 진법이 어떻게 가동되는지 예의 주시했다.

노인이 오른손으로 판관필을 들어올리더니 소리 높여 외쳤다.

"홍 교주는 장생불로, 홍복영락, 영원불멸하리라! 영원불멸하리라!"

그러자 부하들도 일제히 무기를 높이 들고 외쳤다.

"홍 교주는 영원불멸하리라! 영원불멸하리라!"

그 외침이 어찌나 쩌렁쩌렁한지 지붕 위 기왓장까지 들썩이는 것 같았다. 서천천은 크게 놀라며 당황했다. 그들이 지금 무슨 수작을 부리고 있는지 도무지 알 수가 없었다. 한편 위소보는 그들이 '홍 교주' 세 글자를 들먹이는 순간, 도홍영의 잔뜩 겁먹은 표정과 떨리는 음성이 뇌리에 떠올라 자신도 모르게 소리쳤다.

"신룡교다! 저들은 신룡교야!"

노인은 이내 안색이 변했다.

"넌 신룡교의 위명을 알고 있군!"

그러고는 오른손을 높이 든 채로 다시 외쳤다.

"홍 교주는 신통광대하다! 신룡교는 임전무퇴, 백전백승, 난공불락, 욱일승천하니 적은 추풍낙엽, 혼비백산하리라!"

나머지 사내들도 따라서 외쳤다.

"신룡교는 임전무퇴, 백전백승, 난공불락, 욱일승천하니 적은 추풍낙엽, 혼비백산하리라!"

서천천은 그들이 한 마디 외칠 때마다 자신도 모르게 등골이 오싹해졌다. 이런 해괴한 언동은 생전 보지도 듣지도 못했다. 적을 눈앞에 두고도 싸울 생각은 않고 소리 높여 주문 같은 것만 외워대니, 마주 보면서도 어떡해야 좋을지 몰라 멍하니 서 있었다.

위소보가 소리쳤다.

"저 사람들은 주문을 외우는 거예요. 속지 말고 어서 공격해요!"

노인과 일행은 갈수록 외치는 소리가 빨라졌다. 이젠 노인이 한 번 외치면 일행이 따라서 외치는 게 아니라, 일제히 입을 모아 외쳐대기 시작했다.

"홍 교주의 신령한 가호로 제자들은 용기백배, 일당백으로, 백당만으로 백전백승하리라! 홍 교주의 혜안 횃불인 양 천지사방을 비추니 광명세계가 오리라. 신룡교를 지키기 위해 적과 맞서싸우자! 홍 교주는 우리를 이끌어 성직聖職에 오르게 하리라! 우리는 신룡교를 위해 목숨을 바쳐 함께 극락천당에 오르자!"

별안간 하늘을 찌를 듯한 함성이 터지며 진법이 가동되더니 일제히 덮쳐왔다. 오입신과 서천천 등은 무기를 들고 그들을 맞이해 싸웠다. 그런데 진법이 너무 괴이했다. 진을 구성한 사람들은 모두 불가사의한 각도에서 공격을 해왔다. 몇 회합 겨루지도 못하고 오표와 유일주는 부상을 입고 쓰러졌다. 잇따라 위소보, 방이, 목검병도 쓰러졌다. 방이는 다리를 다치고, 목검병은 팔을 다쳤다. 그리고 위소보는 등에 창을 맞았는데, 다행히 보의를 입고 있어 창끝이 살을 뚫고 들어가진 않았다. 그래도 미는 힘에 못 이겨 자빠진 것이다.

얼마 못 가서 오입신과 서천천도 부상을 입었다. 노인은 잽싸게 두 사람의 혈도를 찍어 움직이지 못하게 했다.

사내들은 일제히 함성을 질렀다.

"홍 교주는 영원불멸하리라! 영원불멸하리라!"

외치고 나서 갑자기 동시에 바닥에 주저앉았다. 각자의 머리에서 땀이 비 오듯 쏟아졌다. 몹시 지쳤는지 연신 가쁜 숨을 몰아쉬었다. 이 일전은 차 한 잔 마시는 시간에 승패가 났는데도, 그들은 마치 몇 시진 동안 격전을 벌인 것처럼 지쳐 있었다.

위소보는 내심 정말 큰일 났다고 생각했다.

'저 사람들은 정말 요술마법을 부리는군. 그러니 도 고모가 신룡교 얘기만 나오면 겁을 먹고 벌벌 떤 거야. 역시 신통방통한 재주가 있어.'

노인은 의자에 앉아 눈을 감은 채 한동안 운기조식을 하다가 몸을 일으켰다. 그는 이마에 맺힌 땀을 손등으로 닦으며 대청 안을 왔다 갔다 했다. 그러자 얼마 뒤 다른 사내들도 분분히 몸을 일으켰다.

노인은 서천천 등에게 말했다.

"다들 날 따라서 외워라. 잘 들어, 내가 한 마디 하면 따라서 하는 거야. 홍 교주는 신통광대하니 영원불멸하리라!"

서천천이 대뜸 욕을 했다.

"사악한 마도! 개수작 부리지 마라! 나더러 따라서 지랄발광을 하라고? 어림 반 푼어치도 없는 개소리 하지 마라!"

노인은 판관필로 그의 머리를 살짝 찍었다. '팍' 소리가 나며 피가 흘러내렸다. 서천천은 다시 욕을 했다.

"이 더러운 마귀들아! 차라리 죽여라!"

노인은 오입신에게 물었다.

"넌 따라 외우겠느냐?"

오입신은 대답하기 전에 고개부터 흔들어댔다. 그러자 노인은 판관필로 그의 머리도 내리쳤다. 그리고 오표에게 물으려는데, 그가 먼저 욕을 퍼부었다.

"제기랄 똥통 교주, 영원히 지옥에나 떨어져라!"

노인은 대로해 판관필을 내리칠 때 힘을 좀 더 가했다. 오표는 그 즉시 기절하고 말았다. 그것을 본 오입신이 소리쳤다.

"역시 호한답구나! 이놈들아, 요사스러운 개수작은 그만 부리고, 빌어먹을! 어서 우릴 다 죽여라!"

노인은 아랑곳하지 않고 유일주에게 물었다.

"넌 외우겠느냐?"

유일주는 떠듬거렸다.

"난… 난… 저…."

노인이 말했다.

"어서 따라 외워라. 홍 교주는 신통광대하니 영원불멸하리라!"

유일주는 안색이 창백해졌다.

"홍 교주는… 홍 교주는…."

노인은 판관필로 그의 이마를 살짝 찍으며 호통쳤다.

"빨리 외워!"

유일주가 대답했다.

"네! 네! 홍 교주는… 홍 교주는 영원불멸하리라."

노인은 껄껄 웃었다.

"역시 현명한 선택을 했다. 그래야 고통을 안 당하지."

이번엔 위소보 앞으로 걸어와 소리쳤다.

"꼬마야, 날 따라서 외워라."

위소보가 말했다.

"따라 할 필요 없어요!"

노인이 대뜸 호통을 쳤다.

"뭐라고?"

그러면서 판관필을 번쩍 들자, 위소보가 큰 소리로 외쳤다.

"위 교주는 신통광대하니 영원불멸하리라! 위 교주의 신령한 가호로 제자들은 용기백배, 일당백으로, 백당만으로 백전백승하리라! 위교주의 혜안 횃불인 양 천지사방을 비추니 광명세계가 오리라. 신룡교를 지키기 위해 적과 맞서싸우자! 위 교주는 우리를 이끌어 성직에 오르게 하리라! 우리는 신룡교를 위해 목숨을 바쳐 함께 극락천당에 오르자…."

그는 위 교주의 '위' 자를 일부러 애매모호하게 발음했다. 그저 비음으로 흥얼거리듯 했는데 노인은 그의 꼼수를 알아차리지 못하고 그냥 '홍' 교주라고 한 줄로만 알았다. 위소보가 틀리지 않고 주문을 줄줄이 외우는 것을 보고는 신통했는지 껄껄 웃었다.

"고 조그만 녀석이 아주 신통방통하네."

이제 방이의 차례가 되었다. 노인은 그녀 앞으로 걸어가 턱을 만지며 말했다.

"어, 제법 예쁘게 생겼는데… 순순히 날 따라서 외워라."

방이는 고개를 휙 돌리며 쏘아붙였다.

"싫어!"

노인은 판관필을 들어 찍으려다가 그녀의 아름다운 얼굴을 보고는 차마 상처를 입히지 못했다. 단지 판관필을 얼굴 가까이 갖다 대며 소리쳤다.

"외우겠느냐, 안 외우겠느냐? 또 싫다고 하면 얼굴을 바로 그어버릴 것이다!"

방이는 고집이 세서 절대 따라 외우지 않을 것이었다. 하지만 '싫어' 라는 두 글자를 다시 내뱉을 엄두가 나지 않았다. 노인이 다그쳤다.

"따라 하겠느냐, 안 하겠느냐?"

그러자 위소보가 나섰다.

"내가 대신 할게요. 그녀보다 훨씬 듣기 좋게 잘 외울 수 있어요."

노인이 호통을 쳤다.

"누가 너더러 나서라 했느냐?"

그러고는 판관필로 방이의 어깨를 살짝 쳤다. 방이는 아파서 소리를 질렀다.

"아!"

이때 한 사내가 웃으며 입을 열었다.

"장삼 어른, 그 계집이 따라서 외우지 않으면 옷을 벗겨버리세요!"

나머지 사내들도 덩달아 소리쳤다.

"좋은 생각이야! 그렇게 해요, 볼만하겠는데⋯."

유일주가 불쑥 나섰다.

"왜 그녀를 괴롭혀요? 당신들이 찾고 있는 그 꼬마 내관이 바로 여기 있는데!"

노인은 눈이 둥그레지며 얼른 물었다.

"여기 있다고? 어디? 어서 말해봐, 빨리!"

유일주가 말했다.

"저 낭자를 괴롭히지 않겠다고 약속하면 말하겠소. 그러지 않으면 죽어도 말 못해요!"

방이가 날카롭게 소리쳤다.

"사형! 나서지 말아요!"

노인이 웃으며 유일주에게 말했다.

"좋아, 계집은 괴롭히지 않겠다고 약속하마."

유일주는 다시 확인했다.

"그 약속을 꼭 지켜야 해요."

노인이 말했다.

"걱정 마라. 이 장삼은 한번 한 약속은 반드시 지킨다. 그 어린 내관은 오배를 죽이고 황제의 총애를 받고 있는 소계자다. 네가 정말 그가 어디 있는지 안단 말이냐?"

유일주가 또렷하게 말했다.

"바로 눈앞에 있습니다!"

노인은 펄쩍 뛰더니, 위소보를 가리키며 말했다.

"그럼… 바로 쟤란 말이냐?"

얼굴에 놀라움과 기쁨이 교차되었다.

방이가 말했다.

"저런 힘없는 어린애가 무슨 수로 오배를 죽여? 그의 헛소리를 믿지 말아요!"

유일주가 소리쳤다.

"그래! 만약 몽한약을 쓰지 않았다면 저놈이 무슨 수로 만주 제일용사 오배를 죽였겠어?"

노인은 반신반의하며 위소보에게 직접 물었다.

"얘, 네가 오배를 죽였느냐?"

위소보가 말했다.

"죽였다면 어쩔 거고, 안 죽였다면 어쩔 거요?"

노인은 인상을 쓰며 욕을 했다.

"이런 빌어먹을! 쪼그만 녀석이 말버릇이 아주 고약하네. 우선 몸부터 뒤져보면 알겠지!"

곧 사내 둘이 다가와서 위소보의 봇짐을 풀더니 안에 있는 것들을 하나하나 다 끄집어내서 탁자에 늘어놓았다.

노인은 금은보화 따위가 잔뜩 있는 것을 보고 고개를 끄덕였다.

"이건 전부 다 황궁에서 나온 것들이군. 잇? 이건… 이건 또 뭐야?"

그는 은표 뭉치를 집어들었다. 은표는 장당 500냥 또는 1천 냥짜리였다. 다 합치면 수십만 냥이 족히 될 테니, 절로 눈이 휘둥그레졌다.

"역시 틀림없군. 네가 바로… 소계자야! 자세히 물어봐야 하니 다른 방으로 데려가라."

방이가 다급히 소리쳤다.

"그를 괴롭히지 말아요!"

목검병은 '우앙!' 하고 울음을 터뜨렸다.

사내 하나가 위소보의 뒷덜미를 잡고, 다른 두 사람은 탁자에 늘어놓은 금은보화 등을 다시 보자기에 챙겨서 들었다. 그리고 또 한 사람은 촛대를 들고 뒷마당에 있는 작은 방으로 함께 들어갔다.

노인이 손을 흔들며 말했다.

"너희들은 물러가라."

네 사람은 방 밖으로 나가 문을 닫았다.

노인은 손을 비벼대면서 방 안을 이리저리 서성이다가, 기쁨을 감추지 못하고 웃으며 말했다.

"어떻게 찾아내나 걱정이 태산 같았는데, 이렇듯 쉽게 찾아질 줄이야… 소계자 계 공공, 오늘 이렇게 만나게 된 것은 정말 다행이야."

위소보가 웃으며 맞받아쳤다.

"글쎄요, 이렇게 어르신을 만나게 된 것은 나한텐 만행이고, 악행이고, 불행인데요!"

노인은 잠시 멍해하더니 이내 웃었다.

"무슨 만행이고 불행이야? 계 공공, 지금 오대산 청량사로 가는 중인가?"

위소보는 내심 깜짝 놀랐다.

'이 개뼈다귀는 모든 걸 다 알고 있잖아. 상대하기가 만만치 않을 것 같은데….'

겉으로는 생글생글 웃으며 말했다.

"어르신은 무공도 고강하지만 주문을 외우는 재간도 자라산 개똥 도사보다 훨씬 더 뛰어나네요. 신룡교가 천하에 명성을 떨치고 있는데, 역시 그럴 만한 이유가 있군요. 저는 그 명성을 익히 들어 잘 알고 있습니다. 오늘 직접 눈으로 보게 되니, 그저 감탄해서 말이 안 나올 지경이에요."

상대방의 물음을 회피하기 위해 일부러 말을 다른 데로 돌렸다.

노인이 물었다.

"신룡교의 명성을 어디서 들었는데?"

위소보는 아무렇게나 주워섬겼다.

"평서왕 오삼계의 아들 오응웅한테서 들었어요. 그는 부왕의 명을 받고 북경에 진상하러 왔는데, 휘하에 고수들이 많더라고요. 양일지 등 요동 금정문의 고수들이 수두룩해요. 그들은 신룡교를 섬멸하기 위해 온 거래요. 신룡교에 홍 교주라는 인물이 있는데, 교도도 많고 아주 신통방통하다고 하더군요. 그리고 교도 중 누군가 양람기 기주 밑에서 일하다가 그 무슨《사십이장경》을 수중에 넣었다는데, 그게 아주 굉장한 일인가 봐요."

위소보는 거짓말을 하는 요령을 누구보다도 잘 알고 있었다. 처음부터 끝까지 다 거짓말을 하면 상대가 믿지 않지만, 사실 아홉 마디에 거짓말을 한 마디 끼워넣으면 누구나 다 믿기 마련이었다.

노인은 들을수록 의아했다. 오응웅과 양일지, 두 사람의 이름은 그도 들어서 잘 알고 있었다. 그리고 교도 중 한 주요 인물이 양람기 기주 밑에 있었다는 것은 신룡교에서도 아주 큰 기밀에 속해 자기도 달포 전에야 비로소 우연히 알게 됐다.《사십이장경》이란 경전에 대해서도 어렴풋이 들은 바가 있는데, 그 자세한 내막은 전혀 알지 못했다.

노인이 얼른 물었다.

"평서왕부는 우리 신룡교와 아무런 원한도 없는데 무슨 억하심정으로 우릴 겨냥하지? '섬멸'을 하겠다니? 정말 죽고 싶어서 환장한 모양이군!"

위소보가 말했다.

"오응웅과 그 사람들이 말하는 걸 들어보면, 평서왕부는 물론 신룡교와 아무 원한이 없대요. 뿐만 아니라 홍 교주에 대해서는 다들 탄복한다고 말하더군요. 문제는 그 무슨 《사십이장경》이래요. 그 천하의 보물을 손에 넣기 위해선 싸울 수밖에 없대요. 그리고 귀교에 아주 뚱뚱한 여자… 그 유연이라는 누님이 궁에 들어가 있죠?"

노인은 눈이 휘둥그레졌다.

"아니… 그것까지 알고 있어?"

위소보는 생각나는 대로 시부렁댔다. 신룡교와 조금이라도 연관된 거라면 무조건 다 털어냈다. 그는 속으로 잽싸게 생각을 굴리며 다시 말했다.

"그 유 누님은 나하고 제법 친분이 두터워요. 한번은 태후가 그녀를 죽이려 했는데, 내가 목숨을 걸고 도와서 침상 밑에 숨겨줬어요. 태후는 아무리 찾아도 궁에서 그녀를 찾아내지 못했죠. 그 뚱보 누님은 나한테 감사하며 신룡교에 가입하기를 권했어요. 신룡교의 홍 교주님은 나 같은 어린애를 좋아한다면서, 나중에 틀림없이 많은 혜택을 줄 거라더군요."

노인은 고개를 끄덕였다.

"음…."

그는 이제 위소보의 말을 의심하지 않게 되었다.

"태후가 왜 유연을 죽이려 했지? 그들은… 사이가 좋았잖아?"

위소보가 득의만면해서 말을 이었다.

"네, 그래요. 그들은 사저와 사매 사이니 당연히 사이가 좋았죠. 한데 태후가 왜 유 누님을 죽이려 했을까요? 유 누님의 말을 빌리면, 거기엔 아주 중대한 기밀이 숨겨져 있대요. 유 누님은 나더러 그 기밀을 절대 다른 사람한테 누설하면 안 된다고 했기 때문에, 미안하지만 어르신께는 말할 수 없어요. 어찌 되었든 태후의 자령궁에 최근 여장 궁녀가 하나 나타났어요. 빡빡머리에다…."

노인은 자신도 모르게 소리를 질렀다.

"아니, 등병춘鄧炳春? 등 대형이 입궁한 것까지 알고 있단 말이야?"

위소보는 그 가짜 궁녀의 이름이 '등병춘'이라는 걸 몰랐다. 그러나 자신은 모르는 게 없다는 듯 의미심장하게 웃었다.

"장삼 어른, 등병춘의 이름은 아주 극비에 속합니다. 절대 다른 사람한테 누설하면 안 돼요. 큰 화를 당하게 될 거예요. 이미 알고 있는 나한테 말했으니 망정이지, 만약 제삼자가 옆에 있었다면 설령 가장 믿을 만한 부하라고 하더라도 큰 화를 피할 수 없어요. 교중의 기밀이 누설돼서, 홍 교주께서 그 사실을 알고 화를 내면, 아마 어르신도 무사하지 못할 겁니다."

그는 궁에 오래 있었기 때문에 기밀을 누설하는 것은 아주 큰 금기라는 사실을 잘 알고 있었다. 심하면 멸문을 당할 만큼 아주 큰 죄다. 그래서 조정의 모든 사람이 알쏭달쏭, 긴가민가, 허허실실, 신비에 싸여 있다고 해도 과언이 아니었다. 그리고 입 밖에 내기가 곤란해서 그렇지 사실은 무엇이든 다 알고 있다는 듯, 야릇한 태도를 취하기 일쑤였다. 그것도 나름대로 오랜 경험을 통해 터득한, 일종의 비법이라 할 수 있었다. 위소보가 그 비법을 장삼이란 노인에게 쓰자, 역시 효과가 있었다.

강호의 방파나 교파는 상명하복, 수직관계로 되어 있어 위계질서가 잘 잡혀 있었다. 그 수법은 조정과 별반 다를 게 없을 정도로, 거의 똑같다고 할 수 있다. 차이가 있다면 강호 쪽은 거칠고 노골적인 반면, 조정 쪽은 주도면밀하고 은근하다는 것뿐이었다.

노인은 위소보의 협박 아닌 협박에 내심 놀라고 겁이 났다.

'등병춘의 이름을 이 어린것한테 말하다니, 내가 왜 이렇게 경솔했지? 이놈을 살려두면 안 되겠어. 일이 끝난 다음에 반드시 죽여서 후환을 없애야 돼.'

그는 표정이 어색해지며 억지로 웃었다.

"우리 등 사형하고 무슨 얘길 나눴지?"

위소보가 말했다.

"등 사형과 나눈 얘기랑 또 그가 홍 교주께 전하라고 한 말은, 나중에 홍 교주를 만나면 자세히 전해드릴 거예요."

노인은 절로 긴장이 됐다.

"아, 그래, 그래…."

갈수록 위소보의 정체에 대해 종잡을 수가 없었다. 그는 부드럽게 웃으며 말했다.

"소형제, 오대산으로 가는 건 당연히 서동을 만나기 위해서겠지?"

위소보는 속으로 생각했다.

'내가 오대산에 가는 걸 알고 있고, 서동의 일도 알고 있어… 틀림없이 그 늙은 화냥년이 얘기해준 거야. 그년은 대머리 가짜 궁녀를 사형이라 불렀어. 그 대머리는 신룡교의 중요한 인물이니 늙은 화냥년도 신룡교와 밀접한 관계가 있는 게 분명해. 지금 신룡교 수중에 잡혔으니 십중팔구 살아남기 어려울 거야.'

그는 일부러 놀란 척하며 말했다.

"아니, 장삼 어른! 정말 모르는 게 없군요. 서 부총관의 일까지 알고 있단 말입니까?"

노인은 빙긋이 웃었다.

"서 부총관뿐만 아니라 그보다 천만 배 더 높은 사람도 알고 있어."

위소보는 내심 야단났다고 생각했다.

'큰일이군! 늙은 화냥년이 다 얘기해줬나 봐. 서 부총관보다 천만 배 더 높은 사람이라면… 순치 황제 말고 또 누가 있겠어?'

노인이 다시 말했다.

"꼬마야, 날 속일 생각은 마. 명을 받고 오대산에 가는 거냐? 아니면 다른 일로 가는 거냐?"

위소보가 대꾸했다.

"난 궁에 있는 내관인데 명을 받지 않았다면 어떻게 경성을 떠날 수 있었겠어요? 죽고 싶어 환장한 것도 아닌데…."

노인이 물었다.

"그렇다면 황상의 명을 받았군?"

위소보는 일부러 놀란 표정을 지었다.

"황상? 황상이라고요? 하하… 이번엔 어르신의 추측이 빗나갔네요. 황상이 오대산의 일을 어떻게 알아요?"

노인은 표정이 약간 굳어지더니 다시 물었다.

16. 귀곡산장의 풍운

"황상이 아니라고? 그럼 누가 보낸 거지?"

위소보는 뜸을 들였다.

"한번 알아맞혀보세요."

노인이 말했다.

"그럼 황태후란 말이냐?"

위소보는 웃었다.

"우아! 장삼 어른은 역시 대단하네요. 대번에 알아맞혔어요. 궁에서 오대산의 일을 아는 건, 두 사람과 귀신 하나뿐이에요."

노인은 멍해졌다.

"두 사람과 귀신 하나라니?"

위소보가 고개를 끄덕였다.

"네, 그래요. 두 사람은 나랑 태후고, 귀신은 해대부 해 노공이죠. 그는 태후가 전개한 화골면장을 맞고 죽었어요."

노인의 얼굴 근육이 실룩거렸다.

"화골면장이라… 화골면장… 이제 보니 태후가 보낸 거구나. 태후가 무슨 일로 널 오대산으로 보냈지?"

위소보는 빙긋이 웃었다.

"어르신은 태후와 한 식구니 직접 물어보세요."

이 방에 들어오자마자 위소보가 이런 투로 말했다면, 노인은 대뜸 그의 뺨을 후려갈겼을 것이다. 그러나 지금은 놀라움을 금치 못하면서도 반신반의하며 혼잣말처럼 중얼거렸다.

"음… 태후가 오대산으로 보낸 거라고…?"

위소보가 말했다.

"태후께서는 이미 사람을 시켜 이번 일을 홍 교주께 보고했대요. 홍 교주께서는 아주 잘한 일이라고 칭찬을 아끼지 않았다고 하던데요. 그리고 태후께서는 나더러 이번 일만 잘 처리하면 후한 상을 내리겠다고 했어요. 홍 교주께서도 큰 혜택을 내려줄 거라고요."

그는 '홍 교주'란 세 글자를 자꾸 들먹였다. 지금 눈앞에 있는 이 늙은이는 홍 교주를 대단히 두려워하는 게 분명했다. 그러니 홍 교주가 자기를 예사롭지 않게 여긴다고 말하면, 감히 해치지 못할 거라고 생각했다.

노인은 그의 허장성세에 긴가민가했다. 나중을 생각해서라도, 이왕이면 믿지 않는 것보다 믿는 게 더 유리하다는 판단이 섰다. 그는 넌지시 물었다.

"밖에 있는 여섯 사람은 너의 부하 시종들이냐?"

위소보는 둘러댔다.

"그들은 다 궁에 있어요. 낭자 둘은 태후를 모시는 궁녀고, 남자 넷은 어전 시위죠. 태후께서 날 도우라고 딸려보낸 거예요. 물론 그들은 신룡교에 대해서는 전혀 몰라요. 태후께서 그런 중대한 기밀을 그들한테 얘기해줄 리가 만무하죠. 그러니…."

여기까지 말했을 때 노인의 얼굴에 비웃음이 번지는 것을 보고, 내심 '아뿔싸, 산통이 깨졌나' 싶었다. 그래서 얼른 물었다.

"왜 그래요? 내 말을 못 믿나요?"

노인이 냉소를 날렸다.

"운남의 목왕부는 명조明朝에 충성해왔는데 어떻게 어전 시위가 될 수가 있나? 거짓말을 하더라도 앞뒤가 맞아야지!"

위소보가 하하 웃자, 노인의 표정이 다시 굳었다.

"왜 웃는 거야?"

그는 위소보의 꼼수를 알 리가 없었다. 위소보는 거짓말이 탄로났을 때는 일단 크게 웃고 본다. 그러면 상대방은 자신이 한 말이 크게 틀렸거나, 아니면 유치해서 웃는 게 아닌가 하고 생각하기 마련이다. 그렇게 되면 위소보가 계속 거짓말을 해도 상대는 켕기는 게 있어 지나치게 따지고 들지 못한다.

위소보는 계속 웃음을 터뜨리면서 잽싸게 머리를 굴렸다.

"목왕부가 가장 증오하는 사람은 태후와 황상이 아니에요. 어르신은 아마 그걸 잘 모를걸요."

노인이 눈을 부라렸다.

"내가 왜 몰라? 목왕부가 가장 증오하는 사람은 오삼계겠지!"

위소보는 일부러 놀란 표정을 지었다.

"우아! 대단하시네요, 장삼 어른! 정말 탄복했습니다. 잘 들어봐요. 목왕부 사람이 왜 태후 밑에서 일하게 됐는지 아세요? 바로 오삼계를 멸문시키고 평서왕부를 뿌리째 뽑아버리기 위해서예요. 궁에만 목왕부 사람들이 있는 게 아니에요, 평서왕부에도 있죠. 물론 이건 아주 중대한 기밀에 속해요. 장삼 어른을 믿고 말한 거니까, 절대 다른 사람들에게 누설하면 안 돼요."

노인은 고개를 끄덕였다.

"아… 그랬군…."

그러면서도 그의 말을 곧이 믿지는 않았다.

'밖에 있는 사람들에게 캐물어보면 진위가 금방 가려지겠지. 그 어

린 계집애한테 묻는 게 가장 효과적일 거야. 어린것은 거짓말을 잘 못하니까….'

그가 아무 말 없이 몸을 돌려 밖으로 나가자, 위소보가 소리쳤다.

"아니… 이봐요! 어딜 가는 거죠? 여긴 귀옥이에요! 아니… 나 혼자 남겨놓으면 어떡해요?"

노인이 말했다.

"곧 돌아올 거야."

그는 밖으로 나가 문을 닫고 바로 대청으로 향했다.

위소보는 등줄기를 타고 식은땀이 흘러내렸다. 촛불이 흔들릴 때마다 흰 벽에 그림자가 연신 어른거렸다. 그 그림자 하나하나가 전부 귀신처럼 보였다. 주위는 쥐 죽은 듯이 아무 소리도 들리지 않았다. 그런데 난데없이 밖에서 누군가의 놀란 외침이 들려왔다.

"다들 어디 있어?"

바로 그 장삼이라는 노인의 외침이었다. 위소보는 그의 목소리에 놀라움과 공포가 가득 차 있는 것을 느낄 수 있었다. 그렇지 않아도 두려움에 벌벌 떨고 있는데, 그 외침을 듣자 너무 놀라 기절할 것만 같았다. 그도 소리쳤다.

"다들… 어디 간 거야? 왜 아무도 보이지 않아?"

노인의 외침이 다시 들려왔다.

"다들 어디 있나? 다 어디로 간 거야?"

외침이 끊기자 주위는 더욱 조용해졌다. 누군가 앞뒤로 황급히 달리는 소리가 들리는가 싶더니 '쾅쾅' 문을 걷어차는 소리가 잇따랐다. 그리고 누군가 급히 달려오는 발걸음 소리와 함께 '쾅' 하고 문이 열리더니 한 사람이 방 안으로 뛰어들어왔다.

위소보는 놀라 비명을 질렀다.

"으악!"

들어온 사람은 바로 그 노인이었다. 안색은 백지장처럼 창백하고, 눈은 놀란 황소눈깔만큼 크게 뜨고 숨을 헐떡였다.

"다들… 아무도… 보이지 않아….”

위소보가 소리쳤다.

"다들… 귀신한테 잡혀갔나 봐요. 우리도… 빨리 도망가요!"

노인은 스스로를 위로하는 듯 중얼거렸다.

"아니야… 그럴 리 없어….”

그러면서 왼손으로 탁자를 짚었는데, 탁자가 덜덜 흔들렸다. 그가 얼마나 놀라고 당황했는지 능히 짐작할 수 있었다. 그는 몸을 돌려 문 쪽으로 가서 다시 소리쳤다.

"다들 어디 있는 거야? 어디로 갔어?"

소리를 치고 나서 귀를 기울였다. 어둠을 뚫고 어디선가 여인의 울음소리가 다시 들려왔다. 노인은 어찌할 바를 몰라 안절부절못하면서 문 쪽에 서 있다가 뒤로 몇 걸음 물러나는가 싶더니 문을 닫고 빗장을 걸었다.

위소보는 눈을 동그랗게 뜨고 그를 쳐다봤다. 그 눈에 공포가 가득 차 있었다. 노인은 두려움을 이기려는 듯 이를 악물고 있었는데, 안색이 창백했다가 시퍼렇게 변했다. 그야말로 사색이 돼 있었다.

억수같이 쏟아지던 비가 잠시 멎었었는데, 갑자기 또 퍼붓는지 지붕에서 후드득후드득 소리가 들려왔다.

"앗!"

노인은 소스라치게 놀라며 펄쩍 뛰더니, 잠시 가슴을 쓸어내리고 나서 중얼거렸다.

"비… 비야… 비…."

이때 대청 쪽에서 갑자기 여인의 가느다란 음성이 들려왔다.

"장삼, 이리 나와라."

그 음성은 전혀 부드럽지 않고 오히려 싸늘한 기운이 감돌았다. 절대 방이나 목검병의 음성이 아니었다. 위소보가 나직이 말했다.

"여자 귀신이야!"

노인은 악을 쓰듯 소리쳤다.

"누구냐?"

그러나 아무도 응답하는 사람이 없었다. 밖에선 좌악좌악 들이붓듯이 쏟아지는 빗소리 외엔 다른 소리가 들리지 않았다. 노인과 위소보는 서로 마주 보며 모골이 송연해졌다.

한참 후 그 여인의 음성이 다시 들려왔다.

"장삼, 어서 나오라니까!"

노인은 용기를 내는 듯 두 주먹을 불끈 쥐고 아랫입술을 질근 깨물고는 '펑' 하고 문을 걷어찼다. 방문이 바깥으로 열리면서 빗장이 한쪽에 걸렸다. 그는 오른손으로 우지끈 빗장을 빠개버리고 밖으로 뛰쳐나갔다.

위소보가 얼른 소리쳤다.

"나가지 말아요!"

하지만 노인은 이미 대청으로 달려가고 있었다.

노인이 밖으로 뛰쳐나간 후로는 빗소리 외에 아무 소리도 들리지 않았다. 싸우거나 고함치는 소리도 들리지 않고, 발걸음 소리도 나지 않았다. 문밖에서 차가운 바람이 몰아치면서 빗줄기를 실어와 위소보의 몸을 적셨다. 그는 부들부들 떨었다. 입을 벌려 소리를 지르고 싶었으나 엄두가 나지 않았다.

그때 별안간 '쾅' 하는 소리가 들리며 바람에 문이 닫히고, 곧 이어서 다시 밖으로 열렸다. 이 귀옥 안에 남은 것은 위소보 한 사람뿐이었다. 물론 적지 않은 악귀들이 있을 것이었다. 언제라도 뛰어들어와서 자신의 목을 조를 것만 같았다. 그런데 다행스럽게도 한참 기다렸는데도 악귀들이 나타나지는 않았다.

위소보는 스스로를 위로했다.

'그래! 귀신은 어른만 해치지 어린애는 해치지 않을 거야. 아니면 이미 많은 사람들을 잡아먹어서 배가 불러 쉬고 있겠지. 날이 밝으면 빨리 달아나야겠어!'

그런데 갑자기 또 한 차례 강풍이 휘몰아치는가 싶더니 방 안의 촛불이 꺼졌다.

"으악!"

위소보는 비명을 질렀다. 방 안에 귀신이 들어와 있음이 분명했다. 그 귀신은 바로 자신 앞에 서 있었다. 비록 어둠 속이라 볼 수는 없어도 귀신이 바로 앞에 있다는 것을 확실히 느낄 수 있었다. 위소보는 떨리는 음성으로 말했다.

"이봐요, 이봐요… 날 해치지 말아요. 나도… 귀신이에요. 우린 한 식구라고요. 아니… 같은 귀신이에요. 귀신끼리 해치면 안 되잖아요."

상대방이 차갑게 말했다.

"겁내지 마라, 널 해치진 않을 거야."

위소보는 상대방의 음성을 듣자 정신이 번쩍 들었다.

"분명히 날 해치지 않는다고 했으니까 정말 해치면 안 돼요. 남아일 언중천금이에요, 꼭 약속을 지켜요!"

상대방이 다시 차갑게 말했다.

"난 귀신이 아니야. 대장부도 아니고! 묻는 말에 솔직히 대답해봐. 조정에서 큰 벼슬을 하던 그 오배를 정말 네가 죽였니?"

위소보가 말했다.

"정말 귀신이 아닌가요? 그럼 오배의 원순가요, 친군가요?"

그는 몇 마디를 더 물었지만 상대는 한 마디도 대답을 하지 않았다. 위소보는 갈피를 잡지 못했다. 상대방이 오배의 원수이거나 원귀冤鬼라면 당연히 사실대로 시인해야 한다. 그러나 만약 상대가 오배의 친구거나 친귀親鬼라면, 시인하는 즉시 무슨 날벼락을 당할지 알 수 없었다. 그는 순간적으로 도박 근성이 살아났다.

'그래, 도 아니면 모야! 홀짝 중에 어차피 한쪽을 걸 수밖에 없어. 잘하면 본전을 건질 수 있고, 잘못하면 목숨을 잃는 거야!'

아무리 생각해도 오배는 악행을 많이 저질렀으니 음계陰界에도 친귀보다는 원귀가 더 많을 것 같았다. 그래서 당당하게 말했다.

"빌어먹을! 그래요, 오배는 내가 죽였어요! 어쩔 거요? 내가 등에 칼을 꽂았더니 바로 염라대왕한테 가더군요. 복수하려면 하세요! 눈 하나라도 깜박한다면 영웅호한이 아니지!"

상대방이 짧게 물었다.

"왜 오배를 죽였지?"

위소보는 생각을 굴렸다.

'네가 만약 오배의 친구라면 난 모든 책임을 황제한테 떠넘겨야지! 그래도 날 용서하지 않겠지만, 어차피 주사위는 던져졌어. 잃을 거면 홀딱 다 잃고, 딸 거면 왕창 따야지!'

그는 큰 소리로 외쳤다.

"오배는 죄 없는 천하 백성을 무수히 죽였어요! 난 비록 나이가 어리지만 도저히 참을 수가 없었어요. 한데 그가 황제한테까지 덤비기에 그냥 확 죽여버렸어요! 내가 한 일이니 대장부답게 다 내가 책임질게요. 잘 들어요, 설령 그가 황제한테 까불지 않았더라도 기회를 봐서 없애려 했어요. 그래야 억울하게 죽은 천하 백성들을 대신해 피맺힌 원한을 갚아줄 수가 있죠!"

마지막 말은 천지회 청목당 사람들에게서 배운 거였다. 사실 오배를 죽인 건 강희의 명에 따른 것이지, '천하 백성의 피맺힌 원한'과는 전혀 상관이 없었다.

그가 말을 다 했는데도 상대방은 아무런 반응도 보이지 않았다. 위소보는 가슴이 두근두근 뛰었다. '도' 아니면 '모'인데, 주사위를 제대로 던진 건지 알 수가 없었다.

한참 후, 바람이 살랑 부는가 싶더니, 그 여자인지 여자 귀신인지가 슬그머니 방을 빠져나갔다.

위소보는 계속 바들바들 떨었다. 그러나 혈도가 찍힌 터라 움직일 수 없었다. 그냥 속으로만 투덜댔다.

'빌어먹을! 마지막 승부수를 건 주사위를 흔들었는데, 왜 뚜껑을 열

지 않는 거야? 정말 미치고 환장하겠네!'

아까는 도박 근성이 살아나 한판 승부수를 던졌는데, 지금 가만히 생각해보니 뭔가 잘못된 것 같았다. 상대방은 사람이 아니라 귀신일 확률이 높다. 그렇다면 여자 귀신일 테고, 오배는 죽어서 남자 귀신이 됐을 테니, 귀신끼리는 은근슬쩍 통하는 면이 있을 것이었다. 귀신과 귀신이 짝짜꿍이 돼서 이 위소보를 상대한다면 어찌 당해낼 재간이 있겠는가!

방문 두 짝은 바람에 따라 삐거덕거리며 열렸다 닫혔다 했다. 옷이 비에 젖어 바람이 더 차갑게 느껴졌다. 방에 혼자 남은 위소보는 계속 떨 수밖에 없었다.

위소보가 서쪽 불전에 가서 자리를 잡자 승려들이 줄지어 들어왔다.

그는 예물을 하나하나 나눠주며 승려들을 일일이 주시했다.

그러나 50여 개의 선물을 다 나눠주었는데도 '어른 소황제'는 고사하고 소황제를

약간 닮은 승려도 없었다.

갑자기 멀리서 불빛이 나타나더니, 천천히 앞으로 옮겨왔다. 위소보는 깜짝 놀라 속으로 외쳤다.

'귀화鬼火, 도깨비불이야!'

불빛은 점점 더 가까이 다가왔다. 등롱불이었다. 그 등롱을 들고 있는 것은, 흰 옷을 입은 여자 귀신이었다. 위소보는 냅다 도망치고 싶었으나 장삼한테 혈도가 찍혀 발가락조차 까딱할 수 없었다. 그는 눈을 꼭 감아버렸다. 가벼운 발걸음 소리가 바로 자기 앞에서 멎었다. 위소보는 너무 놀라 숨도 제대로 못 쉬고 그저 바들바들 떨고 있는데, 한 소녀의 웃음 섞인 음성이 들려왔다.

"왜 눈을 감고 있어요?"

애교가 넘치는 부드러운 음성이었다. 위소보가 용기를 내서 말했다.

"겁주지 마! 절대… 눈을 뜨지 않을 거야!"

그 여자 귀신이 웃으며 말했다.

"내가 겁나서 그러죠? 눈, 코, 입에서 피를 질질 흘리며 혀를 길게 늘어뜨리고 있을까 봐 겁이 나나요? 눈을 한번 떠봐요."

위소보는 떨리는 음성으로 말했다.

"난 안 속아! 머리를 치렁치렁 늘어뜨리고 피를 질질 흘리는 게 뭐가… 볼 게 있다고 눈을 뜨라는 거야?"

여자 귀신은 까르르 웃었다. 그러고는 그의 얼굴에다 '후!' 하고 입 김을 불었다. 그 입김이 얼굴에 닿자 온기가 느껴졌다. 그리고 은은한 향기가 풍겼다. 위소보는 왼쪽 눈만 살짝 가늘게 떴다. 백옥처럼 매끄 러운 얼굴 윤곽이 시야에 들어왔다. 초승달 같은 눈썹에 작은 입, 활짝 웃고 있는 것 같았다.

위소보는 바로 눈을 크게 떴다. 역시 생각했던 대로 청순하고 예쁜 소녀의 얼굴을 확연히 볼 수 있었다. 나이는 열서너 살쯤 됐을까, 머리 를 두 갈래로 땋아내리고, 자기를 쳐다보면서 생글생글 웃고 있었다.

위소보는 마음을 진정시키며 물었다.

"정말 귀신이 아니야?"

소녀는 웃으며 말했다.

"귀신이에요, 목매달아 죽은 귀신이에요!"

위소보는 고개를 갸웃하며 긴가민가했다.

소녀가 다시 웃으며 말했다.

"나쁜 사람을 죽일 때는 아주 대담했을 텐데, 왜 귀신을 그렇게 무 서워하죠?"

위소보는 숨을 길게 들이켰다.

"난 사람은 겁나지 않는데 귀신은 무서워!"

소녀는 다시 까르르 웃었다.

"근데 무슨 혈도를 찍혔나요?"

위소보가 말했다.

"나도 그걸 알면 좋겠어."

소녀는 그의 어깨를 몇 번 주무르더니 등을 가볍게 세 번 두드려주었다. 그러자 위소보는 이내 양손을 움직일 수 있었다. 그는 팔을 몇 번 흔들어보고 나서 웃으며 말했다.

"혈도를 풀 줄 아는군. 정말 신기한데! 이제 보니 목매달아 죽은 귀신이 아니라, 혈도를 잘 푸는 귀신이군!"

소녀가 말했다.

"나도 배운 지 얼마 안 됐어요. 오늘 처음 해본 거예요."

이어 위소보의 겨드랑이와 허리께를 주무르고 가볍게 두드렸다.

위소보는 펄쩍 뛰었다.

"안 돼! 그만… 그만… 간지러워."

어느새 다리의 혈도도 풀렸다. 그는 이 어린 여자 귀신이 아주 귀여웠다. 겁이 씻은 듯이 사라지자, 두 손을 앞으로 내밀어 웃으며 말했다.

"날 간지럽혔지? 좋아! 나도 똑같이 갚아줄게!"

그러면서 정말 간질이려고 소녀에게 다가갔다.

소녀는 혀를 쭉 내밀어 '메롱' 하며 귀신 흉내를 냈다. 하지만 그 얼굴은 전혀 무섭지 않고, 오히려 너무나 귀여웠다. 위소보는 한술 더 떠 손으로 그녀의 혈도를 찍으려 했다. 소녀는 얼른 고개를 돌려 피하며 까르르 애교 있게 웃었다.

"목매달아 죽은 귀신은 겁나지 않나 보죠?"

위소보가 말했다.

"넌 그림자도 있고, 온기도 있어. 귀신이 아니라 사람이야!"

소녀가 눈을 크게 뜨며 자못 진지하게 말했다.

"난 귀신이 아니라 강시예요!"

그 말에 위소보는 잠깐 멍해졌으나 등롱불에 비친 그녀의 불그레하고 뽀얀 안색을 보고는 웃으며 말했다.

"강시는 다리를 구부리지 못하고, 말도 하지 못해!"

소녀는 또 까르르 웃었다.

"그럼 난 불여우예요!"

위소보는 여유 있게 웃었다.

"난 불여우는 겁나지 않아!"

속으로는 반신반의했다.

'정말로 불여운가?'

그녀의 등 뒤로 돌아가서 살펴보자, 소녀가 웃으며 말했다.

"난 천년 묵은 불여우라 도술이 뛰어나서 꼬리가 없어요."

위소보는 그녀를 빤히 쳐다보았다.

"좋아, 너같이 예쁜 불여우라면 홀려서 죽어도 좋아!"

소녀는 얼굴을 살짝 붉히며 혀를 날름 내밀어 약을 올렸다.

"부끄러운 줄도 모르나 봐. 좀 전만 해도 귀신이 무서워 벌벌 떨더니 이젠 농담까지 하네요."

위소보는 강시를 제일 무서워하고, 그다음으로는 귀신을 겁낸다. 불여우는 그다지 무서워하는 편이 아니다. 더구나 이 소녀는 귀엽고 예쁜 게, 어딜 봐도 불여우 같지 않았다. 게다가 강남 말씨가 배어 있어 자기 고향 말투와 비슷했다. 운남 말씨를 쓰는 목검병이나 방이보다 더 친근감이 있었다. 그래서 웃으며 물었다.

"낭자, 이름이 뭐야?"

소녀가 대답했다.

"난 쌍아雙兒라고 해요. '한 쌍' 할 때 그 '쌍'이에요."

위소보가 여전히 웃으며 말했다.

"얼씨구, 그럼 향기로운 한 쌍의 꽃신인가? 아니면 구린내 나는 한 쌍의 양말인가?"

쌍아가 역시 웃으며 말했다.

"향기로운 꽃신이든, 냄새나는 양말이든 맘대로 생각하세요. 난 상관없어요. 계 상공, 몸이 다 젖었으니 불편할 거예요. 저쪽으로 가서 옷을 좀 말려야겠어요. 근데 한 가지 좀 난처한 일이 있는데… 양해해주세요."

위소보가 물었다.

"무슨 일인데?"

쌍아가 대답했다.

"여기는 갈아입을 남자 옷이 없어요."

위소보는 등골이 오싹해지며 안색이 약간 변했다.

'혹시 여긴 정말 여자 귀신들만 득실거리는 게 아닐까?'

쌍아가 등롱불을 들고 앞장섰다.

"따라오세요."

위소보는 망설였다. 그러는 사이 쌍아는 문 앞까지 가서 고개를 돌려 웃으며 말했다.

"여자 옷은 입기 꺼려져서 그래요? 그럼 침상에 누워 있어요. 내가 옷을 다리미로 다려드릴게요."

위소보는 그녀가 워낙 부드럽고 살갑게 대해줘서 거절할 수가 없었다. 천천히 뒤를 따라 방문을 나서며 물었다.

"나랑 함께 온 사람들은 다들 어디 있지?"

쌍아는 두 걸음 늦춰 그와 어깨를 나란히 하고 걸으면서 나직이 말했다.

"계 상공한테 아무 말도 하지 말라고, 셋째 마님께서 당부했어요. 요기를 하고 나면 셋째 마님이 직접 다 말해줄 거예요."

위소보는 그렇지 않아도 배가 고팠다. 요기 얘기가 나오자 정신이 번쩍 들었다.

쌍아는 위소보를 데리고 캄캄한 복도를 지나 어느 방으로 들어가 촛불을 밝혔다. 방 안에는 탁자와 침상만 있을 뿐, 아주 간결하고 깨끗하게 정돈돼 있었다. 침상에는 이불이 깔려 있었는데, 쌍아가 이불 한쪽을 들추고 휘장을 내렸다.

"계 상공, 침상에 올라가 옷을 벗어서 던져주세요."

위소보는 그녀가 시키는 대로 침상에 올라 겉옷을 벗고 이불 속으로 쑥 들어갔다. 그리고 벗은 옷을 휘장 밖으로 던져주었다. 쌍아는 옷을 가지고 문 쪽으로 걸어가며 말했다.

"먹을 것을 가져올게요. 종자粽子(찹쌀에 대추 따위를 넣어 댓잎이나 갈잎에 싸서 쪄먹는 음식, 주로 단오절에 먹는다)가 있는데 단 걸 원해요, 아니면 짭짤한 걸로 가져올까요?"

위소보가 웃으며 대답했다.

"배 속에서 꼬르륵 소리가 나는데, 흙으로 빚은 종자라고 해도 서너 개는 먹어치울 수 있을 거야."

쌍아는 웃으며 밖으로 나갔다.

그녀가 나가자 방 안은 조용해졌다. 위소보는 흔들리는 촛불을 보자 다시 겁이 났다.

'어이구, 이거 야단났는데… 귀신이 주는 음식이라면 주로 지렁이나 송충이, 바퀴벌레일 텐데… 속아선 안 되지.'

얼마쯤 있으니까, 달짝지근한 냄새와 구수한 고기 냄새가 풍겨왔다. 쌍아가 나무쟁반을 두 손에 받쳐들고 와서 팔로 휘장을 젖혔다. 쟁반에는 갈잎을 벗긴 종자 네 개가 담겨 있었다. 위소보는 배가 고프던 참이라 구미가 당겼다. 설령 찹쌀 속에 지렁이나 송충이가 들어 있대도 일단 먹고 봐야겠다고 생각했다.

바로 젓가락을 집어 먹기 시작했다. 너무나 감미롭고 맛이 좋았다. 그는 주먹만 한 종자를 반쯤 먹고 나서 물었다.

"쌍아, 이건 호주湖州 종자 같은데, 정말 맛있네."

절강성 호주에서 나는 종자는 주원료인 찹쌀이 부드럽고 또한 소가 맛있기로 소문나 그 명성이 천하에 널리 알려져 있었다. 위소보가 살던 양주에도 호주 종자를 파는 가게가 있었다. 여춘원에 오는 손님 중에도 가끔 호주 종자를 사오라고, 위소보에게 심부름을 시키는 이가 있었다. 종자는 주로 댓잎이나 갈잎으로 겉을 겹겹이 싸기 때문에 훔쳐먹기가 쉽지 않았다. 그래도 찹쌀이 조금이라도 삐져나오게끔, 한 귀퉁이를 억지로 눌러서 맛을 보곤 했다. 북쪽 지방인 북경으로 오고 나서는 호주 종자를 맛볼 기회가 없었다.

쌍아는 약간 놀라는 눈치였다.

"정말 맛을 잘 아네요. 호주 종자라는 걸 한번 먹어보면 금방 알 수 있나 보죠?"

위소보는 우걱우걱 씹는 중이라 흐릿하게 말했다.

"이게 정말 호주 종자야? 여기서 어떻게 호주 종자를 살 수 있지?"

쌍아가 웃으며 말했다.

"산 게 아니라, 그건 불여우가… 히히… 불여우가 도술을 부려 만든 거예요."

위소보도 웃으며 칭찬을 했다.

"불여우가 정말 신통방통하군."

그는 장삼 등이 떠올라 한마디 덧붙였다.

"영원불멸하리라!"

쌍아가 까르르 웃었다.

"천천히 드세요. 제가 다리미를 가져다가 옷을 다려드릴게요."

한 걸음 내딛더니 물었다.

"이젠 무섭지 않아요?"

위소보는 두려움이 많이 가셨지만 아직도 조금은 무서웠다.

"빨리 돌아와야 해!"

쌍아가 대답했다.

"네!"

얼마 후 '뿌지직' 하는 소리가 들려 휘장 너머를 보니, 쌍아가 빨갛게 달아오른 다리미를 가져와 겉옷과 바지를 탁자 위에 펼쳐놓고 다림질을 하고 있었다.

종자는 두 개가 달고, 두 개는 짭조름했다. 위소보는 세 개를 먹었는데 배가 불러 더 이상 먹지 못했다.

"종자가 정말 맛있는데, 쌍아가 만든 거야?"

쌍아가 웃으며 대답했다.

"셋째 마님이 소를 만들었고 저는 싸는 걸 좀 도왔어요."

위소보는 그녀가 강남 말씨를 쓰자 넌지시 물었다.

"다들 호주 사람인가?"

쌍아는 약간 머뭇거리더니 대답하지 않았다.

"옷을 거의 다 다렸어요. 계 상공이 셋째 마님을 만나면 직접 물어보세요. 그래도 되죠?"

말투가 아주 부드럽고 공손했다.

위소보가 말했다.

"되지, 안 될 게 뭐 있어?"

그는 휘장을 들춰 쌍아가 옷 다리는 것을 쳐다보았다. 쌍아는 고개를 들어 그를 한번 보고는 생긋이 웃으며 말했다.

"웃통을 벗고 있어서 감기 걸리겠어요."

위소보는 장난기가 동해 몸을 벌떡 일으키며 소리쳤다.

"뛰어내릴 거야! 난 홀딱 벗어도 감기에 걸리지 않아!"

쌍아는 깜짝 놀랐다. 위소보는 소리를 치고 나서 바로 이불 속으로 쏙 들어가 머리까지 뒤집어썼다. 그것을 본 쌍아가 까르르 웃었다.

밥 한 끼 먹는 시간이 지났을까, 쌍아가 다 다린 옷을 휘장 안으로 밀어넣어주었다. 위소보는 옷을 입고 침상에서 내려왔다.

쌍아는 그를 도와 단추를 채워주고, 작은 나무빗으로 머리를 빗어 변발을 땋아주었다. 위소보는 그녀에게서 풍기는 은은한 향기를 가까이서 음미하며 기분이 아주 좋았다.

"이제 보니 불여우도 아주 착하네."

쌍아는 입을 삐쭉이며 눈을 곱게 흘겼다.

"무슨 불여우 말이에요? 듣기 싫어 죽겠네. 난 불여우가 아녜요."

위소보가 말했다.

"아, 알았어. 그럼 불여우가 아니라 '선녀'였구먼!"

쌍아가 웃으며 말했다.

"선녀도 아니고 그냥 하녀예요."

위소보가 그녀의 말을 받았다.

"나는 내관이고 쌍아는 하녀라, 우리 둘 다 상전을 모시고 있으니
잘 어울리는 한 쌍이네."

쌍아가 말했다.

"계 상공은 황제를 모시고 있는데 어떻게 저랑 비교가 되겠어요?
하늘과 땅 차이죠."

말을 하는 사이에 변발을 다 땋았다. 쌍아가 다시 말했다.

"저는 남자 어르신의 머리를 땋아본 적이 없어요. 제대로 땋아졌는
지 모르겠네요."

위소보는 변발을 가슴 앞으로 당겨 한번 보더니 짓궂게 말했다.

"아주 잘했어. 난 머리를 땋는 게 늘 귀찮았는데, 매일매일 날 도와
서 변발을 땋아주면 얼마나 좋을까!"

쌍아가 진지하게 말했다.

"저는 그런 복을 타고나지 못했어요. 계 상공은 대영웅이잖아요. 오
늘 변발을 한번 땋아드린 것만도 전생에 쌓은 음덕이라고 생각해요."

위소보는 눈을 크게 떴다.

"어이구, 왜 이리 겸손하시나? 쌍아 같은 절세가인이 날 위해 머리
를 땋아줬으니, 나야말로 전생에 목탁을 열여덟 개나 구멍 낼 정도로
불공을 드려 겨우 쌓은 음덕이라 할 수 있지. 똑똑… 똑똑… 아직도 가

습속으로 목탁을 치고 있어."

쌍아는 얼굴을 붉히며 나직이 말했다.

"난 진심으로 한 말인데, 그렇게 놀리면 어떡해요?"

위소보가 얼른 말했다.

"아니야, 나도 진심에서 우러나 한 말이야."

쌍아는 생긋이 웃었다.

"계 상공만 괜찮다면 셋째 마님이 뒤뜰 객청으로 모시고 싶대요."

위소보는 고개를 끄덕였다.

"그러지. 한데 셋째 나리는 안 계신가?"

쌍아가 간단하게 대답했다.

"네."

그리고 나직이 덧붙였다.

"별세하셨어요."

위소보는 그 많은 방 안에 모셔져 있는 신위들을 생각하니 등골이 오싹해져서 더 이상 물을 수 없었다. 그는 쌍아를 따라 뒤뜰에 자리한 작은 객청 안으로 들어갔다. 자리를 잡고 앉자 쌍아가 따뜻한 차를 대접했다. 위소보는 가슴이 두근거려 더 이상 쌍아에게 농담을 하지 못했다.

얼마 후 가벼운 발걸음 소리가 들리더니 칸막이 병풍 뒤에서 하얀 소복 차림의 젊은 부인이 모습을 드러냈다. 이목구비가 수려하고 아주 단아한 모습이었다.

"계 상공, 먼 길을 오느라 고생이 많았겠네요."

말을 하면서 몸을 깊숙이 숙여 공손하게 인사를 했다. 위소보도 황급히 몸을 숙여 답례하고 말했다.

"별말씀을요."

그 젊은 부인이 말했다.

"어서 앉으시죠."

위소보가 보기에 젊은 부인의 나이는 스물예닐곱 정도였다. 화장을 전혀 하지 않은 창백한 얼굴에 두 눈이 불그스름한 게 방금 운 것 같았다. 등불에 그녀의 그림자가 비치는 것으로 미루어, 비록 분위기는 좀 음산하지만 귀신이 아닌 것만은 분명했다. 그래도 위소보는 왠지 좀 불안했다.

"아, 네! 네…."

머뭇머뭇 대답하며 의자에 앉았다.

"셋째 마님께서 주신 호주 종자는 정말 맛있게 잘 먹었습니다. 감사합니다."

젊은 부인이 다시 말했다.

"셋째 마님이란 칭호는 감당하기 어렵네요. 망부의 성은 장莊씨예요. 한데 계 상공은 궁에 얼마 동안이나 계셨죠?"

위소보는 속으로 잽싸게 생각을 굴렸다.

'아까 어둠 속에서 어떤 여인이 오배에 관해 물어서 내가 죽였다고 시인했어. 그러니까 하녀를 시켜 맛있는 종자를 갖다줬지. 그렇다면 내가 승부수를 제대로 던진 거야.'

그는 간단하게 대답했다.

"불과 1년 남짓입니다."

장 부인이 말했다.

"그 간신 오배를 죽인 경위를 저한테 말해줄 수 있나요?"

위소보는 그녀가 오배를 '간신'이라고 부르는 것을 듣고 더욱 마음이 놓였다. 이제 끗발이 가장 높은 '지존패至尊牌'를 손에 쥐고 있는 것이나 다를 바가 없었다. 상대가 어떤 패를 갖고 있는지 모르지만, 아무리 높아도 기껏해야 비길 뿐이었다.

위소보는 거침없이 강희가 어떻게 명을 내렸고, 오배가 반항을 해서 어린 내관들이 일제히 덤벼들어 적지 않은 희생자가 생겼으며, 자기가 향로에 있는 재를 오배의 눈에다 뿌려서 결국 오배를 제압했다는 이야기를 다 들려주었다. 단지 강희가 칼을 뽑아 오배를 찔렀다는 얘기는 하지 않고, 자기가 기습적으로 오배의 등을 찔렀다고 말했다.

장 부인은 아무 말 없이 묵묵히 그의 이야기에 귀를 기울였다. 그리고 오배가 많은 어린 내관을 죽였고, 그도 오배의 공격을 받아 쓰러졌으며, 강희 또한 탁자 밑으로 숨어들었다는 얘기를 들으면서는 몹시 긴장되는 표정이었다. 이어서 그가 향로의 재를 오배의 눈에다 뿌리고 향로를 들어 머리를 내리쳤다는 대목에 이르러서는 절로 안도의 숨을 내쉬기도 했다.

위소보는 설화 선생의 이야기를 많이 들어왔다. 그래서 어느 대목에서 좀 더 과장하고, 어느 대목에서 뜸을 들여야 하는지 요령을 잘 알고 있었다. 더구나 이 일은 그가 직접 겪은 것이라 세세한 부분까지도 일일이 묘사하면서 양념까지 치니, 오배를 제압하던 당시 분위기보다 더 아슬아슬하고 긴박감이 넘쳤다.

장 부인은 고개를 끄덕였다.

"아, 그랬군요. 밖에서 들은 소문과는 영 다르네요. 듣자니 계 상공의 무공이 대단히 뛰어나서 오배와 300여 합을 겨룬 끝에 결국 절초絶招를 전개해서 그를 제압했다고 하더군요. 그 오배는 '만주 제일용사'라고 하는데 어린 계 상공이 어떻게 그를 제압했는지 궁금했는데, 이제야 궁금증이 풀렸어요."

위소보가 웃으며 말했다.

"정말 겨뤘다면 100명의 소계자가 합세해도 그를 당해내지 못했을 겁니다."

장 부인이 말했다.

"그래서 나중에 오배는 어떻게 죽었죠?"

위소보는 다시 생각을 굴렸다.

'아, 셋째 마님은 십중팔구 귀신이 아니라 무림인일 거야. 거짓말을 할 필요가 없을 때는 하지 말아야 해. 자칫 잘못 하다가는 고생해서 따온 돈을 몽땅 날릴 우려가 있지.'

그래서 강희가 강친왕부로 자기를 보내, 오배를 관찰하는 중에 천지회 사람들이 쳐들어온 얘기부터 시작해서, 자기는 그들을 오배의 옛 부하로 착각해 감옥으로 뛰어들어가 오배를 죽인 경위를 다 얘기해주었다. 그리고 마지막으로 덧붙였다.

"알고 보니 그 사람들은 오배의 원수였더라고요. 천지회 청목당의 영웅호한들이었죠. 그들은 내가 오배를 죽인 것을 보고 자기네들을 위해 복수를 해줬다고 좋아했어요."

장 부인은 다시 고개를 끄덕였다.

"계 상공이 진 총타주의 제자가 되고 천지회 청목당의 향주가 된 것도 그 때문이었군요."

위소보는 속으로 시부렁거렸다.

'다 알고 있으면서 왜 나한테 묻는 거야?'

겉으로는 겸손하게 말했다.

"저는 흐리멍덩해서 아무것도 모릅니다. 비록 천지회 청목당의 향주가 됐지만 그야말로 아주 유명무실하죠."

장 부인이 천지회와 적인지 친구인지 알 수 없어, 일단 탐색전에 들어간 것이었다.

장 부인은 잠시 생각에 잠긴 듯하더니 천천히 입을 열었다.

"계 상공이 당시 감옥 안에서 오배를 죽일 때 무슨 초식을 사용했는지 한번 보여줄 수 있나요?"

위소보는 그녀의 눈빛이 형형한 것을 보고 내심 생각했다.

'정말 희한한 여자네. 내가 만약 엉터리로 허장성세 자화자찬을 늘어놓으면 금방 들통이 날 테니, 역시 솔직하게 말하는 게 좋겠어.'

그는 곧 일어나서 말했다.

"솔직히 무슨 초식이라고 할 것도 없어요."

그러고는 비수로 오배의 등을 찌르는 흉내를 내며 말했다.

"저는 무공을 잘 몰라요. 당시 너무 놀라고 혼비백산해서 그냥 마구잡이로 이렇게 막 찔러댔어요."

장 부인은 다시 고개를 끄덕이며 말했다.

"계 상공, 앉으세요. 내가 쌍아를 시켜 다과를 가져오게 할 테니, 한번 맛보세요."

그러면서 몸을 일으켜 정중히 인사를 하더니 안채로 들어갔다.

위소보는 속으로 생각했다.

'나한테 다과를 먹여준다니… 무슨 나쁜 마음을 품고 있는 건 아니 겠지?'

그래도 마음이 놓이지 않았다.

'셋째 마님은 아무리 봐도 귀신 같진 않은데… 혹시 도술이 워낙 뛰 어나 겉으로 드러나지 않는 게 아닐까?'

쌍아가 접시에 다과를 가득 담아서 가져왔다. 계화桂花로 만든 사탕, 잣으로 만든 엿, 그 밖에도 여러 가지 사탕이 보였다. 쌍아는 늘 그렇 듯 생긋이 웃으며 말했다.

"계 상공, 맛있게 드세요."

그녀는 접시를 탁자에 내려놓고 바로 안채로 들어갔다. 위소보는 혼자 객청에 앉아 다과를 먹으면서 날이 빨리 밝기만 바랐다.

시간이 얼마나 지났을까, 갑자기 옷자락이 바스락거리는 소리가 들 렸다. 그리고 문 뒤, 벽걸이 병풍 뒤, 긴 창문 밖에서 무수한 눈동자가 그를 훔쳐보는 듯한 느낌이 들었다. 주위는 어슴푸레해서 그것이 사람 인지 귀신인지 알 수 없었다. 위소보는 자신도 모르게 다시 등골이 오 싹해졌다.

창밖에서 늙수그레한 여인의 음성이 들린 것은 바로 이때였다.

"계 상공, 오배를 죽여 우리의 피맺힌 원한을 갚아줬으니, 이 대은 대덕을 어떻게 보답해야 좋을지 모르겠습니다."

긴 창문이 바로 열렸다. 창밖에는 수십 명의 소복을 입은 여인들이 땅바닥에 무릎을 꿇고 앉아 있었다.

위소보는 깜짝 놀라 얼른 무릎을 꿇고 답례했다. 그러자 여인들은 땅에다 이마를 박으며 연신 절을 했다. 위소보도 영문을 모르는 채 절을 계속했다. 이윽고 긴 창문이 스르르 닫히더니 그 노부인의 음성이 다시 들려왔다.

"은공恩公은 절을 할 필요가 없어요. 그러면 저희 미망인들이 너무 송구스럽습니다."

이어 창문 밖에서 여인들의 울음소리가 크게 들려왔다. 위소보는 모골이 송연해졌다.

잠시 후, 울음소리가 차츰 멀어져갔다. 소복을 입은 여인들이 다 떠난 모양이었다. 모든 게 마치 꿈만 같았다.

'도대체 사람이야, 귀신이야? 보아하니… 아무래도….'

얼마 후 장 부인이 안채에서 걸어나왔다.

"계 상공, 너무 놀라지 마세요. 이곳에 사는 여인들은 다 오배에게 죽음을 당한 충량들의 유가족이에요. 모두들 계 상공이 오배를 죽여서 자기들의 피맺힌 원한을 갚아줬다는 이야기를 듣고, 너무나 감사하고 있어요."

위소보는 떠듬거렸다.

"그럼… 장 어르신도… 오배에게 죽음을 당한 겁니까?"

장 부인이 고개를 숙이며 말했다.

"네, 그래요. 이곳에 사는 사람들은 피를 토하는 심정으로 매일 복수만을 생각해왔어요. 그런데 그 사악무도한 괴수가 천벌을 받아 계 상공 손에 죽은 거예요."

위소보는 겸손하게 말했다.

"제가 무슨 공로가 있겠습니까? 저는 그저 우연히 그를 죽였을 뿐입니다."

쌍아가 위소보의 봇짐을 가져와 탁자에 내려놓았다. 장 부인이 그것을 바라보며 말했다.

"계 상공의 대은대덕은 무엇으로도 보답할 수 없다는 걸 잘 알아요. 정성을 다해 대접해드려야 도리인데, 워낙 누추한 곳이라 별로 대접할 것도 없고… 다들 상의한 결과 작은 성의라도 마련해드리려 했는데… 계 상공의 봇짐에 없는 것이 없으니 저희가 무엇을 마련한들 눈에 차겠습니까? 그리고 무공 같은 것도, 계 상공은 천지회 진 총타주의 제자이니 저희의 미미한 무공은 아무 도움도 될 것 같지 않아 고민을 많이 했어요."

위소보는 그녀의 완곡하고 예의 바른 말에 멋쩍어하며 말했다.

"너무 겸손하십니다. 한데 한 가지 여쭈어보고 싶습니다. 제 친구들은 지금 어디에 있습니까?"

장 부인은 잠시 무언가 깊이 생각하는 듯하더니 입을 열었다.

"그렇게 물으시니 마땅히 대답을 해드려야 도리인데, 은공께서 지금 아시면 유해무익할 거예요. 아무튼 은공의 친구들은 저희가 최선을 다해 잘 모실 테니 염려하지 마세요. 나중에 틀림없이 다시 만나게 될 겁니다."

위소보는 장 부인이 왜 이렇게 말하는지 몹시 궁금했으나 더 물어봤자 소용이 없다는 것을 알고 창문을 바라보며 속으로 생각했다.

'왜 아직도 날이 밝지 않지?'

장 부인은 그의 마음을 꿰뚫어보고 있는 듯 물었다.

"날이 밝으면 은공은 어디로 가실 작정입니까?"

위소보는 생각했다.

'내가 그 장삼 노인과 하는 말을 다 들었을 테니 속일 순 없지.'

그래서 말했다.

"오대산으로 가야 합니다."

장 부인이 말했다.

"여기서 오대산까지는 아직 길이 요원해요. 도중에 풍파를 만날지도 모르니 저희가 은공께 한 가지 선물을 드릴게요. 꼭 받아주셔야 합니다."

위소보가 웃으며 말했다.

"성의로 주시는 건데 어찌 거절할 수 있겠습니까?"

장 부인이 다시 말했다.

"네, 참 잘됐습니다."

그러고는 쌍아를 가리키며 말을 이었다.

"쌍아 이 아이는 저를 따른 지 오래됐어요. 아주 영리하고 일도 깔끔하게 잘합니다. 은공께 드릴게요. 앞으로 은공을 따라다니며 정성껏 잘 모실 겁니다."

위소보는 놀라면서도 내심 좋아했다. 그녀가 주겠다는 선물이 사람일 줄이야, 정말 뜻밖이었다.

좀 전에 쌍아는 옷을 다려주고 머리도 땋아주는 등 많은 도움이 됐다. 이렇게 예쁘고 영리한 계집아이가 곁에 있어주면 그야말로 신나는 일이 아닐 수 없었다. 그러나 이번에 오대산으로 가는 일은 그리 순탄치만은 않을 것이었다. 그때그때 상황에 따라 대응 방법을 강구해야 하는데, 여자아이가 옆에 있으면 짐이 될 수도 있었다.

"장 부인, 저에게 이리 귀한 선물을 주신 데 대해서 뭐라 감사를 드려야 할지 모르겠습니다. 그런데… 그런데….."

사양을 하자니… 남이 성의를 베풀어주는데 어찌 냉정하게 거절할 수 있단 말인가? 그리고 이렇게 귀엽고 예쁜 여자아이를 거절하기엔 너무 아까웠다. 쌍아는 고개를 숙인 채 몰래 자기를 쳐다보고 있다가, 서로 눈빛이 마주치자 얼른 고개를 숙이며 양 볼이 빨개졌다.

장 부인이 물었다.

"은공께 무슨 곤란한 일이라도 있나요?"

위소보는 떠듬거리며 말했다.

"제가 이번에 오대산으로 가는 일은 아무래도 좀… 어려움이 따를 것 같은데, 저 낭자를 데려가면 혹시 불편하지 않을까 걱정이 돼서요."

장 부인이 말했다.

"그런 거라면 걱정할 필요 없어요. 쌍아는 비록 나이는 어리지만 아주 민첩하고 영리해요. 절대 은공께 누를 끼치지 않을 테니 염려 안 하셔도 됩니다."

위소보는 쌍아를 다시 쳐다봤다. 그녀의 새까만 눈동자에 갈망하는 빛이 역력해 보였다. 그래서 웃으며 물었다.

"쌍아, 날 따라가길 원하니?"

쌍아는 고개를 숙인 채 나직이 말했다.

"셋째 마님이 상공을 모시라고 하시니, 당연히… 당연히 셋째 마님 분부에 따라야죠."

위소보가 다시 물었다.

"본인 자신도 원하는지 모르겠네? 어쩌면 위험할 수도 있는데…?"

쌍아는 힘주어 말했다.

"위험 같은 건 겁나지 않아요!"

위소보는 미소를 지으며 말했다.

"두 번째 물음에만 답했지, 첫 번째 물음엔 답하지 않았는데? 그저 부인의 분부에 따를 뿐, 내심 원치 않을 수도 있잖아?"

쌍아가 말했다.

"마님께서 저에게 베풀어주신 은혜는 태산 같고, 은공은 장씨 문중에 큰 은혜를 주셨으니, 마님이 상공을 정성껏 모시라고 하면 저는 최선을 다해 모실 겁니다. 상공께서 저에게 잘해주면 그건 저의 행운이고, 잘 대해주지 않는다고 해도 원망 안 해요. 그게 제 운명이니까요."

위소보는 하하 웃었다.

"그럼 원망할 일은 없고, 분명 행운이 있을 거야."

쌍아의 입가에 엷은 미소가 걸렸다.

장 부인이 다시 말했다.

"쌍아야, 어서 상공께 절을 올려라. 앞으로 넌 계 상공의 사람이다."

쌍아가 고개를 들었는데 눈시울이 벌써 붉어졌다. 그녀는 먼저 장 부인에게 무릎을 꿇고 큰절을 올렸다.

"셋째 마님, 저는… 저는…."

말을 잇지 못하고 흐느끼기 시작했다.

장 부인은 그녀의 머리를 쓰다듬으며 부드럽게 말했다.

"애야, 계 상공은 소년영웅이야. 젊은 나이에 천하에 명성을 날렸으니, 잘 모시도록 해라. 너를 잘 대해준다고 약속했어."

쌍아가 대답했다.

“네.”

이어 몸을 돌려 위소보에게 무릎을 꿇고 절을 했다.

위소보가 그녀를 부축해 일으켰다.

“이러지 말고 어서 일어나.”

그는 봇짐에서 명주구슬 목걸이를 한 줄 꺼내주며 웃음을 지었다.

“이건 우리의 만남을 기념하기 위해 주는 선물이야.”

그러면서 속으로 생각했다.

‘그 명주구슬은 아무리 못 나가도 3~4천 냥은 될 거야. 하녀를 사려면 열 명을 사고도 남겠지. 하지만 하녀 열 명을 합쳐도 이 쌍아만큼 귀엽고 예쁘진 않을 거야.’

쌍아는 두 손으로 받았다.

“감사합니다, 상공.”

그 명주목걸이를 목에 걸자, 구슬에서 나는 광채가 얼굴에 비쳐 더욱 어여뻐 보였다.

장 부인이 말했다.

“쌍아의 부모님도 오배한테 죽음을 당해 식구가 아무도 없어요. 비록 내가 하녀로 데리고 있었지만 좋은 집안 출신이랍니다.”

위소보가 말했다.

“네, 예의 바른 것을 보고 바로 알았습니다.”

장 부인이 물었다.

“이번에 오대산으로 가는 게 무슨 일 때문인지는 몰라도, 공개적으로 가는 건가요, 아니면 은밀히 해야 하는 일인가요?”

위소보가 대답했다.

"은밀히 해야 하는 일이라 암암리에 다녀올 겁니다."

장 부인이 다시 말했다.

"오대산은 워낙 넓고 사찰도 많아요. 그리고 사찰도 청과 황으로 나뉘어 있죠. 와호장룡臥虎藏龍, 어느 곳에 기인이사奇人異士들이 숨어 있을지 몰라요. 은공께선 각별히 몸조심하셔야 합니다."

위소보가 그녀의 말을 받았다.

"네, 걱정해주셔서 감사합니다. 저를 자꾸 '은공'이라 부르시는데, 정말 부담스럽습니다. 그냥 소보라고 불러주세요."

장 부인이 대답했다.

"그럴 순 없죠."

그러면서 몸을 일으켰다.

"그럼 이 미망인은 여기서 작별을 고할게요. 부디 몸 성히 잘 다녀오시길 기원하겠습니다."

이어 쌍아에게 말했다.

"쌍아야, 넌 이 집 대문을 나가는 순간부터 장씨 문중 사람이 아니다. 앞으로 네가 무슨 말을 하든, 무슨 일을 하든, 우리와는 아무 상관이 없다는 것을 명심해라. 설령 네가 바깥세상에서 그릇된 일을 저질러도 우린 널 감싸줄 수가 없어."

그녀의 태도는 아주 엄중했다. 쌍아는 공손히 고개를 숙였다.

장 부인은 다시 위소보에게 작별의 인사를 하고 안으로 들어갔다.

창호지에 서광이 비치는 것이 곧 날이 밝아올 것 같았다. 쌍아는 안으로 들어가 봇짐을 챙겨가지고 나왔다. 그리고 위소보의 봇짐까지 짊어졌다.

위소보가 말했다.

"자, 우리도 이제 가지."

쌍아가 대답했다.

"네!"

얼핏 보니 그녀의 표정이 사뭇 처연해 보였다. 그녀는 한동안 계속해서 뒤뜰 쪽을 바라봤다. 장 부인과의 헤어짐이 못내 아쉬운 모양이었다. 눈시울이 붉어진 것으로 미루어 아까 짐을 가지러 들어갔을 때 한바탕 운 게 분명했다.

위소보는 대문을 나섰고 쌍아는 묵묵히 그의 뒤를 따랐다. 억수처럼 쏟아지던 비는 거짓말같이 이미 멎었고, 산간 계곡에는 많은 물이 흘러 물소리가 요란했다.

위소보는 어느 정도 걷다가 고개를 돌려 '귀옥'으로 알려진 큰 저택을 바라보았다. 뿌연 물안개가 덮여 있는 지붕과 담장이 어슴푸레 시야에 들어왔다. 다시 어느 정도 더 걷다가 뒤돌아보니, 희뿌연 물안개가 모든 것을 삼켜버려 아무것도 보이지 않았다.

위소보는 길게 한숨을 내쉬었다.

"어젯밤의 일은 마치 꿈을 꾼 것 같아. 쌍아, 마님이 마지막으로 네게 한 그 몇 마디가 무슨 뜻이야?"

쌍아가 대답했다.

"셋째 마님의 말씀은… 앞으로 저는 무슨 말을 하든, 무슨 일을 하든, 장씨 문중과 전혀 상관이 없으니 오로지 상공만 잘 모셔야 한다는 뜻이에요."

위소보가 말했다.

"그럼 내 친구들이 어디 있는지 이젠 말해줄 수 있겠네?"

쌍아는 처음엔 멍해하더니 바로 말했다.

"네, 상공의 친구들은 원래 저희가 다 구했어요. 장삼과 그의 부하들도 저희한테 전부 붙잡혔고요. 한데 나중에 신룡교의 무서운 인물이 나타나서 다 빼앗아갔어요. 마님께선 당시 우린 여자의 몸이라 거친 남정네들과 맞붙어 싸우기가 거북하니, 그들이 하는 대로 그냥 내버려두라고 했어요. 그리고 상공의 친구들을 다시 구해내도록, 따로 부탁할 사람도 있다고요. 신룡교 사람은 우리가 맞서지 않고 물러서자 순순히 떠나면서 정중하게 인사말도 했어요."

위소보는 고개를 끄덕이며 아무 말도 하지 않았다. 그러나 방이와 목검병이 현재 어떤 상황에 처해 있는지 걱정이 되지 않을 수 없었다. 쌍아는 그의 표정에서 그 마음을 읽었다.

"셋째 마님께서 신룡교의 그 수령한테 상공의 친구들에게 상해를 입혀선 안 된다고 신신당부를 했고, 그 사람도 직접 약속을 했으니 너무 걱정하지 마세요."

위소보는 한숨을 내쉬었다.

"신룡교 녀석들이 한 말은 개똥방귀나 다름없으니 믿을 수가 있어야지. 휴… 그래도 뭐, 어쩔 수 없지."

그가 다시 물었다.

"셋째 마님은 무공을 할 줄 아나?"

쌍아가 대답했다.

"네, 무공을 할 줄 알 뿐 아니라 아주 대단하세요."

위소보는 고개를 절레절레 흔들었다.

"바람만 세게 불어도 바로 쓰러질 것 같은 사람이 어떻게 무공이 대단할 수 있겠어? 그리고 정말 무공이 대단하다면 남편이 왜 오배한테 죽음을 당했겠어?"

쌍아가 바로 설명을 해주었다.

"나리와 마님이 변을 당했을 당시에는 수십 가구 중에 무공을 익힌 사람이 없었나 봐요. 남자들은 전부 오배한테 잡혀 북경으로 끌려가서 처형당했고, 여자들은 영고탑寧古塔으로 끌고 가 군졸들의 노예로 삼으려고 했대요. 다행히 잡혀가는 도중에 어느 고수를 만났는데, 그가 호송하는 군졸들을 죽이고 여자들을 구해 이곳에서 살게끔 만들어줬대요. 그리고 셋째 마님을 비롯해 모두에게 무공을 전수해줬고요."

위소보는 그 설명을 듣고 비로소 수긍이 갔다.

동녘 하늘에서 눈부신 햇살이 비치고, 날이 훤하게 밝아왔다. 간밤에 내린 큰비로 산간 숲속은 씻은 듯이 싱그럽고 산뜻했다. 위소보는 이제야 간밤에 본 것이, 귀신이 아닌 사람이라는 것을 믿어 의심치 않게 되었다. 그래서 물었다.

"그 방마다 놓여 있는 무수한 신위와 영패들은 모두 오배한테 죽음을 당한 사람들인가?"

쌍아가 대답했다.

"그래요. 우린 깊은 산속에 은거하면서 외부 사람들과는 전혀 접촉하지 않아요. 간혹 인근에 사는 시골 사람들이 호기심에 기웃거리면 우린 귀신 흉내를 내서 쫓아버리곤 했죠. 그래서 다들 그 집을 가리켜 귀옥이니 귀곡산장이라고 해요. 그런 탓인지 근 1년 넘게 아무도 얼씬

거리지 않았어요. 그런데 어제 상공 일행이 나타난 거죠. 셋째 마님은 원수를 갚기 전에는 모든 것을 비밀로 해야 된다고 당부했어요. 영패에는 변을 당한 분들의 함자가 적혀 있는데, 외부 사람이 보면 아무래도 물의를 빚을 수 있기 때문에, 간밤에 상공이 물어도 대답을 하지 않았던 거예요. 하지만 이젠 상황이 달라졌죠. 마님께서 저더러 앞으론 오직 상공만 모시고, 장씨 문중과는 아무 상관이 없다고 했으니, 뭐든 다 솔직히 말씀드릴 수 있어요."

위소보는 좋아했다.

"그래, 나도 솔직히 말할게. 내 진짜 이름은 위소보야. 계 공공 같은 건 다 가짜 이름이지. 그러니 너도 우리 위씨 문중의 사람이지 계씨 집안 사람이 아니야."

쌍아도 표정이 활짝 피었다.

"상공은 진짜 이름까지 밝혀주시네요. 다른 사람한텐 절대 말하지 않을게요."

위소보는 웃으며 말했다.

"내 진짜 이름도 무슨 큰 비밀은 아니야. 천지회 형제들은 거의 다 알고 있어."

쌍아가 말했다.

"상공 일행이 신룡교 사람들과 싸울 때 마님과 다른 사람들은 밖에서 몰래 다 지켜봤어요. 그 사람들이 무슨 이상한 주문을 외우는 것도 들었고요. 뭐라더라…?"

위소보가 말했다.

"홍 교주는 신통광대하니 영원불멸하리라. 그런 주문은 나도 외울 줄 알아."

쌍아가 다시 말했다.

"마님 말로는, 그들이 주문을 외우면서 틀림없이 암암리에 다른 법술을 썼을 거래요. 그렇지 않고서야 주문을 외우자마자 공력이 크게 증강될 리가 없다는 거죠. 나중에 그 장삼이란 노인이 상공을 다른 방으로 데려가자, 마님은 창밖에서 대화를 엿듣고, 다른 사람들은 대청의 불을 다 꺼버리고 어망을 이용해 그들을 일망타진한 거예요."

위소보는 허벅지를 탁 쳤다.

"그거 정말 묘책이군! 어망으로 물고기 대신 사람들을 잡았다고? 아주 잘했어!"

쌍아는 신이 나서 말했다.

"마님 말로는, 그 장삼이란 노인은 그냥 요법妖法을 할 줄 알 뿐, 무공이 별로 고강하지 않대요. 그래서 또 무슨 요상한 수를 쓸까 봐 정면 대결을 피하고 밖으로 불러내 역시 어망으로 확 뒤집어씌워서…."

위소보도 신이 나서 말했다.

"큰 자라 한 마리를 잡았구먼!"

쌍아는 호호 웃었다.

"산모퉁이를 돌아가면 호수가 있는데, 우린 가끔 밤에 거기 가서 고기를 잡아요. 우리가 전에 호주에 살 때는 태호太湖가 가까이 있었어요. 아주 큰 호수죠. 당시 우리 장씨 문중에는 어선이 참 많았어요. 거의 다 고기잡이를 할 줄 알기 때문에 일망타진의 방법을 쓴 거예요."

위소보는 고개를 끄덕였다.

"역시 호주 사람들이었군. 어쩐지 호주 종자가 엄청 맛있었어. 한데 셋째 나리는 왜 오배한테 죽음을 당했지?"

쌍아가 대답했다.

"마님 말로는, 문자옥文字獄 때문이래요."

'문자옥'은 지난날 《명서집략明書輯略》 편찬으로 인해 많은 문인들이 잡혀가 감옥에서 죽음을 당한 사건이다. 위소보가 그것을 알 리가 없었다.

"문자육蚊子肉? 모기도 고기가 있나?"

'문자옥'과 '문자육'은 중국어로 발음이 똑같아 위소보가 착각을 한 것이다. 쌍아가 설명했다.

"모기를 말할 때 그 '문자'가 아니라 글을 뜻하는 '문자'예요. 우리 나리께서는 선비로 학문이 아주 뛰어났어요. 실명을 하신 후에도 역사 책을 편찬했는데, 그 내용 가운데 만주 사람을 욕하는 대목이 많았나 봐요…."

위소보가 그녀의 말을 받았다.

"우아, 대단하군. 실명을 했는데도 글을 쓰고 책을 만들다니… 난 두 눈이 멀쩡한데도 남이 써놓은 글조차 읽을 줄 모르는데… 그게 바로 '눈 뜬 장님'이 아니고 뭐겠어?"

쌍아는 그를 위로해주었다.

"노마님은 세상이 어수선하니 모르는 게 약이라, 글을 모르는 게 더 낫다고 가끔 말씀하시곤 했어요."

위소보를 보며 싱긋 웃고는 말을 이어갔다.

"우린 여러 가구가 함께 살고 있는데, 집집마다 변을 당한 어르신들 은 다 학식이 뛰어난 재인才人들로, 문장으로 세상에 널리 명성을 날렸대요. 그 때문에 화를 당한 거고요. 하지만 셋째 마님은 노마님과 생각이 달라요. 만주 사람들이 우리가 글공부를 하지 못하게 억압하고 있는데, 그럴수록 더욱 열심히 공부를 해야 된다고 했어요."

위소보가 물었다.

"그럼 쌍아도 문장이 뛰어나겠네?"

쌍아는 피식 웃었다.

"농담도 잘하시네요. 하녀인 제가 무슨 문장을 알겠어요? 셋째 마님이 자꾸 독촉하는 바람에 그냥 책을 예닐곱 권 뗴었을 뿐이에요."

위소보는 눈을 크게 떴다.

"우아! 책을 예닐곱 권이나 뗴었다면 나보다야 훨씬 훌륭하지. 난 아는 글자가 예닐곱 개밖에 안 돼."

쌍아가 웃으며 말했다.

"글공부를 싫어한다니… 그럼 노마님께서는 상공을 아주 좋아하겠네요. 집안을 망하게 만들려면 글공부를 하라고 하셨으니까…."

위소보가 말했다.

"맞아! 내가 보기엔 오배 그놈도 글을 잘 모를 거야. 알랑방귀를 뀌는 녀석들이 옆에서 글을 읽어주곤 했겠지."

쌍아가 말했다.

"그래요, 우리 나리께서 편찬한 책이 그 무슨《명서집략》이라고 하던데, 만주 사람들을 많이 욕한 모양이에요. 그런데 오지영吳之榮이란 나쁜 사람이 책을 들고 가서 오배한테 고자질을 했나 봐요. 그 바람에 일이 커져 수백 명의 선비와 서생들이 처형을 당했어요. 심지어 책을 판 사람들과 책을 읽은 사람들까지 다 붙잡혀가 죽음을 당했대요. 상공, 혹시 북경에서 그 오지영이란 사람을 본 적이 있나요?"

위소보가 대답했다.

"아직 본 적은 없지만 천천히 찾아볼게."

그러고는 쌍아를 똑바로 쳐다보며 사뭇 진지하게 말했다.

"쌍아, 너를 다른 사람과 맞바꿔야겠어."

쌍아는 깜짝 놀랐다. 음성까지 떨렸다.

"아니… 저랑 다른 사람을 맞바꾸겠다면… 그럼 저를 다른 사람한테 주겠다는 건가요?"

위소보가 다시 말했다.

"다른 사람한테 주겠다는 게 아니라 맞바꾸겠다는 거야."

쌍아는 금세 눈시울이 붉어졌다. 다급한 나머지 울음이 터질 것 같았다.

"어떻게… 맞바꾸겠다는 거예요?"

위소보는 그녀의 표정을 살피며 말했다.

"셋째 마님이 널 나한테 줬잖아. 이렇게 큰 선물을 줬으니 보답하기란 쉽지 않지. 무슨 수를 써서라도 그 오지영이란 놈을 잡아서 셋째 마님께 보내줄 거야. 바로 쌍아랑 맞바꾸는 셈이지."

쌍아는 울음을 터뜨리려다가 바로 활짝 웃으며 가슴을 쓸어내렸다.

"깜짝 놀랐잖아요! 상공이 날 버리는 줄 알았다고요!"

위소보는 기분이 아주 좋았다.

"널 버릴까 봐 그렇게 당황하다니… 걱정하지 마. 누가 금산, 은산, 진주산, 보화산… 모든 산을 전부 내 앞에 갖다 놓는다고 해도 절대 쌍아랑 바꾸지 않을 거야!"

두 사람이 이야기를 주고받는 사이에 산자락에 이르렀다. 하늘은 씻은 듯 맑고, 티끌 하나 찾아볼 수 없을 정도로 시야가 확 트였다. 위소보는 간밤에 억수같이 쏟아지던 빗속에 귀옥에서 겪은 일들을 생각하며 격세지감을 느꼈다. 서천천과 방이, 목검병 등이 지금 어떤 상황에 처해 있는지 심히 걱정스러웠다. 하지만 지금 자신의 처지와 실력으로는 도저히 그들을 돕거나 구해줄 수 없으니 답답한 노릇이었다. 걱정을 해봤자 소용이 없으니 아예 생각하지 않기로 했다.

몇 리를 걸어갔을까, 어느 고을에 다다랐다. 두 사람은 국숫집을 찾아들어가 잠시 쉬기로 했다. 위소보가 자리를 잡고 앉자, 쌍아는 시중을 들려고 그의 곁에 섰다. 위소보가 웃으며 말했다.

"그러지 말고 어서 옆에 앉아 함께 먹자고."

쌍아는 고개를 내둘렀다.

"안 돼요. 제가 어떻게 감히 상공과 함께 앉아서 밥을 먹을 수 있겠어요? 그건 버릇없는 짓이에요."

위소보가 말했다.

"버릇이고 나발이고 무슨 상관이야? 내가 된다면 되는 거지! 내가 다 먹고 나서 쌍아가 먹으면 시간만 허비되잖아."

쌍아는 고집을 부렸다.

"상공이 다 드시고 나면 저는 만두를 몇 개 사서, 길을 가면서 먹을게요. 시간을 허비하지 않을 거예요."

위소보가 한숨을 내쉬었다.

"난 성질이 고약해서 혼자 뭘 먹으면 배탈이 나기 일쑤야. 함께 먹어주는 사람이 없어서 나중에 배탈이 나면 정말이지 아주 곤란해."

쌍아는 생긋이 웃더니 걸상을 끌어와 대각선으로 식탁 귀퉁이에 앉았다.

국수를 다 먹고 나서 위소보가 말했다.

"여자 옷을 입고 다니면 너무 예뻐서 사람들이 다 넋을 잃고 쳐다볼 거야. 앞 고을에 가면 변장을 하고 명주목걸이도 따로 잘 간수해."

쌍아가 대답했다.

"네, 그럼 어떻게 변장할까요?"

위소보가 미소를 지었다.

"남자로 변장해야지."

그는 국숫집 점원에게 은자를 주고 마차를 불러달라고 했다.

마차가 30리쯤 갔을까, 제법 큰 고을에 당도했다. 위소보는 마부를 보내고 객잔에 투숙했다. 그리고 쌍아에게 옷을 사다가 갈아입도록 했다. 옷을 갈아입은 쌍아는 아주 잘생긴 어린 서동書童으로 변신했다.

이날 두 사람은 직예성直隸省과 호남성의 경계 지점에 당도했다. 직예성 부평현阜平縣에서 서쪽으로 가 장성령長城嶺을 넘으면 바로 용천관龍泉關이다. 용천관은 오대산의 동문東門이라 할 수 있다. 구불구불한 돌길로 이어지고, 깎아지른 듯한 기암괴석이 난립해 있다. 오대산으로 접어들면 맨 먼저 접할 수 있는 사찰이 용천사湧泉寺다.

위소보는 최종 목적지인 청량사의 위치를 물어보았다. 오대산은 그 범위가 굉장히 광활했다. 청량사는 남대정南臺頂과 중대정中臺頂 사이에 있기 때문에 용천사에서 가려면 결코 가까운 거리가 아니었다.

이날 위소보와 쌍아는 용천사 가까이 있는 노가장盧家莊에서 하룻밤을 묵기로 했다. 양고기로 배를 채우고 사탕을 좀 먹고 나서 휴식을 취했다. 위소보는 낮에 용천사에서 길을 물을 때 어리다고 얕본 건지 중들이 냉담하게 대했던 일이 떠올랐다. 길을 가르쳐주기는커녕 오히려 반문했다.

"길이 아주 험하고 먼데, 청량사엔 뭣 하러 가는 거지?"

거드름을 피우는 모습이 정말 볼썽사나웠다. 양주에 있을 때 들렀던, 그 염불보다 잿밥에 더 치중하던 선지사禪智寺의 땡추들을 연상케 했다. 보아하니 청량사로 가서 순치 황제를 만나는 것은 생각만큼 쉽지 않을 것 같았다. 뭔가 대책을 강구해야만 했다.

그는 사탕을 먹으며 궁리를 했다.

'옛말에 돈만 있으면 귀신도 부릴 수 있다고 했어. 돈으로 중들을 부린다면 거의 다 통할 거야. 설화 선생이 《수호지》를 이야기하면서, 노지심이 오대산에 들어갔을 때 무슨 생원이란 작자가 절에다 보시를 많이 하니까, 노지심이 아무리 술을 퍼마시고 개고기를 뜯어먹어도 노화상이 화를 내지 않았다고 했어. 맞아! 나도 일부러 법사를 하는 척하면서 절에다 은자를 잔뜩 뿌린 다음, 적당한 핑계를 대서 얼마 동안 눌러앉아야지. 그리고 천천히 노황제를 찾아봐야겠어. 노화상이 설마 날쫓아내지는 않을 거야.'

일단 산으로 들어가면 사찰 외에는 고을이 없기 때문에 한 장에 500냥짜리 은표는 통용되지 않는다. 그래서 다시 용천관으로 되돌아가 부평현에서 쓰기 편한 작은 액수의 은표 또는 은자로 바꿨다. 그리고 두 사람도 차림새를 새롭게 했다.

위소보는 생각했다.

'내가 불사를 하는데 그 절차에 대해 아무것도 모르면 들통이 나기 쉬우니 우선 시연을 한번 해봐야지.'

그는 곧 부평현 성안에 있는 길상사吉祥寺라는 사찰로 갔다. 불상에 절을 하자 불자들을 맞이하는 지객승知客僧이 시줏돈을 적는 연부緣簿와 붓을 가져왔다. 위소보가 손을 내저었다.

"보시를 하든 시주를 하든, 하면 되는 거지 적긴 뭘 적어요?"

그러면서 50냥짜리 원보를 건네주자, 지객승은 깜짝 놀랐다. 이렇게 시주를 많이 하는 어린 불자를 처음 보았기 때문이다. 연신 고맙다는 인사를 하고 재방齋房으로 안내해 음식을 잔뜩 차려주었다.

위소보가 선식을 먹고 있을 때 주지승이 옆에 배석을 하며 칭찬을 아끼지 않았다. 틀림없이 보살님과 부처님의 가호가 있어 욱일승천할 것이며, 복록이 무진하고, 자손만당에 금방제명, 장원급제할 거라고 좋은 말들을 늘어놓았다.

위소보는 속으로 웃었다.

'알랑방귀도 어느 정도지, 일자무식인데 무슨 수로 금방제명에 장원급제를 한단 말인가? 이건 마치 무식하다고 날 욕하는 것과 같아.'

그는 넌지시 말했다.

"주지스님, 저는 오대산에 가서 아주 성대한 불사를 하고 싶은데 아는 것이 별로 없는지라 가르침을 좀 주시면 감사하겠습니다."

주지승은 '성대한 불사'라는 말을 듣자 이내 몸을 일으켰다.

"시주, 세상 어느 사찰에 가든 다 똑같은 부처님과 보살을 모십니다. 불사를 할 거라면 바로 여기서 하십시오. 굳이 고생해가며 오대산까지 갈 필요 없이, 우리가 아주 정성껏 알아서 다 해드리겠습니다."

위소보는 고개를 내둘렀다.

"그건 안 됩니다. 이번 불사는 꼭 오대산에 가서 하는 것이 저의 염원입니다."

그러면서 다시 은자 50냥을 꺼내주었다.

"이렇게 하죠. 저를 따라 오대산에 가서 일을 도와줄 사람을 한 명 구해주십시오. 이 50냥은 그에게 수고비로 주시고요."

주지는 크게 기뻐했다.

"네, 그거야 어려울 게 없죠."

승려는 아니지만, 절에서 잡다한 일을 맡아서 하는 그의 사촌동생이 있었다. 바로 그를 불러와 위소보에게 소개했다. 그 사람은 우于씨로, 형제들 중에 항렬이 여덟째라 이름은 팔八이었다. 얍삽하니 언변도 좋아서 별명이 '소일획少一劃'이라 했다. 한 획이 빠졌다는 뜻이다. 원래 우씨인데 만약 한 획이 빠지지 않았다면 왕王씨가 된다. 다시 말해서 우팔于八이 왕팔王八이 되는 것이다. 친구들이 그를 놀리려고 지어준 별명이었다. '왕팔'은 '망팔忘八'과 음이 같다. 망팔은 군자가 지켜야 할 도리인 팔덕八德을 잊었다는 뜻이다. 즉, 예의염치禮義廉恥와 효제충신孝悌忠信을 모른다는 것이니, 아주 큰 욕이다.

위소보는 우팔과 몇 마디 나누는 사이에 금세 의기투합해 친해졌다. 그는 이런 부류의 시정잡배들과 어려서부터 어울리며 친하게 지냈다. 지금 부평현에서 그런 사람을 만났으니, 마치 고향 친구를 만난 것처럼 반가웠다.

위소보는 주지에게 불사에 관한 제반 절차에 대해 물어보았다. 주지는 받은 게 있어서 그런지 아주 세세하게 이야기해주었다.

위소보는 다 듣고 나서 속으로 투덜댔다.

'무슨 절차가 그렇게 복잡해? 지켜야 할 것도 많고…'

그는 다시 은자 20냥을 보시했다.

그러고는 우팔을 객잔으로 데려가 은자를 주면서 필요한 물건을 사오라고 했다. 손에 돈이 넉넉하게 쥐어지니, 우팔은 신바람이 나서 분주하게 뛰어다녔다. 얼마 안 지나 제반 물건을 다 사왔다. 그리고 자신도 말쑥하게 차려입었다.

"위 상공, 상공은 돈이 많은 갑부니 시종도 그럴싸하게 차려입어야죠, 안 그래요? 이 옷과 모자, 신발을 사는 데 겨우 석 냥 닷 푼밖에 안 썼어요."

위소보는 잘했다고 칭찬하며, 자기와 쌍아가 입을 화려한 옷도 사오도록 시켰다.

세 사람은 흥겹게 용천관을 지났다. 그들 뒤에는 인부 여덟 명이 담가擔架를 메고 따랐다. 담가에는 불사에 필요한 물품이 잔뜩 실려 있었다. 일행은 큰길을 따라 남쪽으로 향했다.

오대산으로 접어들자, 몇 리도 채 못 가서 사찰이 나오곤 했다. 용천사를 지나 대록사臺麓寺, 석불묘石佛廟, 보제사普濟寺, 고불사古佛寺, 금강고金剛庫, 백운사白雲寺, 금등사金燈寺를 거치고서야 겨우 영경사靈境寺에 도착했다.

이날 영경사에서 하룻밤을 묵고, 날이 밝자 북쪽으로 길을 꺾어 금각사金閣寺에 다다라 다시 몇 리를 가자 비로소 청량사가 나타났다.

청량사는 청량산 꼭대기에 있었다. 연도에 본 사찰들과 비교해 별로 웅장해 보이지 않았다. 낡은 산문山門하며 모든 것이 칙칙해, 보수를 하지 않은 지 오래된 것 같았다. 위소보는 다소 실망했다.

'황제가 출가한 사찰이라면 아주 으리으리해야지, 이게 뭐람? 황제는 여기 없는데 혹시 해 노공이 터무니없이 지껄인 게 아닐까?'

우팔은 산문으로 들어서자 바로 지객승을 찾아가, 경성에서 온 나리께서 불사를 성대하게 치르려 한다고 고했다. 지객승은 일행의 차림새가 화려하고 인부들이 담가에 물품을 잔뜩 싣고 온 것을 보고는 객방으로 모셔 차를 대접하고 바로 주지에게 알리러 갔다.

방장方丈인 징광澄光 스님이 객방으로 와서 위소보를 만나자 바로 물었다.

"시주께서는 어떤 불사를 하려는지요?"

위소보는 방장을 유심히 살폈다. 이 징광 스님은 키가 헌칠하나 깡마르고 눈빛이 게슴츠레한 것이 영 매가리가 없어 보여 더욱 실망스러웠다.

"저는 망부와 몇몇 친한 친구들이 극락왕생할 수 있도록 7일 밤낮 동안 불사를 하고 싶습니다. 방장 스님께서 잘 좀 도와주십시오."

징광이 말했다.

"북경성에도 큰 사찰이 많은데 왜 천릿길을 마다 않고 이 오대산까지 와 이런 작은 절간에서 법사를 하려는 겁니까?"

위소보는 이런 질문을 받게 될 것을 예상해 이미 우팔과 상의를 해두었다.

"제 어머니가 지난달 보름에 작고한 아버님을 꿈속에서 만났다고합니다. 어머니의 말씀에 따르면, 아버님은 생전에 죄업이 많아 반드시 오대산 청량사에 가서 7일 밤낮 동안 기도를 드리고 법사를 치러야만 지옥의 고통에서 벗어날 수 있다고 하셨답니다."

위소보는 이렇게 말하면서 속으로 몰래 웃었다. 아버지가 누군지도 모르고, 지금 살아 있는지 죽었는지도 모르는 그였다.

'빌어먹을, 나를 낳고 그냥 나 몰라라 팽개쳤으니 지옥에 가는 게 당연하지. 마침 7일간 불사를 할 기회가 생겨 극락왕생을 빌어주는 것이니, 운이 좋은 거라고 생각해야 해!'

징광이 다시 말했다.

"그랬군요. 소시주, 옛말에도 있듯이 낮에 생각을 많이 하면 밤에 현몽하기 마련이오. 꿈 같은 것을 곧이곧대로 믿어선 아니 되오."

순순히 물러설 위소보가 아니었다.

"방장 스님, 옛말을 안 믿느니 믿는 게 더 낫다는 말도 있습니다. 설령 아버님이 꿈속에서 한 말이 사실이 아니더라도, 극락왕생을 비는 불사를 하는 것이 자식 된 도리이고 일종의 효도 아니겠습니까? 만약 아버님이 현몽해서 하신 말이 사실인데 자식인 제가 불사를 해드리지 않는다면, 아버님은 음계에서 우두마면牛頭馬面, 무상잡귀無常雜鬼들에게 시달림을 받게 될 텐데, 그럼… 그럼… 아무튼 저로선 너무 죄송한 일이지요. 더군다나 이건 어머니의 분부입니다. 어머니는 오대산 청량사의 방장 스님과 깊은 연분이 있다면서 한사코 여기서 불사를 치러야 한다고 고집하셨습니다."

속으로는 시부렁거렸다.

'우리 엄마랑 연분이 있다면 그것 참 희한한 일이네. 양주 여춘원에 와서 거시기를 했다는 거잖아?'

징광은 가볍게 냉소를 날렸다.

"시주가 잘 모르시는 모양인데, 폐사는 선종禪宗이라 그런 극락왕생을 비는 불사는 하지 않습니다. 불사를 원한다면 정토종淨土宗으로 가보십시오. 이곳 오대산의 금각사, 보제사, 대불사, 연경사 등이 전부 정토종에 속합니다. 그쪽으로 가서 불사를 청해보십시오."

위소보는 심사가 뒤틀렸다. 부평현의 그 사찰 주지승은 불사를 해주겠다고 난리였는데, 이 방장 스님은 계속 불사를 못해주겠다고 고집했다. 굴러들어온 은자를 마다하다니, 여기엔 틀림없이 뭔가 말 못할 심상치 않은 사연이 있을 거라고 생각했다.

위소보가 다시 간곡하게 청했으나 징광 스님은 요지부동이었다. 그는 몸을 일으키더니 지객승에게 말했다.

"시주한테 금각사로 가는 길을 알려드려라. 그럼 빈승은 이만 실례하겠소이다."

위소보는 다급해졌다.

"방장 스님, 불사를 허락하지 않으시겠다면… 좋습니다. 대신 제가 가져온 승복과 승모, 그리고 은자를 모든 스님에게 꼭 나눠드리고 싶습니다."

징광은 합장을 하며 퉁명스레 말했다.

"고맙군."

그는 위소보가 담가에 싣고 온 많은 물품에 대해서도 별로 달가워하지 않는 것 같았다. 위소보가 얼른 몇 마디 덧붙였다.

"어머니께선 모든 예물을 제가 직접 스님들께 전하라고 신신당부하셨어요. 설령 허드렛일을 하는 화공승火工僧이나 채소밭을 가꾸는 사람들에게도 골고루 나눠드리고 싶어요. 예물이 300개가 넘어요. 부족하다면 다시 가서 사올게요."

징광은 짜증 섞인 음성으로 말했다.

"됐어요, 너무 많아요. 여긴 승려가 50명뿐이니, 50개만 남기고 다 도로 가져가세요."

위소보가 간청했다.

"방장 스님께서 스님들을 불러모아주시면 제가 직접 전해드리겠습니다. 어머니의 염원이라 꼭 성취해드리고 싶어요."

징광의 눈에서 갑자기 섬광 같은 예리한 광채가 번쩍였다. 그는 위소보의 얼굴을 쓱 한번 훑어보더니 말했다.

"좋소! 부처님은 자비하시니, 그 소원을 들어드리리다."

그는 곧 몸을 돌려 안으로 사라졌다.

위소보는 그의 장대 같은 뒷모습이 안으로 사라지는 것을 지켜보며, 뭐라 꼬집어 말할 수는 없지만, 속이 좀 거북했다. 괜히 겸연쩍어서 찻잔을 들어 마시는 시늉을 했다.

줄곧 그의 뒤에 서 있던 우팔이 나직이 말했다.

"저렇게 세상물정을 모르는 화상은 내 평생 처음 봐요. 그러니 이 천년고찰 청량사가 이렇게 썰렁하죠. 보살의 금신金身도 금칠이 다 벗겨지고 낡았어요."

사찰 안에 종소리가 울려퍼지자 지객승이 말했다.

"서쪽 불전으로 가서 보시를 하시죠."

위소보가 서쪽 불전에 가서 자리를 잡자 승려들이 줄지어 들어왔다. 그는 예물을 하나하나 나눠주며 승려들을 일일이 주시했다.

'난 순치 황제를 본 적이 없지만 소황제의 아버지니까 아무래도 생

김새가 닮았을 거야. 어른 소황제를 찾아내면 그가 바로 순치야.'

그러나 50여 개의 선물을 다 나눠주었는데도 '어른 소황제'는 고사하고 소황제를 약간 닮은 승려도 없었다. 위소보는 실망을 금치 못했다. 그때 문득 뇌리에 떠오르는 게 있었다.

'맞아! 그는 황제였던 사람인데 줄을 서서 승복이나 승모 따위를 받으러 올 리가 없지! 내가 왜 이렇게 미련한 계획을 세웠을까?'

그는 지객승에게 물었다.

"사찰의 승려들이 전부 온 건가요?"

지객승이 대답했다.

"다 와서 받아갔어요. 보시를 해줘서 고맙습니다."

위소보는 잔머리를 굴렸다.

"다 와서 받아갔다고요? 아니겠죠. 받기 싫어서 안 온 사람도 있을 텐데요."

지객승이 말했다.

"원 농담도… 어찌 그런 일이 있겠어요?"

위소보가 으름장을 놓았다.

"부처님을 모시는 사람이 거짓말을 하면 사후에 지옥에 가서 혀가 잘릴 거예요!"

그 말에 지객승의 안색이 약간 변했다.

위소보가 다시 말했다.

"받으러 오지 않은 스님이 있다면 얼른 가서 모셔오세요."

지객승은 고개를 내둘렀다.

"방장 대사만 안 받았는데, 굳이 모셔올 필요가 없을 것 같네요."

바로 이때, 승려 한 명이 허겁지겁 뛰어들어왔다.

"사형! 밖에 10여 명의 라마승이 와서 방장을 만나겠답니다."

이어 음성을 낮춰 말했다.

"모두들 몸에 무기를 지니고 주먹을 불끈 쥔 게, 아무래도 심상치 않아요."

지객승은 눈살을 찌푸렸다.

"오대산은 선종의 청묘靑廟와 라마승의 황묘黃廟로 나뉘어 자고로 서로 간섭하지 않고 지내왔는데, 그들이 왜 찾아온 거지? 사제는 가서 방장께 알리게. 내 나가보겠네."

그는 위소보에게 말했다.

"실례하겠소."

그러고는 잰걸음으로 나갔다.

잠시 후, 산문 밖에서 떠들썩한 소리가 들리는가 싶더니 한 무리의 사람들이 대웅보전으로 뛰어들어왔다.

위소보가 말했다.

"우리도 구경하러 가지."

그는 쌍아의 손을 잡고 함께 밖으로 나갔다.

대웅보전에 거의 이르렀을 때 10여 명의 황의黃衣 라마들이 지객승을 에워싼 채 서로 앞다퉈 떠들어대고 있었다.

"수색을 해야겠소. 그가 청량사로 오는 걸 본 사람이 있소!"

"이건 청량사의 잘못이오. 왜 그 사람을 숨겨주는 거요?"

"순순히 그를 내놓으시오. 그러지 않으면… 흥!"

왁자지껄한 가운데 징광 스님이 걸어나와 차분한 음성으로 물었다.

"무슨 일이지?"

지객승이 대답했다.

"방장께 아룁니다. 저들은….'"

'방장'이란 말이 나오자마자 라마들은 우르르 징광 스님 곁으로 몰려들며 소리를 질러댔다.

"당신이 방장이오? 잘 만났소."

"빨리 그 사람을 내놓으시오. 그러지 않으면 이 절간에 불을 질러 깨끗이 태워버리겠소."

"어떻게 이럴 수가, 이럴 수가 있단 말이오?"

"불제자가 이렇게 경우 없이 굴어도 되는 거요?"

징광이 그들에게 물었다.

"여러분, 어느 사찰에서 오셨소? 그리고 무슨 일로 폐사를 찾아온 거요?"

황의에 홍색 가사를 걸친 라마가 입을 열었다.

"우린 청해靑海에서 활불活佛의 명을 받고 공무차 중원에 들어왔는데, 함께 따라온 어린 라마를 어떤 땡추가 유괴해 청량사에 숨겨놨소. 방장, 어서 그 어린 라마를 내놓으시오. 그러지 않으면 우리도 가만있지 않을 거요!"

징광이 말했다.

"그것 참 이상하구려. 알다시피 이곳 청량사는 선종의 청묘요. 서장西藏('티베트'의 중국어 한자) 밀종密宗 황묘와는 아무런 마찰이 없소. 정녕 어린 라마를 잃었다면 다른 황묘로 가서 알아보는 게 어떻겠소?"

그 라마는 버럭 화를 냈다.

"그 어린 라마가 청량사에 있는 걸 직접 본 사람이 있소. 그렇지 않다면 우리가 왜 이곳을 찾아왔겠소? 우린 뭐 밥 먹고 할 짓이 없어 이러는 줄 아시오? 좋게 말할 때 순순히 내놓으시오! 그럼 부처님을 봐서라도 더 이상 따지지 않겠소!"

징광은 고개를 내둘렀다.

"그 어린 라마가 정말 이곳 청량사로 왔다면, 여러분이 찾아와 이럴 필요도 없이, 절대 받아들이지 않았을 거요!"

몇몇 라마가 입을 모아 소리쳤다.

"그럼 있나 없나 수색을 해보겠소!"

징광은 여전히 고개를 설레설레 흔들었다.

"여긴 부처님을 모시는 정토淨土인데, 함부로 수색하도록 놔둘 순 없소이다!"

그 인솔자인 듯한 라마가 말했다.

"켕기는 게 없다면 왜 수색을 못하게 하는 거요? 보나마나 그 어린 라마가 이곳 청량사에 있는 게 분명하오!"

징광이 여전히 고개를 흔들자, 두 명의 라마가 다짜고짜 징광의 멱살을 잡으며 호통을 쳤다.

"정말 수색을 못하게 할 거요?"

다른 한 라마가 소리쳤다.

"혹시 절에다 양갓집 부녀자를 숨겨놓은 게 아니오? 아니면 왜 수색을 못하게 하는 거요?"

이때 청량사 쪽에서도 10여 명의 승려가 나왔으나 라마들에게 가로막혀 방장 곁으로 갈 수 없었다.

위소보는 속으로 생각했다.

'저 라마승들은 일부러 시비를 걸러 온 게 분명해. 절에다 왜 어린 라마를 숨겨놨겠어? 혹시 나랑 같은 의도를 갖고 온 게 아닐까? 순치 황제를 만나러…?'

흰 광채가 번쩍이는 가운데 라마 두 명이 칼을 뽑아들고 징광의 가슴과 등을 겨냥했다. 그리고 싸늘하게 소리쳤다.

"수색을 방해하면 방장부터 죽이겠소!"

징광은 전혀 두려워하는 기색이 없었다. 그는 차분하게 말했다.

"아미타불… 다 같은 불문제자인데 이렇듯 거친 행동을 해서야 되겠소?"

그 두 라마는 징광을 겨냥하던 칼을 앞으로 살짝 밀며 소리쳤다.

"우릴 원망하지 마시오!"

징광은 몸을 슬쩍 틀었다. 그러자 두 라마의 칼은 서로 상대의 가슴을 향해 찔러갔다. 두 사람은 황급히 왼손을 뻗어 팍 마주치며, 그 반동을 빌려 간신히 뒤로 몇 걸음 물러났다.

나머지 사람들 중에서 누군가 고함을 질렀다.

"청량사 방장이 사람을 죽이려 한다! 사람을 죽인다!"

와자지껄한 가운데 산문 밖에서 다시 30~40명이 우르르 몰려왔다. 승려와 라마, 그리고 장포를 입은 속인들도 끼어 있었다. 그중에서 황색 장포를 입고 흰 수염을 길게 늘어뜨린 늙은 라마가 소리쳤다.

"청량사의 방장이 사람을 죽인다고?"

징광은 합장을 했다.

"자비를 근본으로 삼는 불제자가 어찌 살계殺戒를 범하겠소? 여러분은 또한 무슨 일로 오신 거요?"

이어 쉰 줄의 승려를 향해 말했다.

"이제 보니 불광사佛光寺의 심계心溪 방장께서도 오셨군요. 미처 마중을 못해 미안하오."

불광사는 오대산에서 가장 오래되고 규모가 큰 사찰이다. 원위元魏(386~534년. 선비족鮮卑族인 탁발규拓跋珪가 양자강 북쪽에 세운 나라로, 후에 동위와 서위로 분열되었다) 효문제孝文帝 때 건립된 고찰로, 이 고장 사람들은 흔히 '불광사가 먼저 생기고, 후에 오대산이 생겨났다'고 말할 정도로 역사가 유구하다. 그리고 오대산의 원래 이름은 청량산이었다. 나중에 다섯 좌의 큰 봉우리를 발견해 오대산으로 이름을 바꾼 것이다. 그때 이미 불광사가 세워져 있었다. 오대산이란 명칭은 수나라에 이르러 비로소 붙여졌다.

오대산에서 불광사의 지위는 청량사보다 훨씬 앞서 있어, 방장 심계 대사는 오대산 선종 청묘의 수장이라 해도 과언이 아니었다.

심계 화상은 뚱뚱하고 얼굴에 개기름이 번드르르했다. 그는 싱글싱글 웃으며 말했다.

"징광 사형, 내가 두 친구를 소개하리다."

이어 그 늙은 라마를 가리켰다.

"이분은 청해에서 온 대라마 파안巴顔 법사요. 활불 휘하에서 가장 신임이 두텁고 세력이 막강한 대라마입니다."

징광은 합장을 하며 말했다.

"대라마를 뵙게 되어 영광입니다."

파안은 그저 고개만 끄덕일 뿐, 아주 거만하게 서 있었다.

심계는 이번엔 청색 장삼을 입은 서른 살가량의 서생을 소개했다.

"이분은 천서川西 지방의 대학사이신 황보각皇甫閣 선생이오."

황보각은 공수의 예를 취했다.

"징광 대사께서 무예에 능통하다는 소문은 익히 들었습니다. 오늘 이렇게 직접 뵙게 되어 큰 영광입니다."

징광은 다시 합장을 했다.

"빈승은 이제 늙었습니다. 소싯적에 미천한 무공을 배우긴 했지만 깨끗이 잊은 지 오래입니다. 문무를 겸비한 황보 선생이야말로 인걸 중에 인걸이지요."

위소보는 이들이 고상한 말만 골라 서로 치켜세우는 것을 보자, 서로 싸우기는 글렀다고 생각했다. 신나는 구경거리가 사라지고, 난장판을 틈타 순치 황제를 찾아볼 기회도 사라져 내심 실망스러웠다.

파안이 입을 열었다.

"내가 청해에서 데려온 제자들을 이 절에 가둬놨다는데, 활불을 봐서라도 좀 풀어주시오. 그럼 그 은혜는 잊지 않을 거요."

징광은 미소를 지으며 말했다.

"몇몇 사람이 난데없이 폐사를 찾아와서 트집을 잡는 것은 굳이 상대하고 싶지 않습니다. 한데 대사는 사리에 밝은 고승인데 어찌 그런 터무니없는 말을 믿으시는 겁니까? 청량사가 건립되어 지금까지 라마 고승이 찾아오긴 처음인 것 같군요. 자꾸 우리가 제자를 숨겨놨다고 하는데, 대체 무슨 근거로 그러는 겁니까?"

파안이 눈을 부라리며 언성을 높였다.

"우리가 생트집을 잡는단 말이오? 정말이지… 벌주罰酒를 마시지 않고… 경주敬酒를 마시겠다는 거요?"

그는 중원 한족의 말을 잘하지 못했다. 그래서 '성의껏 올리는 술을 마다하고 벌주를 마실 거냐?'는 말을 뒤집어 해 뜻도 반대가 되어버렸다. 심계가 웃으며 말했다.

"두 분이 그렇게 다툴 일이 아닙니다. 빈승의 생각으로는 그 어린 라마가 청량사에 있는지 없는지는 말로 해서는 증명이 안 되니, 직접 눈으로 확인하는 게 좋을 것 같습니다. 황보 거사와 빈승이 증인이 돼 드리리다. 다 함께 청량사 이곳저곳을 둘러보며 부처님을 뵙게 되면 절을 올리고, 승려들을 만나면 인사를 나누면서 다 둘러보고 나서도 그 어린 라마를 찾아내지 못하면, 아무 일도 없을 게 아닙니까?"

결국은 청량사를 수색하겠다는 뜻이었다.

징광은 불쾌한 기색을 드러냈다.

"몇몇 라마승이 우리 한인의 법도를 잘 모르는 건 차치하고, 덕망 높으신 심계 대사까지 어떻게 그런 말을 할 수가 있소? 그 어린 라마가 정말 오대산에서 실종돼 사찰마다 뒤져야 한다면, 아마 규모가 제일 큰 불광사부터 수색해야 마땅할 거요."

심계는 비실비실 웃으며 말했다.

"청량사를 둘러보고도 찾아내지 못한다면 몇몇 라마 고승들은 불광사로 가보겠죠. 빈승도 그걸 환영하는 바요, 환영하고말고요."

파안이 다시 나섰다.

"그 어린것이 청량사에 있는 것을 직접 본 사람이 있다고 해서 이곳에 오게 된 것이오. 그렇지 않으면 어찌 감히 이런… 이런 '결례'를 하겠소?"

그는 또 '결례'를 '걸레'라고 말했다.

징광이 물었다.

"봤다는 사람이 있다는데, 그게 누굽니까?"

파안은 황보각을 가리켰다.

"이 황보 선생이 봤다고 하오. 그는 유명한 사람이라 절대 거짓말을 안 합니다."

위소보는 속으로 시부렁댔다.

'너희는 다 한패거린데, 사전에 서로 다 짰겠지!'

도저히 가만히 있을 수 없어 한마디 했다.

"그 어린 라마가 몇 살쯤 됐죠?"

파안, 심계, 황보각 등은 한쪽에 서 있는 두 어린아이를 눈여겨보지 않고 있었다. 지금 위소보의 질문을 듣고는 일제히 그에게 시선을 던졌다. 옷차림새가 화려하고 모자에 박힌 옥이나 목에 건 명주하며, 영락없이 부잣집 도령이었다. 곁에 있는 서동도 비단옷을 입었다.

심계가 웃으며 말했다.

"그 어린 라마는 아마 공자와 나이가 비슷할걸."

위소보가 고개를 돌려 말했다.

"그럼 맞네! 좀 전에 우리가 본 그 어린 라마잖아? 그는 어떤 큰 사찰 안으로 들어가던데요. 절 앞에 글이 쓰여 있었는데⋯ 맞아! '불광사'라고 적혀 있었어요. 그 어린 라마는 불광사로 들어갔어요!"

그 말에 파안 등은 이내 안색이 변했다. 반면 징광은 표정이 환해졌다. 파안이 큰 소리로 외쳤다.

"말도 안 돼! 어림 한 푼 없는 소리야! 어림 두 푼도 없어!"

'어림 반 푼어치도 없는 말'이라는 뜻을 강조하기 위해 한 푼, 두 푼이라고 보탠 것이다.

그런 소리에 꿀릴 위소보가 아니었다. 그도 웃으며 목청을 높였다.

"어림 닷 푼! 열 푼! 십팔 푼!"

파안은 화가 나서 대뜸 손을 뻗어 위소보의 멱살을 잡으려 했다. 그것을 본 징광이 오른손을 슬쩍 들었다. 순간 한 갈래의 거센 바람이 일어 파안의 팔꿈치로 뻗쳐갔다. 파안은 다섯 손가락을 갈퀴처럼 구부려 그의 소맷자락을 낚아채갔다. 그러자 징광은 소매를 뒤로 걷어붙였다. 파안의 공격은 빗나가고 말았다.

파안은 고래고래 소리를 질러댔다.

"우리 활불이 아끼는 어린 제자를 숨겨놓고 사람까지 죽이려 하다니, 이럴 수가! 이럴 수가!"

황보각이 낭랑한 음성으로 외쳤다.

"말로 해결해야지, 서로 다투지 맙시다!"

그의 말이 끝나자마자 사찰 밖에서 갑자기 한 무리의 사람들이 일제히 고함을 질렀다.

"황보 선생의 명이다! 서로 다투지 말자!"

그 고함 소리가 어쩌나 쩌렁쩌렁한지, 어림잡아도 수백 명은 되는 것 같았다. 보아하니 그들은 이미 청량사를 겹겹이 에워싸고 있는 게 분명했다. 그들이 황보각의 외침을 듣자마자 고함을 지른 것은, 세를 과시하기 위한 일종의 위협이었다. 제아무리 침착하고 수양이 깊은 징광이라 해도 그 우레 같은 함성을 듣자 가슴이 철렁했다.

황보각은 능청스럽게 헤실헤실 웃으며 말했다.

"징광 방장은 역시 무림의 선배 고수군요. 한데도 이렇듯 사찰에 몸담아 도광양회韜光養晦, 수양을 쌓고 있으니 진심으로 경의를 표하는 바입니다. 이분 파안 대라마께서 귀사를 흠모해오던 차에 한번 둘러보고 싶어 하니, 그 소원을 들어주시지요. 방장께서는 워낙 티끌 하나 묻지 않을 정도로 방정하시고, 청량사 또한 감출 것 없이 광명하니 전혀 거리낄 게 없지 않습니까? 사소한 일로 서로 얼굴을 붉힐 이유는 없다고 생각합니다."

징광은 내심 다급해졌다. 그 자신은 비록 무공이 고강하지만, 그동안 청량사에서 설법에만 전념해왔을 뿐, 무공을 전수하지는 않았다. 그래서 청량사에 있는 50여 명의 승려 가운데 무공을 아는 자는 극히 드물었다. 좀 전에 파안과 초식을 교환하면서 그가 왼손으로 전개한 계조공鷄爪功이 상당한 경지에 달해 있는 것을 알 수 있었다. 그리고 황보각이 고함을 지를 때 보인 그 내공은 상당히 심후했다. 밖을 에워싸고 있는 수백 명이 동원되지 않고, 단지 지금 눈앞에 있는 두 고수만 해도 당해내기가 쉽지 않을 것이었다.

황보각은 그가 아무 대꾸도 하지 않자 웃으며 말했다.

"설령 청량사에 아리따운 낭자를 숨겨놨다고 해도, 모두에게 보여준다면 그 또한 적선이 아니겠습니까?"

지극히 경박한 말이었다. 징광의 체면을 전혀 고려하지 않은 심각한 결례였다.

심계가 웃으며 나섰다.

"방장 대사, 이왕 이렇게 됐으니 대라마가 사찰을 한번 둘러보게 해주시죠."

그러면서 파안에게 입을 비쭉해 보여 들어가라는 암시를 주었다. 그러자 파안은 거침없이 대전 뒤쪽으로 걸음을 옮겨갔다.

징광은 막을 수 없었다. 상대방은 필시 만반의 준비를 갖추고 찾아왔을 것이었다. 설령 자신이 나서 파안과 황보각을 막는다 해도 그들이 데려온 무리를 다 막을 수는 없었다. 일단 혼전이 벌어지면 청량사는 큰 화를 당할 게 뻔했다. 그는 속이 부글부글 끓었지만, 그저 길게 한숨을 내쉬며 파안 등이 대전 뒤로 옮겨가는 것을 지켜볼 수밖에 없었다. 그리고 묵묵히 그들의 뒤를 따랐다.

파안, 심계, 황보각 세 사람은 걸으면서 뭔가 나직이 상의하는 것 같았다. 그들의 수하 수십 명이 전각과 승방을 하나하나 뒤져나갔다. 청량사의 승려들은 방장의 명이 없으니 그저 성난 눈빛으로 그들을 지켜볼 뿐 가로막지 않았다.

위소보와 쌍아는 징광의 뒤를 따랐다. 위소보는 그의 승포 자락이 연신 펄럭이는 것을 보고, 그가 내심 얼마나 분노하고 있는지 짐작할 수 있었다.

그때 갑자기 서쪽 승방 안에서 한 사람의 외침이 들려왔다.

"이 사람입니까?"

황보각이 얼른 그곳으로 달려갔다. 두 사내가 한 중년 승려를 끌고 나왔다. 승려의 나이는 마흔 안팎으로 용모가 청수했다. 그는 몹시 당황해 소리쳤다.

"나한테 왜 이러는 거요?"

황보각은 고개를 내둘렀다. 그러자 중년 승려를 끌고 나온 두 사내가 멋쩍게 웃으며 말했다.

"미안하게 됐소."

그러고는 그를 놓아주었다.

위소보는 이들이 순치 황제를 찾고 있는 게 분명하다고 생각했다.

징광이 냉소를 날렸다.

"본사의 그 승려가 활불이 아끼는 어린 제자란 말이오?"

황보각은 아무 대꾸도 하지 않았다. 부하들이 또 한 명의 중년 승려를 끌고 나왔다. 황보각은 그 승려의 얼굴을 자세히 확인하더니 이번에도 고개를 내둘렀다.

위소보는 속으로 생각했다.

'저놈은 순치 황제의 얼굴을 알고 있군.'

생각이 이어졌다.

'이렇게 뒤지다 보면 결국 순치 황제를 찾아낼 거야. 그는 소황제의 아버지니 무슨 수를 써서라도 도와줘야 할 텐데….'

그러나 상대가 이렇게 수적으로 너무 많고 강한데 무슨 수로 도와준단 말인가? 방법이 전혀 떠오르지 않았다.

수십 명이 동북쪽에 자리한 작은 승원僧院 앞에 다다랐는데, 문이 굳게 닫혀 있었다. 사내들이 바로 소리를 질렀다.

"문 열어라! 문을 열어!"

징광이 말렸다.

"여긴 본사의 고승께서 폐관閉關 수행하는 곳이오. 이미 7년이나 됐으니 그의 수행을 방해하지 마시오."

심계가 웃으며 말했다.

"이건 폐관한 사람이 스스로 수행을 깨고 나오는 것이 아니라, 외부인이 침입하는 것이니 수행에는 아무 상관이 없을 거요."

허우대가 장대한 한 라마가 소리를 질렀다.

"왜 문을 안 열어? 여기 있는 게 분명하군!"

그러고는 냅다 문을 걷어찼다.

징광은 어느새 몸을 번뜩여 그의 앞을 가로막았다. 그 라마는 미처 발을 거두지 못하고 징광의 아랫배를 걷어차게 되었다. 그러자 으드득 소리가 들리며 라마의 다리뼈가 부러졌다.

"으악!

그는 비명을 지르며 뒤로 벌렁 나자빠졌다.

파안은 괴성을 질러대며 왼손을 위로 하고 오른손을 아래로 내려 갈퀴 모양을 만들더니 징광을 향해 낚아채갔다. 징광은 문을 가로막은 채 장풍을 전개해 그의 공격을 막아냈다.

황보각이 바로 소리쳤다.

"대단한 반야장般若掌이군!"

그러면서 이내 왼손 식지를 튕겨냈다. 순간 강맹한 바람이 징광의 얼굴을 향해 뻗쳐갔다. 징광이 왼쪽으로 피하자 팍 하는 소리와 함께 지풍指風이 나무문에 적중했다. 징광은 반야장을 전개해 전력으로 응전했다.

파안과 황보각이 좌우에서 협공을 펼쳤다. 징광이 전개하는 초식은 속도가 느리고 힘이 없어 보였다. 하지만 바람소리가 은은하게 잇따르는 가운데 그 위력은 무시할 수 없었다. 주위에 있는 수십 명은 고함을 질러대며 파안을 응원했다. 파안은 몇 차례 선공을 펼쳤지만 번번이 징광의 장력에 밀려났다.

　파안은 조급해졌는지 공격 속도를 빠르게 전환했다. 그러자 홀연 나직한 신음이 들리며 그의 왼손이 떨쳐지는 것에 따라 수십 가닥의 흰 수염이 허공에 흩날렸다. 징광의 수염을 뜯어낸 것이다. 그리고 그 자신도 오른쪽 어깨에 일장을 맞았다. 처음엔 별로 느끼지 못했지만 점점 어깨가 무거워져 팔을 들기조차 힘들었다. 그는 악을 쓰듯 고함을 지르며 한쪽으로 비껴났다. 그러자 네 명의 라마가 칼을 휘두르며 일제히 징광에게 덤벼들었다.

　징광은 발을 날려 두 사람을 걷어차고, 왼손을 떨쳐 세 번째 사내의 가슴을 공격했다.

　"으악!"

　가슴에 일장을 맞은 사내는 비명을 지르며 허공으로 붕 떠올랐다. 그와 동시에 네 번째 라마의 칼이 뻗쳐왔다. 징광은 소매를 떨쳐 그의 손목을 휘감아갔다.

　그 순간, 파안이 양손을 위아래로 펼쳐 낚아채왔다. 징광은 오른쪽으로 피했는데, 홀연 강맹한 바람이 휘몰아쳤다.

　'아뿔싸!'

　속으로 외치며 일장을 밀어냈는데, 오른쪽 볼에 극심한 통증이 느껴졌다. 황보각의 지풍을 맞은 것이다. 징광이 전개한 장풍은 비록 황보각의 어깨를 내리쳤으나 힘이 약해 어깨뼈를 부러뜨리진 못했다.

　쌍아는 징광의 얼굴이 피범벅이 된 것을 지켜보며 나직이 말했다.

　"도와줘야 할까요?"

　위소보가 말렸다.

"좀 기다려."

그의 목적은 순치 황제를 만나는 것이다. 지금 상대는 수도 많고 다들 무공을 연마했다. 쌍아 같은 어린 소녀가 무슨 수로 그 많은 사내들을 당해낼 수 있단 말인가?

청량사의 승려들은 방장이 부상을 당하자 분분히 몽둥이와 부지깽이를 들고 달려들었다. 그러나 무공을 모르는 그들은 바로 머리가 깨지고 다리가 절단되어 피를 흘리며 맥없이 쓰러졌다.

징광이 소리쳤다.

"나서지 마라!"

파안이 성난 음성으로 외쳤다.

"모조리 죽여버려라!"

라마들은 인정사정없이 공격을 전개했고, 삽시간에 청량사 승려 네 명이 다시 변을 당했다. 나머지 승려들은 상대방의 흉악한 기세에 눌려 멀찌감치 물러서 더 이상 대들지 못했다.

징광은 승려들에게 신경이 쏠린 사이에 다시 황보각의 지풍에 당하고 말았다. 이번에는 오른쪽 가슴을 맞았다.

황보각은 여유 있게 웃었다.

"소림파의 반야장도 별것 아니군. 이래도 항복하지 않겠소?"

징광은 그를 노려보았다.

"아미타불, 죄업이로다!"

이때 두 명의 라마가 땅에서 굴러오며 칼로 징광의 다리를 자르려 했다. 징광은 얼른 발을 날렸는데, 가슴에 극심한 통증이 밀려와 눈앞이 캄캄해지면서 발을 더 이상 뻗어낼 수 없었다. 그는 무의식적으로 두 손을 아래로 밀었는데, 마침 두 라마의 머리를 누르게 됐다. 두 사람은 그 즉시 기절해버렸다.

파안이 욕설을 터뜨렸다.

"이런 죽일 놈!"

양손을 잽싸게 뻗어 징광의 왼쪽 다리를 낚아챘다. 징광은 더 이상 버티지 못하고 쓰러졌다. 그 즉시 황보각이 지풍을 날려 그의 혈도를 찍었다.

파안은 깔깔 웃으며 나무문을 냅다 걷어찼다. 우지끈 소리와 함께 문이 안쪽으로 날아갔다. 파안이 웃으며 소리쳤다.

"빨리 나와! 상판대기 좀 보자!"

승방 안은 짙은 어둠에 잠긴 채 아무 소리도 들리지 않았다.

파안이 다시 외쳤다.

"들어가서 끄집어내라!"

두 명의 라마가 대답을 하고 안으로 뛰어들어갔다.

위소보는 목을 길게 뽑아 마당에 있는 석비를 쳐다봤다.

그 석비에는 전서체篆書體로 꼬부랑꼬부랑 빼곡하게 글이 새겨져 있었다.

위소보는 일반 글씨체도 모르는데 전서체는 더더욱 알 턱이 만무했다.

하지만 그럴싸하게 비문을 천천히 읽어 내려갔다.

승방 문 안쪽에서 갑자기 금광이 번쩍였다. 금빛이 창연한 긴 몽둥이가 불쑥 문밖으로 튀어나왔다. 그것은 불가에서 번뇌를 몰아낸다는 의미로 쓰이는 '금강저金剛杵'였다.

'팍팍' 소리가 들리는 가운데 그 육중한 금강저가 두 라마의 머리를 내리치더니 이내 승방 안으로 쑥 사라졌다. 두 라마는 찍소리도 내지 못하고 바로 그 자리에서 머리통이 박살나 횡사했다.

전혀 예상치 못한 뜻밖의 변고에 파안은 다시 욕설을 터뜨렸다.

"이런 빌어먹을!"

이번엔 세 명의 라마가 문 쪽으로 달려갔다. 그들은 동료가 당하는 것을 보았기 때문에 신중을 기했다. 칼을 떨치며 우선 머리 위쪽을 호위했다. 앞장선 라마가 문지방을 밟자마자 그 황금색 금강저가 날아와 칼을 내리쳤다. 칼과 금강저가 동시에 그 라마의 머리를 강타했다. 결과는 뻔했다. 역시 비명 소리조차 들리지 않았다.

두 번째 라마는 두 손으로 칼을 치켜들고 발을 내디뎠으나, 내리치는 금강저의 힘은 천 근이 넘는 것 같았다. '팍' 하는 소리와 함께 역시 머리통이 박살나고 말았다. 피가 사방으로 튀었다. 세 번째 라마는 기절초풍 사색이 되어 칼을 팽개치고 달아났다.

파안은 여전히 고래고래 욕설을 퍼부었으나 감히 문 쪽으로 다가가지는 못했다.

황보각이 소리쳤다.

"지붕 위로 올라가 기왓장을 들어내 아래로 던져라!"

그 즉시 네 명의 사내가 그의 말대로 지붕 위로 뛰어올라가 기왓장을 젖혔다. 그리고 지붕에 구멍을 내 기왓장을 아래로 마구 던졌다.

황보각이 다시 소리쳤다.

"흙모래를 방 안으로 던져라!"

그의 부하들은 바로 땅에서 흙을 긁어모아 문을 통해 승방 안으로 던져넣었다. 문으로 던진 흙모래는 금강저가 일으킨 바람에 의해 대부분 밖으로 다시 날아왔지만, 지붕에선 쉴 새 없이 기왓장이 떨어졌다. 이렇게 되니 방 안에 있는 사람은 제아무리 무공이 고강해도 버틸 재간이 없었다.

갑자기 성난 들소의 울부짖음 같은 포효가 들리며, 우람한 화상이 왼팔에 한 승려를 부축한 채 밖으로 걸어나왔다. 그의 오른손에 금강저가 쥐어져 있었다. 이 우람한 화상은 일반 사람보다 머리가 한 개 반은 더 붙은 듯 키가 커서 마치 거탑천신巨塔天神이 내려온 것처럼 위풍당당 늠름했다. 그의 손에 들린 금강저에선 금빛 광채가 연신 번쩍였다. 그가 대갈일성을 터뜨렸다.

"다들 죽고 싶어 환장했나?"

주위 사람들은 비로소 그를 자세히 볼 수 있었다. 불그죽죽한 얼굴에 잡초처럼 짧은 수염이 났고, 승복은 낡을 대로 낡아 군데군데 찢겨서 울퉁불퉁한 근육이 그대로 드러났다. 어깨가 딱 벌어지고 허리는 고목처럼 굵으며 손과 발이 유난히 컸다.

155

황보각과 파안 등은 그를 보자 위세에 질렸는지 자신도 모르게 뒤로 몇 걸음 물러났다. 잠시 후 파안이 정신을 차리고 소리쳤다.

"저놈은 혼잔데 겁낼 게 무어냐? 다들 공격해라!"

그러자 황보각이 얼른 외쳤다.

"그와 함께 있는 승려가 다치지 않게 다들 조심해라!"

황보각의 말에 모두들 그 승려를 자세히 쳐다보았다. 나이는 서른 안팎으로 키가 헌칠하고 아주 준수하게 생겼다. 그는 현재 상황에 전혀 아랑곳하지 않는 듯 눈을 내리깔고 표정이 없었다.

위소보는 가슴이 철렁했다.

'저 사람이 분명 소황제의 아버지일 거야. 한데 생김새는 닮지 않았어. 소황제보다 훨씬 잘생겼는데… 생각보다 젊네.'

이때 10여 명의 라마가 일제히 그 화상을 공격하기 시작했다. 화상이 금강저를 떨치자 '팍팍' 하는 소리가 연신 들리고, 그때마다 라마 한 명이 금강저에 맞아 쓰러져 죽었다.

황보각은 허리에 차고 있던 가죽채찍 연편軟鞭을 풀어 손에 쥐었다. 파안도 부하에게서 무기를 받아쥐었다. 한 쌍의 철추鐵鎚였다. 두 사람이 좌우에서 협공을 펼쳤다. 황보각이 채찍을 떨쳐 '획' 하는 소리와 함께 그 화상의 목을 후려쳤다. 화상은 '으악!' 소리를 지르며 금강저로 파안을 내리쳐갔다. 파안이 철추로 그의 공격을 막자, '챙' 하는 금속성이 울리며 팔목이 마비돼 철추를 놓치고 말았다. 그리고 화상은 어깨에 다시 채찍을 맞았다. 싸움을 지켜보는 사람들은 모두 알 수 있었다. 그 화상은 타고난 힘이 엄청날 뿐, 무공은 아주 평범했다.

혼전이 벌어지는 틈을 타서 한 라마가 가까이 다가가 그 중년 승려의 왼팔을 잡았다. 승려는 '흥!' 코웃음을 칠 뿐, 저항하지 않았다.

위소보는 다급해졌다.

"저 승려를 지켜줘야 하는데, 무슨 수로…?"

그의 말이 끝나기도 전에 쌍아가 대답했다.

"네!"

그녀는 몸을 번뜩이는가 싶더니 어느새 그 라마에게 날아가 손을 쭉 뻗어 일장을 가했다. 라마는 그 자리에 쓰러졌다. 쌍아는 몸을 돌려 손가락으로 황보각의 얼굴을 향해 찌르는 척했다. 그러자 황보각은 잽 싸게 오른쪽으로 몸을 피했다. 쌍아는 그 즉시 방향을 바꿔 파안의 가 슴을 찔었다.

파안이 욕을 내뱉었다.

"빌어먹을…."

그러고는 뒤로 벌렁 나자빠졌다. 쌍아는 동쪽으로 몸을 돌리는가 하면 다시 서쪽으로 회전하면서 연신 지풍을 전개했다. 그에 따라 파 안과 황보각이 데려온 10여 명이 픽픽 쓰러졌다.

심계가 소리쳤다.

"이봐, 이봐! 소… 소시주…."

쌍아가 웃으며 응수했다.

"이봐, 이봐! 노화상!"

그러면서 전광석화처럼 빠르게 그의 허리를 찔어갔다.

위소보는 놀라우면서도 너무 기뻐서 펄쩍 뛰며 소리쳤다.

"쌍아! 잘한다, 무공이 대단하군!"

황보각은 채찍을 떨치며 전후좌우를 엄호했다. 채찍에서 '휙휙' 소리가 요란하게 울리는 가운데, 주위 1장쯤을 물 샐 틈 없이 감쌌다. 쌍아는 그 채찍 범위 밖에서 빠른 속도로 맴돌았다. 황보각이 떨치는 채찍의 속도는 갈수록 빨라져 몇 번이고 쌍아의 몸을 후려칠 뻔했는데, 쌍아는 용케도 다 피했다.

황보각이 소리쳤다.

"받아라!"

휘두르던 채찍에 내력을 주입하자, 부드러운 채찍이 긴 쇠꼬챙이처럼 빳빳해져 곧장 쌍아의 가슴을 겨냥해 찔러갔다. 쌍아는 미끄러지듯이 앞으로 튕겨나가며 지풍을 날려 황보각의 아랫배를 노렸다. 황보각은 왼손을 세워 그녀의 지풍을 막는 동시에 채찍에 힘을 가했다. 그러자 채찍이 갑자기 거꾸로 방향을 틀어 쌍아의 등을 향해 뻗쳐왔다. 쌍아는 반사적으로 땅에 뒹굴며 피해야만 했다. 궁지에 몰리는 듯 아슬아슬했다.

그것을 본 위소보는 다급해질밖에! 땅에서 흙을 집어 황보각의 눈에 던지려 했으나 땅바닥이 깨끗해 집히는 게 없었다.

쌍아가 몸을 일으키기도 전에 황보각의 채찍이 그녀의 몸을 향해 날아갔다. 위소보가 소리쳤다.

"안 돼!"

그 우람한 화상이 급히 금강저를 휘두르며 앞으로 달려가 쌍아를 도우려 했다. 그 순간, 쌍아가 오른손으로 채찍 끝자락을 낚아챘다. 그러자 황보각은 채찍을 힘껏 떨쳐 쌍아의 몸을 허공으로 붕 띄웠다.

위소보는 생각할 겨를도 없이 품속에 손을 집어넣어 집히는 대로 뭔가 움켜쥐고 냅다 황보각의 얼굴을 향해 뿌렸다. 그러자 흰 종이가 눈발처럼 허공에 흩날렸다. 그중 수십 장이 펄럭이며 황보각의 시야를 가렸다.

황보각은 황급히 손을 휘저어 그 종이들을 흩뜨려야만 했다. 자연히 채찍을 쥐고 있는 오른손의 힘이 약해졌다. 때를 맞춰 화상의 금강저가 그의 머리를 겨냥해 날아갔다. 황보각은 소스라치게 놀라 엉덩방아를 찧으면서 피했다.

쌍아는 허공에서 떨어져내리며 왼발을 걷어차냈는데, 정확히 황보각의 관자놀이 태양혈에 적중했다.

"으악!"

황보각은 비명을 지르며 뒤로 나자빠졌다.

순간, '쿵' 소리와 함께 불꽃이 사방으로 튀며 금강저가 땅바닥을 내리쳤다. 황보각의 머리에서 불과 반 자밖에 떨어지지 않은 위치였다.

쌍아는 땅에 내려서서 황보각의 채찍을 빼앗았다.

위소보는 갈채를 보냈다.

"대단해!"

그러고는 바로 비수를 뽑아들고 황보각에게 달려들어 눈을 겨냥하며 호통을 쳤다.

"아무도 못 들어오게 해라! 어서 부하들을 다 철수시켜!"

혈도를 찍힌 황보각은 꼼짝도 할 수 없었다. 눈앞에 비수의 써늘한 기운을 느끼며 기겁을 할밖에. 바로 큰 소리로 외쳤다.

"다들 물러가라! 아무도 들어오지 못하게 해라!"

파안과 황보각의 부하들이 머뭇거리며 망설이자, 위소보는 비수로 당장 황보각의 눈을 찌를 태세로 위협했다. 그제야 다들 승원 밖으로 줄행랑을 쳤다.

그 우람한 화상은 왕방울만 한 눈을 굴리며 쌍아를 잠시 응시하더니 엄지를 치켜세우며 칭찬했다.

"훌륭해!"

그렇게 한마디를 내뱉고는 바로 그 중년 승려를 부축해 다시 승방 안으로 사라졌다. 위소보는 그 중년 승려와 몇 마디 나누려고 성큼 두어 걸음을 따라갔으나 이미 늦었다.

쌍아는 징광 곁으로 다가가 혈도를 풀어주었다.

"이 나쁜 사람들은 정말 흉악해서 방장께 무례를 범했군요."

징광은 몸을 일으켜 합장했다.

"소시주가 절세무공으로 폐사를 액난에서 구해주셨구려. 빈승이 눈이 어두워 좀 전엔 고인高人을 몰라보고 결례를 범했소이다."

쌍아는 생긋이 웃으며 말했다.

"아녜요, 대사님은 줄곧 저의 공자를 잘 대해주셨어요."

위소보는 정신을 차리고 나서야, 앞서 황보각의 시야를 가린 종이 뭉치가 은표였다는 사실을 깨달았다. 그래서 하하 웃으며 말했다.

"세상에 은표를 보고 항복하지 않는 사람은 없나 봐요. 내가 은표 수만 냥을 뿌리니 바로 항복하고 말았잖아요!"

쌍아는 생긋 웃으며, 사방에 흩어진 은표를 주워 위소보에게 건네주었다.

징광이 위소보에게 물었다.

"위 공자, 일이 이렇게 됐는데 어쩌면 좋겠소?"

위소보는 그의 물음에 바로 대답하지 않고 황보각 등 세 사람에게
말했다.

"세 사람은 부하들을 멀찌감치 후퇴시키시오!"

황보각이 즉시 목청을 높여 외쳤다.

"다들 산 아래로 가서 기다려라!"

곧이어 밖에서 수백 명이 대답하는 소리가 우렁차게 들리더니, 요
란한 발걸음 소리가 잇따랐다. 삽시간에 그들은 깨끗이 다 떠나갔다.

징광은 비로소 마음이 좀 놓였다. 그가 심계의 혈도를 풀어주려 하
자, 위소보가 말렸다.

"방장 대사님, 좀 기다리세요. 상의드릴 일이 있습니다."

징광이 말했다.

"혈도가 찍히고 시간이 오래 경과되면 손발이 마비되니 지금 혈도
를 풀어주는 게 좋을 것 같소."

위소보가 말했다.

"잠깐이면 됩니다. 다른 데로 가서 얘기를 좀 나눴으면 합니다."

징광이 고개를 끄덕였다.

"그러죠."

이어 심계에게 말했다.

"잠깐만 기다려주십시오. 곧 돌아와서 혈도를 풀어드리겠소."

그러고는 위소보를 서쪽 불전으로 안내했다.

위소보가 물었다.

"방장 대사님, 저들이 진짜 어린 라마를 찾으러 온 거라고 생각하십
니까?"

징광은 표정이 굳어지며 아무 대꾸도 하지 못했다.

위소보가 그의 귀에 가까이 대고 나직이 말했다.

"저는 알고 있습니다. 그들은 황제 화상 때문에 온 겁니다."

징광은 흠칫하더니 고개를 끄덕였다.

"소시주께선 다 알고 있었군요."

위소보가 여전히 나직한 음성으로 말했다.

"제가 이곳에 와서 불사를 치르겠다고 한 것은 거짓말입니다. 사실은… 명을 받고… 황제 화상을 지켜드리러 온 겁니다."

징광은 천천히 고개를 끄덕였다.

"역시 그랬군요. 빈승도 의심을 했습니다. 아무리 봐도 불사 때문에 온 것 같지 않았어요."

위소보가 말했다.

"황보각과 파안 일당을 제압했지만, 옛말에도 범을 잡기는 쉬워도 놓아주는 건 어렵다고 했습니다. 만약 그들을 섣불리 놓아주었다가 며칠 뒤에 다시 찾아와 행패를 부리면 일이 매우 귀찮아집니다."

징광이 심각하게 말했다.

"그렇다고 죽일 순 없습니다. 사찰 안에서 이미 여러 명이 목숨을 잃었어요. 휴… 아미타불…."

위소보가 다시 말했다.

"물론입니다, 그들을 죽여도 소용없어요. 이렇게 하죠, 우선 사람들을 시켜 그들을 결박하십시오. 황제 화상을 찾아온 의도가 무엇인지 자세히 물어보겠습니다."

징광은 난처한 표정을 지었다.

"불문성지에서 불제자끼리 결박하고 심문하는 것은 도리에 어긋난 일입니다."

위소보가 힘주어 말했다.

"그럼 저들이 몰려와서 이곳의 승려들을 다 죽인 것은 도리에 어긋나는 일이 아닙니까? 우리가 연유를 확실하게 알아내 대응책을 세우지 않아, 그들이 다시 몰려와서 살인을 하고 사찰을 불태워버리면 어떡할 겁니까?"

징광은 잠시 망설이더니 고개를 끄덕였다.

"그 말도 옳군요. 시주가 시키는 대로 하죠."

그러고는 손뼉을 쳐서 승려 한 명을 불러 분부했다.

"물어볼 말이 있으니, 가서 황보 선생을 모셔와라."

위소보가 말렸다.

"아네요, 그 황보각은 아주 교활해서 다그쳐도 뭘 알아내지 못할 겁니다. 우선 그 대라마를 데려오세요."

징광이 말했다.

"맞아요, 미처 생각을 못했네요."

얼마 후, 승려 두 명이 파안을 끌고 들어왔다. 그들은 파안이 절의 승려를 죽인 게 괘씸해서 분풀이를 하듯 바닥에 거칠게 팽개쳤다.

징광이 한숨을 내쉬며 말했다.

"대라마한테 그렇게 무례해선 안 된다."

두 승려는 고개를 숙여 대답하고는 밖으로 물러갔다.

위소보는 왼손으로 의자 하나를 들고, 오른손에 쥔 비수로 의자 다리를 쓱쓱 깎기 시작했다. 그의 비수는 날카롭기 짝이 없어 칼날이 닿는 대로 나무 쇄편이 잘려나갔다. 그 두께가 아주 얇아 마치 과일 껍질을 깎는 것 같았다. 징광은 그의 의도를 몰라 눈이 휘둥그레졌다.

위소보는 의자를 내려놓고 파안 가까이 다가가 왼손으로 머리를 만지작거리며 오른손으로는 아까처럼 의자 다리를 쓱쓱 깎는 시늉을 했다. 파안은 소스라치게 놀라며 소리쳤다.

"안 돼!"

징광도 덩달아 소리쳤다.

"그건 안 되오!"

위소보가 눈을 부라렸다.

"안 될 게 뭐가 있어요? 내가 알기로 청해의 대라마들은 철두공鐵頭功이란 무공을 연마해서 창칼로 찌르고 베어도 상처가 나지 않는대요. 북경에 있을 때 내가 직접 한 라마승의 머리를 칼로 베어봤는데, 반나절이 지나도 까딱없이 멀쩡하더라고요. 대라마가 진짜 수행을 쌓은 고승인지 아니면 허장성세만 하는 땡추인지, 직접 시험해보지 않으면 어떻게 알 수 있겠어요?"

파안은 울상이 됐다.

"난 그 무슨 철두공을 연마하지 않았어요. 칼을 대기만 하면 바로 죽어요."

위소보가 말했다.

"반드시 죽는 건 아녜요. 두피만 살짝 깎아내는데 왜 죽겠어요? 그냥 골수 뇌장腦漿이 보일 듯 말 듯할 정도로만 살짝 벗길게요. 누구든 사실대로 말하면 골수가 움직이지 않아요. 하지만 거짓말을 하면 골수가 물 끓듯 부글부글 끓어오른대요. 내가 뭘 좀 물어봐야 하는데, 머리통 뚜껑을 열지 않으면 사실대로 대답하는지 거짓말을 하는지 어떻게 알 수 있겠어요?"

파안이 황급히 말했다.

"안 돼! 안 돼… 사실대로 말할게요."

위소보는 다시 그의 머리를 만지작거리며 말했다.

"사실인지 거짓인지 내가 무슨 수로 알겠어요?"

파안이 소리쳤다.

"내가 만약 거짓말을 하면 그때 베어도 되잖아요!"

위소보는 잠시 생각하는 척하다가 입을 열었다.

"좋아요! 그럼 묻겠는데, 누가 청량사로 보냈죠?"

파안이 대답했다.

"오대산 보살령菩薩嶺에 있는 진용원眞容院의 대라마 승라타勝羅陀가 보냈습니다."

징광이 입을 열었다.

"아미타불… 오대산의 청묘와 황묘는 아무 원한이 없는데, 보살령의 대라마가 왜 그대를 청량사로 보내 생트집을 잡게 했단 말이오?"

파안이 그의 말을 받았다.

"생트집을 잡으러 온 게 아닙니다. 실은 승라타 사형이 서른 살가량의 화상을 찾으라고 보낸 겁니다. 그는 대단한 인물인데, 우리 청해 활불의 보경寶經을 훔쳐 이 청량사에 숨어 있다고 하더군요. 그래서 반드시 찾아내야 한다고 했습니다."

징광은 고개를 갸웃했다.

"아미타불… 어찌 그런 터무니없는 말을…?"

위소보가 비수를 번쩍 들며 호통쳤다.

"거짓말을 하면 바로 두피를 깎아버릴 거야!"

파안이 겁을 먹고 소리쳤다.

"아녜요! 거짓말이 아니에요. 믿기지 않으면 직접 승라타 사형께 확인하세요. 어린 라마가 없어졌다는 핑계를 대고 그 중년 화상을 찾아내라고 했어요. 그리고 황보 선생이 그 화상을 알고 있으니 함께 가라고 했습니다. 승라타 사형의 말에 의하면, 그 중년 화상이 훔친 것은 우리 밀종의 비밀 경전인《대비로자나불신변가지경大毘盧遮那佛神變加持經》인데, 그건 엄청난 경전이라더군요. 만약 내가 그 경전을 훔친 화상을 찾아낸다면 큰 공을 세우는 것이니 청해로 돌아가면 활불이 후한 상을 내릴 거라고 했습니다."

그는 침을 삼키며 말을 이어갔다.

"승라타 사형은 그 중년 화상이 오대산 청량사에 있는 게 확실하다고 했어요. 그리고 최근에 들은 소식에 의하면… 신… 신룡교에서도 그를 모셔가려고 한다더군요. 그들에게 빼앗기면 안 되기 때문에… 선수를 친 겁니다."

위소보는 그가 '신룡교'까지 거론하는 것을 보고 거짓이 아닐 거라고 생각했다. 그래서 물었다.

"그 사형이 또 뭐라고 말했어요?"

그러면서 비수 자루로 그의 머리를 살짝 쳤다.

파안은 안색이 급변해 얼른 대답했다.

"사형의 말로는 청량사에 가서 그 큰 인물을 모셔오는 것은 어렵지 않겠지만 신룡교가 소식을 듣고 먼저 선수를 칠까 봐 그게 우려된다고 했어요. 그래서 사형은 북경에 있는 달화이達和爾 사형에게 고수들을 많이 보내달라고 급히 도움을 청한 모양이에요. 만약 상결桑結 대라마가 오신다면 일이 수월하게 잘 풀릴 거요. 그 어르신은 천하무적이라 직접 오셔서 일을 처리한다면 그야말로 저… '만실무일萬失無一'일 겁니다."

위소보가 웃으며 욕을 했다.

"빌어먹을! 만무일실이겠지, 무슨 놈의 만실무일?"

위소보는 남이 잘못 말한 사자성어를 자신이 지적해주게 되리라곤 꿈에도 생각하지 못했다. 이거야말로 천 년에 한 번 있을까 말까 한 천재난봉千載難逢이자 만 번 중에 한 번 있을까 말까 한 만중무일萬中無一의 경우니, 괜스레 으쓱해졌다.

파안이 얼른 고쳐말했다.

"네, 네! 저… 만일무실…"

또 틀리고 말았다. 위소보는 웃으며 말했다.

"이런 빌어먹을 라마를 봤나! 또 틀렸어요! 여하튼 그다음엔?"

파안이 말했다.

"없어요, 그 아랜 없어요."

위소보가 다시 욕을 했다.

"다음이 아니라 아래라고? 빌어먹을, 내 아래가 없는 거요? 아니면 당신의 아래가 없는 거요?"

파안은 '다음'과 '아래'를 잘 분간하지 못했다.

"정말로… 다 아래가 없어요."

위소보가 다그쳤다.

"뭐가 다 아래가 없다는 거요?"

파안이 다시 말했다.

"아랫말이 없다고요."

위소보가 하하 웃고 나서 물었다.

"그럼 그 황보각은 뭐 하는 사람이오?"

파안이 대답했다.

"그는 승라타 사형이 도움을 청하기 위해 모셔온 사람이오. 어젯밤에 왔어요."

위소보는 고개를 끄덕이더니 징광에게 말했다.

"방장 대사님, 이번엔 그 불광사의 뚱보 화상을 심문할 건데, 입장이 난처하면 자리를 피하세요. 그냥 창밖에서 들으셔도 됩니다."

징광은 기꺼이 그의 제의를 받아들였다.

"그게 좋을 것 같소."

그는 사람을 시켜 파안을 데려가고, 심계를 데려오라고 했다. 그리고 자신은 창밖에서도 듣지 않고 승방으로 돌아갔다.

혈도가 찍힌 심계는 안으로 들어오자마자 배시시 웃으며 먼저 입을 열었다.

"두 분 시주는 젊은 나이에 무공이 그렇게 고강하시니… 빈승은 여태껏 살아오면서 정말 보지도 듣지도 못했습니다. 소년영웅이란 말이 있듯이 아주 대단합니다."

위소보는 욕을 했다.

"빌어먹을! 누가 알랑방귀를 뀌라고 했소?"

냅다 그의 엉덩이를 걷어찼다. 심계는 엉덩이가 아팠지만 얼굴엔 여전히 웃음을 띠었다.

"네, 네! 진정한 영웅호한은 남이 아첨하는 걸 별로 좋아하지 않죠. 하지만 빈승의 말은 진심에서 우러나온 것이지 아첨이 아닙니다."

위소보가 물었다.

"솔직히 말하시오. 누구의 사주를 받고 청량사에 와서 행패를 부린 거요?"

심계가 말했다.

"뭐든지 다 솔직히 말하리다. 오대산 보살령 진용원의 대라마 승라타가 청해 활불의 명을 받아 은자 200냥을 보내왔더라고요. 자기의 사제 파안과 함께 청량사에 가서 저… 한 사람을 찾아보라고요. 빈승은 받은 죄가 있기 때문에 어쩔 수 없이 함께 온 겁니다."

위소보는 다시 그를 걷어찼다.

"수작 부리지 말고! 날 속일 작정이오? 어서 솔직히 말하시오."

심계가 다급하게 말했다.

"아, 네! 솔직히 말해서 대라마가 300냥을 줬습니다."

위소보는 눈을 부라렸다.

"내가 알기론 1천 냥인데!"

심계는 풀이 죽었다.

"진짜 솔직하게 500냥입니다. 한 푼이라도 더 받았다면 사람이 아닙니다!"

위소보가 다시 물었다.

"그 황보각은 뭐 하는 놈이오?"

심계가 대답했다.

"아주 비열하고 나쁜 놈입니다. 파안 그 땡추 라마가 데려왔어요.

시주께서 날 놓아주면 그를 바로 오대현 현령 대인에게 보내 단단히 문초하라고 하겠습니다. 청량사는 불문성지인데 어떻게 함부로 찾아와서 행패를 부릴 수가 있나요? 소시주, 승려 여러 명이 죽었으니 몇몇 라마승들까지 묶어서 모든 책임을 그에게 미뤄버립시다!"

위소보가 언성을 높였다.

"대사께서 죽이는 걸 다 봤는데 어떻게 다른 사람에게 떠넘겨요?"

심계는 사정을 했다.

"소시주, 제발 좀 봐주십시오."

위소보는 사람을 시켜 심계를 데려가고 황보각을 데려오게 했다. 그는 상상외로 아주 뻣뻣하고 고집이 셌다. 입을 굳게 다문 채 한 마디도 하지 않았다. 위소보가 비수로 위협을 해도 아랑곳하지 않고, 쌍아가 보다못해 극심한 고통을 줄 수 있는 천계혈天谿穴를 찍었는데도 신음만 할 뿐 여전히 묵묵부답이었다. 단지 이를 악물고 말했다.

"차라리 단칼에 날 죽여라! 이런 식으로 남을 괴롭히는 것은 영웅호한이 할 짓이 아니오!"

위소보는 그의 사내다운 꿋꿋함이 마음에 들었다.

"좋소, 더는 괴롭히지 않겠소!"

그러고는 쌍아더러 천계혈을 풀어주라고 했다.

그는 사람을 시켜 황보각을 내보내고 징광 방장을 모셔오게 했다.

"이 일을 어떻게 처리하면 좋겠습니까? 그 큰 분과 상의해봐야 할 것 같아요."

징광은 고개를 내둘렀다.

"그는 절대 외부 사람을 만나지 않을 거요."

위소보는 눈살을 찌푸렸다.

"외부 사람을 절대 만나지 않는다고요? 조금 전에 이미 만났잖아요? 우리가 나서지 않았다면 그 외부 사람들에게 잡혀가지 않았을까요? 그리고 며칠 후면 북경에서 그 무슨 천하무적의 고수가 올 거고, 또 그 무슨 신룡교인지 개룡교인지 하는 사람들도 그를 노린다고 했어요. 그럼 우리가 아무리 도와주려고 해도 도저히 그들을 당해낼 재간이 없다고요."

징광은 심각한 표정으로 고개를 끄덕였다.

"하기야 그렇겠군요."

위소보가 다시 말했다.

"가서 말씀드리세요. 일이 아주 긴박하게 돌아가니 무슨 수라도 내야 한다고요."

징광은 고개를 내둘렀다.

"사찰 안에서 아무도 그와 접촉하지 않겠다고 약속을 했어요."

위소보가 차분하게 말했다.

"좋아요, 저는 사찰 사람이 아니잖아요. 제가 가서 말할게요."

징광이 말렸다.

"안 돼요, 안 돼! 소시주가 그 승방으로 들어가면 그의 사제인 행전行顚이 바로 금강저로 때려죽일 겁니다."

위소보는 자신 있게 말했다.

"날 죽이진 못할 겁니다."

징광은 쌍아를 힐끗 쳐다보더니 말했다.

"설령 누구를 시켜서 행전 화상을 쓰러뜨린다 해도 행치行癡는 아무 말도 하지 않을 거요."

위소보가 반문했다.

"행치요? 그분의 법명이 행치인가요?"

징광이 고개를 끄덕였다.

"그래요, 모르고 있었군요?"

위소보는 한숨을 내쉬었다.

"정녕 그렇다면 저도 어쩔 도리가 없군요. 진짜 '만실무일'의 방법
이 없다면 이 멀쩡한 천년고찰 청량사가 방장 손에 사라질 수밖에요."

징광은 울상이 되어 연신 손을 비비적거리며 고민을 하다가 불쑥
말했다.

"가서 옥림玉林 사형한데 여쭤봅시다. 어쩌면… 방법이 있을지도 몰
라요."

위소보가 물었다.

"그 옥림 대사는 누군데요?"

징광이 대답했다.

"바로 행치에게 불법을 전수한 사부요."

위소보는 좋아했다.

"잘됐네요. 어서 그 옥림 대사께 함께 갑시다!"

징광은 바로 위소보와 쌍아를 데리고 청량사 뒷문으로 나와, 거의
한 마장 정도 걸어서 어느 작고 낡은 암자에 다다랐다. 암자에는 편액
도 걸려 있지 않았다. 징광은 안으로 들어갔다. 뒤편 승방에 이르자 흰
눈썹에 백발이 성성한 노승이 방석에 앉아 있었다. 그는 이미 입정入定

하여 무아지경에 들어간 듯, 세 사람이 들어온 것도 모르는 것 같았다.

징광은 조용히 하라는 손짓을 한 다음, 옆에 있는 방석을 끌어다가 앉아서 눈을 감고 합장했다. 위소보는 속으로 웃으면서도 덩달아 방석 위에 앉았다. 쌍아는 그의 뒤에 섰다. 이 작은 암자에는 노승 한 사람만 사는 듯 아주 조용했다.

시간이 한참 지났는데도 노승은 죽어서 미라가 된 듯 미동도 하지 않았다. 징광도 움직이지 않았다. 위소보는 손발이 저려 일어났다 앉았다를 반복하며 속으로 노승의 욕을 수십 번은 했다.

다시 한참이 지난 뒤에야 노승은 숨을 불어내며 천천히 눈을 떴다. 그는 눈앞에 사람이 있는데도 전혀 놀라지 않고 그저 가볍게 고개만 끄덕였다. 징광이 입을 열었다.

"사형, 행치는 속세의 연이 아직 끊어지지 않아 누가 사찰까지 찾아왔으니 사형께서 해법을 내려주셨으면 합니다."

노승 옥림이 말했다.

"모든 상념은 마음에서 생기니, 그 해법은 자신에게 달려 있네."

징광이 다시 말했다.

"사악한 무리들로 인해 청량사가 어려움에 처해 있습니다."

이어서 파안, 심계, 황보각 등이 행치를 잡아가기 위해 무리들을 이끌고 들이닥쳤는데, 다행히 위소보와 쌍아의 도움으로 위기를 넘긴 경위를 이야기해주었다. 그리고 쌍방 모두 많은 사람이 죽음을 당했으므로 상대방이 결코 가만있지 않을 거라는 말도 덧붙였다.

옥림은 그저 묵묵히 듣고 나서 아무 말도 없이 다시 눈을 감고 입정에 들어갔다.

위소보는 화가 치밀어 벌떡 일어났다.

"빌어…."

그러나 징광이 바로 손짓으로 제지했다. 화를 내지 말고 앉으라는 뜻이었다.

이번에도 옥림은 반 시진 동안이나 미동도 하지 않았다. 위소보는 속으로 투덜댔다.

'천하의 날강도나 양아치, 바람둥이 여편네, 그 어떤 나쁜 놈보다 이 노화상이 더 꼴 보기 싫어!'

기다리다 지칠 무렵, 다행히도 노화상이 눈을 떴다. 그러고는 뜬금 없이 물었다.

"위 시주는 북경에서 왔나?"

위소보가 화들짝 놀라며 대답했다.

"네, 네!"

옥림이 다시 물었다.

"위 시주는 황상 곁에서 일하고 있나?"

위소보는 더욱 놀라 자리에서 펄떡 일어났다.

"그걸… 그걸… 어떻게 알았죠?"

옥림이 말했다.

"그저 추측했을 뿐이네."

위소보는 속으로 생각했다.

'이 노화상은 대단하군. 정말 법력法力을 좀 쌓았는지도 몰라….'

이젠 감히 욕할 생각을 못하고 얌전하게 자리에 앉았다.

옥림이 다시 말했다.

"황상께서 위 시주를 행치한테 보내면서 무슨 말을 하던가?"

위소보는 잽싸게 머리를 굴렸다.

'이 노화상은 뭐든지 다 알고 있는 것 같으니 속일 수 없겠군.'

그는 솔직히 말했다.

"황상께서는 노황제가 생존해 계신 걸 알고 저더러 찾아뵙고 문안을 올리라고 했습니다. 만약 노황제께서 환궁을 하신다면 물론 더 바랄 게 없습니다."

강희는 진상이 밝혀지면 직접 오대산에 와서 부황을 알현하겠다고 했는데, 위소보는 그 말은 전하지 않았다.

옥림이 물었다.

"황상께서 혹시 증표를 준 게 있나?"

위소보는 속옷에다 숨겨놓은 강희의 친필 어찰을 꺼내 두 손으로 올렸다.

"이겁니다, 직접 확인하십시오."

어찰에 뚜렷이 적혀 있었다.

칙령. 어전 시위 부총관 위소보에게 황마괘黃馬掛를 하사하여 공무차 오대산 일대로 보내니, 각지의 문무관원은 그의 명령과 지휘에 따르라.

아래에 옥새가 붉게 찍혀 있었다.

옥림은 받아서 읽은 다음 위소보에게 돌려주었다.

"이제 보니 어전 시위 부총관 위 대인이군. 미처 알아보지 못해 결례를 한 것 같소."

그의 말투가 바뀌었다. 위소보는 내심 우쭐했다.

'이젠 감히 날 얕보지 못하겠지?'

그러나 옥림은 말투가 좀 달라졌을 뿐, 표정을 보면 별로 공경하는 기색을 찾아볼 수 없었다. 그래서 우쭐대던 기분이 많이 사그라졌다.

옥림이 다시 말했다.

"그럼 위 시주의 생각으론 어떡하면 좋을 것 같소?"

위소보가 진지하게 말했다.

"제가 직접 노황제를 뵙고 그 분부를 듣고 싶습니다."

옥림은 고개를 흔들었다.

"그는 예전에 세상을 호령했지만 출가한 후론 이미 속세와의 연을 끊었소. '노황제'라는 칭호도 삼가면 좋겠소. 외부에 알려지면 정수靜修에 방해가 될 거요."

위소보는 더 이상 뭐라고 말할 수 없어 입을 다물었다.

옥림이 말을 이었다.

"돌아가서 황상께 전하시오. 행치는 그를 만나기를 원치 않으며, 외부 사람을 만나지 않을 거요."

위소보가 입을 열었다.

"황상은 그의 아들이니 외부 사람이 아니죠."

옥림은 동요되지 않았다.

"출가라는 게 무엇이오? 집을 떠났으니 집은 집이 아니요, 처자도 모두 외부 사람일 뿐이오."

위소보는 속으로 시부렁거렸다.

'보아하니 이 노화상이 중간에서 농간을 부려 만남을 막는 것 같아.

노황제가 설령 환궁을 안 한다 해도 아들마저 외면할 리 없어.'

그는 천연덕스럽게 말했다.

"그렇다면 제가 인마를 동원해 오대산으로 와서 노황제의 안전을 수호하겠습니다. 오늘처럼 잡다한 것들이 절대 청량사에 와서 행패를 부리지 못하게끔 조치를 취하겠습니다."

옥림이 빙긋이 웃었다.

"그럼 청량사는 황궁의 내원이나 관부의 현아로 바뀌고, 어전 시위 부총관 위 대인은 청량사의 수문장이 되겠군. 그럴 바엔 행치가 차라리 북경 황궁으로 돌아가는 게 나을 것 같구려."

위소보는 고개를 갸웃했다.

"그럼 대사께선 혹시 노… 그 어르신을 보호할 무슨 묘법이라도 가지고 계신 건가요? 한번… 들어보고 싶습니다."

옥림은 미소를 지었다.

"위 시주는 어린 나이에 그런 높은 벼슬에 오른 것을 보면, 역시 나름대로 뛰어난 면이 있군요."

그러고는 약간 멈칫하더니 말을 이었다.

"특별히 묘법이라고 할 건 없고, 불문제자로서 세상 분쟁에 휘말리지 않고 순리에 따라서 대처할 뿐이오. 어쨌든 위 시주의 뜻은 고맙게 생각하오. 만약 청량사에 정말 재앙이 닥친다면, 그 또한 부처님의 뜻이니 순응해야겠죠."

말을 마치자 합장을 한 채 눈을 감고 무념에 들어갔다.

징광은 몸을 일으켜 손짓을 하며 뒤로 물러나서는, 문 가까이 가서 옥림에게 몸을 숙여 인사했다. 위소보는 익살스러운 표정으로 혀를 날름 내밀었다. 그리고 오른손 엄지를 코에 붙이고 나머지 네 손가락을 옥림을 향해 팔랑였다. '구린내 난다, 구려!' 그런 뜻이었다. 옥림은 눈을 감고 있어 그걸 알 리가 없었다.

세 사람이 암자 밖으로 나오자 징광이 입을 열었다.

"옥림 대사는 득도한 고승이라 이미 묘책이 서 있을 거요. 빈승은 돌아가서 심계 등을 풀어주겠소. 오늘 위 시주를 만난 것도 인연이지만 이만 작별을 고할까 하오."

그러면서 합장을 하더니 몸을 숙여 작별인사를 했다. 그건 위소보가 다시 청량사로 돌아가는 것을 거부한다는 뜻과 다름없었다.

위소보는 속으로 화가 치밀었다.

"좋아요! '만실무일'의 묘책이 있다면야 더 바랄 게 없죠!"

그는 쌍아를 시켜 우팔 등 일행을 불러와, 함께 하산해서 다시 영경사로 돌아왔다.

간밤에 위소보는 영경사에 은자를 70냥이나 보시했다. 주지는 그가 다시 돌아오자 무슨 '봉'이라도 맞이하듯 깍듯이 대해주었다.

객방 안에서 위소보는 손으로 턱을 괴고 앉아 생각을 굴렸다.

'노황제를 만났는데 전혀 늙지 않았어. 한데 위험에 처해 있는 건 사실이야. 청해 라마승들이 잡아가려 하고, 신룡교까지 그를 넘보고 있어. 한데 옥림은 실력이라곤 쥐뿔만큼도 없으면서 거드름만 피우고, 징광은 혼자뿐인데 뭘 할 수 있겠어? 며칠 있으면 노황제가 잡혀갈 게 뻔해. 그럼 돌아가서 소현자한테 뭐라고 변명하지?'

고개를 쓱 돌려보니, 쌍아가 얼굴을 찡그린 채 기분 나쁜 표정으로 앉아 있었다. 그는 영문을 몰라 물었다.

"쌍아, 무슨 기분 나쁜 일이라도 있어?"

쌍아는 퉁명스레 대답했다.

"없어요."

위소보는 눈치 하나는 빠르다.

"분명 기분 나쁜 일이 있는 것 같은데, 솔직히 말해봐."

쌍아는 잡아뗐다.

"없다니까요!"

위소보는 문득 짚이는 게 있었다.

"아, 알았다. 내가 조정에서 큰 벼슬을 하면서도 얘기를 안 했다고 화난 거지?"

쌍아는 그만 눈시울이 붉어졌다.

"오랑캐 황제는 나쁜 사람이에요. 한데 상공은… 왜 그들 밑에서 벼슬을 하고 있죠? 그것도 아주 큰 벼슬이잖아요!"

그러면서 눈물을 주르르 흘렸다. 위소보는 멍해졌다.

"바보처럼 울긴 왜 울어?"

쌍아는 훌쩍거리며 말했다.

"셋째 마님이 저를 상공한테 주면서 잘 모시라고 분부했어요. 그런데… 궁에서… 벼슬을 하고 있으니… 저의 아버지랑 엄마, 그리고 오빠 둘이 다 오랑캐 악관惡官한테 죽음을 당했는데… 상공은…."

말끝에 아예 방성통곡을 했다.

위소보는 어찌할 바를 몰라 하며 얼른 달랬다.

"됐어, 그만 울어. 내가 더 이상 뭘 숨기겠어? 솔직히 다 말할게. 벼슬을 하는 건 가짜야. 난 천지회의 향주라고! '천부지모, 반청복명!' 이젠 알았지? 나의 사부님은 천지회의 총타주야. 셋째 마님한테도 다 말했어. 우리 천지회는 조정과 완전히 앙숙이야. 사부님은 오랑캐의 비밀과 정확한 소식을 알아내기 위해 날 궁에 잠입시켰어. 이 일은 아주 극비야. 다른 사람이 알면 난 바로 목숨을 잃게 돼!"

쌍아는 얼른 손으로 위소보의 입을 막고 나직이 말했다.

"이제 그만 말해요. 그런 비밀까지 다 말하게 만들었으니, 다 제 잘못이에요."

그러면서 생긋이 웃었다.

"상공은 좋은 사람인데 나쁜 일을 할 리가 없죠. 난… 난 정말 바본가 봐요."

위소보도 웃었다.

"아니야, 똑똑해."

그는 쌍아의 손을 잡고 침상 맡에 자기랑 나란히 앉게 했다. 그리고 나직이 순치와 강희의 이야기를 해주었다.

"소황제는 나이가 열몇 살이라 나보다 조금 더 커. 한데 아버지가 그를 버리고 출가해서 승려가 됐으니 불쌍하지 않아? 오늘 노황제를 잡으러 온 이들은 다 나쁜 사람들인데, 네가 그를 구해줘서 정말 다행이야."

쌍아는 '후!' 하고 숨을 내뱉었다.

"어쨌든 제가 좋은 일을 한 거네요."

위소보가 그녀의 말을 받았다.

"도와주는 김에 끝까지 도와줘야 해. 청량사 방장 스님이 그들을 다 놓아준다고 했어. 그러면 그들이 다시 노황제를 잡아가서 살점을 도려

내 삶아먹을지도 몰라. 그럼 큰일이잖아?"

그는 쌍아가 착하다는 것을 잘 알고 있었다. 그래서 동정심과 용기를 부추기기 위해 일부러 순치의 처지를 아주 불쌍하고 비참하게 묘사한 것이다. 순진한 쌍아는 놀라 몸을 부들부들 떨었다.

"그들이 왜 노황제의 살을 삶아먹어요?"

위소보가 말했다.

"삼장법사三藏法師가 불경을 구하러 천축天竺에 간 얘기를 들어보지 못했어?"

쌍아가 대답했다.

"들어봤어요. 손오공과 저팔계도 있잖아요."

위소보가 설명했다.

"그들이 천축으로 가는 도중에 많은 요괴들이 삼장법사를 잡아 그의 살을 먹으려 했어. 성승聖僧의 고기를 먹으면 성불成佛한다는 얘기가 있으니까!"

쌍아는 눈이 휘둥그레졌다.

"아! 알았어요. 그 나쁜 사람들은 그를 성승으로 생각하고, 성불하기 위해서 그의 고기를 먹으려는 거군요?"

위소보가 고개를 끄덕였다.

"맞아, 그래! 정말 똑똑하네. 노황제가 삼장법사라면 그놈들은 요괴야. 난 당연히 손오공이지. 그리고 쌍아는… 저…."

말을 하면서 두 손을 펴 귀에다 붙이고 날개인 양 나풀거렸다.

쌍아가 웃으며 말했다.

"나더러 저팔계가 되라는 거예요?"

위소보는 둘러댔다.

"쌍아는 관음보살처럼 생겼지만 이번엔 저팔계 역할을 해줘야 해."

쌍아는 연신 손사래를 쳤다.

"관음보살님께 불경스러운 말을 하면 안 돼요. 상공이 관음보살 곁에 있는 그 선재동자善才童子 홍해아紅孩兒가 되면 저는 바로…."

여기까지 말하고는 얼굴이 빨개져 다음 말을 잇지 못했다. 그러자 위소보가 말했다.

"맞아! 난 선재동자 홍해아가 되고 쌍아는 용녀龍女가 되는 거야. 우리 둘은 늘 함께 붙어다니고, 누가 뭐래도 떨어지면 안 돼!"

쌍아는 얼굴이 더욱 빨개져 나직이 말했다.

"저야 영원히 상공을 모실 거예요. 상공이 저를… 싫다고 쫓아버리지 않는다면요."

위소보는 손으로 자기 목을 베는 시늉을 하며 말했다.

"내 목을 자른다 해도 쌍아를 내쫓지 않을 거야! 쌍아가 날 버리고 몰래 달아난다면 몰라도!"

쌍아도 자기 목을 베는 시늉을 하며 말했다.

"날 죽인다 해도 떠나지 않을 거예요!"

두 사람은 동시에 하하 웃었다. 쌍아는 위소보를 따른 뒤로 주인과 시종의 신분을 엄수해 함께 웃고 떠드는 경우가 별로 없었다. 그런데 지금 위소보가 자신은 진짜 벼슬을 하는 게 아니라 피치 못할 사정이 있다는 것을 다 털어놓자, 기분이 너무 좋았다. 두 사람은 격의 없이 서로 마주 보며 웃었다. 우의友誼가 다져지고 한결 더 가까워졌다.

위소보가 말했다.

"좋아, 우리 얘긴 다 했으니 이젠 삼장법사를 구할 방법을 생각해봐야지. 어쩌면 좋을까?"

쌍아가 웃으며 말했다.

"삼장법사를 구하려면 제천대성齊天大聖 손오공이 묘안을 짜내야죠. 못생긴 저팔계가 뭘 알겠어요?"

위소보도 웃으며 말했다.

"저팔계가 정말 쌍아처럼 예쁘게 생겼다면 삼장법사는 출가하지 않았을 거야."

쌍아가 물었다.

"왜요?"

위소보가 대답했다.

"삼장법사는 당연히 저팔계를 아내로 삼았을 테니까!"

쌍아는 까르르 웃었다.

"저팔계는 들창코에 꿀꿀돼지인데 누가 아내로 삼겠어요?"

위소보는 그녀가 돼지를 아내로 삼는다는 식의 얘기를 하자 갑자기 그 '복령화조돈' 속에 숨겨져 왔던 목검병이 생각났다. 그녀와 방이는 지금 어디 있으며, 무사히 잘 지내는지 걱정이 되었다. 쌍아는 위소보가 뭔가 생각을 하는 것처럼 보여 방해하지 않았다.

잠시 후 위소보가 말했다.

"나쁜 사람들이 노황제를 잡아가지 못하게 무슨 수를 써야만 해. 쌍아, 예를 들어서 나쁜 놈들이 다 노리는 귀한 보물이 있는데, 그들이 훔쳐가지 못하게 할 방법이 없을까?"

쌍아가 말했다.

"그럼 나쁜 놈들이 훔쳐가지 못하게끔 다 붙잡으면 되잖아요."

위소보는 고개를 내둘렀다.

"나쁜 놈들의 수가 너무 많아서 다 붙잡을 수는 없어. 우리가 도둑이 되는 수밖에!"

쌍아는 이해가 가지 않았다.

"우리가 도둑이 된다고요?"

위소보가 말했다.

"그래! 우리가 도둑이 돼 선수를 쳐서 그 보물을 훔쳐오는 거야. 그럼 다른 도둑들은 훔칠 수 없잖아."

쌍아는 손뼉을 치며 좋아했다.

"알았어요! 우리가 먼저 가서 노황제를 잡아오면 되겠네요?"

위소보가 고개를 끄덕였다.

"그래, 지체할 수 없으니 바로 가자고!"

위소보와 쌍아는 다시 청량사에 왔다. 위소보가 말했다.

"날이 아직 저물지 않았어. 물건을 훔치든 화상을 훔치든, 일단 어두워질 때까지 기다려야 해."

두 사람은 숲속에 몸을 숨겨 온 산이 어둠에 잠기고 조용해질 때까지 기다렸다. 위소보가 나직이 말했다.

"사찰 안 사람들 중에는 그 방장 스님만 무공이 있는데… 다행히 그는 낮에 부상을 입어 지금쯤 누워서 휴식을 취하고 있을 거야. 쌍아가 가서 그 뚱보 행전 화상의 혈도를 찍어 쓰러뜨려. 그럼 우린 노황제를 몰래 훔쳐낼 수 있을 거야. 그 행전 화상은 힘이 엄청나고 금강저의 위력도 대단하니까 조심해야 해."

쌍아가 고개를 끄덕였다.

잠시 귀를 기울여 주위에 아무도 없는 것을 확인한 후 담장을 뛰어넘은 두 사람은 길을 따라 순치가 있는 승원으로 갔다. 문은 닫혀 있는데, 낮에 라마들이 걷어차서 망가진 것을 미처 수리하지 못해 그냥 대충 걸쳐놓은 상태였다.

쌍아는 담벽에 몸을 바싹 붙여 가까이 가서 문짝을 살짝 젖혔다. 그러자 금광이 번쩍이며 그 금강저가 문틈으로 날아왔다. 쌍아는 금강저가 다시 들어올려지는 순간 잽싸게 안으로 미끄러져들어가 행전의 가슴 부위 두 군데 혈도를 찍었다. 그러고는 나직이 말했다.

"미안해요."

그녀는 두 손으로 금강저를 끌어안았다. 행전은 혈도가 찍혀 천천히 쓰러졌다. 금강저는 무게가 100근이 넘어 쌍아가 만약 끌어안지 못하고 떨어지면 발등을 다치게 될 터였다.

위소보도 잇따라 안으로 뛰어들어가 문을 다시 닫았다. 어둠 속에 한 사람이 방석에 앉아 있는데, 위소보는 그가 바로 노황제 행치 화상임을 짐작했다. 얼른 그 앞에 무릎을 꿇고 절을 올렸다.

"소인, 낮에 성상聖上을 호위한 위소보입니다. 놀라지 마십시오."

행치는 아무 대꾸도 하지 않았다. 위소보가 다시 말했다.

"노황야老皇爺께서 수심修心하는 것을 방해하려는 게 아닙니다. 하오나 지금 많은 나쁜 사람들이 노황야를 잡아가 못된 짓을 하려고 합니다. 소인은 그 나쁜 사람들이 노황야를 찾지 못하게 안전하고 은밀한 곳으로 모시려 합니다."

잠시 기다렸지만 행치는 책상다리를 하고 앉아서 미동도 하지 않았다. 위소보는 차츰 어둠에 시야가 익숙해져, 어렴풋이나마 상대의 모습을 볼 수 있었다. 행치가 좌선하고 있는 자세는 낮에 본 옥림과 똑같았다. 진짜 무아지경으로 입정한 건지, 아니면 자기를 아예 무시하는 건지 종잡을 수가 없었다.

"노황야의 신분은 이미 탄로 났습니다. 청량사에선 지켜줄 사람이 없어요. 적은 계속해서 밀려올 거고, 노황야는 결국 그들에게 잡혀갈 겁니다. 수행을 하더라도 다른 곳으로 옮겨 하셔야 합니다."

행치는 여전히 묵묵부답이었다.

그때 혈도를 찍혀 쓰러져 있는 행전이 갑자기 입을 열었다.

"너희가 낮에 우릴 구해줬고, 좋은 사람이라는 걸 잘 안다. 나의 사형은 좌선하는 동안 누구하고도 말을 하지 않아. 그래, 어디로 모셔갈 생각인데?"

그의 목청은 원래 쩌렁쩌렁한데 음성을 낮추려 하니 쉰 목소리가 되었다. 위소보가 몸을 일으키며 말했다.

"어디든 상관없습니다. 가시고 싶은 곳으로 모시겠습니다. 그 나쁜 사람들이 찾아내지 못하는 곳이면 됩니다. 그곳으로 옮겨가서 조용히 염불을 하세요."

행전이 말했다.

"우린 염불을 하지 않아."

위소보가 말했다.

"염불을 안 하면 안 하는 거죠, 뭐. 쌍아, 어서 이 대사의 혈도를 풀어드려."

쌍아는 행전의 등과 허리께를 주물러 혈도를 풀어주고 말했다.

"정말 죄송해요."

행전은 행치에게 아주 공손하게 말했다.

"사형, 이 애들이 우리더러 다른 곳으로 피신하라는데요."

행치가 입을 열었다.

"사부님은 우리더러 청량사를 떠나라고 하지 않았네."

그의 음성은 아주 맑고 낭랑했다. 위소보는 비로소 그의 음성을 처음 들었다. 행전이 다시 조심스럽게 말했다.

"적이 다시 들이닥치면 이 애들도 막아내지 못할 겁니다."

행치가 말했다.

"모든 것이 마음에서 비롯되는 법. 흉험한 일을 당할 사람은 세상 어디에 가 있어도 피할 수 없네. 마음이 편안하면 세상만사가 평온하지. 낮에 자넨 살상을 많이 저질러 죄업이 막심하네. 앞으론 어떤 상황이 닥쳐도 살계를 범해선 아니 되네."

행전은 잠시 멍해 있다가 말했다.

"네, 옳은 말씀입니다."

이어 고개를 돌려 위소보에게 말했다.

"사형은 떠나려 하지 않네. 다들 들었겠지?"

위소보는 눈살을 찌푸렸다.

"만약 적이 사형을 잡아가서 살점을 도려낸다면 어떡할 겁니까?"

행전은 사형의 말투로 대답했다.

"세상에 태어나 죽지 않는 사람이 어디 있겠는가? 몇 년 더 살고 덜 산들, 그게 무슨 차이가 있겠나?"

위소보는 대들었다.

"왜 차이가 없어요? 그럼 산 사람과 죽은 사람도 차이가 없고, 남자와 여자도 차이가 없고, 화상과 자라도 차이가 없다는 겁니까?"

행전이 말했다.

"중생은 평등하니, 그럴밖에!"

위소보는 속으로 투덜댔다.

'어쩐지 하나는 행치行癡(미친 짓을 행함)고 하나는 행전行顚(어리석은 짓을 행함)이더라니… 역시 어리석고 미쳤어. 아무리 떠나자고 해도 듣지 않을 거야. 그렇다고 노황제의 혈도를 찍어 데려갈 수도 없잖아. 그건 남한테 보여선 안 될 몹쓸 일이고, 또 너무 불경스러운 짓이야.'

그야말로 속수무책이었다. 위소보는 은근히 부아가 치밀어 언성을 높였다.

"뭐가 다 차이가 없다는 겁니까? 그럼 황후와 단경 황후도 차이가 없을 텐데 왜 출가를 했습니까?"

그 말에 행치가 벌떡 일어나 떨리는 음성으로 반문했다.

"방금… 뭐… 뭐라고 했지?"

위소보는 그 한 마디를 내뱉고 나서 바로 후회했다. 얼른 무릎을 꿇고 사죄했다.

"소인이 헛소리를 했습니다. 노황야께선 노여워하지 마십시오."

행치가 말했다.

"지난일은 이미 다 잊었는데 왜 그런 칭호로 나를 부르지? 어서 일어나라, 물어볼 말이 있다."

"네."

위소보는 몸을 일으키며 속으로 생각했다.

'내 말에 자극을 받아 말을 하기 시작했으니, 어쩌면… 일이 잘 풀릴 지도 몰라.'

행치가 물었다.

"두 황후의 일을 어디서 들었느냐?"

위소보가 대답했다.

"황태후와 해대부의 대화를 들었습니다."

행치가 다시 물었다.

"해대부를 알고 있느냐? 그는 어떻게 됐지?"

위소보가 간단하게 대답했다.

"그는 황태후한테 살해됐습니다."

행치의 입에서 놀란 외침이 터졌다.

"아!"

믿지 못하겠다는 듯 되물었다.

"그가 죽었다고?"

위소보는 사실대로 대답했다.

"황태후가 화골면장으로 그를 죽였습니다."

행치의 음성이 떨렸다.

"황태후가 어떻게… 어떻게 무공을 익혔지? 넌 또 그걸 어떻게 알 았느냐?"

위소보가 대답했다.

"해대부와 황태후가 자령궁 화원에서 서로 다투는 것을 제가 직접 봤습니다."

행치의 질문이 이어졌다.

"너는 누구냐?"

위소보가 다시 대답했다.

"소인은 어전 시위 부총관 위소보입니다."

이어 덧붙였다.

"황상께서 직접 임명한 겁니다. 어찰도 있습니다."

그러면서 강희의 어찰을 꺼내 건넸다. 행치는 그것을 받지 않고 잠시 침묵을 지켰다. 그러자 행전이 입을 열었다.

"여긴 등불을 밝힌 적이 없네."

행치가 한숨을 내쉬며 다시 물었다.

"소… 소황제의 몸은 어떠냐? 그는… 국사國事에 즐겁게 임하고 있는지…?"

위소보가 대답했다.

"소황제께서는 노황야가 건재하신 것을 알고는 바로 오대산으로 달려오려고 했습니다. 궁에서 울고불고 비통해하면서도 몹시 기뻐하셨습니다. 어떤 일이 있어도 오대산으로 오겠다고 다짐했어요. 그런데… 조정의 대사를 방치할 수 없어 부득이 소인을 보내 우선 노황야를 알현하도록 한 겁니다."

행치의 음성은 여전히 떨렸다.

"굳이… 올 필요 없다. 조정의 대사를 먼저 생각하다니, 역시 훌륭한 황제군. 나처럼 못난…"

여기까지 말하고는 목이 메는지 말을 제대로 잇지 못했다. 어둠 속에서 옷깃에 눈물이 뚝뚝 떨어지는 소리가 들렸다.

쌍아는 그들 부자간의 애틋한 정에 가슴이 저려와, 역시 구슬 같은 눈물을 주르르 흘렸다.

위소보는 이 절호의 기회를 놓쳐선 안 된다고 생각했다. 노황제는 지금 감정이 격해 있으니 사실을 고하기가 쉽다고 판단했다.

"해대부는 모든 사실을 명명백백하게 밝혀냈습니다. 황태후는 먼저 영친왕을 죽이고, 다시 단경 황후를 살해했으며, 단경 황후의 동생 정비를 죽이고, 소황제의 친모까지도 죽음으로 몰아넣었습니다. 해대부는 그 모든 것을 다 확인한 겁니다. 황태후는 비밀이 누설된 것을 알고 직접 해대부를 죽였습니다. 그리고 많은 사람들을 오대산으로 보내 노황야의 목숨까지 노리고 있습니다."

영친왕과 단경 황후가 무공 고수에 의해 피살됐다는 것은, 해대부가 일찍이 알아낸 사실이었다. 그러나 그 흉수가 누군지 알 수 없어, 진상을 낱낱이 밝히기 위해 행치에게 작별을 고하고 황궁으로 되돌아간 것이었다.

행치는 위소보의 말을 듣고서도 황후가 바로 그 흉수라는 것을 믿으려 하지 않았다. 그는 한숨을 내쉬며 말했다.

"황후는 무공을 할 줄 몰라."

위소보는 힘주어 말했다.

"그날 밤 황태후와 해대부가 나눈 이야기를 자세히 들려드리겠습니다. 들으시고 나면 다 알게 될 겁니다."

이어 당시 두 사람의 이야기를 소상하게 들려주었다. 그는 비록 말이 빨랐으나 워낙 말솜씨가 좋아 자초지종을 소상히 전할 수 있었다.

행치는 본디 남달리 감정이 풍부한 사람이었다. 동악비에 대한 사랑의 정이 워낙 깊었기 때문에 그녀가 세상을 떠나자 황위까지 팽개치고 출가해 승려가 되었다. 속세의 모든 것을 잊고 불문에 몸담아 수년간 고요히 수행했으나 동악비의 잔영殘影을 깨끗이 지워버리지 못했다. 지금 위소보의 말을 듣자, 그동안 쌓아온 불심佛心과 선법禪法이 일순간에 무너지는 것 같았다. 물론 위소보의 입을 통해 전해들은 것이지만, 해대부와 황태후가 주고받은 한마디 한마디가 가슴속에 회오리치며 비통함과 분노가 교집交集했다. 끓어오르는 울화로 인해 가슴이 터질 것만 같았다.

위소보가 거기에 기름을 부었다.

"황태후 그 늙은… 이젠 이판사판으로 내친김에 우선 노황야를 해치고, 이어서 소황제를 해칠 겁니다. 뿐만 아니라 단경 황후의 무덤을 파헤쳐 《단경후어록》을 전부 다 불태워 없애고, 거기에 수록된 말은 다 개똥이라고 천하에 선포할 겁니다. 그리고 누구든 그 어록을 갖고 있으면 멸문에 처할 게 분명합니다!"

이 몇 마디는 위소보가 꾸며낸 것이지만, 행치의 가장 아픈 상처를 건드렸다. 행치는 손으로 허벅지를 탁 내리치며 소리를 질렀다.

"이런 고약한 것! 내… 내 일찍이 그를 폐위시켰어야 했는데… 마음이 모질지 못해 결국 이렇듯 큰 화를 낳았군!"

순치는 당시 황후를 폐위시키고 동악비를 책봉하려 했는데, 황태후가 극구 말리는 바람에 뜻을 이루지 못했다. 동악비가 만약 죽지 않았다면 언젠가는 황후에 올랐을 것이다.

위소보는 고삐를 조였다.

"노황야께선 속세의 연을 끊어 죽음과 삶에 차이가 없겠지만 소황

제는 절대 죽어선 아니 되옵니다. 단경 황후의 무덤을 파헤쳐서도 안
되고,《단경후어록》을 불태워서도 안 됩니다!"

행치는 결국 고개를 끄덕였다.

"그래, 네 말이 맞다!"

위소보는 단호하게 말했다.

"그래서 우린 황태후의 독수에 당하지 않도록 피신을 해야 합니다.
황태후의 첫 번째 계획은 노황야를 해치는 것이고, 두 번째는 소황제
를 해치는 것이며, 세 번째는《단경후어록》을 없애는 겁니다. 첫 번째
계획이 실패하면 두 번째, 세 번째 음모는 진행되지 못하겠지요."

순치는 일곱 살에 등극해 스물네 살에 출가했으니 지금 서른 안팎
에 불과했다. 그는 원래 성격이 불처럼 급해 참을성이 부족했다. 강희
는 비록 열몇 살이지만 명석한 두뇌는 아버지에 비해 훨씬 뛰어났다.
그렇기 때문에 목왕부가 오삼계를 모함하려고 꾸민 간계도 대번에 간
파한 것이다.

위소보는 허허실실 많은 말을 꾸며냈는데, 행치는 전부 다 사실로
믿었다. 황태후의 3단계 음모는 비록 위소보가 꾸며낸 것이지만, 시정
잡배들이라면 그 악랄한 태후와 생각이 비슷할 것이었다. 그래서 위소
보는 쉽게 유추할 수 있었다.

행치가 음성을 높였다.

"네가 지적해주지 않았다면 정말 큰일을 그르칠 뻔했구나. 사제, 어
서 이곳을 떠나야겠네."

행전이 대답했다.

"네!"

그는 오른손으로 금강저를 들고 왼손으로 문을 밀었다.

문이 열리자 한 사람이 거기에 우뚝 서 있었다. 주위가 어두워 그자의 모습을 확인할 수 없자 행전이 호통을 쳤다.

"누구냐?"

대뜸 금강저를 번쩍 들어올렸다.

어둠 속에 선 그 사람이 입을 열었다.

"다들 어디로 가려는 것이냐?"

행전은 깜짝 놀라 금강저를 팽개치고 몸을 숙여 합장했다.

"사부님!"

그가 소리치자 행치도 따라서 외쳤다.

"사부님!"

그는 바로 옥림이었다. 그가 느긋하게 말했다.

"너희가 하는 말을 다 들었다."

위소보는 속으로 욕을 했다.

'빌어먹을! 일을 또 망치겠군!'

옥림이 심각한 표정으로 말을 이었다.

"세상의 은원은 풀어야 하는 법, 피한다고 해서 피해지는 게 아니다. 모든 것은 원인이 있기 때문에 그 결과를 낳는 법이니, 업業을 지니고 있는 한, 그 업은 평생 업으로 남을 수밖에 없다."

행치는 땅바닥에 넙죽 엎드렸다.

"사부님의 교훈이 옳습니다. 제자는 이제 깨달았습니다."

옥림은 고개를 갸웃했다.

"아직 깨닫지 못한 것 같구나. 예전 아내가 찾아오겠다면 찾아오라고 해라. 부처님의 자비로 중생을 계도할 수 있느니라. 그가 너를 원망하고 증오하여 죽여야만 마음이 풀린다면, 너 스스로 반성해야 한다. 그가 너를 원망하고 증오하며 죽이고 싶은 원인이 반드시 있을 것이다. 그것이 바로 죄업罪業이니라. 그를 피하면 죄업은 여전히 남는다. 그리고 만약 사람을 시켜 그녀를 죽인다면 그 죄업은 가중될 뿐이다."

행치가 떨리는 음성으로 대답했다.

"네."

위소보는 속으로 욕을 퍼부었다.

'이런 빌어먹을 개뼈다귀 같은 늙은 땡추를 봤나! 그럼 내가 널 욕하고 때리고 죽이겠다면 욕하고 때리고 죽이도록 그냥 가만있을 거냐? 민대머리를 잘라가도록 내버려둘 거냔 말이다!'

옥림의 말이 이어졌다.

"한데 라마들이 널 잡아가려는 것은 너를 인질로 삼아 황제를 위협해서 무소불위 백성을 핍박하려는 의도일 것이다. 그건 결코 묵과할 수 없는 일이다. 더 이상 이곳에 머물 수 없으니 나를 따라 뒤쪽 작은 암자로 옮기자."

그러고는 몸을 돌려 밖으로 나갔다. 행치와 행전이 그의 뒤를 따랐다. 위소보와 쌍아도 그들을 따라 옥림이 수행하는 암자에 이르렀다.

옥림은 그들 두 사람을 아예 본 척도 하지 않고 외면한 채 방석에 앉아 좌선에 들어갔다. 행치는 그의 옆에 있는 방석에 앉았다. 그리고 행전은 이리저리 두리번거리더니 역시 행치 아래쪽에 앉았다.

옥림은 눈을 감은 채 꼼짝도 하지 않았다. 행전은 눈을 커다랗게 뜨고 허공을 응시하더니 결국 눈을 감았다. 그리고 두 손을 무릎 위에 얹어놓고 조금 있더니 옆에 놓아둔 금강저가 제대로 있는지 확인하려는 듯 만지작거렸다.

위소보는 쌍아에게 혀를 내밀며 짓궂은 표정을 짓고는 의젓하게 방석에 앉았다. 쌍아도 그의 곁에 자리를 잡았다. 위소보는 진짜 손오공이 아니지만 원숭이처럼 잠시도 가만히 있지 못하는 활달한 성격이라 방석에 마냥 앉아 있는 건 큰 고역이었다. 그러나 노황제가 옆에 있고, 무슨 수를 써서라도 그를 다른 곳으로 옮겨가야 하는데 뾰족한 수가 없어 애가 탔다. 그는 몸을 이리저리 뒤틀다가 쌍아의 손을 끌어와 손바닥을 간지럽혔다. 쌍아는 억지로 웃음을 참으며 왼손으로 옥림과 행치를 가리켰다.

이렇게 간신히 반 시진을 버텼다. 위소보는 문득 떠오르는 생각이 있었다.

'노황야가 아무리 화상을 흉내 내서 좌선을 해도 오줌은 싸야 될 거야. 그러니 오줌을 싸러 갈 때 따라가서 감언이설로 꼬드겨 달아나게 만들어야지.'

그 나름대로 대책이 서자 마음이 좀 느긋해졌다. 그런데 쥐 죽은 듯이 조용한 가운데 갑자기 멀리서 요란한 발걸음 소리가 어렴풋이 들려왔다. 그리고 이내 가까워졌다. 한 무리의 사람들이 청량사로 달려오는 게 분명했다.

행전은 얼굴 근육이 씰룩이더니 금강저를 쥐며 눈을 떴다. 그러나 옥림과 행치가 여전히 눈을 감은 채 가만히 앉아 있는 것을 보고는 잠시 망설이다가 금강저를 내려놓고 다시 눈을 감았다.

무리를 지은 사람들이 청량사 안으로 들어와 왁자지껄 한참 동안 떠들어댔다. 위소보는 속으로 생각했다.

'놈들은 청량사에서 노황야를 찾아내지 못하면 분명 이곳으로 달려올 거야. 저 늙은 땡추가 무슨 수로 막아낼지 두고 봐야겠군.'

과연 반 시진쯤 후 그들은 뒷산으로 몰려와 이 작은 암자 밖까지 다다랐다. 한 사람이 소리쳤다.

"들어가 수색해라!"

행전이 금강저를 들고 문 앞을 막아섰다. 위소보도 일어나 창으로 다가가 밖을 살폈다. 달빛에 많은 사람들이 암자 앞에 모여 있는 광경을 확인할 수 있었다. 고개를 돌려 옥림과 행치를 보니 여전히 눈을 감은 채 미동도 하지 않았다. 쌍아가 나직이 물었다.

"어떡하죠?"

위소보도 나직이 말했다.

"좀 이따 놈들이 쳐들어오면 우리는 노황야를 구해서 뒷문으로 달아나자."

약간 멈칫하더니 덧붙였다.

"만약 도중에 흩어지게 되면 나중에 영경사에서 만나."

쌍아가 고개를 끄덕였다.

"근데 난 노… 노황야를 안을 수 없을 것 같아요."

위소보가 말했다.

"그럼 끌고 갈 수밖에!"

별안간 밖에서 우렁찬 호통이 연달아 들려왔다.

"누가 여기 와서 행패냐?"

"모두 잡아라!"

"들어가지 못하게 해라!"

"젠장! 모조리 잡아라!"

잠시 후 사람의 그림자가 어른거리는가 싶더니 두 사람이 방 안으로 들어왔다. 그들은 잽싸게 행전 곁을 스쳐지나 옥림에게 몸을 숙여 합장하더니 바닥에 무릎을 꿇고 앉았다. 뜻밖에도 회색 승복을 입은 화상이었다.

방문은 원래 협소했다. 우람한 체구의 행전이 문 앞에 버티고 서 있으니 비집고 들어올 공간이 별로 없었다. 그런데도 두 사람은 날렵하게 안으로 뚫고 들어온 것이다. 행전과 옷자락도 스치지 않은 것 같았다. 위소보는 그들이 무슨 요술을 부려 안으로 들어왔는지 알 수 없었다. 밖에서 다시 호통 소리가 들렸다.

"또 몰려온다!"

"모두 잡아라!"

"막아라!"

우지끈, 쿵쾅, 펑! 요란한 소리가 계속 들리며 사람이 연신 날아가는 것 같기도 하고, 쓰러지는 것 같기도 했다. 이어 또 두 명의 화상이 승방 안으로 들어와 아무 말 없이 앞서 들어온 두 사람 뒤에 무릎을 꿇고 앉았다.

이런 식으로 승려가 두 명씩 계속 들어왔다. 위소보는 괜히 신이 나고 흥미진진했다. 또 얼마나 많은 화상들이 들어올지 궁금하기도 했다. 계속 들어온다면 좁은 방에 다 앉을 공간도 없을 것이었다. 다행히 아홉 번째 쌍이 들어온 뒤로는 잠잠했다.

그 아홉 쌍 중 한 쌍에는 뜻밖에도 청량사 방장 징광이 있었다. 위소보는 무척 이상하면서도 재미있게 느껴졌다. 그리고 마음이 놓이기도 했다.

'이 화상들은 무공이 징광과 비슷할 테니 적이 와도 이젠 겁낼 필요가 없겠군.'

밖에 있는 적들은 왁자지껄 떠들어댔으나 감히 안으로 들어오지는 못했다. 잠시 뒤에 한 늙수그레한 사람의 음성이 들려왔다.

"소림사少林寺가 나서서 청량사의 일을 짊어지겠다는 거요?"

방 안에 있는 승려들은 누구 하나 대꾸하지 않았다.

잠시 후 그 늙수그레한 음성이 다시 들려왔다.

"좋소이다! 오늘은 소림사 십팔 나한羅漢의 체면을 봐서 그냥 물러가겠소!"

위소보는 열여덟 명의 승려를 다시 유심히 살펴보았다. 나이가 많은 사람은 60~70세가 된 것 같고, 젊은 사람은 서른 안팎으로 보였다. 키가 크거나 작거나, 뚱뚱하거나 말랐거나, 잘생겼거나 그저그렇게 생겼거나… 모습이 제각각이었다. 승포 안에 뭔가 불룩한 게 아마 무기인 듯싶었다.

위소보는 속으로 생각했다.

'저들이 소림의 십팔 나한이라면 징광도 그중 한 사람이군. 옥림 땡추는 미리 이들에게 도움을 청했기 때문에 거드름을 피운 거야. 이 화상들이 한번 좌선에 들어가면 부지하세월이야. 나까지 덩달아 계속 버틸 수는 없어. 그러다가는 이 어린 위소小보가 늙은 위노老보가 되고 말 거야.'

그는 몸을 일으켜 행치 곁으로 가서 무릎을 꿇었다.

"대화상, 소림사의 십팔 나한이 지켜드리려고 달려왔으니 태산처럼 안전할 겁니다. 저는 이만 돌아가겠습니다. 혹시 분부하실 일이라도 있는지요?"

행치는 눈을 뜨고 빙긋이 웃었다.

"고생이 많았다. 돌아가서 주군께 전해라. 난 오대산에서 조용히 불법을 닦고 있으니 와서 방해하지 말라고. 설령 와도 난 만나주지 않을 것이다. 그리고 태평천하를 원한다면 '영불가부永不加賦'라는 네 글자를 꼭 명심하라고 전해라. 이 네 글자를 이행한다면 그게 바로 나에 대한 효심이니, 난 그것으로 만족하고 매우 기뻐할 것이다."

'영원히 세금을 올리지 말라'는 뜻의 영불가부를 힘주어 말했다.

위소보가 대답했다.

"네!"

행치는 품속에 손을 넣어 작은 보자기를 하나 꺼냈다.

"이건 경전인데 주군께 전해라. 그리고 천하의 일은 순리에 따라야 하며 억지를 부리면 안 된다고 전해라. 중원의 복지를 위해 이바지할 수 있다면 더 바랄 게 없지만, 만약 백성들이 모두 촛불을 밝히는 심정으로 우리가 떠나길 원한다면, 우린 있던 곳으로 다시 돌아가면 된다고 해라."

그는 마지막 말을 하면서 보자기를 가볍게 툭툭 쳤다.

위소보는 이내 도홍영이 한 말이 뇌리에 떠올랐다.

'그럼 이 경전도 그《사십이장경》중 한 부인가?'

행치가 보자기를 건네주자 두 손으로 공손히 받았다.

잠시 침묵을 지키던 행치가 다시 입을 열었다.

"이젠 가봐라."

위소보가 다시 대답했다.

"네."

그는 무릎을 꿇고 큰절을 올렸다. 행치가 넌지시 말했다.

"예는 생략하고 어서 일어나거라."

위소보는 비로소 몸을 일으켜 문 쪽으로 걸어갔다. 그러다가 갑자기 몸을 돌려 옥림에게 물었다.

"옥림 대사님, 한참 앉아 계셨는데 오줌이 마렵지 않으세요?"

옥림이 들은 척도 않자, 위소보는 히죽 웃으며 문지방을 밟았다.

그때 뒤에서 행치의 음성이 들려왔다.

"주군한테 가서 전해라. 어머니가 아무리 잘못을 했어도 어머니이니 결례를 하거나 원한을 품어서는 안 된다고."

위소보는 몸을 돌려 대답을 하면서 속으론 딴전을 부렸다.

'그 말은 절대 전하지 않을 거야.'

행치는 잠시 머뭇거리더니 한마디 덧붙였다.

"주군더러 매사에 조심하라고 전해라."

위소보는 힘주어 대답했다.

"네!"

영경사로 돌아온 위소보는 방문을 닫고 보자기를 펴보았다. 생각했던 대로 또 한 부의 《사십이장경》이었다. 책 겉장은 황색 비단으로 돼 있었다. 그는 행치가 한 말과 도홍영의 말에 일치되는 게 있다고 생각했다. 행치는 '만약 백성들이 모두 촛불을 밝히는 심정으로 우리가 떠나길 원한다면, 우린 있던 곳으로 다시 돌아가면 된다'고 말했다. 만주인은 관외에서 중원으로 들어왔으니, 돌아갈 거면 당연히 관외로 돌아갈 것이다. 행치가 그 말을 하면서 보자기를 툭툭 친 것도 그런 뜻이리

라. 이 보자기에 있는 것으로 새로운 삶을 개척하라는 뜻이 분명했다.

위소보는 생각을 굴렸다.

'노황야는 이 경전을 소현자한테 전해주라고 했는데… 전해줘야 하나, 말아야 하나? 난 이미 다섯 부를 수중에 넣었어. 이것까지 합치면 여섯 부가 되지. 나머지는 단 두 부야. 만약 소현자한테 주면 내가 갖고 있는 다섯 부도 무용지물이 될 수 있어. 다행히 노황야는 소현자가 오대산에 온다고 해도 만나주지 않는다고 했어. 그럼 대질심문도 할 수 없지. 굴러들어온 복을 차버리면 내 무슨 면목으로 위씨 조상을 대하겠나?'

그러나 이내 생각이 바뀌었다. 소황제는 자기를 믿고 모든 걸 맡겼는데 그의 물건을 꿀꺽하는 건 아무래도 양심에 찔렸다. 친구의 의리를 저버리는 것은 영웅호한이 할 일이 아니었다. 아무튼 자기는 일자무식이라 경전을 봐도 뜻을 알 수 없으니 그냥 친구한테 돌려주기로 마음을 먹었다.

다음 날 아침 위소보는 쌍아와 우팔 등 일행을 대동하고 하산했다. 이번에 오대산으로 와서 노황야를 만났으니 일단 강희가 시킨 일을 완수한 셈이다. 더구나 도중에 무공이 고강하고 예쁜 쌍아를 얻게 됐으니 기분이 그야말로 날아갈 듯했다.

10여 리쯤 갔을까, 위소보 일행이 향하고 있는 산길 위쪽에서 두타頭陀 한 명이 나타났다. 두타는 모든 속념俗念을 내려놓고 수행에만 매진하는 고행승苦行僧이다. 이 두타는 키가 엄청 컸다. 키로만 따진다면 행전과 막상막하일 것 같았다. 그런데 너무 깡말랐다. 야윈 승려라면, 청량사의 징광을 꼽을 수 있는데, 이 두타는 그의 절반밖에 안 됐다.

얼굴은 뼈에 가죽을 씌운 듯 피골이 상접해 앙상하고, 두 눈이 움푹 패어 마치 강시를 연상케 했다. 모름지기 이 두타의 몸을 네 개 정도 합치면 행전과 맞먹을 것이었다. 어깨까지 치렁치렁 늘어뜨린 머리카락이 앞으로 내려오지 않게 머리에 구리로 만든 테를 둘렀다. 그리고 무명장포를 입었는데, 너무 헐렁해서 마치 옷걸이에 걸려 있는 것 같았다.

귀신을 겁내는 위소보는 그의 모습을 보자 등골이 오싹해져 감히 정면으로 보지 못하고 얼른 고개를 돌렸다. 그리고 몸을 살짝 옆으로 비켜 그가 먼저 지나가도록 했다.

그런데 두타는 그의 앞에 이르러 걸음을 멈추더니 불쑥 물었다.

"혹시 청량사에서 오는 길이냐?"

위소보는 내심 놀라며 고개도 돌리지 않고 얼른 둘러댔다.

"아뇨, 우린 영경사에서 왔는데요."

두타는 다짜고짜 손을 내밀어 그의 어깨를 낚아잡더니, 몸을 돌려 자기와 마주하게 만들었다.

"황궁에서 나온 내관 소계자가 아니냐?"

위소보는 더욱 놀랐다. 두타의 손이 어깨를 누르자 이내 온몸에 맥이 풀리면서 꼼짝도 할 수 없었다. 그는 일단 잡아뗐다.

"무슨 헛소리예요? 내가 내관처럼 보입니까? 난 양주에 사는 위 공자예요!"

보고 있던 쌍아가 호통을 쳤다.

"어서 손을 놔요! 우리 상공한테 이게 무슨 무례한 짓이에요?"

두타는 이번엔 쌍아의 어깨를 눌렀다.

"목소리를 들어보니 너도 내시구나!"

쌍아는 어깨를 살짝 아래로 내리면서 잽싸게 그의 천계혈을 정확하게 찍었다. 그러나 마치 손가락으로 철판을 찌른 듯 손가락 끝이 아팠다. 하마터면 손가락이 부러질 뻔했다.

"으악!"

쌍아의 입에서 절로 비명이 터졌다. 그리고 어깨가 저려왔다. 두타의 갈퀴 같은 손이 이미 그녀의 어깨를 낚아챈 것이다.

"흐흐…."

두타는 징그럽게 웃더니 한마디 했다.

"쪼그만 내시가 무공은 놀랍구면, 대단해. 그래, 대단해!"

쌍아는 냅다 그의 허벅지를 걷어찼다. 그런데 이번엔 마치 바위를 걷어찬 것 같았다.

"아야!"

절로 비명을 지르며 눈물을 흘렸다. 두타는 다시 칭찬을 했다.

"내시치고는 무공이 매섭군, 대단해!"

쌍아가 소리쳤다.

"난 내시가 아니야! 내시는 너야! 아야…!"

두타가 껄껄 웃었다.

"내가 내시처럼 생겼냐?"

쌍아가 다시 소리쳤다.

"어서 손을 놔! 안 놓으면 욕을 할 거야!"

두타가 말했다.

"내 혈도를 찍고 허벅지를 걷어차도 겁내지 않았는데, 욕을 한다고 겁을 낼 것 같으냐? 무공이 고강한 걸 보니 황궁에서 나온 게 분명하군. 몸을 한번 뒤져보면 금방 알 수 있어!"

위소보가 얼른 입을 열었다.

"당신은 무공이 더 고강한데 그럼 역시 황궁에서 나왔겠군요?"

두타는 코웃음을 날렸다.

"쪼그만 녀석이 말이 많군!"

그는 왼손에 위소보를 들고 오른손에 쌍아를 잡은 채 무턱대고 산 위를 향해 치달렸다. 위소보와 쌍아는 연신 소리를 질러댔지만 두타는 전혀 아랑곳하지 않았다. 그는 두 사람을 들고서도 아무것도 안 든 것처럼 달리는 속도가 엄청 빨랐다. 우팔 등은 그저 눈이 휘둥그레져서는 입을 딱 벌린 채 아무 소리도 내지 못했다.

두타는 산길을 따라 몇 마장 정도 달린 후 갑자기 길이 없는 비탈 쪽으로 방향을 틀었다. 수목이 우거지고 바닥이 울퉁불퉁한데도 그는 마치 평지를 달리듯 거침이 없었다.

위소보와 쌍아는 귓전에 바람이 횡횡 스쳐가는 것을 느끼며 속으로 생각했다.

'이 두타는 정말 신통방통하군. 혹시 산신령이나 요괴가 아닐까?'

얼마 동안 달렸을까, 두타는 두 사람을 마침내 내려놓았다. 그리고 손가락으로 위쪽을 가리키며 말했다.

"내가 묻는 말에 솔직히 대답하지 않으면 저 산봉우리로 데려가서 밑으로 던져버릴 거다!"

그가 가리키는 곳은 운무에 가려져 있는 아주 높은 산봉우리였다.

위소보가 말했다.

"좋아요, 솔직하게 말할게요."

두타가 말했다.

"이제야 말귀를 알아듣는군. 넌 누구며 저 녀석은 또 누구냐?"

위소보가 대꾸했다.

"대사님, 그는 녀석이 아니라… 그는 내…."

그가 떠듬거리자 두타가 다그쳤다.

"녀석이 아니고, 너의 뭐냐?"

위소보가 대답했다.

"나의… 마누라예요!"

그의 입에서 '마누라'라는 세 글자가 나오자 두타와 쌍아 모두 깜짝 놀랐다. 쌍아는 얼굴까지 빨개졌다. 두타가 고개를 갸웃하며 물었다.

"뭐라고? 네 마누라라고?"

위소보가 특기를 살렸다.

"솔직히 말해서 난 북경에 사는 부잣집 아들이에요. 옆집에 사는 저 아가씨가 맘에 들어 둘이서 그냥… 뒷동산에서 백년가약을 맺었어요. 한데 장인어른 될 사람이 승낙을 하지 않아 색시를 데리고 야반도주를 한 거예요. 보세요, 쟤는 내시가 아니라 여자예요. 정말 억울해 죽겠네! 믿지 못하겠다면 당장 모자를 벗겨보세요."

두타는 정말 쌍아의 모자를 벗겼다. 그러자 윤기가 흐르는 긴 머리카락이 드러났다. 당시 승려와 도사, 두타 등 출가한 사람들 말고는 모두 앞머리를 절반 정도는 밀어버려야 했는데, 쌍아는 고운 머릿결이 어깨까지 늘어졌으니 여자임에 의심할 여지가 없었다.

위소보는 엄살을 부렸다.

"대사님, 제발 우릴 관아에 넘기지 마세요. 목숨을 잃을지도 몰라요.

제가 은자 1천 냥을 줄 테니 우릴 그냥 놔주세요."

두타는 위소보를 똑바로 쳐다보았다.

"그렇다면 넌 진짜 내시가 아니구나. 내시라면 여염집 규수를 꼬드겨 도망칠 리가 없지. 흥! 고거 어린 나이에 꽤나 당돌한 녀석이네!"

그러면서 위소보를 놓아주고 다시 물었다.

"한데 너희는 오대산에 뭐 하러 왔지?"

위소보가 다시 둘러댔다.

"당연히 오대산에 불공을 드리러 온 거죠. 이 실의에 빠진 공자가 장원급제하길 보살님께 빌고 또 빌었어요. 그럼 나중에⋯ 내 마누라도 일품부인이 될 게 아니겠어요?"

그가 시부렁거린 그 무슨 뒷동산에서 백년가약을 맺고, 실의에 빠진 공자가 장원급제를 한다는 따위의 이야기는, 양주에 있을 때 설화 선생에게 귀가 따갑도록 들은 민간 설화의 한 대목이었다.

두타는 잠시 생각을 하는 듯하더니 고개를 끄덕였다.

"내가 사람을 잘못 본 것 같구나. 이젠 가도 좋다."

위소보는 '얼씨구나' 신이 났다.

"감사합니다. 앞으로 불공을 드릴 때는 나중에 대사님도 대보살이 되어 문수보살, 관음보살과 맞먹게 해달라고 정성껏 빌어드릴게요."

그는 쌍아의 손을 잡고 산 아래로 걸어갔다.

그런데 몇 걸음도 가기 전에 두타가 그를 불러세웠다.

"아니야! 뭔가 잘못됐어. 꼬마 낭자의 무공은 대단했어. 내 혈도를 찍고 걷어찬 것이⋯."

그러면서 허리께 천계혈을 만져보더니 물었다.

"무공을 누가 가르쳐줬지? 어느 문파의 무공이야?"

쌍아는 거짓말을 할 줄 몰라 얼굴이 빨개진 채 고개를 흔들었다.

위소보가 나섰다.

"가문의 가전家傳 무공이에요. 그의 엄마가 가르쳐준 거죠."

두타가 물었다.

"그럼 낭자의 성은 뭐지?"

위소보는 적당한 대답이 생각나지 않아 히죽히죽 웃으며 말했다.

"그건… 히히… 말하기가 좀 거시기한데요."

두타가 다그쳤다.

"뭐가 거시기하다는 거냐? 빨리 말해봐!"

쌍아가 대답했다.

"우린 장莊씨예요."

두타는 고개를 내둘렀다.

"장씨라고? 아니야, 거짓말하지 마! 이 세상 장씨 성을 가진 사람 중에 무공이 뛰어난 고수는 없어. 절대 이런 무공을 지닌 딸을 가르쳐낼수 없다고!"

위소보가 반박했다.

"세상에 무공이 뛰어난 기인이사가 얼마나 많은데요, 대사가 어떻게 다 알 수 있어요?"

두타는 버럭 화를 냈다.

"난 이 낭자한테 묻고 있잖아. 괜히 나서지 마!"

그러면서 그의 어깨를 살짝 밀었다. 그는 행여 어린애가 다칠까 봐 살짝 밀면서 별로 내공을 주입하지 않았다. 그런데 손이 어깨에 닿는 순간, 위소보는 반사적으로 어깨를 슬쩍 낮추며 몸을 비틀었다. 그것은 풍행초언風行草偃의 초식이었다. 위소보는 몸을 틀면서 왼손으로 얼굴을 막으며 오른손으로 공격태세를 취했는데, 그 또한 예사 동작이 아니었다.

두타는 의아해하면서 위소보의 멱살을 잡으려 했다. 그러자 위소보는 오른손으로 영사출동靈蛇出洞의 초식을 정확히 구사했다. '푹' 하는 소리와 함께 두타의 목 아래쪽을 내리쳤다.

"아야!"

그러나 비명을 지른 건 두타가 아니라 위소보였다. 두타의 목을 노린 손이 마치 철판을 내리친 듯 아팠다.

보고 있던 쌍아가 잽싸게 쌍장을 날려 두타를 공격했다. 두타는 이미 위소보의 가슴 부위 혈도를 찍고 몸을 돌려 쌍아를 상대했다. 쌍아는 몸을 숙였다 일으키며 민첩한 신법을 구사했다. 그러나 몇 초식도 못 돼서 두타는 그녀의 양팔을 낚아채 혈도를 찍었다. 그리고 몸을 돌려 위소보의 뒷덜미를 움켜잡고 물었다.

"넌 부잣집 아들이라고 했는데, 요동 신룡도神龍島의 무공을 어떻게 알고 있지?"

위소보가 말했다.

"부잣집 아들은 요동 사도蛇島의 무공을 배우면 안 된다는 법이라도 있나요? 꼭 가난한 집 아들만 배워야 하나요?"

그는 입으로 얼버무리며 시간을 끌고, 속으로는 잽싸게 생각을 굴렸다.

'요동 신룡도의 무공이라는데, 그게 무슨 무공이지? 해 노공은 태후가 무당파의 무공을 흉내 내고 있지만 사실은 요동 사도의 무공이라고 했어. 그렇담 그 신룡도라고 하는 곳은 바로 요동 사도야. 그래! 태후는 신룡교와도 밀접한 관계가 있어. 그들은 뱀 사蛇 자가 듣기 싫으니 스스로 신룡이라고 한 거야. 소현자는 태후한테 무공을 배웠어. 난 가끔 소현자와 겨루면서 나도 모르게 몇 가지 사도의 금나수를 익히게 된 거야.'

두타는 눈을 부라렸다.

"무슨 헛소리냐? 너의 사부는 누구야?"

위소보는 다시 생각을 굴렸다.

'만약 태후한테 배웠다고 하면 내가 내관이라는 걸 바로 시인하는 꼴이 돼.'

그는 잽싸게 둘러댔다.

"내 숙부랑 서로 좋아하는 뚱보 낭자 유연이 가르쳐줬어요."

두타는 의아해했다.

"유연이라고? 유 낭자가 너의 숙부랑 서로 좋아하는 사이란 말이냐? 숙부가 누군데?"

위소보가 대답했다.

"숙부는 위대보라고 해요. 북경에서 아주 유명한 바람둥이죠. 돈을 뿌렸다 하면 1천 냥이고, 생김새는 경극 무대에 등장하는 기생오라비랑 똑같아요. 그 뚱보 낭자는 숙부한테 첫눈에 반했대요. 가끔 한밤중에 우리집 담장을 넘어와서 숙부랑 이러쿵저러쿵하다 돌아가곤 했어요. 하루는 내가 붙잡고 무공을 가르쳐달라고 하니까 몇 가지 가르쳐준 거예요."

두타는 반신반의했다.

"그럼 너의 숙부도 무공을 할 줄 아니?"

위소보는 깔깔 웃었다.

"무공을 할 줄 아냐고요? 유연 낭자가 가끔 그의 뒷덜미를 잡고 꼼짝도 못하게 했어요. 숙부님은 다급해져서 욕을 했죠. '아들이 아비의 뒷덜미를 잡는다!' 하고요. 그러면 유연 낭자는 웃으면서 '아들이 아니라 손자가 할아버지의 뒷덜미를 잡아도 돼!' 하고 놀려댔어요."

그는 지금 자기의 뒷덜미를 잡고 있는 두타를 빗대 욕한 것이었는데 두타는 전혀 눈치채지 못했다.

위소보는 상대방이 자기의 말을 믿게끔 유연의 특징을 더 읊었다.

"그 뚱보 낭자는 수가 놓인 빨간 신을 즐겨 신더군요. 대사님도 그녀를 좋아하나 보죠? 언제 그녀를 만나면 함께 주무세요. 그녀가 일어날 때까지 함께 푹 자면 돼요."

두타는 유연이 죽은 사실을 알 턱이 없었다. 위소보의 말은 농이 섞인 것 같지만, 실은 '뒈지라'는 독설이었다.

두타는 화를 냈다.

"어린것이 못하는 말이 없구먼!"

어쨌든 그는 위소보의 말을 믿게 됐다. 손으로 가슴을 살짝 쳐서 혈도를 풀어주려 했다. 그런데 공교롭게도 위소보가 품속에 숨겨놓은 그 《사십이장경》에 손이 닿았다. '팍' 하는 소리가 날 뿐 혈도가 풀어지지 않았다.

두타가 물었다.

"품속에 뭐가 있는 거지?"

위소보가 둘러댔다.

"집에서 훔쳐온 은표 다발이에요."

두타는 믿지 않았다.

"헛소리 마라! 은표가 그렇게 많을 리가 있나?"

그러면서 위소보의 품속에 손을 넣어 그 보자기를 꺼냈다. 풀어보니 놀랍게도 경전이었다. 두타는 처음에 멍해지더니 경전을 확인하고 나서는 얼굴에 화색이 가득한 채 자신도 모르게 소리쳤다.

"이건 《사십이장경》이야, 《사십이장경》!"

서둘러 그걸 다시 보자기에 싸서 자기 품속에 갈무리했다. 그러고는 위소보의 멱살을 잡고 번쩍 들어올리더니 싸늘하게 다그쳤다.

"이 경전이 어디서 났느냐?"

이 질문에는 둘러대기가 쉽지 않았다. 위소보는 그저 헤시시 웃으며 말했다.

"헤헤… 그걸 왜 묻지? 자세히 말하자면 시간이 꽤나 걸릴 텐데…."

그는 시간을 끌면서 두타를 속일 수 있는 거짓말을 생각해내야 했다. 물론 경전의 출처를 아무렇게나 둘러대는 건 어렵지 않았다. 그러나 간신히 수중에 들어온 경전을 빼앗겼으니, 다시 되찾아오기란 매우 어려울 것이었다.

두타가 목청을 높여 다시 다그쳤다.

"빨리 말해! 누가 준 것이냐?"

멱살이 잡혀 허공에 대롱대롱 매달려 있는 위소보의 시야에 홀연 산비탈 쪽에서 회색 승복을 입은 일고여덟 명의 승려가 올라오는 게 보였다. 어렴풋이 봐도 청량사 뒤쪽 암자에서 본 그 소림사 십팔 나한

중 몇몇 같았다. 고개를 돌려보니 몇 명이 또 서쪽 비탈길을 통해 올라오고 있었다. 어림잡아 열일고여덟 명 정도 되는 것 같았다. 위소보는 날 듯이 기뻤다.

'이 땡추야, 네 무공이 아무리 고강해도 소림 십팔 나한을 당해내진 못할 거다!'

두타가 재차 독촉했다.

"빨리 말해, 어서!"

그렇게 소리치면서 위소보의 시선을 따라 바라보니, 비탈길 아래서 10여 명의 승려가 몰려오는 것이 보였으나, 그래도 별로 아랑곳하지 않고 물었다.

"저 화상들은 뭐 하러 오는 것이냐?"

위소보가 말했다.

"그들은 대사님의 무공이 고강하다는 것을 알고 사부님으로 모시기 위해 오는 겁니다."

두타는 고개를 내둘렀다.

"난 제자를 받지 않아!"

이어 큰 소리로 외쳤다.

"이봐! 귀찮게 굴지 말고 다들 냉큼 돌아가라!"

그가 목청껏 소리를 지르자 산 전체가 쩌렁쩌렁 울리는 듯, 그 위세가 놀라웠다.

열여덟 명의 승려는 들은 척도 하지 않고 일제히 비탈 위에 올라왔다. 그중 눈썹이 유난히 긴 노승이 합장을 하며 입을 열었다.

"대사가 요동의 반胖 존자요?"

위소보는 허공에 매달려 있으면서도 이 말을 듣자 낄낄 웃었다. 반胖은 '뚱뚱하다'는 뜻으로, '반 존자'라 하면 '뚱뚱한 사람'을 일컫는 별호다. 그런데 이 두타는 세상에서 찾아보기 드물 정도로 비쩍 말랐는데 '뚱보 존자'라 하니, 물론 '존자'는 '두타'를 높인 말이지만, 이는 그를 약올리거나 비꼬는 말이 아닌가!

그런데 두타는 뜻밖에도 순순히 시인했다.

"그렇소, 내가 반 두타요! 날 스승으로 모시려는 거요? 난 제자를 받지 않소! 한데 다들 여태껏 누구한테 무공을 배운 거요?"

노승이 대꾸했다.

"빈승은 소림사의 징심澄心이고 달마원達磨院을 맡고 있소. 나머지 열일곱 명은 나의 사제들로, 모두 소림사 달마원의 도반道伴이오."

그 말에 두타는 입이 딱 벌어졌다.

"아!"

그러고는 위소보를 천천히 내려놓았다.

"이제 보니 소림사 달마원의 십팔 나한이 전부 출동했군요. 물론 날 스승으로 모시려는 건 아니겠죠? 설령 싸운다 해도 내가 당해내지 못할 거요."

징심은 합장을 했다.

"우린 모두 불문의 제자로서 서로 아무 원한도 없는데 왜 '싸운다'는 말을 하는 거요? '나한羅漢'은 불문佛門에서 성인聖人이오. 우리 같은 하잘것없는 범부속자凡夫俗子가 어찌 감히 그런 칭호를 감당할 수 있겠소? 무림 친구들이 멋대로 붙여준 칭호일 뿐이니 송구스럽기 이를 데가 없소이다. 요동의 '반수이존자胖瘦二尊者'야말로 무적신공無敵神功으로 알려져 있어 오래전부터 흠모해왔는데, 오늘 이렇게 뵙게 되니 실로 영광이로소이다."

여기까지 말하자 나머지 열일곱 명도 일제히 합장을 했다.

반 두타는 몸을 숙여 답례하고, 몸을 일으키기도 전에 물었다.

"한데 오대산에는 무슨 일로 오신 거요?"

징심은 위소보를 가리키며 말했다.

"저 소시주는 우리 소림과 인연이 깊소이다. 그러니 대사께서 자비를 베풀어 그가 하산하도록 놓아주면 고맙겠소."

반 두타는 약간 망설였다. 그는 상대가 수적으로 많고 또한 소림 십팔 나한의 무공이 아주 고강하다는 것을 잘 알고 있었다. 일대일로 싸운다면 별 문제가 없겠지만 열여덟 명을 한꺼번에 당해낼 수는 없을 것이었다.

"좋소이다, 대사를 봐서라도 그를 풀어주리다."

그러면서 위소보의 배를 몇 번 주물러 혈도를 풀어주었다.

위소보는 혈도가 풀리자마자 손을 쭉 내밀었다.

"경전을 돌려줘야죠! 그 경전은 십팔 나한의 친구가 나한테 맡긴 거예요. 저… 소림사로 보내 장문인께 전해주라고 한 것이니 어서 내놓으시오!"

두타는 화를 냈다.

"무슨 소리야? 이 경전이 소림사와 무슨 관계가 있다는 거지?"

위소보는 이제 겁날 게 없으니 언성을 높였다.

"왜 남의 경전을 빼앗아가요? 노화상이 소림사에 전해주라고 신신당부한 경전이에요! 아주 중요한 경전이니 어서 돌려줘요!"

반 두타는 콧방귀를 뀌었다.

"흥, 당치 않아!"

그는 몸을 돌려 다짜고짜 비탈 아래로 내달렸다. 그러자 소림 승려 세 사람이 몸을 날려 그의 팔을 낚아채갔다. 반 두타는 그들과 정면대 결을 피하고 몸을 살짝 틀어 공격에서 벗어났다. 그는 키가 장대만 하지만 행동은 민첩하기 그지없었다. 소림 승려 셋이 전개한 초식은 모두 소림무학의 진수인데도 그의 옷자락조차 건드리지 못했다.

반 두타가 몸을 트는 순간, 다시 네 명의 승려가 그의 뒤를 가로막고 일제히 양손을 뻗어냈다. 여덟 개의 손이 교차하며 그의 퇴로를 차단했다. 반 두타는 대갈일성을 토하며 쌍장으로 오정개산五丁開山의 초식을 밀어냈다. 어마어마한 회오리가 일었다. 그 위맹한 기세에 편승해 고개를 남쪽으로 돌려 앞으로 몸을 날렸다. 그러자 소림 승려 넷이 동시에 장풍을 전개해 그의 좌우를 협공했다.

반 두타는 쌍장을 뻗어내 네 명을 상대했다. 왼쪽에서 밀려오는 장력은 심히 강맹한 데 반해, 오른쪽 두 승려의 장력은 마치 솜뭉치처럼 온유하게 느껴졌다. 흠칫 놀란 반 두타는 공력을 최대한으로 끌어올려 상대방의 장력을 막았다. 그와 때를 같이해 등 뒤에서 다시 세 갈래의 장풍이 뻗쳐왔다.

반 두타가 눈을 깜박하는 사이에 왼쪽에서 다시 두 명의 승려가 장풍을 떨쳐왔다. 그는 다급하게 발끝으로 땅을 찍으며 허공으로 몸을 솟구쳤다. 등 뒤에서 뻗어오는 장풍은 제각기 달랐다. 용조龍爪, 호조虎爪, 응조鷹爪 세 가지 형태였다. 당황하지 않을 수 없었다. 그는 옷소매를 크게 떨쳐 회오리를 일으키는 동시에 왼발이 땅에 떨어지기 무섭게 오른손으로 위소보를 낚아챘다. 그러고는 소리쳤다.

"죽여요? 살려줘요?"

십팔 나한은 앞으로 전진하거나 뒤로 물러나, 두 겹으로 반 두타를 에워쌌다. 징심이 입을 열었다.

"소시주가 갖고 있던 그 경전은 아주 중요한 것이니 선연善緣을 베풀어 돌려주면 감사하겠소."

반 두타는 오른손으로 위소보를 번쩍 들어올려, 왼손을 그의 정수리 천령개天靈蓋에 갖다 댔다. 그러고는 거침없이 남쪽 방향으로 걸음을 옮겼다. 상황은 뻔했다. 만약 소림 승려들이 앞을 가로막으면 바로 왼손에 힘을 가해 위소보의 머리통을 박살내겠다는 위협이었다.

남쪽을 막고 있던 승려들은 약간 멈칫하더니 길을 비켜주며 합장을 했다.

"아미타불…."

반 두타는 위소보를 데리고 남쪽으로 질주했다. 갈수록 그 속도가 빨라졌다. 소림사 십팔 나한은 경공을 전개해 그의 뒤를 따르는 수밖에 없었다.

쌍아는 혈도가 찍혀 있었는데 소림 승려가 이미 풀어주었다. 그녀는 위소보가 잡혀가는 것을 보자 놀라고 당황해 바로 뒤쫓아갔다. 그녀는 고수로부터 무공을 전수받았지만 아직은 나이가 어려 소림 십팔 나한에 비해 내공 수위는 훨씬 떨어졌다. 게다가 몸집이 왜소해서 1~2리를 달리자 간격이 많이 벌어졌다. 다급해진 그녀는 울음을 터뜨렸다. 울면서도 여전히 있는 힘을 다해 뒤를 쫓아갔다.

반 두타는 위소보를 들고 정남 방향에 우뚝 솟은 높은 산봉우리로 계속 치달렸다. 십팔 나한은 부챗살 모양을 형성해 바싹 뒤를 쫓았다. 쌍아는 산봉우리 아래 이르러 숨이 차서 헐떡거렸다. 고개를 들어보니 산봉우리는 하늘을 찌를 듯 높이 솟아 있었다. 만약 그 고약한 두타가 산꼭대기에 올라 실족이라도 하는 날이면 큰일이었다. 그 자신은 무공이 탁월해 죽지 않을지 몰라도, 상공은 무슨 수로 살아나겠나?

쌍아가 당황해하고 있는데 갑자기 '우르릉, 쾅' 하는 소리가 들리며 큰 바윗덩어리가 산길을 따라 무서운 속도로 미끄러져내려왔다. 소림의 십팔 나한은 좌우로 갈라져 몸을 피해야만 했다. 반 두타가 산봉우리로 치달리면서 가까이 있는 바윗돌을 걷어차 떨어뜨린 것이었다. 십팔 나한은 바윗돌을 피하느라 그와의 간격이 갈수록 멀어졌다. 게다가 징광은 황보각과 겨루면서 부상을 입은 터라 더 뒤처졌다.

쌍아는 진기를 끌어올려 소리쳤다.

"방장 스님! 방장 스님!"

징광은 고개를 돌려 그녀를 발견하고는 걸음을 멈추고 기다렸다. 그는 쌍아가 숨을 몰아쉬며 매우 당황해하는 것을 보고는 위로해주었다.

"걱정하지 마라. 그는 공자를 해치지 못할 거야."

쌍아가 급히 달리다가 다칠까 봐 손을 잡고 천천히 위로 올라갔다. 쌍아는 다소 마음이 놓여 물었다.

"대사님, 정말… 상공을 해치지 않을까요?"

징광은 고개를 끄덕였다.

"그래, 해치지 않을 거야."

그렇게 말하면서도 반 두타가 경우에 어긋나는 짓을 하는 걸 본 터라 단정할 수는 없었다.

이 산봉우리는 오대산 남쪽에 위치해 있었다. 다행히 산길이 구불구불해서, 몇 번 꺾어돌자 반 두타가 바윗돌을 걷어차도 아래에 있는 사람들에게 해를 입히지는 못했다.

쌍아가 징광을 따라 산 정상에 올랐을 때, 열일곱 명의 나한은 이미 사찰 하나를 겹겹이 에워싸고 있었다. 모름지기 반 두타와 위소보는 그 사찰 안에 있는 것 같았다.

불교에서 문수보살이 설법하던 곳으로 알려져 있는 오대산은 모두 다섯 봉우리로 이루어졌는데, 봉우리마다 사찰이 세워져 있었다. 그리고 그 사찰마다 모시고 있는 문수보살을 부르는 명칭이 제각각 달랐다. 문수보살은 신통광대하여 세상에 제각기 다른 모습으로 나타나셨기 때문이었다.

동쪽 봉우리는 망해봉望海峯이라 하며 망해사가 세워져 있고, '총명聰明 문수보살'이 모셔져 있다. 북쪽 봉우리는 업두봉業斗峯이라 하며 영응사靈應寺가 세워져 있고, 그곳에 모셔진 문수보살은 '무구無垢 문수보살'이다. 한가운데 봉우리는 취암봉翠巖峯이라 하며 건연교사建演敎寺가 세워져 있고, '유동儒童 문수보살'을 모시고 있다. 서쪽 봉우리는 '달이 걸려 있다'는 뜻의 괘월봉掛月峯이라 불리며, 법뢰사法雷寺가 세워져 있고, '사자獅子 문수보살'을 모신다. 남쪽 봉우리는 금수봉錦繡峯으로 보제사普濟寺가 세워져 있고, '지혜智慧 문수보살'을 모셨다. 지금 사람들이 올라와 있는 봉우리가 바로 금수봉이고, 사찰은 보제사다.

쌍아는 사찰을 향해 소리쳤다.

"상공! 상공!"

대답이 들리지 않자 바로 사찰 안으로 뛰어들어갔다.

대전으로 들어가보니, 반 두타는 오른손으로 위소보를 잡은 채 대웅보전 빗물받이 처마 밑에 서 있었다. 쌍아는 다짜고짜 위소보에게 달려가 소리쳤다.

"상공! 나쁜 두타가 해를 가하지 않았나요?"

위소보는 태연하게 말했다.

"걱정 마, 감히 날 해치지 못할 거야."

반 두타는 코웃음을 쳤다.

"내가 왜 감히 해치지 못해?"

위소보는 웃는 여유까지 보였다.

"만약 내 몸의 솜털 하나라도 건드리면 소림사의 십팔 나한이 당신을 붙잡아 원상회복을 시켜줄 거예요, 예전처럼 땅딸막하고 뚱뚱하게 말예요! 그럼 큰일이잖아요?"

그 말에 반 두타는 안색이 크게 변했다. 음성마저 떨렸다.

"뭐… 원상회복을 시킨다고? 네가 그걸… 어떻게 알았지?"

그는 어떻게 알았느냐고 물었지만, 사실 위소보는 아무것도 몰랐다. 단지 그가 장대처럼 깡말랐는데 이름은 '뚱뚱한 두타'라는 뜻의 '반 두타'라 하니 놀려주려고 아무렇게나 지껄였는데, 뜻밖에도 반 두타의 정곡을 찔러 아픈 상처를 건드린 모양이었다.

위소보는 그의 표정 변화와 말투에서 몹시 당황한 것을 간파하고 바로 냉소를 날렸다.

"흥! 당연히 다 알고 있죠!"

반 두타는 눈을 부라렸다.

"네가 알긴 뭘 알아?"

그는 울화가 치미는지 난데없이 오른발을 걷어찼다. '쾅' 하는 소리와 함께 돌계단 앞에 놓여 있던 육중한 석고石鼓가 담벽으로 날아갔다. 돌가루가 사방으로 튀었다. 그는 쌍아를 윽박질렀다.

"넌 뭐 하러 왔어? 죽고 싶어 환장했냐?"

쌍아는 물러서지 않고 대들었다.

"난 상공과 공생공사하기로 약속했어요! 만약 상공을 조금이라도 다치게 하면 목숨을 걸고 싸울 거예요!"

반 두타는 화를 냈다.

"이런 젠장! 이 날다람쥐 같은 녀석이 뭐가 좋다고 그러는 거냐? 쪼그만 계집이 이 녀석에 대한 정의情義가 여간이 아닌 것 같은데!"

쌍아는 얼굴이 빨개져 더는 뭐라고 반박하지 못하고 시큰둥하게 말했다.

"상공은 좋은 사람이고, 당신은 나쁜 사람이에요!"

이때 밖에서 십팔 나한이 일제히 불호佛號를 외웠다.

"아미타불, 아미타불! 반 존자, 어서 소시주를 놓아주고 경전을 돌려주시구려! 무림에 명성이 쟁쟁한 영웅호한이 이렇듯 비열하게 어린 시주를 괴롭히면 천하의 웃음거리가 될 거요."

반 두타는 성난 고함을 질렀다.

"계속 귀찮게 굴면 나도 가만있지 않을 거요! 이판사판, 이 녀석을 죽이고 경전도 없애버리겠소! 알아서들 하시오!"

징심이 말했다.

"반 존자, 그럼 어떡해야 소시주를 놔주고 경전을 돌려줄 거요?"

반 두타는 강경했다.

"사람은 놔줄 수 있지만 경전은 절대 내줄 수 없소이다!"

사찰 밖에 있는 승려들은 아무 대꾸도 하지 못했다. 주위가 온통 조용해졌다.

반 두타는 대전 이곳저곳을 훑어보며 달아날 궁리를 하는 것 같았다. 그때 회색 그림자들이 번뜩이는가 싶더니 십팔 나한이 대전 안으로 미끄러져들어왔다. 다섯 명은 왼쪽 벽을 타고, 또 다섯 명은 오른쪽 벽을 타고 그의 뒤로 가서 삽시간에 포위망을 구축했다.

반 두타는 버럭 화를 냈다.

"대장부답게 일대일로 맞붙자고! 한 사람씩 상대해줄 테니까! 물론 다 함께 덤빈다고 해도 겁낼 내가 아니오!"

징광이 합장을 했다.

"그렇다면 우린 함께 행동할 테니, 무례를 양해하시오."

반 두타는 대뜸 그 긴 다리를 번쩍 들어올려 위소보의 머리를 살짝 밟았다. 그러고는 흐흐 냉소를 날렸다. 여차하면 위소보의 머리를 밟아뭉개겠다는 위협이었다.

위소보는 그의 신발 밑창에 묻어 있는 흙냄새를 맡고는 놀라고 화가 났다. 그 구린내 나는 발에 힘을 주기만 하면 영락없이 묵사발이 될 판이었다. 어떡해야 좋을지 몰라 눈알을 이리저리 굴리며 뭔가 꼼수를 부릴 만한 것을 찾았다. 무엇이든 씨부렁거려서 반 두타의 주의를 분산시켜 약간의 빈틈만 보이게 만들면, 소림 승려들이 일제히 달려들어 자기를 구해줄 수 있을 거라고 생각했다. 머리를 밟힌 상태라 대전 안쪽은 볼 수 없고 바깥마당 쪽만 볼 수 있는데, 커다란 석비石碑를 등에 없은 큰 돌거북이 시야에 들어왔다.

위소보는 바로 입을 열었다.

"반 존자, 아버지가 왜 마당에 엎드려 있어요? 등에 수천 근이나 되는 돌비석을 짊어지고, 너무 힘들지 않겠어요? 어서 구해줘야죠, 정말 불효자식이네요!"

반 두타는 그의 엉뚱한 말에 화를 냈다.

"아버지가 마당에 엎드려 있다니? 헛소리하지 마!"

위소보가 말했다.

"그《사십이장경》은 모두 여덟 부가 있어요. 한 부만 갖고 나머지 일곱 부가 없으면 무슨 소용이 있겠어요?"

그 말에 반 두타는 눈이 휘둥그레지며 다그치듯 물었다.

"나머지 일곱 부가 어디 있는지 알고 있느냐?"

위소보가 느긋하게 말했다.

"당연히 알죠."

반 두타가 다시 다그쳤다.

"어디 있느냐? 빨리 말해! 말 안 하면 당장 밟아죽일 거다!"

위소보는 이미 계책이 섰다.

"원래는 몰랐는데, 방금 알았어요."

반 두타는 눈살을 찌푸렸다.

"방금 알았다니? 그게 무슨 말이야?"

위소보는 목을 길게 뽑아 마당에 있는 석비를 쳐다봤다. 그 석비에는 전서체篆書體로 꼬부랑꼬부랑 빼곡하게 글이 새겨져 있었다. 위소보는 일반 글씨체도 모르는데 전서체는 더더욱 알 턱이 만무했다. 하지만 그럴싸하게 비문을 천천히 읽어 내려갔다.

"《사십이장경》은 모두 여덟 부로 나뉘어져 있으며 첫 번째 경전은 하남성… 무슨 산, 무슨 사찰인데… 몇몇 글자는 잘 모르겠어요."

반 두타가 물었다.

"무슨 잔데?"

그는 실눈을 뜨고 마당에 있는 석비를 유심히 쳐다보면서 고개를 갸웃했다.

"저 석비에 다 적혀 있다고?"

위소보는 그 말을 아랑곳하지 않고 계속 석비를 응시하며 읽어 내려가는 척했다.

"두 번째 경전은 산서성 무슨 산, 무슨 여승 암자인데… 반 대사, 저 몇 글자는 잘 모르겠어요. 글자가 너무 흐려요. 반 대사는 문무를 겸비했으니 직접 읽어보세요."

반 두타는 그의 말을 곧이곧대로 믿고 몸을 숙여 위소보를 들어올리더니 좀 더 비문 가까이 가서 유심히 살펴보았다. 하지만 비문에 새겨진 것이 전서 같기만 할 뿐, 한 자도 알아볼 수 없었다. 그리고 어떻게 보면, 꾸불꾸불한 게 글자가 아닌 것 같기도 했다. 하지만 글이 아니면 왜 비석에 새겨놓았겠는가? 알쏭달쏭했다.

위소보는 계속 읽어 내려갔다.

"세 번째 경전은 사천성… 무슨 산이지? 또 모르는 글자가 나왔네."

반 두타도 전해들은 말은 있었다. 《사십이장경》은 모두 여덟 부가 있고, 그 여덟 부를 전부 수중에 넣어야만 엄청난 효용이 있다고 했다. 물론 그것들이 어디 있는지는 전혀 알지 못했다. 그런 상황에서 지금 위소보의 말을 들으니 의심할 여지가 없었다. 바로 물었다.

"네 번째 경전은 어디 숨겨져 있어?"

위소보는 눈을 가늘게 뜨고 비문을 응시하며 고개를 왼쪽으로 돌렸다가 다시 오른쪽으로 돌리며 절레절레 흔들었다.

"잘 보이지 않아요."

반 두타는 다시 그를 들고 앞으로 세 걸음 내디뎠다. 석비와 더 가까워졌다. 그가 위소보를 쳐다보며 대답을 요구하는 표정을 짓자 위소보는 딴전을 부렸다.

"아, 머리가 가려워요."

반 두타는 멍해졌다.

"뭐라고?"

위소보가 말했다.

"이 사찰에 벼룩이 있나 봐요. 머리밑으로 기어들어가 마구 깨물고 있어요. 부탁이니 빨리 벼룩 좀 잡아줘요. 난 머리가 가려우면 눈이 잘 안 보인단 말예요."

반 두타는 솥뚜껑만 한 손을 내밀어 그의 모자를 벗기더니, 그 갈퀴 같은 손가락으로 머리를 몇 번 긁어주었다.

"이제 좀 낫냐?"

위소보는 생떼를 썼다.

"아녜요! 벼룩이 왼쪽 머리를 깨무는데, 오른쪽을 긁으니까 더 가려워요!"

반 두타는 어쩔 수 없이 그의 왼쪽 머리도 긁어주었다. 그러자 위소보가 소리쳤다.

"아야! 벼룩이 내 모가지 안으로 들어갔나 봐요. 보지 못했나요?"

반 두타는 아무래도 그가 수작을 부리는 것 같았지만, 하는 수 없이 잡고 있던 손목을 놓아주었다. 그러나 행여 달아날까 봐 왼손으로 가볍게 어깨를 눌렀다.

"너 스스로 긁어라!"

위소보가 말했다.

"어이구… 이런 빌어먹을 벼룩이 아주 고약하군! 틀림없이 3년 동안 피를 빨아먹지 못했나 봐. 원래 작달막했는데, 굶어가지고 길쭉하니 빼빼 말랐어. 왜 계속 나를 못 살게 구는 거야? 씨팔!"

그러면서 등허리로 손을 집어넣어 벅벅 긁어댔다.

반 두타는 그가 자기를 빗대 욕하는 것을 알면서도 모르는 척하고 물었다.

"네 번째 경전은 어디 숨겨져 있느냐?"

위소보가 퉁명스레 말했다.

"네 번째 경전은… 어디 보자, 이게 무슨 산이지? 소… 소림사 달… 달… 무슨 원인데…?"

반 두타는 깜짝 놀랐다.

"소림사 달마원에 숨겨져 있단 말이냐?"

위소보는 그가 소림사 십팔 나한을 두려워하고 있다는 걸 알았다. 그리고 소림 승려들이 무슨 '달마원'이라고 말하는 것도 들었다. 그래서 일부러 그를 조롱하려고 둘러댄 것이었다. 그가 아무리 겁이 없다고 해도, 감히 소림사 달마원에 가서 경전을 훔치려 하지는 못하리라고 생각한 것이다.

위소보는 능청을 떨었다.

"저게 '달達' 잔가요? 난 잘 모르겠어요. 대사님은 그렇게 어려운 글자도 잘 아네요. 그럼 직접 읽지 왜 자꾸 나더러 읽으라고 해요? 아, 날 시험해보려는 거죠? 솔직히 좀 부끄러운 얘기지만 행마다 모르는 글자가 좀 섞여 있네요."

소림 승려들을 곁눈으로 살펴보는 반 두타의 안색이 불안불안해 보였다. 그가 다시 물었다.

"그럼 다섯 번째 경전은 어디 있느냐?"

소림은 무림에서 자타가 공인하는 큰 문파다. 위소보는 해대부를 통해 여러 번 들었다. 그리고 태후가 무당파인 척 행세한다는 말도 들어서 알고 있다. 반면에 태후는 해대부더러 공동파라고 했었다. 무당파와 공동파도 큰 문파일 거라고 짐작했다. 그래서 다섯 번째와 여섯 번째 경전은 무당파와 공동파에 있다고 둘러댔다.

반 두타의 표정은 갈수록 보기 흉하게 일그러졌다.

위소보는 내친김에 일곱 번째 경전은 운남 목왕부 사람이 가져갔다고 했고, 여덟 번째 경전은 '운남 무슨 서왕의 왕부'에 있다고 말했다. 목왕부의 백한풍이 자기를 괴롭힌 적이 있으니 가능한 한 풍파를 일으키고 싶었다. 그리고 오삼계의 평서왕부는 고수가 구름떼처럼 많아 사부님도 꺼리는데, 반 두타가 찾아가서 말썽을 부린다면 호되게 당할 게 분명했다.

반 두타의 안색이 크게 변했다.

"여덟 번째 경전이 평서왕부에 있단 말이냐?"

위소보는 시치미를 뗐다.

"난 이 글자를 몰라요. 평서왕부가 맞는지는 알 수 없어요."

반 두타는 버럭 화를 냈다.

"무슨 헛소릴 하는 것이냐? 이 석비는 1천 년까지는 아니어도 500년은 족히 되었을 것이다. 오삼계가 지금 몇 살인데, 몇백 년 전 비문에 평서왕의 이름이 적혀 있을 리가 있느냐?"

석돌은 워낙 거무죽죽한 데다가 군데군데 얼룩이 졌고 돌거북과 석비에도 이끼가 잔뜩 끼어 있었다. 게다가 새겨진 글도 마모되거나 파손돼 잘 보이지 않았다. 어림잡아도 세워진 지 몇백 년은 넘은 고적이었다. 위소보는 그것을 알 리 없었다. 그냥 닥치는 대로 지껄인 것인데, 어쩌다 오삼계까지 끌어들이고 만 것이다. 그는 속으로 당황했다.

'아뿔싸! 빌어먹을, 큰일났구먼!'

그래도 입으로는 억지를 부렸다.

"내가 그 글자를 모른다고 했잖아요. 자기가 평서왕이라 해놓고 왜 날 윽박질러요? 어쩌면 오래전에 운남에 무슨 '개서왕', '소서왕', '말서왕'이 있었을 수도 있잖아요! 이봐요, 대사님! 이 글자들은 꼬부랑꼬부랑해서 알아보기가 여간 힘든 게 아니에요. 알면 안다, 모르면 모른다… 사람이 솔직해야죠. 괜히 아는 척하면서 '평서왕 오삼계'라고 하면 어떡합니까? 여기 계신 소림 승려들은 모두 학문이 깊은 분들이에요. 그렇게 쥐뿔도 모르면서 글을 함부로 읽으면 개망신을 당하기 십상이라고요!"

그의 말이 아주 일리가 없는 게 아니었다. 듣고 있던 반 두타는 창피해서 얼굴이 빨개졌다. 하지만 화는 내지 않고 고개를 끄덕이더니 말했다.

"그래, 글자가 꼬불꼬불해서 나도 잘 모르겠구나. 평서왕이 아니었 구면그래. 그 아래에는 뭐라고 적혀 있지?"

위소보는 속으로 가슴을 쓸어내렸다.

'큰일 날 뻔했군! 둘러쳐서 아슬아슬하게 위기를 넘겼어. 이번엔 좀 듣기 좋은 말을 해줘야 하는데… 그는 사도를 신룡도라 했고, 뚱돼지 유연을 아는 것으로 봐서 신룡교의 인물이 분명해.'

위소보는 고개를 갸웃거리며 잠시 석비를 살피더니 말했다.

"여기… 이게 무슨 글자지? 무슨 '영원불… 불…' 뭐라고 적혀 있는 것 같은데…."

반 두타는 긴장이 되는지 이내 표정이 굳었다.

"자세히 읽어봐, 영원불… 뭐야?"

위소보가 말했다.

"내가 보기엔 아마… 그러니까… '멸' 자 같아요! 맞아요, '영원불 멸'이에요!"

반 두타는 아주 좋아하면서 손을 비비적거렸다.

"그런 글이 적혀 있었군. 그다음에는 뭐라고 적혀 있지?"

위소보는 석비를 손가락으로 가리키며 말했다.

"옛날 글자라 알아보기가 참 어렵네요. 맞아! 이 글자는 '홍'이야! 그래, '홍 교주'라고 적혀 있군. 그 아래에는 또 '신룡'이라는 글자도 있는데요. 자, 와서 보세요! '신통광대'라는 글자도 있어요!"

반 두타는 자신도 모르게 소리를 질렀다.

"우아!"

그러고는 펄쩍 뛰며 말했다.

"홍 교주께서 정말 그렇게 위대하시군. 영원불멸이라고? 1천 년 전의 석비에 정말 그렇게 적혀 있다고?"

위소보는 시치미를 뚝 떼고 다시 말했다.

"여기에 또 이렇게 적혀 있네요. 그러니까… 이건 당 태종 이세민李世民이 진숙보秦叔寶와 정교금程咬金을 시켜 세운 석비인가 봐요. 여기 틀림없이 그렇게 적혀 있어요. 당나라 때 지난 1천 년을 통달하고 앞으로 닥칠 1천 년을 예측하는 서무공徐茂功이란 훌륭한 참모가 있었는데, 1천 년 뒤 대청 왕조에 신룡교의 홍 교주가 나타나 신통광대하고 영원불멸하리라는 것을 이미 예측했나 봐요."

위소보는 양주에 있을 때 설화 선생으로부터 수나라와 당나라의 고사를 숱하게 들어 그 무슨 정교금이니 서무공이란 이름을 달달 외우고 있었다. 사실 서무공은 당나라의 개국공신 서적徐勣이다. 나중에 이세민으로부터 새로운 성을 하사받아, 이정李靖과 명성을 나란히 한 영국공英國公 이적李勣이 되었다. 결코 우연하게 점술에 능해 미래를 예측한 '개코 도사'가 아니었다.

위소보는 그저 반 두타를 정신 못 차리게 해 소림 승려들이 자기를 구하게끔 만들기 위해 그럴싸하게 거짓말을 늘어놓은 것이었다. 그리고 그 무슨 '홍 교주는 신통광대하니 영원불멸하리라' 따위의 말은 장 씨 귀옥에서 그 장삼 노인과 신룡교 제자들로부터 들은 것이었다.

그런데 반 두타는 그의 터무니없는 말을 듣고는 머리를 긁적이며 너무나 좋아서 귀에 걸린 입을 다물 줄 몰랐다.

위소보는 그의 표정을 살피며 말했다.

"석비 뒤에는 또 무슨 글이 적혀 있는지 모르겠네, 어디 한번 읽어

봅시다."

반 두타는 아무 의심도 하지 않았다.

"그래."

그는 석비 뒤로 돌아가 살폈다. 그 순간 위소보는 개구리가 펄쩍 뛰듯 뒤로 뛰었다. 반 두타는 깜짝 놀라 얼른 손을 뻗어서 그를 잡으려 했다. 그러자 소림 승려 넷이 동시에 장풍을 뻗어냈다. 반 두타는 그것을 막아야만 했고, 그사이에 위소보는 잽싸게 소림 승려들 뒤로 뛰어갔다. 삽시간에 또 다른 승려 네 명이 앞으로 나섰다. 여덟 명의 승려가 반 두타를 에워싸고 계속해서 보법과 함께 장풍을 전개했다. 그것은 오래 연습을 거듭해온 일사불란한 진법이었다.

반 두타는 빈틈없는 수비를 펼쳤지만 1대8이라 이내 수세에 몰렸다. '팍팍' 하는 소리가 들리면서 소림 승려 한 명과 반 두타가 제각각 일장을 교환했다. 그 소림 승려는 즉시 뒤로 물러났고 다른 승려가 그 자리를 대체했다. 다시 잠시 공방전이 오갔다. 반 두타는 다리에 일격을 맞았다. 그는 양팔을 꿋꿋하게 뻗어 원을 그려서 승려 여덟 명을 뒤로 밀어내며 소리쳤다.

"잠깐!"

여덟 명의 승려는 제각각 뒤로 두 걸음 물러났다.

반 두타가 말했다.

"오늘은 중과부적이라 경전을 돌려드리겠소!"

그러면서 손을 품속으로 넣어 경전을 꺼냈다.

징심의 손짓에 따라 여덟 명의 승려는 다시 앞으로 두 걸음을 내디뎌 반 두타와의 간격을 석 자 정도로 좁혀서 만반의 태세를 갖췄다. 반 두타는 그들을 아랑곳하지 않고 경전을 앞으로 내밀었다. 징심은 단전의 진기를 끌어올려 왼손 세 손가락에 모았다. 그는 공격과 수비를 완벽하게 갖추고 오른손을 내밀어 천천히 경전을 받았다.

반 두타는 전혀 이상한 행동을 하지 않고 순순히 경전을 건네주었다. 그리고 미소를 지으며 말했다.

"징심 대사, 소림의 십팔 나한은 천하에 명성이 알려져 있는데, 다 함께 한 사람을 상대하는 것은 결코 떳떳하지 못한 일이 아니오?"

징심은 경전을 품속에 갈무리하고 합장을 하며 태연하게 말했다.

"미안하오, 하지만 일대일로 겨루면 소림 승려는 반 존자의 적수가 될 수 없소."

그가 왼손을 휘두르자 승려들은 일제히 뒤로 물러났다. 그리고 행여 반 두타가 또 위소보를 해칠까 봐 대여섯 명의 승려가 에워쌌다.

반 두타는 사뭇 진지하게 말했다.

"위 시주, 한 가지 간곡한 청이 있는데, 들어주면 고맙겠네."

위소보는 영문을 몰라 멍해졌다.

"무슨 일인데요?"

반 두타의 입에서 뜻밖의 말이 나왔다.

"신룡도로 며칠만 손님으로 모셔가고 싶네."

위소보는 깜짝 놀랐다.

"뭐라고요? 나더러 신룡도로 가자는 겁니까? 그런 곳에…?"

반 두타가 그의 말을 받았다.

"소시주의 경전은 이미 징심 대사께 돌려드렸으니 방장께 전해드리겠지. 소시주가 신룡도에 가준다면 모든 교도들이 귀빈을 대하는 예를 갖춰 깍듯이 대접할 걸세. 그리고 홍 교주를 뵙고 나면 무사히 떠날 수 있도록 약속하겠네."

그는 위소보가 입을 삐쭉거리며 자신의 말을 믿지 않는 것 같자, 징심 대사에게 눈길을 돌렸다.

"징심 대사께서 증인이 돼주십시오. 이 반 두타가 한번 입 밖에 내뱉은 말을 어긴 적이 있습니까?"

징심은 이 두타가 언행은 좀 요상하나 크게 사악한 짓을 저지른 적이 없다는 것을 알고 있었다. 게다가 요동의 '반수이 두타'는 한번 한약속을 반드시 지킨다는 이야기도 들어서 잘 알고 있었다.

"반 존자가 약속을 잘 지킨다는 것은 모두가 다 아는 일이오. 그러나 위 시주는 중요한 일이 있어 아마 신룡도에 갈 수 없을 것이오."

위소보가 맞장구를 쳤다.

"네, 그래요. 지금은 바빠 죽겠어요. 나중에 틈이 나면 신룡도에 가서 반 존자랑 홍 교주를 뵙도록 할게요."

반 두타는 당황스러워하며 얼른 말했다.

"우선 홍 교주를 앞세우고 그다음에 그 어른의 부하인 내 이름을 말해야지! 천하에 그 어른의 이름보다 앞설 사람은 없네. 다른 사람의 이름을 거론하고 다음에 그 어른의 이름을 말하는 건 아주 크나큰 불경이야!"

위소보가 물었다.

"그럼 황제는요?"

반 두타는 거침없이 대답했다.

"당연히 홍 교주가 앞서고 그다음이 황제지. 그리고 만약 홍 교주를 만나뵙게 되면 절대 그 무슨 '존자'니 '진인'이니 하는 칭호를 쓰면 안 되네. 만천하에 오직 홍 교주만이 유아독존唯我獨尊이야!"

위소보는 혀를 날름거렸다.

"홍 교주가 그렇게 대단하고 무섭다면, 난 겁나서 더더욱 만나뵐 수가 없어요."

반 두타가 얼른 목소리를 낮춰 말했다.

"홍 교주께선 인자하시고 세상만물을 사랑하시기 때문에, 특히 소시주 같은 영리하고 총명한 소년영웅을 보면 아주 좋아하실 걸세. 소시주가 신룡도로 가면 많은 것을 얻어서 돌아갈 수 있을 거야. 그 어르신을 뵐 수 있는 무한한 은총은 물론이고, 어쩌면 그 어른이 기분이 좋아서 무공을 한 초식 전수해줄지도 모르지. 그럼 소시주는 천하를 휩쓸 수 있을 테고, 평생 그 은덕을 입을 걸세."

이렇게 말하는 그의 태도는 지극히 열의가 넘치고 또한 간절함이 배어 있었다. 원래 그는 위소보를 안중에도 두지 않고 심지어 발로 머리까지 밟았다. 그런데 지금은 '소시주'를 연호하고 그 무슨 '영리하고 총명한 소년영웅' 운운하며 태도가 백팔십도 바뀌어 있었다. 게다가 행여 위소보가 잘 못 들을까 봐 그 장대 같은 몸을 상대 키높이로 숙여 절실하게 말했다.

위소보는 도홍영이 했던 야릇한 말과 귀옥에서 목격한 장삼 등의 요상한 행동이 떠올랐다. 그리고 태후와 유연, 가짜 궁녀의 모습이 생각났다. 그는 본디 신룡교에 대해 말할 수 없을 정도로 혐오감을 갖고 있었다. 그들과 비교하면 신룡교 사람들 중에서 그래도 이 반 두타가 나름대로 영웅다운 기개를 지니고 있었다.

하지만 반 두타는 자기의 경전을 빼앗았고, 매가 닭을 채듯이 움켜잡고 이리저리 돌아다녔다. 그런데 갑자기 태도가 돌변해 귀빈으로 모실 테니 신룡도로 가자고 간곡하게 청하니, 그 속셈을 알 수가 없었다. 혹시 지금은 소림 십팔 나한을 당할 수 없어 저자세로 간청하다가, 그들이 떠나고 없으면 다시 흉악하게 변하는 게 아닐까? 그럼 아무도 그를 제지할 수 없을 것이었다.

위소보는 고개를 내둘렀다.

"난 안 가요!"

반 두타는 몹시 실망한 표정으로 천천히 몸을 세워 주위에 있는 십팔 나한을 한번 훑어보고 나서 위소보에게 물었다.

"소시주, 내 무공이 저들 십팔 나한과 비교해 어떤 것 같은가?"

위소보는 애매하게 대답했다.

"나름대로 다 장단점이 있겠죠."

반 두타는 화를 냈다.

"무슨 나름대로 장단점이 있다는 거야? 만약 일대일로 겨룬다면 저들이 날 이길 수 있을 것 같은가?"

위소보는 '개똥철학'을 펼쳤다.

"일대일로 겨룬다고 해도 대사께서 꼭 이긴다는 보장은 없어요. 하지만 1대18로 붙는다면 대사님은 틀림없이 질 겁니다. 그게 바로 나름대로 장단점이 있다는 뜻입니다. 만약 일대일로 싸워서도 대사님이 진다면, 그럼 개뿔이나 무슨 장점이 있겠어요? 장점이 있다면 남들보다 키가 더 크니까, 장신이라는 게 장점이겠죠."

반 두타는 어이가 없는 듯 허허 웃었다.

"그럼 나처럼 무공이 고강한 사람을 본 적이 있나?"

위소보는 지체 없이 대답했다.

"당연히 봤죠! 대사님의 무공은 그냥 평범해요. 무공이 열 배쯤 강한 사람도 많이 봤어요."

반 두타는 펄쩍 뛰며 손을 뻗어 위소보의 멱살을 잡으려 했다. 소림 승려 네 명이 즉시 나서 그를 막았다.

반 두타가 따져물었다.

"누구의 무공이 나보다 더 높다는 거지?"

위소보는 그가 바로 따져묻자 말문이 막혔다. 그보다 무공이 뛰어난 사람을 본 기억이 나지 않았다. 사부님의 무공도 지극히 고강하지만 반 두타를 능가한다고 장담할 수는 없었다.

그가 우물쭈물하자 반 두타는 으스대면서 말했다.

"거봐, 말을 못하잖아. 안 그래?"

그냥 물러설 위소보가 아니었다.

"내가 왜 말을 못해요? 너무 놀랄까 봐 말하지 않으려고 했을 뿐이죠. 대사님보다 무공이 더 고강한 사람은 많다고요. 우선 천지회의 총타주이신 진근남을 꼽을 수 있죠. 내가 직접 봤는데, 북경에서 그는 두 손으로 두타 네 명을 번쩍 들어올렸어요. 두타 한 사람의 몸무게만 해도 아마 200근은 넘을 텐데, 네 명을 머리 위로 들고 땅을 박차며 높은 담장을 뛰어넘었어요. 대사님은 그와 비교하면 한참 못 미쳐요."

반 두타는 '흥!' 하고 코웃음을 날렸다. 그도 진근남에 관한 소문을 들었지만 네 사람을 번쩍 들어올려 담장을 뛰어넘었다는 이야기는 전혀 믿기지 않았다.

"그건 허풍이야!"

위소보는 아랑곳하지 않고 말을 이었다.

"또 한 분, 무공이 엄청 고강한 분이 있는데, 바로 강남에 사는 고상하게 생긴 소부인이에요."

그러면서 쌍아를 힐끗 쳐다봤다. 쌍아는 연신 손사래를 치며 말하지 말라는 신호를 보냈다. 하지만 위소보는 그대로 말을 이었다.

"그 부인은 무당파의 도사 서른여섯 명과 붙은 적이 있어요. 그 도사들이 그를 완전히 포위해서 그 무슨… 무슨 진법을 펼쳤는데…."

반 두타가 얼른 물었다.

"무당파의 진법이라고? 검을 사용했나, 아니면 맨주먹이었나?"

위소보는 생각나는 대로 대꾸했다.

"검을 사용했어요."

반 두타가 말했다.

"그럼 무당의 진무검진眞武劍陣이군!"

위소보가 말했다.

"맞아요! 대사님은 정말 견식이 넓군요. 진무검진도 알고… 당시 서른여섯 자루의 검이 소부인을 완전히 에워쌌어요. 검광이 번뜩이며 물샐 틈도 없었죠. 그런데 소부인은 왼손에 아이를 안고 오른손으로…."

반 두타가 고개를 갸웃하며 물었다.

"왼손에 아이를 안고 무당파와 겨뤘다고?"

위소보가 다시 말했다.

"그게 뭐가 이상해요? 아이가 한 명도 아니고 쌍둥이였어요. 둘 다 남자아인데 통통하고…."

소부인의 무공을 과장하기 위해 일부러 아이를 한 명 더 늘린 것이다. 그가 말을 이었다.

"내가 분명히 들었는데, 그녀는 아이를 달래며 싸웠어요. '애들아, 울지 마. 엄마가 마술을 보여줄게.' 그러더니 서른여섯 도사의 검을 전부 빼앗았어요. 그리고 그들의 혈도까지 다 찍었죠. 모두들 제자리에 서서 꼼짝도 하지 못하더군요. 마치 흙으로 빚은 인형들 같았어요. 그 소부인은 어린아이들을 안고 그들의 수염을 잡아뜯게 했어요. 도사들은 눈을 부릅뜬 채 씩씩거렸고, 애들은 좋아서 까르르 웃었죠."

무림에서 무당파는 소림과 양대 산맥을 이룬다. 무공 또한 나름대로 장단점이 있지만 막상막하로 평가받는다. 위소보는 그런 사실을 들어서 잘 알고 있었다. 그는 반 두타가 소림 승려 열여덟 명을 당해내지 못하자, 그 소부인은 수적으로 배가 되는 무당의 서른여섯 도사를 상대해 이겼다고 허풍을 떤 것이었다. 그러니 반 두타와 강남의 소부인, 어느 쪽의 무공이 더 고강한지는 물어보나마나 뻔한 결과였다.

속세의 물정을 잘 모르는 반 두타는 위소보의 말을 곧이곧대로 믿고 넋이 빠진 듯 한숨을 내쉬었다.

"세상에 그런 신기한 무공이 있다니…!"

위소보는 그가 속아넘어가자 의기양양했다.

"솔직히 말해서 그 소부인은 바로 나의 수양엄마예요."

쌍아는 그가 '강남의 소부인' 운운하자 장씨 문중 셋째 마님을 얘기하는 줄 알고 당황했는데, 듣고 보니 그녀는 쌍둥이가 있고 또 그의 수양엄마라고 하니, 비로소 다른 사람이라는 것을 알았다.

반 두타는 다시 놀랐다.

"그 부인이 자네 수양엄마라고? 성이 뭔데? 무림에 그렇게 대단한 인물이 있다는 걸 내가 왜 몰랐을까?"

위소보는 웃으며 말했다.

"무림에 대단한 인물은 아주 많아요. 내 마누라만 하더라도…."

그러면서 쌍아를 가리켰다.

"보기에는 아주 귀엽고 깜찍하고 예쁘장하게 생겼는데… 그렇게 높은 무공을 지녔을 거라고 누가 생각이나 하겠어요?"

쌍아는 얼굴이 빨개졌다.

"상공, 놀리지 마세요."

반 두타는 쌍아와 직접 겨뤄봤다. 어린 여자아이가 그런 실력을 지 녔으리라곤, 만약 직접 보지 못했다면 믿지 않았을 것이다. 절로 고개 가 끄덕여졌다.

"하긴 그래. 소시주가 정녕 신룡도에 가지 않겠다면 어쩔 수 없지. 자, 그럼 다들 돌아가시죠."

위소보가 바로 그의 말을 받았다.

"대사께서 먼저 돌아가시죠."

그는 인사처럼 말했지만 진짜 반 두타가 먼저 떠나기를 바랐다. 그 가 동쪽으로 가면 자긴 서쪽으로 갈 것이고, 그가 북쪽으로 가면 서쪽 으로 갈 심산이었다.

반 두타는 고개를 내둘렀다.

"먼저 가게나. 난 이 석비의 비문을 탁본해야 하네."

위소보는 속으로 낄낄 웃었다. 반 두타는 자기가 멋대로 지어낸 말 을 정말 곧이 믿는 모양이었다.

"이 글은 좀 별론데요."

육 선생은 감탄하는 표정으로 말했다.

"그럼 구체적으로 지적을 좀 해주면 좋겠는데… 이 족자의 글 중에서 좋지 않은

졸필拙筆이 어느 부분인가?"

위소보는 바로 대꾸했다.

"졸필은 많고 호필好筆은 아주 적네요."

소림 십팔 나한은 위소보, 쌍아와 함께 금수봉에서 내려왔다. 징심이 경전을 위소보에게 돌려주며 물었다.

"시주는 곧바로 북경으로 돌아갈 건가?"

위소보가 짤막하게 대답했다.

"네!"

징심이 말했다.

"우린 옥림 대사의 당부에 따라 시주를 무사히 북경까지 호위하기로 했네."

위소보는 당연히 좋아했다.

"그거 참으로 잘됐네요. 그렇지 않아도 반 두타가 포기하지 않고 또 나타나 괴롭힐까 봐 걱정했어요. 한데 여러분이 저를 호위하면 행치 대사를 지켜줄 사람이 있나요?"

징심이 대답했다.

"그 점은 염려하지 말게. 옥림 대사가 따로 대책을 세워놨네."

위소보는 이젠 옥림을 얕보지 않고 내심 탄복했다. 그냥 계속 눈을 감고 좌선을 하면서 하늘이 무너져도 나 몰라라, 퉁명스럽게만 군다고 생각했는데, 실은 암암리에 모든 것을 다 철두철미하게 안배해놓았던 것이다.

소림의 십팔 나한이 호위를 해주니 돌아가는 길에는 전혀 위험한 일이 일어나지 않았다. 그 삐쩍 마른 반 두타도 나타나지 않았을뿐더러 심지어 다른 무림인도 전혀 보지 못했다.

이날, 북경성 밖에 이르자 십팔 나한이 위소보에게 작별을 고했다. 징심이 말했다.

"이제 북경에 당도했으니 빈승들은 이만 작별을 고할까 하네."

위소보는 못내 섭섭했다.

"대사님들이 고생을 마다하지 않고 저를 이곳까지 호위해주셔서 정말… 뭐라고 감사를 드려야 할지 모르겠습니다. 제 절을 받으십시오."

그러면서 무릎을 꿇고 큰절을 올렸다.

징심은 얼른 그를 부축해 일으키며 말했다.

"시주가 오는 도중 과분한 대접을 해줘서 우린 그냥 산서에서 북경까지 주유천하하듯 편하게 왔는데 무슨 고생이라 할 수 있겠나?"

위소보는 오대산에서 내려오자마자 마차를 열아홉 대 빌렸다. 자기와 쌍아가 한 대를 이용하고, 나머지 열여덟 대는 십팔 나한이 각각 한 대씩 타도록 했다. 그리고 또 여덟 필의 빠른 말을 고용해 일행보다 앞서 다음 기착지로 달려가 객잔과 식당, 찻집 등을 미리 알선해놓았다. 물론 채식 위주로 아주 풍족한 식사를 대접하는 데도 소홀하지 않았다. 뿐만 아니라 가는 곳마다 돈을 넉넉히 주어, 주인장과 점원들은 십팔 나한을 마치 천신보살을 대하듯 깍듯하게 모셨다.

소림 승려들은 원래 청빈하게 수행생활을 해왔기 때문에 미식美食 따위는 욕심을 부리지 않았지만, 위소보를 비롯해 다들 공손하게 대해주니 기분이 나쁘지 않았다.

위소보는 비록 까불까불하니 버릇없이 말장난을 잘하지만 천성적으로 친구를 좋아했다. 그리고 사람을 사귈 때는 진심으로 성의를 보였다. 북경으로 오는 동안 승려들과 떠들고 이야기를 나누면서 아주 가까워졌다. 그런데 갑자기 헤어져야 하니, 가슴이 찡해오며 절로 눈물이 났다.

징심이 다독이듯 말했다.

"선재善哉, 선재로다! 소시주, 뭘 그리 아쉬워하는가? 만남이 있으면 헤어짐이 있기 마련이네. 훗날 인연이 있으면 소림사로 와서 회포를 푸세."

징심과 승려들은 작별인사를 하고 떠나갔다.

북경성으로 들어섰을 때는 이미 날이 어두워져 궁으로 들어가기가 거북했다. 위소보는 일단 서직문西直門 쪽에다 큰 객잔을 잡았다. 이 '여귀객잔如歸客棧'에서 하룻밤을 묵고 내일 강희를 알현해 모든 것을 소상히 아뢰기로 했다. 그런데 한편으로는 은근히 걱정이 됐다.

'그 깡마른 반 두타는 목숨을 걸고 경전을 빼앗으려 했어. 어쩌면 몰래 내 뒤를 따라왔을지도 몰라. 소림 십팔 나한이 떠났으니 다시 나타나면 나랑 쌍아가 당해낼 수 없어. 만약을 위해서 경전을 잘 숨겨놓는 게 좋을 것 같아. 내일 궁으로 들어가 시위들을 대동해서 다시 찾아다 소황제한테 전해주면, 그게 바로 '만실무일'이지!'

그는 우팔더러 필요한 물품을 사오라고 하고, 쌍아도 함께 딸려보냈다. 잠시 후 문을 굳게 닫고 창문 밖을 살폈다. 혹시 그 반 두타가 있는지 확인하기 위해서였다. 그러고는 그《사십이장경》을 기름종이에 잘 싼 다음, 비수를 꺼내 탁자 밑바닥에 깔려 있는 벽돌에 적당한 크기의 구멍을 냈다. 비수는 쇠도 손쉽게 자를 만큼 예리하니, 벽돌쯤이야 힘들이지 않고 잘라낼 수 있었다. 그는 경전을 그 구멍 속에 숨기고, 벽돌을 도로 덮었다. 그러고는 물을 떠다 파헤쳐진 석회를 짓이겨 틈새를 메웠다. 석회가 마르면 일부러 그곳을 파헤치기 전엔 절대 아무도 알지 못할 것이었다.

다음 날 아침, 우팔을 시켜 마차를 빌려오도록 했다. 우선 쌍아한테 자신을 과시하기 위해 아침밥을 아주 거창하게 사주기로 마음을 먹었다. 그러고 나서 내관 복식을 사서 갈아입고 입궐할 생각이었다.

시중에서 내관 복식을 구하기란 쉽지 않았다. 그래서 만약 살 수 없으면 시위들이 입는 복식을 구하기로 했다. 그 위에 황마괘를 갖춰입으면 얼마나 위풍당당 늠름하겠는가. 뒷짐을 지고 어슬렁어슬렁 궁으로 들어가면, 시위들은 물론이고 내관들도 아마 놀라서 눈이 휘둥그레지고 입이 딱 벌어질 것이다. 이 얼마나 재미있는 일인가.

위소보는 생각만 해도 절로 목에 힘이 들어가고 우쭐해졌다. 어전 시위 부총관은 황제가 직접 내린 벼슬이니 가짜가 아니다. 거드름을 피워도 감히 뭐랄 사람이 없을 것이었다.

'맞아, 좋은 생각이야! 꾀죄죄하게 내관 복식을 할 필요가 뭐 있어? 이 어르신은 황마괘를 입고 입궐할 거야!'

그는 쌍아와 함께 노새가 끄는 마차에 올라타 혀를 꼬부려서 북경 말씨로 마부에게 말했다.

"우선 서단西單 쪽에 있는, 그 유서 깊은 괴성관魁星館으로 갑시다. 그 집의 양꼬리튀김하고 양고기만두가 그런대로 좀 먹을 만해요."

마부가 공손하게 대답했다.

"네."

우팔은 허리를 꼿꼿하게 세워 마부 옆에 앉았다.

"우아, 경성에는 마차를 끄는 노새도 우리 고향 산서와는 영판 다르네요. 노새의 눈이 아주 크고 새까만 게, 산서에선 이런 노새를 본 적이 없어요."

위소보는 다시 북경으로 돌아오니 괜스레 기분이 좋아 마음이 한껏 들떴다.

마차는 얼마 동안 달리더니 갑자기 방향을 틀어 서직문을 빠져나갔다. 위소보가 소리쳤다.

"이봐요! 서단으로 가야지, 왜 성 밖으로 나가죠?"

마부가 얼른 말했다.

"어이구, 죄송합니다. 나리, 소인의 이 노새는 성질이 고약해서 성문 가까이만 오면 성 밖으로 나가 한 바퀴 바람을 쐬는 버릇이 있어요."

위소보와 쌍아는 절로 웃음이 나왔다. 우팔이 한마디 했다.

"아따, 경성에 오니 노새까지도 유세를 부리네요."

마차는 성문을 나와 곧장 북쪽으로 달렸다. 1리쯤 달렸는데도 돌아갈 기미가 보이지 않았다. 위소보는 뭔가 이상하다고 느껴 소리쳤다.

"이봐! 지금 무슨 꿍꿍이속이야? 어서 돌아가야지!"

마부는 연신 대답을 하며 소리를 질렀다.

"네, 돌아가야죠. 이랴! 이랴! 호이! 이랴!"

그가 계속 채찍을 휘두르자, 노새는 사력을 다해 북쪽으로 내달려 그 속도가 갈수록 빨라졌다. 마부는 결국 욕을 해댔다.

"이런 빌어먹을, 노새가 미쳤나? 되돌아가야지! 이랴! 이랴! 멈춰!

멈추라니까! 이런 육시할 노새를 봤나!"

그가 욕을 해댈수록 노새는 더욱 빨리 달렸다.

바로 이때 말발굽 소리가 요란하게 들리는가 싶더니, 샛길에서 말 두 필이 달려나와 마차 옆에 달라붙었다. 안장 위엔 건장하게 생긴 사내가 앉아 있었다.

위소보는 상황이 예사롭지 않음을 깨닫고 쌍아한테 나직이 말했다.

"손을 써!"

쌍아는 몸을 앞으로 내밀어 손가락으로 마부의 옆구리를 찔렀다. 마부는 몸이 흔들거리더니 마차에서 떨어져, 옆에서 달려오던 말의 발에 차여 비명을 질렀다.

"으악!"

그러자 말을 몰고 달리던 사내가 몸을 날려 마부석에 올라앉았다.

쌍아는 다시 지풍을 날렸다. 사내는 손을 뒤로 돌려 오히려 쌍아의 손목을 낚아채려 했다. 쌍아는 손을 뒤집으며 그의 얼굴을 노려 후려 쳤다. 그러자 사내는 왼손으로 막고 오른손으로 쌍아의 어깨를 낚아채 왔다.

두 사람이 공방전을 계속하는 동안에도 마차는 여전히 앞을 향해 달려갔다. 왼쪽에서 말을 타고 따라붙은 사내가 소리쳤다.

"왜 그래? 지금 뭐 하는 거야?"

그때 '퍽' 하는 소리가 들리며 마부석에 앉아 있던 사내가 쌍아가 전개한 장풍에 가슴을 맞고 몸이 붕 떠올랐다.

말을 모는 사내가 채찍을 날렸다. 쌍아는 그 채찍을 낚아채 마차에 묶었다. 마차가 계속 무서운 속도로 앞을 향해 달리자, 사내는 말에서 떨어지며 채찍을 놓았다. 그러고는 꽥꽥 소리를 질러댔다.

쌍아는 마차 고삐를 잡았지만 노새를 몰 줄 몰라 우팔에게 건네주며 말했다.

"마차를 멈춰요!"

우팔은 당황했다.

"나도… 몰 줄 모르는데….''

위소보가 마부석으로 뛰어올라 고삐를 잡았다. 그도 마차를 몰 줄 모르지만 마부 흉내를 내서 '이랴! 이랴!' 소리를 치며, 말을 모는 것처럼 왼손 고삐를 늦추고 오른손의 고삐를 당기자 노새는 고개를 돌렸다. 마부의 말대로 성질이 고약한 게 아니었다.

이때 말발굽 소리와 함께 다시 10여 필의 말이 달려왔다. 위소보는 크게 놀라 고삐를 당겨서 옆길로 달렸다. 말들이 뒤를 쫓아왔다. 마차는 느리고 말은 빨라서 얼마 달리지 못해 마차는 포위되고 말았다.

위소보는 말을 탄 사내들이 모두 무기를 갖고 있는 것을 보고 소리쳤다.

"벌건 대낮에 노략질을 하겠다는 거냐?"

한 사내가 웃으며 말했다.

"우린 강도가 아니라 손님을 모시러 온 겁니다. 위 공자, 우리 주인께서 술을 사겠다고 모셔오랍니다."

위소보는 멍해졌다.

"주인이 누군데요?"

그 사내가 대답했다.

"가보면 아십니다. 우리 주인이 위 공자의 친구가 아니면 왜 술을 대접하겠다고 하겠습니까?"

위소보는 이들이 아무래도 뭔가 노리고 온 것 같아 소리를 질렀다.

"이런 식으로 손님을 모시는 법이 어디 있소? 어서 길을 비키시오!"

다른 한 사내가 나서 웃으며 말했다.

"비키라면 비켜드리죠!"

그러고는 칼을 들어 다짜고짜 노새의 머리를 내리쳤다. 노새는 바로 목이 잘려 고꾸라졌다. 덩달아 마차도 기웃하며 넘어갔다.

위소보와 쌍아는 황급히 마차에서 뛰어내렸다. 쌍아는 질풍처럼 공격을 개시했다. 그러나 상대방은 모두 말을 타고 있어 왜소한 쌍아의 공격이 그들에게 미치지 못했다. 지풍을 날려도 말의 눈을 찌르거나 상대의 다리 혈도를 찍는 게 고작이었다.

삽시간에 말 울음소리가 요란하게 들리며 혼전이 벌어졌다. 몇몇 사내는 말에서 뛰어내려 칼을 휘둘렀다. 쌍아는 워낙 몸놀림이 빨라 동에 번쩍, 서에 번쩍 하면서 맹공을 퍼부어 예닐곱 명의 사내를 쓰러뜨렸다. 나머지 대여섯 명은 서로 마주 보며 어찌할 바를 몰라 했다.

이때 작은 마차 한 대가 길을 따라 질풍처럼 달려왔다. 그리고 여인의 외침 소리가 들렸다.

"다들 그만해요!"

위소보는 그 목소리를 이내 알아들을 수 있었다. 그래서 활짝 웃으며 소리쳤다.

"우아! 내 마누라가 왔다!"

쌍아와 사내들은 더 이상 싸우지 않았다. 쌍아는 의아했다. 상공에게 이미 부인이 있을 줄이야, 미처 생각지 못한 일이었다. 물론 당시에는 결혼을 일찍 해서, 열대여섯 살에 아내를 맞이하는 것이 흔한 일이었다. 그러나 위소보는 지금껏 아내가 있다는 이야기를 하지 않았다.

작은 마차는 곧 가까이 달려왔고 한 사람이 뛰어내렸는데, 바로 방이였다. 위소보는 활짝 웃으며 앞으로 걸어나가 그녀의 손을 잡으며 말했다.

"보고 싶어 죽는 줄 알았는데, 어디 있다가 이제 온 거지?"

방이는 미소를 지으며 말했다.

"그건 천천히 얘기하고… 왜 싸움이 벌어졌지?"

땅바닥에 여러 사람이 쓰러져 있고 노새의 피가 잔뜩 뿌려진 것을 보고 매우 놀란 표정이었다.

한 사내가 몸을 숙이며 말했다.

"방 낭자, 우린 위 공자에게 술을 대접하러 모셔가겠다고 했는데, 깍듯하지 못해 오해가 생긴 모양입니다. 이제 방 낭자가 직접 오셨으니 다행입니다."

방이는 의아해했다.

"이 사람들을 다 쓰러뜨린 거야? 언제 무공이 그렇게 늘었어?"

위소보는 빙긋이 웃었다.

"무공이 그렇게 빨리 늘 수가 있나? 쌍아 낭자가 날 보호하기 위해 약간 솜씨를 발휘했을 뿐이지."

방이는 쌍아를 유심히 살폈다. 나이는 열서너 살쯤 돼 보이고 아주 귀엽게 생겼는데 무공이 이렇듯 고강할 줄이야, 뜻밖이었다. 그녀는 넌지시 물었다.

"동생은 성함이 어떻게 되는지…?"

그는 장씨 귀옥에서 쌍아와 마주친 적이 없기 때문에 그녀에 대해서 전혀 알지 못했다.

쌍아는 얼른 무릎을 꿇고 절을 올렸다.

"저는 쌍아라 해요. 마님께 인사 올립니다."

위소보는 깔깔 웃었다. 방이는 얼굴이 빨개져 옆으로 비켜섰다.

"아니… 날 뭐라고 불렀죠? 난… 난… 아녜요!"

쌍아가 몸을 일으키며 말했다.

"쇤네는 상공의 시중을 들고 있는데, 상공께서 부인이라고 하니 당연히 마님이라 부른 거예요."

방이는 위소보에게 눈을 흘겼다.

"저 사람은 헛소리를 잘해요. 그의 말을 곧이곧대로 믿지 마세요. 한데 그를 모신 지 얼마나 됐나요? 그의 짓궂은 성미를 몰라요? 난 그냥 성이 방씨인 방 낭자예요."

쌍아는 쌩긋 웃었다.

"그럼 지금은 부르지 않고 나중에 부를게요."

방이는 눈을 동그랗게 떴다.

"나중에 뭐라고 부를…?"

다시 얼굴이 붉어지며 다음 말을 잇지 못했다.

쌍아는 위소보를 쳐다봤다. 그는 으스대듯 히죽히죽 웃고 있었다. 쌍아는 불현듯 생각나는 게 있어 역시 얼굴이 붉어졌다. 오대산에서 그는 반 두타한테 자기를 마누라라고 하지 않았던가! 젊은 여자만 보면 무조건 마누라라고 하는 짓궂은 사람이라는 걸 이제야 알았다.

위소보가 웃으며 방이에게 물었다.

"내 작은마누라는 어디 있지?"

이번엔 쌍아도 대수롭지 않게 생각했다.

방이는 다시 그에게 눈을 흘기며 말했다.

"오랜만에 만났는데 또 그런 쓸데없는 말만 하고… 정말 몹쓸 사람이네!"

그러고는 사내들에게 주위를 정리해 떠나자고 했다. 사내들은 혈도가 찍혀 움직이지 못했는데 쌍아가 일일이 혈도를 다 풀어주었다.

위소보가 다시 웃으며 말했다.

"나한테 술을 사주겠다고 한 사람이 누군지 진작 알았다면, 날개를 달고라도 날아갔을 텐데!"

방이는 또 그를 흘겨봤다.

"벌써 날 잊었으니 누군지 생각을 못했겠지!"

그녀의 토라진 듯한 모습에 위소보는 기분이 좋았다.

"내 어찌 단 한시라도 그대를 잊을 수가 있겠어? 날 부르는 사람이 누군지 알았다면, 술이 아니라 말 오줌이나 독약을 준다고 해도 단숨에 달려갔을 거야."

방이는 샛별같이 빛나는 눈동자로 그를 쳐다보며 말했다.

"그런 입에 발린 소리는 하지도 마. 정말 내가 하늘 끝 외딴섬으로 독약을 마시러 가자면 따라나설 거야?"

그녀의 표정은 웃는 듯 아닌 듯 야릇했다. 위소보는 아침 햇살에 비친 그녀의 요염한 모습에 자신도 모르게 넋을 잃었다.

"하늘 끝 외딴섬이 아니라 불바다 생지옥섬까지도 따라갈 거야."

방이는 힘주어 말했다.

"좋아! 그럼 약속한 거야. 남아일언중천금! 한번 내뱉은 말은 어떤 말도 따라잡을 수 없어!"

위소보는 가슴을 치며 자신 있게 말했다.

"남아일언중천금! 한번 한 말은 어떤 말도 따라잡지 못한다!"

두 사람은 동시에 깔깔 웃었다.

방이는 사람을 시켜 말 한 필을 끌고 와 위소보에게 내주었다. 쌍아는 자기가 타고 온 작은 마차를 타게 했다. 그리고 자신은 말에 올라 위소보와 나란히 길에 올랐다. 두 사람은 아침 햇살을 받으며 천천히 말을 몰았고, 사내들이 그 뒤를 따랐다.

방이가 가면서 물었다.

"정말 재주도 좋네. 무슨 수작을 부려서 저렇게 귀엽고 예쁘고 무공이 뛰어난 하녀를 얻었어?"

위소보가 웃으며 말했다.

"수작은 무슨 수작이야? 그녀가 스스로 원해서 날 따라온 거야."

그러고는 목검병과 서천천 등의 소식을 물었다.

"그 귀옥에서 신룡교 패거리에게 잡혀갔다던데, 나중에 어떻게 위험에서 벗어났어? 혹시 장씨 문중의 셋째 마님이 구해준 거야?"

방이는 오히려 반문했다.

"장씨 문중 셋째 마님이 누군데?"

위소보가 말했다.

"바로 그 귀옥의 주인이지."

방이는 고개를 내둘렀다.

"귀옥의 주인이라고? 우린 보지 못했어. 신룡교가 찾고자 하는 사람은 너야. 그리고 그들은 별로 악의가 없는 것 같아. 그 장삼 노인은 너를 찾지 못하자 우리를 놓아줬어. 소군주와 그들은 바로 앞쪽에 있으니 아마 곧 만나게 될 거야."

그러면서 고개를 돌리는 것이, 약간 뾰로통해진 것 같았다.

"마음속에 오로지 소군주만 있나 보지? 만나자마자 그사이에 벌써 예닐곱 번은 물은 것 같아!"

위소보는 웃으며 말했다.

"내가 언제 예닐곱 번이나 물었어? 정말 억울해! 만약 내가 소군주를 만나고 방 낭자를 만나지 못했다면 아마 70~80번은 더 물어봤을 거야!"

방이는 미소를 지었다.

"못 말린다니까! 설령 입이 열 개라 해도 그사이에 어떻게 70~80번이나 물어봐? 아무튼 그 입 하나가 남의 입 열 개보다 더 무서워!"

두 사람은 이 얘기 저 얘기 나누며 어느새 10여 리를 나아가, 북경성을 끼고 돌아 곧장 동쪽으로 향했다. 위소보가 물었다.

"아직 멀었어?"

방이는 약간 토라진 듯했다.

"그래, 아직 멀었어! 그렇게도 소군주가 보고 싶어? 왜 자꾸 보채? 진작 이럴 줄 알았다면 내가 오지 말고 소군주를 보낼 걸 그랬어! 보고 싶어서 애가 타는 모양이지?"

위소보는 혀를 날름 내밀었다.

"왜 그렇게 화를 내? 알았어, 다신 묻지 않을게."

방이는 여전히 토라져 있었다.

"말은 그렇게 하지만 속으론 애가 타겠지. 난 그게 더 화가 나!"

노골적으로 질투를 하는 것 같아서 그는 은근히 기분이 좋았다.

"내가 만약 속으로 애가 탄다면 누나의 낭군이 아니라 아들이야!"

방이는 피식 웃으며 말했다.

"그래, 착한 내 아…."

얼굴이 빨개지며 '아들'이란 말은 내뱉지 못했다.

정오가 되자 일행은 어느 고을로 들어서 잠시 쉬었다가 다시 동쪽으로 말을 몰았다. 위소보는 정말 약속한 대로 더 이상 어디로 가느냐고 묻지 않았다. 북경에서 차츰 더 멀어지는 것 같았다. 아무래도 오늘은 강희를 만나지 못하겠다고 생각했다.

'그래, 소현자는 나더러 언제까지 돌아와야 된다고는 말하지 않았어. 오대산에서 좀 더 머물 수도 있는 일이지. 만약 반 두타가 날 잡고 놓아주지 않았다면 결국 입궐 날짜가 더 늦어졌을 거야.'

가는 도중에 방이는 별 상관없는 시시콜콜한 얘기를 많이 늘어놓았다. 두 사람은 황궁에서 비록 한동안 한방에서 지냈지만, 목검병도 함께 있어서 방이는 언행을 매우 조심했다. 그런데 지금 말을 타고 나란히 가면서 웃고 떠드는 모습은 지난날 조신하던 모습과는 영판 달랐다. 나머지 사람들도 눈치를 챘는지 멀찌감치 뒤떨어져 따라왔다.

위소보는 이제 여자에 눈뜰 나이가 됐다. 황궁에 있을 때 방이를 '마누라'라고 한 것은 6할은 몸에 밴 장난기였고, 3할은 상대를 약올려주려는 짓궂음이었으며, 남녀지간의 야릇한 감정은 1할밖에 되지 않았다. 그런데 오랜만에 다시 만난 방이는 뾰로통해졌다가 질투심도 보이고 웃음과 말투도 나긋나긋한 게, 마치 다른 사람 같아서 위소보의 마음을 절로 설레게 만들었다. 반나절 동안 말을 타고 오느라 양 볼이 발그스름하고 송골송골 땀방울이 맺힌 모습이 참으로 아름답고 매혹적이었다. 위소보는 멍하니 그녀의 모습을 쳐다보며 그만 넋을 잃었다.

방이가 미소를 지으며 물었다.

"뭘 그렇게 넋을 잃고 봐?"

위소보는 떠듬거렸다.

"저… 누나, 정말 아름답다. 내 생각에… 내 생각에….'

그가 말을 잇지 못하자 방이가 다시 물었다.

"뭘 생각하는데?"

위소보는 일단 다짐을 받았다.

"내가 뭐라고 말해도 화내면 안 돼!"

방이가 말했다.

"진지한 말을 하면 화를 안 내겠지만 또 엉뚱한 말을 한다면 화를 낼 거야. 무슨 생각을 했는데?"

위소보는 사뭇 진지하게 말했다.

"누나가 만약 내 색시가 되면 얼마나 좋을까, 하는 생각을 했어."

방이는 그를 흘겨보더니 고개를 획 돌려버렸다.

위소보가 다급하게 물었다.

"누나, 화난 거야?"

방이가 대답했다.

"그래, 화났어! 열번 백번 화났어!"

위소보가 말했다.

"난 진지하게 말한 거라고. 정말… 진심이야!"

방이가 다시 말했다.

"내가 궁에서 이미 말했잖아. 평생을 함께하며 모시겠다고 약속까지 했는데, 그 말을 못 믿는 거야? 그런 말을 하는 걸 보니, 자기가 마음을 바꾸고 싶은 모양이지?"

위소보는 너무 좋아서 가슴이 터질 것 같았다. 둘 다 말을 타고 있지 않았다면 바로 그녀를 끌어안고, 요염하고 애교가 자르르 흐르는 그 얼굴에 뽀뽀를 해주고 싶었다. 하지만 지금은 그럴 수 없어 그냥 손만 잡았다.

"내가 왜 마음을 바꾸겠어? 천년, 아니 만년이 지나도 절대 변하지 않아!"

방이가 눈을 흘기며 말했다.

"방금 한 말은 진심이 아니야. 사람이 어떻게 천년 만년을 살아? 거북이라면 몰라도…."

거북이는 물론 오래 살지만, 목을 안으로 움츠리고 있어 얼굴(체면)을 중시하는 중국 사회에선 욕으로 받아들여지기도 했다. 방이는 자기가 말하고 나서 '풋' 하고 웃었다. 고개를 돌려보니 위소보는 여전히 자기의 손을 잡고 있었다.

위소보는 그녀의 부드러운 손에서 가슴으로 전해지는 온기를 느끼며, 너무 좋아서 돌아버릴 지경이었다. 그는 웃으며 말했다.

"누나가 나한테 이렇게 잘해주니… 난 영원히 거북이가 되지 않을 거야."

당시 아내가 다른 남자랑 바람을 피우면, 그 남편을 '거북이'라고 부르기도 했다. 방이도 그런 말뜻을 알고 있었다. 그녀는 일부러 토라진 표정을 지었다.

"말을 못하면 밉지나 않지! 아무튼 개 입에서 상아象牙가 날 리 없다니까!"

위소보는 다시 웃으며 말했다.

"옛말에 닭한테 시집가면 닭을 따르고, 개한테 시집가면 개를 따른다고 했어. 이 서방님 입에서 상아가 나길 바란다면, 아마 해가 서쪽에서 떠야 할걸!"

방이는 안장에 엎어져 까르르 웃으며 왼손으로 그의 손을 꽉 쥐었다. 두 사람은 이 얘기 저 얘기 나누면서 웃음이 그치지 않았다.

해 질 무렵, 제법 큰 고을에 다다라 객잔에 투숙했다.

다음 날 위소보는 마차를 빌려 방이와 함께 탔다. 두 사람은 정겹게 얘기를 나누면서, 감정이 무르익으면 위소보는 자연스럽게 그녀의 허리를 껴안고 볼에다 뽀뽀도 했다. 방이는 그를 뿌리치지 않았다. 물론 그 이상의 행동은 절대 허락하지 않았다. 위소보는 남녀지간의 미묘한 감정을 아직은 알 듯 모를 듯했으니, 이 정도만으로도 기분이 너무 좋고 행복감에 젖었다.

그는 마차가 쉬지 않고 계속 달려주기를 바랐다. 어여쁜 여인과 나란히 앉아 하늘 끝 바다 저편까지 가고 싶었다. 해가 지면 투숙하고, 날이 새면 다시 길을 가고, 하늘 끝에 다다르면 되돌아오고… 지금 가고 있는 이 길이 영원히 끝나지 않으면 얼마나 좋을까, 하고 단꿈에 젖기도 했다. 행여 방이가 이제 다 왔다고 말할까 봐, 그것만이 걱정될 뿐이었다.

이렇듯 달콤한 행복에 빠져 있으니 황제의 칙명이고 그 무슨 《사십이장경》이고 오대산의 노황야까지도 깡그리 다 잊어버렸다. 그저 세월아 네월아, 날짜 가는 줄도 모르고 달려온 길이 얼마나 먼지도 알 바가 아니었다.

이날 저녁 무렵, 마차는 어느 바닷가에 다다랐다. 방이는 위소보의 손을 잡고 해변을 거닐며 속삭이듯 말했다.

"동생과 함께 배를 타고 바다로 나가 사해를 두루 다니면서 신선처럼 살면 얼마나 좋을까?"

그러면서 머리를 그의 어깨에 기댔다. 그녀의 몸은 나긋나긋하니 힘이 하나도 없었다.

위소보는 행여 그녀가 넘어질까 봐 얼른 허리를 감싸안았다. 부드러운 머릿결이 얼굴을 스치며 은은한 체향이 바닷바람에 실려 코를 간질였다. 나긋한 허리는 걸을 때마다 미풍에 물결인 양 일렁였다.

위소보는 배를 타고 바다로 나가는 것을 생각해본 적이 없었다. 방이의 제의가 좀 황당하고 썩 내키진 않았으나, 지금 같은 분위기에서 차마 싫다는 말을 할 수가 없었다.

그런데 마치 이미 모든 것을 준비해놓은 것처럼, 해변에 커다란 배 한 척이 정박해 있었다. 방이의 부하들이 사공으로 보이는 사람들에게 푸른 수건을 흔들어 보이자, 바로 작은 배를 보내왔다. 위소보와 방이를 먼저 큰 배에 실어다주고, 나머지 사람들도 뒤이어 배에 올랐다.

그런데 우팔은 멀미가 심하다면서 배를 타지 않으려 했다. 위소보는 강요하지 않고 그에게 은자 100냥을 내주었다. 우팔은 거듭 고맙다는 인사를 하고 산서로 돌아갔다.

위소보가 선실로 들어가보니, 아주 호화롭게 잘 꾸며져 있었다. 바닥에는 두꺼운 융단이 깔려 있고 탁자엔 다과가 잔뜩 차려져 있어, 마치 어느 왕공대신 집의 객청을 연상케 했다.

위소보는 내심 생각했다.

'이렇게 잘해주는데, 방이가 설마 날 해칠 리는 없겠지.'

시종이 두 사람에게 따뜻한 수건을 가져와 얼굴과 손을 닦게 하더니 곧 국수 두 그릇을 대접했다. 닭살을 얇게 찢어 고명으로 얹은 국수는 제법 맛있었다. 선체가 흔들리는 것으로 미루어 돛을 올리고 바다로 나가는 것 같았다.

배를 타고 바다를 누비는 건 또 다른 재미가 있었다. 방이는 그와 술과 차를 나누면서 웃고 떠들며 전혀 격을 두지 않았다. 밤이 깊자 그가 침상에 눕는 것까지 보살펴주고 나서야 옆에 붙은 선실로 건너갔다. 그리고 다음 날 일찍 옷을 입고 머리 빗는 일까지 다 챙겨주었다.

위소보는 속으로 생각을 굴렸다.

'아직도 내가 내시라 생각하고 있으니, 부부가 되겠다고 한 약속도 진심이 아닐 거야. 언제 사실을 다 털어놓지?'

배에서 그렇게 며칠을 보냈다. 이날 두 사람은 창가에 나란히 기대서서 일출을 감상했다. 눈부신 아침 햇살이 수면에 비치자, 파도와 함께 무수한 금광이 춤을 추듯 일렁였다. 너무나 아름다운 광경이었다. 방이는 나직이 한숨을 내쉬며 말했다.

"지난날 오랑캐 황제를 죽이러 갔다가, 영락없이 궁에서 목숨을 잃는 줄 알았어. 다행히 하늘의 보살핌이 있어 동생을 만나 오늘처럼 이런 행복도 누리는 거야. 한데 난 동생의 신상에 대해 아는 것이 아무것도 없어. 어떻게 궁에 들어가게 됐고, 무공은 또 어떻게 배운 거지?"

위소보는 웃으며 말했다.

"그러지 않아도 얘기해주려고 했어. 내 말을 들으면 아마 깜짝 놀라고, 또 한편으론 좋아서 까무러칠걸!"

방이는 몸을 그에게 더욱 바싹 붙였다. 그리고 속삭이듯 말했다.

"그래, 내가 들어서 좋아할 얘기라면 더 바랄 게 없겠지만, 설령 그렇지 않더라도 사실대로만 말해주면 난… 난… 아무렇지 않아."

위소보는 솔직히 말했다.

"누나, 사실 난 고향이 양주고, 엄마는 기루에 있어."

방이는 깜짝 놀라서 고개를 돌려 그에게 떨리는 음성으로 물었다.

"엄마가 기루에서 일한다고? 거기서 빨래하고 밥하고… 또… 청소하고 차를 끓이는 일을 하나?"

위소보는 그녀의 안색이 크게 변하고 눈에 두려워하는 기색이 역력하자 이내 가슴이 철렁 내려앉았다. 그녀는 '기루'를 아주 멸시하고 있는 게 분명했다. 만약 솔직하게 엄마가 기루의 기녀라고 말하면, 앞으론 다시 자기를 다정하게 대하지 않고 멸시할 것 같았다. 그래서 웃으며 둘러댔다.

"엄마가 기루에 들어갔을 때는 겨우 예닐곱 살이었어. 한데 어떻게 빨래를 하고 밥을 지을 수 있겠어?"

방이의 안색이 좀 풀어졌다.

"겨우 예닐곱 살이었다고?"

위소보는 닥치는 대로 말했다.

"오랑캐가 중원으로 들어와 양주에서 많은 사람들을 죽이고 불을 지른 건 알고 있지?"

그는 시간을 끌면서 엄마를 좀 띄워줄 궁리를 했다.

방이는 고개를 끄덕였다.

"그래, 알고 있어."

위소보가 말했다.

"나의 외할아버님은 명나라의 관리였고, 양주에서 벼슬을 했어. 오랑캐가 쳐들어와 양주가 함락되자 외할아버님은 그들과 맞서싸우다가 순국했어. 엄마는 당시 나이가 어렸는데 혼자 거리를 헤매다가 양주 기루의 어느 갑부가 불쌍하게 여겨 하녀로 데려갔지. 한데 가문의 내력을 알고는 외할아버님에 대한 존경심에 양녀로 거둔 거야. 나중에 엄마는 아버지를 만나 결혼을 했고… 아버지는 양주의 갑붓집 아들이야."

방이는 반신반의했다.

"그랬구나. 처음엔 깜짝 놀랐어. 엄마가 어쩌다 기루로 들어가 하녀가 돼서 그런 파렴치하고 고약한… 나쁜 여자들의 시중을 들어주는 줄 알고 말이야."

위소보는 기루에서 자랐다. 그는 단 한 번도 어머니를 '파렴치하고 고약한 나쁜 여자'로 생각한 적이 없었다. 지금 방이의 말을 듣자 속으로 화가 치밀었다.

'그럼 너희 목왕부 여자들은 뭐가 대수롭다는 거냐? 빌어먹을, 내가 보기엔 더 파렴치하고 고약한 것 같은데!'

그는 원래 자신의 출신 내력을 솔직하게 말해주려 했는데 이젠 그럴 수가 없었다. 내친김에 좀 더 장황하게 거짓말을 늘어놓았다. 양주에 있는 자기 집이 엄청 크고 마당이며 대청, 방마다 얼마나 잘 꾸며놨는지 허풍을 떨었다. 물론 그건 다 여춘원에서 본 그대로였다.

방이는 그런 말은 별로 귀담아듣는 것 같지 않았다. 시큰둥하게 듣고 있다가 자기가 궁금한 것만 물었다.

"아까 내가 들으면 좋아서 까무러칠 거라고 한 건 무슨 말인데?"

위소보는 그녀의 물음에 찬물을 뒤집어쓴 듯 온몸이 써늘해졌다. 그녀가 자신의 허풍에 대해서는 전혀 흥미를 느끼지 않는 것 같아 김이 샜다. 그래서 내시가 아니라는 사실을 말해주고 싶지 않았다. 그냥 아무렇게나 둘러댔다.

"내가 한 말이 별로 좋지 않은가 보지?"

방이는 담담하게 말했다.

"아니야, 좋아."

그냥 마지못해 하는 말 같았다.

두 사람은 잠시 말없이 침묵을 지켰다. 이때 동북쪽에 아련하게 섬이 보였다. 배는 곧장 그쪽을 향해 미끄러져갔다.

방이는 약간 의아해하는 것 같았다.

"잇? 저기가 어디지?"

한 시진도 채 안 돼 배는 섬 가까이 다가갔다. 해안에는 하얀 모래사장이 끝없이 펼쳐져 있고 수목이 우거졌다.

방이가 말했다.

"며칠 동안 배만 탔더니 머리도 어지럽고 지루했는데… 뭍에 올라한번 둘러볼까?"

위소보도 좋아했다.

"그래, 좋아! 섬이 꽤 큰 것 같은데 뭐가 있는지 궁금하네."

방이는 사공을 불러 이 섬의 이름이 무엇이며, 어떤 특산물이 있는지 물었다. 사공이 대답했다.

"이 섬은 동해에서 유명한 신선도神仙島입니다. 소문에 의하면 섬에는 먹으면 불로장생할 수 있는 신선과神仙果가 있다고 해요. 복 있는 사람들만 그것을 얻을 수 있대요. 낭자와 공자께서도 한번 운을 시험해 보시죠."

방이는 고개를 끄덕였다. 그리고 사공이 나가자 나직이 말했다.

"불로장생은 바라지 않아. 지금 우리가 보내고 있는 나날이 신선보다 더 즐겁잖아?"

위소보는 기분이 무척 좋았다.

"둘이 이 섬에서 영원히 살 수만 있다면 신선이고 나발이고 다 필요 없어. 누나가 영원히 내 곁에 있어준다면 난 바로 신선이나 다름없어."

방이는 그에게 바싹 붙으며 부드럽게 말했다.

"나도 그래."

두 사람은 작은 배로 갈아타 육지에 올랐다. 바람에 실려오는 숲 향기를 맡으며 모래사장을 걸으니 마치 어느 선경仙境에 와 있는 것 같았다. 방이가 말했다.

"이 섬에 사람이 사는지 모르겠어."

위소보가 웃으며 말했다.

"사람은 없지만 아름다운 선녀가 머슴을 데리고 섬에 나타났어."

방이가 생긋이 웃으며 그의 말을 받았다.

"동생이 내 머슴이라면 난 동생의 하녀야."

위소보는 하녀라는 말을 듣자 문득 쌍아가 생각났다. 고개를 돌려 보니 그녀는 따라오지 않았다. 요 며칠 동안 그녀를 소홀히 대한 게 미안했다. 그러나 만약 뒤따라왔다면 방이와 다정한 시간을 보낼 수 없으니 한편으론 다행이라 생각했다.

두 사람이 손을 잡고 숲속으로 들어가자, 꽃향기가 진하게 풍겨왔다. 위소보가 말했다.

"무슨 꽃인데 향기가 이렇게 진하지? 혹시 신선화가 아닐까?"

앞으로 몇 걸음 더 나가자 수풀 사이에서 쓱쓱 하는 소리가 들리더니 노랑 바탕에 검은 무늬가 있는 독사 대여섯 마리가 기어나왔다. 위소보가 놀라 소리쳤다.

"어이구!"

그는 방이의 손을 잡고 몸을 돌려 숲 밖으로 뛰쳐나가려 했다. 그런데 또 예닐곱 마리의 독사가 혀를 날름거리며 앞을 가로막았다. 전부 다 누렇고 거무스름한 몸체의 독사였다. 대가리가 삼각형인 것으로 보아 맹독을 지닌 독사가 분명했다.

방이가 위소보의 앞을 가로막고 칼을 휘두르며 소리쳤다.

"내가 독사를 막을 테니 어서 도망가!"

위소보가 의리를 저버리고 혼자 도망갈 리 만무했다. 그도 비수를 뽑아들었다.

"어서 이쪽으로 와!"

방이의 손을 잡고 비스듬히 몸을 피하는데 두 걸음을 내딛자마자 목에 써늘한 느낌이 전해져왔다. 독사 한 마리가 나뭇가지에서 떨어져 목을 휘감은 것이다. 그는 혼비백산해 소리를 질렀다.

"으악!"

방이는 손으로 독사를 낚아챘다. 그것을 본 위소보가 다시 소리를 질렀다.

"안 돼!"

뱀은 잽싸게 머리를 돌려 방이의 손등을 물었다. 위소보는 얼른 비수를 휘둘러 뱀을 두 동강 냈다. 이때 다른 독사들이 이미 두 사람의 다리를 휘감았다. 위소보는 연신 비수를 휘둘렀으나 다리가 따끔하며 뱀에게 물리고 말았다.

방이는 단도를 버리고 그를 끌어안으며 울음을 터뜨렸다.

"우리 부부는 오늘 여기서 죽나 봐!"

위소보의 비수는 아주 예리해 한 번 휘두를 때마다 독사 한 마리가 잘려나갔다. 그러나 숲속에 독사가 너무 많았다. 간신히 숲을 벗어났을 때 이미 대여섯 군데를 물렸다. 위소보는 머리가 어지럽고 정신이 흐릿해져갔다. 바다를 바라보니 자기들이 타고 온 작은 배는 큰 배가 정박해 있는 곳으로 미끄러져가고 있었다. 거리가 이미 멀어, 방이가 소리를 질렀지만 사공이 들을 리 만무했다.

방이는 위소보의 바짓가랑이를 걷더니 몸을 숙이고 독사한테 물린 부위를 입으로 빨았다. 위소보는 놀라 소리쳤다.

"안… 안 돼!"

이때 갑자기 뒤쪽에서 걸음 소리가 들리더니 한 사람이 말했다.

"여기서 뭐 하는 거요? 죽으려고 환장했나?"

위소보가 고개를 돌려보니 중년 남자 셋이 어느새 나타나 있었다. 그래서 얼른 소리쳤다.

"아저씨! 살려주세요. 우린 뱀한테 물렸어요!"

한 사내가 품속에서 작은 덩어리로 된 약을 꺼내 입에 넣고 씹더니 위소보의 다리에 발라주었다. 위소보는 방이를 가리키며 말했다.

"우선… 저쪽부터 치료해줘요."

그는 다리가 시커멓게 변하며 온몸이 빳빳하게 굳어갔다.

방이는 약을 받아 스스로 상처 부위에 발랐다.

위소보는 간신히 입을 열었다.

"누나…."

말을 제대로 잇지 못하고 눈앞이 캄캄해지며 쿵 하고 뒤로 나자빠지고 말았다.

위소보가 깨어났을 때는 입이 바싹바싹 마르고 가슴이 빠개지는 것 같이 아파 절로 신음이 나왔다. 한 사람의 음성이 귓전에 들려왔다.

"됐어! 이제 깨어났어!"

위소보는 천천히 눈을 떴다. 한 사람이 약사발을 들고 그에게 약을 먹이고 있었다. 무슨 약인지는 몰라도 냄새가 비릿하고 아주 고약했다. 그래도 선택의 여지가 없으니 주저하지 않고 마셨다. 그 쓴 약을 다 먹고 나서 말했다.

"구해줘서 고마워요. 한데… 나와 함께 있던 누나는 무사한가요?"

사내가 대답했다.

"살아나서 다행이오. 조금만 늦었더라도 둘 다 죽었을 거요. 어떻게 겁도 없이 이 신선도로 들어왔지?"

위소보는 방이가 무사하다는 말을 듣자 마음이 놓였다. 그는 연신

267

고맙다는 말을 하고 나서야 자신이 발가벗은 채로 이불 속에 누워 있다는 사실을 깨달았다. 두 다리는 마비돼 아무 감각이 없었다.

그에게 약을 먹여준 사내는 얼굴에 흉터가 많고 아주 못생겼다. 그러나 위소보에겐 목숨을 구해준 은인이라 보살처럼 보였다.

위소보는 숨을 들이켜고 나서 말했다.

"사공들이 이 섬에 먹으면 불로장생할 수 있는 신선과가 있다고 했어요."

사내는 흐흐, 비꼬듯 웃었다.

"정말 신선과가 있다면 자기들은 왜 캐러 오지 않았지?"

위소보는 그제야 뭔가 깨달아지는 바가 있었다.

"어이구, 그들한테 속은 거군요. 나쁜 사람들이네요. 한데 배에 저의 일행인 어린 낭자가 타고 있는데 혹시… 그들에게 당한 게 아닐까요? 아저씨, 그녀를 좀 구해주세요."

사내가 말했다.

"그 배는 벌써 사흘 전에 떠나고 없는데, 우리가 어디 가서 찾는단 말이오?"

위소보는 그 말이 이해가 가지 않았다.

"사흘 전이라뇨?"

사내가 다시 말했다.

"혼수상태에 빠져 사흘 만에 깨어났으니 아무것도 모르는 게 당연하지."

쌍아는 비록 무공이 고강하지만 망망대해에서 혼잣몸이니 그 많은 나쁜 놈들에게 무슨 짓을 당할지 몹시 걱정스러웠다.

사내는 그의 마음을 알아차리고 위로해주었다.

"지금은 걱정을 해도 소용없으니 그냥 편히 쉬어요. 이 섬의 독사는 독성이 워낙 강해 최소한 7일 동안 약을 복용해야만 해독이 될 거요."

그는 위소보의 이름을 묻고 나서 자신은 성이 반潘가라고 했다.

위소보가 깨어난 후 다시 사흘이 지났다. 그제야 침상에서 일어나 담벽을 짚고 천천히 걸을 수 있었다. 그 못생긴 반씨는 위소보를 방이한테 데려가주었다. 방이는 다른 아낙이 보살펴주고 있었다. 헬쑥해진 게 힘이 하나도 없어 보였다. 두 사람은 다시 만나게 되자 희비가 교차돼 서로 끌어안고 울음을 터뜨렸다. 이후로 둘은 한방에서 함께 지냈다. 그들은 독사 얘기를 할 때마다 절로 모골이 송연해졌다.

엿새째 되는 날 반씨가 말했다.

"우리 섬의 의원이신 육陸 선생께서 배를 타고 멀리 나갔다가 오늘에야 돌아오셨어요. 아마 곧 위 형제를 보러 올 겁니다."

위소보는 고맙다는 인사를 했다.

얼마 후에 한 사람이 나타났다. 나이는 마흔 줄이고, 선비 차림에 아주 다정하고 의젓하게 생겼다. 그는 위소보에게 독사한테 물린 경위를 물어보고 나서 말했다.

"섬에 사는 주민들은 다 웅황사약雄黃蛇藥을 지니고 있어, 설령 독사를 몸에 올려놔도 물지 않고 바로 달아난다네."

위소보는 고개를 끄덕였다.

"그렇군요. 어쩐지 반 대형은 물론 다른 사람들도 독사를 겁내지 않더라고요."

육 선생은 그의 상처 부위를 살펴보고 나서 알약을 여섯 알 주었다.

"세 알은 자네가 갖고, 세 알은 일행에게 주게. 하루에 한 알씩만 먹으면 되네."

위소보는 거듭 고맙다는 인사를 했다. 그리고 200냥짜리 은표를 꺼내주었다.

"이건 작은 성의니 받아주시면 감사하겠습니다."

육 선생은 은표를 보자 깜짝 놀랐다. 그리고 웃으며 말했다.

"이렇게 많이 줄 필요 없네. 주려면 그냥 두 냥이면 충분하네."

위소보가 고집하자 육 선생은 마지못해 받았다.

"성의를 무시할 순 없으니 고맙게 받겠네. 여기에만 있으면 답답할 테니 오늘 밤에는 일행과 함께 우리집으로 와서 한잔 나누세."

위소보는 좋아하며 그의 초청에 응했다.

저녁 무렵이 되자 육 선생이 위소보와 방이를 모셔가기 위해 가마 두 대를 보내왔다. 그것은 가마라기보다는 대나무를 엮어서 만든 의자에 가까웠다. 긴 대나무를 연결해 앞뒤에서 사람이 들게끔 되어 있었다. 외딴섬이라 모든 것이 부족하니, 진짜 가마가 있을 리 없었다.

두 사람은 대나무가마를 타고 개울을 따라갔다. 개울물이 졸졸 흐르고 초목이 싱그러워 기분이 상쾌했다. 그러나 숲이 좀 우거지고 큰 나무들이 나타나면 몸이 움츠러들었다. 행여 독사가 또 나타날까 봐 겁이 났다.

가마가 7~8리쯤 갔을까, 세 칸으로 된 어느 죽옥竹屋 앞에서 멈췄다. 집은 주로 대나무를 이용해 지어졌다. 지붕과 울타리도 팔뚝만 한 굵기의 대나무를 엮어 만들었다. 운치도 있거니와 아주 튼튼해 보였다. 대나무가 많은 강남 하북河北 지방에 가도 이런 가옥은 찾아보기

힘들 것이었다.

육 선생이 직접 마중 나와 두 사람을 안으로 안내했다. 대청으로 들어서자 서른 살 안팎의 여인이 손님을 맞이했다. 육 선생의 부인이었다. 부인은 방이의 손을 잡고 매우 다정하게 대해주었다.

육 선생은 우선 위소보를 서재로 데려갔다. 역시 대나무를 엮어 만든 서가에 많은 책이 꽂혀 있고, 벽에도 서화가 많이 걸려 있었다. 육 선생은 역시 풍기는 인상처럼 풍아風雅한 선비였다.

육 선생이 입을 열었다.

"워낙 외진 곳이라 모든 게 다 누추하네. 위 공자는 중원 승지勝地에서 왔으니 화족華族 자제로서 견식이 넓고 박학다식해 정품精品에 대한 감상鑑賞 또한 남다르겠지. 여기 걸려 있는 자화를 보고, 전문가의 법안法眼으로 어떤 느낌이 드는가?"

문자를 섞어가며 고상하게 말하는 바람에 위소보는 무슨 뜻인지 잘 알아듣지 못했다. 그냥 그가 말을 하면서 서화를 손으로 가리키자 대충 감을 잡을 뿐이었다. 위소보는 서화 중에 산수화 한 폭이 눈에 들어왔다. 백학 한 마리와 거북이 한 마리가 그려져 있었다. 그래서 웃으며 말했다.

"이 거북이는 아주 재미있게 그렸네요."

육 선생은 잠시 멍해하더니 다른 족자를 가리켰다.

"위 공자, 이건 석각문자石刻文字의 탁본拓本인데 글이 어떻다고 생각하나?"

위소보는 글자들이 꼬불꼬불하니 무슨 부호를 그린 것 같아 고개를 끄덕이며 말했다.

"좋아요, 아주 좋아요!"

육 선생은 또 다른 족자를 가리켰다.

"이 탁본은 진秦나라 때 낭야대瑯琊臺의 석각문자인데, 위 공자의 생각은 어떤가?"

위소보는 계속 좋다고 하면 재미가 없을 것 같아 이번에는 고개를 내둘렀다.

"이 글은 좀 별론데요."

육 선생은 감탄하는 표정으로 말했다.

"그럼 구체적으로 지적을 좀 해주면 좋겠는데… 이 족자의 글 중에서 좋지 않은 졸필拙筆이 어느 부분인가?"

위소보는 바로 대꾸했다.

"졸필은 많고 호필好筆은 아주 적네요."

그는 '졸필'이 있으면 '호필'도 있을 거라고 생각했다.

육 선생은 '호필'이란 두 글자를 듣자 약간 멍해졌다. 그러나 이내 고개를 끄덕였다.

"역시 대단하군, 대단해."

이번에는 서쪽 벽에 걸려 있는 초서를 가리켰다.

"위 공자가 보기에 이 초서는 어떤가?"

위소보는 고개를 갸웃거리며 한번 훑어보더니 고개를 흔들었다.

"이 몇몇 글자는 먹물이 다 말랐는데도 다시 갈아서 쓰지 않고 가느다랗게 쭉 긁어내려온 게, 성의가 없어요."

육 선생은 이 말을 듣자 안색이 크게 변했다. 초서는 일필휘지해야 하므로, 붓에 먹물을 묻혀 써내려가다 보면 먹물이 많이 묻는 부분과 적게 묻는 부분이 있어, 농담濃淡이 서로 조화를 이루어야 한다. 또한 굵고 가는 선이 어우러져 음양이 서로 부합되고, 마치 하늘을 수놓은 노을의 구름인 양 멋들어진 조화를 연상케 하는 것이 그 묘미라 할 수 있다. 그리고 가는 획의 연결은 서예에 있어 '유사遊絲'라 하여, 빈주賓主의 배합과 사각斜角의 변환變幻을 따진다. 그것을 알 턱이 없는 위소보는 무식이 탄로나고 말았다.

육 선생은 또 다른 족자를 가리켰다.

"이 족자는 갑골고문甲骨古文인데, 난 학식이 미천해 한 자도 알아보지 못하니, 위 공자가 가르침을 줬으면 좋겠네."

그가 가리키는 족자를 보니, 글자 하나하나가 마치 올챙이가 기어가는 것 같았다. 그의 뇌리에 오대산 보제사 석비에서 보았던 글이 떠올랐다. 그래서 거침없이 말했다.

"이 글은 제가 잘 압니다. 바로 '신룡교 홍 교주는 천년만년 복록영락 신통광대 영원불멸'입니다."

육 선생의 얼굴이 활짝 폈다.

"천지신령께 감사합니다. 진짜 이 글을 알아보는군."

그는 얼마나 기쁜지 음성마저 떨렸다.

위소보는 그것을 보고 내심 이상하게 생각했다.

'내가 이 몇몇 글자를 안다고 하자 왜 이렇게 기뻐하지? 그럼 이이도 역시 신룡교 사람이란 말인가? 어이쿠, 큰일났네! 뱀… 뱀… 사도蛇島… 그럼 여기가 바로 신룡도란 말인가?'

그는 자신도 모르게 소리쳤다.

"반 두타는 어딨죠?"

육 선생은 깜짝 놀라 뒤로 몇 걸음 물러나더니 떨리는 음성으로 반문했다.

"아니… 그럼… 다 알고 있었단 말인가?"

위소보는 고개를 끄덕였다. 하지만 그는 사실 아무것도 아는 것이 없었다.

육 선생의 안색이 심각하게 변했다.

"모든 것을 다 알고 있었다면… 잘됐네."

그는 책상으로 다가가 먹을 갈더니 종이를 펼쳤다.

"그럼 이제 저 갑골고문을 한 자 한 자 적어가면서 해석을 해주게. 어느 글자가 '홍'이며, 어느 글자가 '교'인지?"

붓을 들고 위소보더러 가까이 오라는 손짓을 했다.

위소보는 어쩔 수 없이 다가가 붓을 받았다. 그에게 글을 쓰라는 것은 목숨을 내놓으라고 하는 것보다 더 참담한 일이었다. 그는 내심 고통스러웠지만, 육 선생의 표정이 너무 심각해서 감히 거역할 엄두를 내지 못하고 붓을 받아 탁자 앞에 앉았다. 붓을 잡은 손은 주먹을 쥐었다. 차라리 밥을 먹을 때 젓가락이나 숟가락을 쥐는 것처럼 붓을 잡았다면 그나마 엇비슷해 보였을 것이다. 한데 지금은 칼을 쥐고 돼지를 잡는 것 같았고, 망치를 쥐고 못을 박는 듯한 자세니, 세상천지에 이런 식으로 붓을 잡는 사람이 어디 있단 말인가!

육 선생은 표정이 심각하다못해 분노로 변하기 시작했다. 그러나 억지로 화를 참는 듯 천천히 말했다.

"우선 자기 이름부터 써보시게!"

위소보는 자리에서 벌떡 일어나 붓을 바닥에 팽개쳤다. 먹물이 사방으로 튀었다.

"빌어먹을! 난 일자무식이야! 글이라곤 개똥도 몰라! 그 무슨 '홍교주는 영원불멸' 따위는 다 뻥이야! 그 고약한 두타를 속인 거라고! 나더러 글을 쓰라고? 죽어서 엄마 배 속으로 들어갔다가 다시 환생한다면 몰라도 지금은 안 돼! 죽이든 말든 맘대로 해! 눈 하나 깜박하면 사내대장부가 아니다!"

육 선생이 냉랭하게 물었다.

"글을 전혀 모른다고?"

위소보가 대들었다.

"그래! 모른다, 몰라! 개새끼의 '개' 자도 쓸 줄 모르고, 후레자식의 '후' 자도 쓸 줄 모른다!"

모든 것이 들통난 이 마당에 위소보는 창피한 감정이 분노로 바뀌었다. 어차피 이판사판이었다. 사도에 들어온 이상 살아나가기는 힘들 것이고, 살려달라고 사정해봤자 소용이 없을 것 같아, 속 시원히 욕이라도 할 심산이었다.

육 선생은 잠시 뭔가 생각을 하는 듯 침묵을 지키다가 붓을 들고 종이에다 올챙이 같은 꾸불꾸불한 글씨를 쓰더니 위소보에게 물었다.

"이게 무슨 글자지?"

위소보는 악을 쓰듯 소리쳤다.

"빌어먹을, 난 글을 모른다고 했잖아! 모른다고 했는데 왜 자꾸 물어보는 거야?"

육 선생은 고개를 끄덕였다.

"좋아! 이제 보니 반 두타가 너한테 크게 속았군. 한데 이 일을 이미 교주님께 다 보고했어! 이런 고약한 녀석을 봤나!"

그는 불쑥 앞으로 오더니 위소보의 목을 졸랐다. 목을 쥔 손에 갈수록 힘을 더 주며 이를 갈았다.

"네놈 때문에 우린 교주님을 속이는 큰 불경을 저질렀어! 너 때문에 죽어도 뼈를 묻을 곳이 없게 되었단 말이다! 나중에 무궁무진한 혹형을 당할 바엔 차라리 지금 다 같이 죽어버리자!"

위소보는 그가 목을 조르는 바람에 숨을 제대로 쉴 수 없어 얼굴이 새빨개지고 혀가 쑥 나왔다. 육 선생이 힘을 조금만 더 가해도 위소보는 바로 숨이 끊어져 죽게 될 터였다. 그러나 이 절체절명의 순간, 육 선생은 생각이 바뀌었다. 만약 위소보가 이대로 죽어버리면 더 엄청난 결과가 초래될 것이었다. 그는 흠칫하며 손을 놓았다. 그리고 위소보를 바닥에 패대기치더니 성큼성큼 밖으로 나가버렸다.

한참 지나서야 위소보는 간신히 정신을 차리고 몸을 일으켰다.

'이런 죽일 놈의 자라새끼, 개뼈다귀야!'

그는 속으로 무수히 욕을 해댔다. 독사가 우글거리는 이 외딴섬에 들어왔으니 달아나긴 글렀다. 만약 지금 수풀이 우거진 숲 쪽으로 달아난다면 더 빨리 죽을지도 모른다. 문 쪽으로 걸어가 흔들어보니 밖에서 굳게 잠겨 있었다. 창문을 통해 밖을 살펴보니 바로 개울이 흐르는 깎아지른 낭떠러지였다. 도저히 갈 곳이 없다. 고개를 돌려 족자를 보니 화가 치밀었다.

"이런 썩을 놈의 족자가 뭐가 대수라고?"

그는 붓을 집어 먹물을 잔뜩 묻혀 족자 하나하나에다 분풀이를 하듯 크고 작은 자라나 거북이를 그려나갔다. 수십 마리의 거북이를 그리고 나자 손목도 아프고 지쳐서 붓을 팽개쳤다. 그러고는 의자에 쪼그리고 앉아 곧 곤히 잠들어버렸다.

얼마나 시간이 지났을까, 다시 눈을 떴을 때는 날이 어두워져 있었다. 그때까지 아무도 나타나지 않았다. 배 속에선 꼬르륵 소리가 났다.

'젠장! 그 거북이새끼가 날 굶겨죽일 작정인가?'

다시 얼마간 시간이 지나자 발걸음 소리가 들리더니 문이 열리며 육 선생이 촛불을 들고 나타났다. 그는 안으로 들어와서 고개를 삐딱하게 꼬고 위소보를 응시했다. 위소보는 그의 얼굴에서 희로喜怒를 알아볼 수 없어 은근히 겁이 났다.

육 선생은 촛대를 탁자에 내려놓았다. 그리고 벽에 걸려 있는 족자가 온통 먹물로 얼룩져 있는 것을 발견하고는 화가 치밀어 길길이 날뛰었다. 그리고 절규하듯 소리쳤다.

"이런… 이런…!"

다짜고짜 손을 들어올려 위소보를 내리치려다가 갑자기 손을 거뒀다. 화를 억누른 모양이었다.

"이런… 이런….”

목이 메어 말이 제대로 나오지 않았다.

위소보는 죽을 각오를 하고 웃으며 말했다.

"왜 그래요? 내 그림이 신통치 않아요?"

육 선생은 길게 한숨을 내쉬더니 푹석 의자에 주저앉았다. 그리고 힘없이 말했다.

"잘했어, 아주 잘 그렸어.”

때리지도 않고 욕을 하지도 않고, 오히려 잘 그렸다고 말했다. 위소보로선 뜻밖이 아닐 수 없었다. 그의 처연한 안색에서 극도로 상심했음을 알 수 있었다. 괜히 미안한 마음이 들었다.

"육 선생, 저… 미안해요. 내가 그림을 다 망쳐놔서…."

육 선생은 고개를 내둘렀다.

"아… 아닐세."

그는 두 손으로 머리를 감싸고 탁자에 엎드려 한참 있다가 천천히 입을 열었다.

"아마 배가 고플 거야. 우선 뭘 좀 먹지."

곧이어 객청 탁상에 요리 네 가지와 국물 한 가지, 사채일탕四菜一湯이 차려졌다. 닭고기도 있고 생선도 있는 게 꽤나 푸짐했다. 방이와 육부인도 곧 들어와 넷이 함께 식사를 했다.

위소보는 이해가 가지 않아 속으로 생각했다.

'설마 내가 거북이를 잘 그렸다고 이런 대접을 하는 건 아니겠지?'

그럴 리가 없다는 것쯤은 알기 때문에 몹시 궁금했다. 그래서 몇 번 물어보려 했는데, 육 선생의 안색이 풀렸다 흐렸다, 종잡을 수가 없어 감히 입을 열 엄두가 나지 않았다. 잘못해서 화를 돋웠다가는 먹던 밥도 빼앗길 판이라 굳이 모험을 할 필요가 없었다. 그는 찍소리 않고 배불리 먹는 데만 열중했다.

식사를 마치자 육 선생은 위소보를 다시 서재로 데려갔다. 붓을 집어 종이에다 '위소보韋小寶'라는 세 글자를 쓰고 나서 말했다.

"이게 네 이름이야. 쓸 줄 아나?"

위소보는 퉁명스레 말했다.

"글쎄… 걔는 날 알지 몰라도, 난 걜 잘 몰라요. 한데 어떻게 쓸 줄 알겠어요?"

육 선생은 고개를 끄덕였다.

"음…."

그리고 창밖으로 시선을 돌리고는 잠시 생각에 잠겼다가, 왼손으로 촛대를 들고 그 올챙이처럼 꾸불꾸불한 글 앞으로 걸어가 자세히 살폈다. 한 자 한 자 손가락으로 짚으며 입으로 뭔가 중얼거리더니 탁자로 다시 돌아와 종이를 펼치고는 뭔가 갈겨쓰기 시작했다.

그는 올챙이 같은 글자의 수를 세어가면서 다시 종이에다 쓴 글자 수를 맞춰가며 썼다가 지웠다를 반복했다. 이어 고개를 돌려 올챙이 글자를 살펴보고 혼잣말로 중얼거렸다.

"저 세 글자는 같고, 저기 두 글자는 비슷하니까… 빈틈없이 잘 맞춰야…."

또 한참 생각에 잠겼다가 종이에다 쓴 글을 다시 고치고 나서 입가에 미소를 지었다.

"이젠 됐어!"

위소보는 그가 무슨 꿍꿍이속으로 그러는지 알 수 없었다. 아무튼 배불리 먹었으니 더 이상 신경을 쓰지 않았다.

육 선생은 다시 새로운 종이를 가져와 이번에는 정성을 들여 글을 써나가기 시작했다. 이번에는 아주 느릿하게 쓰고, 다 쓴 다음에 고개를 흔들며 나직이 중얼거렸다.

위소보는 그가 중얼거리는 말 속에 무슨 '신룡도'니 '홍 교주', '영원불멸' 같은 구절이 들어 있는 것을 알 수 있었다. 그리고 뒷부분에 가서는 무슨 첫 번째 경전은 어떤 산에 있고, 두 번째 책은 어떤 산에 있다고 중얼거리는 것을 듣자 이내 깨달았다. 그 말들은 바로 자기가 보제사에서 반 두타한테 멋대로 지껄인 건데, 반 두타는 그것을 곧이곧대로 믿고 돌아와서 대대적으로 떠들어대며 과시를 한 모양이었다.

위소보는 속으로 생각을 굴렸다.

'그날 반 두타는 간곡하게 나더러 신룡도로 가서 홍 교주를 만나보라고 했어. 난 한사코 거절했는데, 이게 무슨 운명의 장난인지 배가 이곳까지 흘러와, 결국 모든 게 들통나고 말았네. 홍 교주도 이 사실을 알면 노발대발하며 나와 방이를 독사 구덩이에다 던져버리겠지. 그럼 수천 마리의 독사들이 우리 뼈까지 다 핥아먹을 거야.'

수많은 독사가 몸에 달라붙는 생각을 하자 소름이 끼치고 부들부들 떨렸다. 그때 육 선생이 몸을 돌렸는데 뜻밖에도 우쭐대는 듯한 표정이었다. 심지어 미소까지 지으며 말했다.

"위 공자, 석비의 꼬부랑 글을 읽을 줄 알다니 정말로 대단하네. 하늘이 꼬부랑 글을 읽을 줄 아는 신동을 내려주신 것은, 그야말로 우리 홍 교주의 홍복이 아닐 수 없지."

위소보는 코웃음을 날렸다.

"흥! 날 비꼬지 말아요. 내가 올챙이 문자, 개구리 글을 어떻게 알겠어요? 두꺼비 문자도 모른다고요! 그 반 두타를 속이려고 그냥 아무렇게나 지껄였던 말이에요."

육 선생은 웃으며 말했다.

"그렇게 겸손할 필요 없네. 이건 위 공자가 읽은 석비의 글인데 내가 다시 베껴썼네. 혹시 잘못 쓴 게 있는지 한번 확인을 해주게."

그러더니 종이에 쓴 글을 읽어 내려갔다.

"대당大唐 정관貞觀 2년 10월 갑자甲子, 위국공衛國公 이정李靖과 우령군右領軍 대장군 숙국공宿國公 정지절程知節, 광록대부光祿大夫 병부상서 조국공曹國公 이적李勣, 서주도독徐州都督 호국공胡國公 진숙보秦叔寶가 오대산 금수봉에 모였는데, 동녘에 붉은 광채가 하늘을 비치니, 솥뚜껑만 한 큰 금색 글자가 구름 사이로 드러났다. '천년 후에 대청大淸이 세워지더라. 동방東方에 섬이 있으니 그 이름은 신룡神龍이니라. 교주 홍洪모는 천은天恩을 입어 위엄과 영기靈氣 내리받아 비혁위능조赫威能, 놀라운 위세와 능력을 발휘하노라. 온갖 사악한 무리를 굴복시켜 욱일승천하니, 현능한 자들이 좌우에서 그를 보좌하여 토고납신吐故納新, 낡은 폐습을 없애고 새로운 것을 받아들여, 만민이 그 상서로움을 높이 받드니, 천하의 존경을 받아 영원히 복록을 누리고, 문무를 겸비한 성인으로서 영원불멸하리라.' 금빛 글이 사라지고 잠시 후 다시 청색 글이 드러났다. '하늘이 홍모에게 《사십이장경》 여덟 권을 내리노라. 1권은 하남 복우산伏牛山 탕마사蕩魔寺에 있고, 2권은 산서 필가산筆架山 천심암天心庵에 있으며, 3권은 사천 청성산青城山 능소관凌霄觀, 4권은 하남 숭산嵩山 소림사, 5권은 호북 무당산武當山 진무관眞武觀, 6권은 천변川邊 공동산崆峒山 가엽사迦葉寺, 7권은 운남 곤명 목왕부, 8권은 운남 곤명 평서왕부에 있노라.' 이정 등은 하늘이 내린 이 천문天文을 베껴 석비에 새겨서 후세에 전하노라."

육 선생은 억양을 높였다가 낮춰가며 절도 있게 다 읽고 나서 위소보에게 물었다.

"내가 혹시 잘못 읽은 데가 있나?"

위소보는 어이가 없었다.

"이게 당나라 때에 남긴 글이라면 어떻게 후세에 평서왕 오삼계가 나온다는 것을 알 수 있겠어요?"

육 선생이 말했다.

"옥황상제께서는 지혜로워서 모든 것을 예지하고 모르는 것이 없네. 후세에 홍 교주가 나타난다는 것을 알고 계셨으니 당연히 오삼계도 알고 있겠지."

위소보는 웃으며 고개를 끄덕였다.

"듣고 보니 그렇군요."

속으로는 빈정댔다.

'지금 무슨 수작을 부리고 있는 거지?'

육 선생이 다시 말했다.

"이 석비에 새겨진 글을 단 한 자도 틀리게 읽어선 안 되네. 물론 위 공자는 천부적으로 총기를 타고났지만 내 생각엔 성령의 계시가 있었기에 이 올챙이 글자를 알아보게 된 것 같네. 나중에 당황하게 되면 혹시 착오가 생길지도 모르니, 이 비문을 달달 외워뒀으면 좋겠네. 그래야 홍 교주를 뵐 때 막힘없이 술술 읽을 수가 있겠지. 그럼 홍 교주께서 기뻐하시며 큰 상을 내려줄 걸세."

위소보는 눈알을 한번 굴리더니 이내 무슨 뜻인지 알아차리고 연신 고개를 끄덕였다.

"아! 그렇군요, 그렇군요!"

그러니까 반 두타와 육 선생은 한 어린아이가 이러저러한 내용이 담긴 석비의 글자를 잘 안다고 홍 교주께 보고했을 것이다. 그리고 홍 교주는 그것을 직접 확인하려고 한 모양이다. 그런데 가짜라는 게 밝혀지면 육 선생은 문책을 받을 게 분명했다. 그래서 홍 교주를 속이려고 가짜 비문을 만들어낸 것이다.

육 선생이 말했다.

"내가 한 구절씩 읽을 테니 따라서 읽게. 단 한 글자도 틀리지 않을 때까지 정확히 외워야 하네. 자, 대당 정관 2년 10월 갑자…."

일이 이렇게 된 이상 위소보는 따라 읽지 않을 수 없었다. 더구나 이건 홍 교주를 속이기 위한 작당모의라 재미있을 거라고 생각했다. 그래서 바로 따라 읽었다. 그는 본디 영리해 그냥 일반적으로 하는 말이라면 몇백 자가 되더라도, 한 번 듣고 나서 몇 번만 반복해 복습하면 쉽게 다 외울 수 있었다. 그러나 책을 읽는 것은, 때려죽인다 해도 하고 싶지 않은 일이었다. 비문의 글은 비록 아주 많지는 않지만 구절마다 난해하고 그 뜻도 애매모호한 부분이 있었다. 그 무슨 '비혁위능'이니 '토고납신' 같은 문구와는 전혀 친하지 않았다. 그저 육 선생이 읽으면 건성으로 한 번, 또 한 번 거듭해서 따라 읽었다.

그나마 다행스럽게도 육 선생은 전혀 역정이나 짜증을 내지 않았다. 부단한 끈기를 갖고 서른 번 이상을 따라 읽혔다. 그제야 위소보는 겨우 한 자도 틀리지 않고 다 외울 수 있었다.

이날 밤 위소보는 육 선생 집에서 자고, 다음 날 일찍부터 다시 외우기 연습에 들어갔다. 육 선생은 그가 달달 외우는 것을 보고 몹시 기뻐했다. 이어 붓과 종이를 가져와 올챙이 글자를 한 자 한 자 정성껏 써서 위소보에게 가르쳤다. 어느 것이 '당唐' 자이며, 어느 것이 '정貞' 자인지, 아주 세심하게 설명했다. 위소보로선 숨통이 조여오는 것 같아,

정말이지 울음을 터뜨리고 싶었다.

올챙이 글자는 꼬부랑꼬부랑, 그 모양새가 거의 비슷했다. 그것을 하나하나 분별하고 나아가 붓으로 쓰라는 것은 하늘의 별을 따는 것보다 더 어렵고 목을 비트는 것보다 더 고통스러웠다. 잠시도 가만히 앉아 있지 못하는 위소보인데, 어떻게 마음을 차분히 가라앉히고 올챙이 글자를 한 자 한 자 배워 쓸 수 있을 때까지 연습을 한단 말인가?

위소보는 울상이 될 수밖에 없었고, 그럴수록 육 선생은 더더욱 불안해했다. 육 선생은 석비에 새겨진 글이 다른 뜻을 담고 있다는 것을 이미 알고 있었다. 그는 반 두타가 떠온 탁본의 글자 수를 세어 나름대로 문장을 만든 것이다. 그야말로 억지로 조합한 거라고 할 수 있다. 일단 글자의 수만 같고, 그 내용이 홍 교주의 환심을 살 수 있다면 원문에 무엇이 쓰여 있든 상관이 없다고 생각했다.

그런데 억지로 조합하다 보니, 군데군데 허점이 드러났다. 예를 들어, '대당 정관 2년'이란 구절 중 그 '二' 자는 다섯 번째 글자다. 그런데 비문의 다섯 번째 글자는 열여덟 획이다. 누가 봐도 '二' 자와는 상관이 없었다. 그리고 비문의 네 번째 글자는 세 획에 불과한데, 그가 작성한 글 중 네 번째 글자는 '觀' 자다. 자세히 관찰하면 역시 들통이 나기 십상이었다.

이것을 고려하면 저것의 허점이 드러나고, 결국은 뒤죽박죽이 되니, 육 선생이 제아무리 문재文才가 뛰어나다 해도 창졸간에 빈틈없는 천의무봉天衣無縫의 문장을 만들어낼 재간은 없었다.

게다가 홍 교주는 총기와 지혜가 출중해 이 가짜 문장으로 그를 속이기는 어려울 것이었다. 그래도 큰 화가 바로 코앞에 닥쳤으니 얼렁

뚱땅 무슨 수를 써서라도 일단 발등에 떨어진 불을 꺼야만 했다. 그 후에 닥칠 일은 또 그때 가서 다시 생각할밖에.

이날 위소보에게 글자를 가르치는데, 진도가 매우 느렸다. 정오가 되어서야 겨우 올챙이 글자 네 자를 익혔을 뿐이다. 그나마 올챙이 글자가 이상야릇하게 생긴 게 천만다행이었다. 위소보가 붓을 쥐고 썼으니 삐뚤삐뚤, 그 얼마나 보기 흉하겠는가! 그래도 별로 눈에 거슬리지 않았다. 만약 정자正字를 쓰라고 했다면, 글을 배운 적이 없는 어린아이가 썼으니 누가 봐도 금방 진위를 가려낼 수 있었을 것이다.

낮에 다시 세 글자를 배웠고, 밤에 두 글자를 더 배워, 이날 모두 아홉 자를 익혔다. 위소보는 그 과정에서 울고불고 난리를 치며 여러 차례 붓을 집어던졌다. 육 선생은 위협도 하고 달래보기도 했지만 소용이 없자 마지막 방법으로 방이를 불러왔다. 그녀가 옆에서 함께 있어주자, 위소보는 비로소 억지로나마 공부에 열중했다.

육 선생은 가르치면서도 한편으로는 행여 지금이라도 홍 교주가 위소보를 접견하겠다고 사람을 보내올까 봐 전전긍긍했다. 만약 이 문장을 완전히 다 익히기 전에 홍 교주에게 불려가 들통이 나면, 위소보의 모가지가 달아나는 것은 물론이거니와, 자기 일가족도 덩달아 목숨을 잃게 될 판이었다.

그렇다고 서둘러서 될 일도 아니었다. 독촉하면 할수록 위소보의 진도는 더욱 느려질 것이었다. 위소보로선 이게 그냥 올챙이 글자가 아니라 진짜 수많은 올챙이가 머릿속에 들어와 꿈틀꿈틀 기어다니는 것처럼 괴로웠다. 무슨 글자가 어떤 글자인지 헷갈릴 수밖에 없었다.

이렇게 고난의 글공부를 한 지도 며칠이 지났다. 독사에게 물려 몸에 퍼진 독도 이젠 말끔히 해독되었다. 이럭저럭 그가 인지한 올챙이 글자도 20~30개가 됐다. 그래도 아직은 헷갈려서 열 글자 중 두세 자는 틀렸다.

육 선생이 초조하다못해 짜증이 나기 시작할 즈음, 문밖에서 반 두타의 음성이 들려왔다.

"육 선생, 교주님께서 위 공자를 접견하겠답니다."

그 말에 육 선생은 안색이 잿빛으로 변하더니 손이 떨리면서 쥐고 있던 붓을 떨어뜨렸다. 그 바람에 먹물을 잔뜩 묻힌 붓이 옷을 거뭇거뭇 얼룩지게 만들었다.

곧이어 장대처럼 깡마른 사람이 서재 안으로 들어왔으니, 바로 반 두타였다. 위소보는 웃으며 그를 맞았다.

"반 존자, 왜 이제야 날 보러 오는 거요? 내가 얼마나 기다렸는지 알아요?"

반 두타는 사색이 된 육 선생을 보고 일이 심상치 않음을 직감했다. 그는 위소보의 말은 들은 척도 않고 혼잣말로 중얼거렸다.

"저 생쥐 같은 녀석이 헛소리를 지껄였다는 걸 진작 알았어야 하는데… 괜히 공을 세우려는 욕심에 오히려 죽음을 재촉하게 될 줄이야!"

육 선생은 냉소를 날렸다.

"그나마 홀몸이니 다행이오. 난 여덟 식구가 덩달아서 목숨을 잃게 될 판이오!"

반 두타는 장탄식을 했다.

"이게 하늘이 정해준 운명이려니, 생각해야지 어쩌겠습니까? 육 선생, 일이 이렇게 된 이상 우리 공생공사합시다! 까짓것, 대장부로 태어

나서 한 번밖에 더 죽겠소? 두려울 게 뭐가 있겠소?"

위소보가 손뼉을 쳤다.

"반 존자 말이 옳아요. 영웅호한이 뭘 두려워하겠어요? 나도 겁나지 않는데 두 분은 더 겁나지 않겠죠!"

육 선생이 다시 냉소를 날렸다.

"하룻강아지 범 무서운 줄 모른다더니, 이런 천덕꾸러기를 봤나! 네가 겁먹을 때쯤 되면 이미 모든 것이 늦어!"

그는 잠시 굳은 표정으로 서 있다가 반 두타에게 말했다.

"들어가서 아내한테 몇 마디 당부하고 나올 테니 잠시만 기다려주시오."

육 선생은 얼마 뒤 다시 서재로 돌아왔는데, 얼굴에 눈물자국이 선연했다. 반 두타가 그에게 말했다.

"육 선생, 승천환升天丸을 갖고 있으면 한 알만 주시오."

육 선생은 고개를 끄덕이더니 품속에서 작은 자기병을 꺼내 마개를 열고 빨간 알약 하나를 그에게 건네주었다.

"이 약을 입안에 넣으면 바로 숨이 끊어지니, 마지막 순간이 아니면 섣불리 복용하지 마시오."

반 두타는 그것을 받아들고 쓴웃음을 지었다.

"고맙소이다. 이 반 두타는 자신의 목숨을 그리 가볍게 여기지 않소. 물론 빨리 승천하고 싶은 생각도 없소이다."

위소보는 오대산에서 반 두타를 지켜보았다. 그는 소림사 십팔 나한을 상대하면서도 위풍당당했었다. 그런데 지금 독약을 얻는 것을 보니, 홍 교주가 문책을 하면 바로 독을 복용해 자살을 하려는 게 분명했다. 위소보는 이제야 사태의 심각성을 깨닫고 절로 두려움을 느꼈다.

세 사람은 문을 나섰다. 위소보는 내실 쪽에서 들려오는 여인의 흐느낌을 어렴풋이 듣고 바로 물었다.

"방 낭자는요? 그녀는 안 가나요?"

반 두타는 콧방귀를 날렸다.

"흥! 조그만 녀석이 난봉꾼이구먼! 오대산에서는 함께 야반도주한 마누라랑 있더니, 이번엔 또 방 낭자야?"

그러더니 왼손으로 위소보를 번쩍 들고 소리쳤다.

"가자!"

그는 성큼성큼 걸음을 내디뎌 동쪽으로 향했다. 삽시간에 마치 쾌마快馬처럼 빠르게 치달렸다. 육 선생은 그의 곁을 바싹 따랐는데, 여전히 얼굴을 잔뜩 찡그린 채 울상이었다. 위소보는 그가 전혀 힘을 들이지 않고 반 두타와 나란히 달리는 것을 보고, 비로소 이 문약해 보이는 서생이 상승 무공을 지녔다는 사실을 깨닫고 입을 열었다.

"반 존자, 육 선생! 두 분은 이렇듯 무공이 고강한데 왜 홍 교주를 그렇게 두려워하죠? 차라리…."

반 두타가 오른손으로 대뜸 그의 입을 틀어막았다. 그러고는 성난 음성으로 말했다.

"이곳 신룡도에서 감히 그런 대역무도한 말을 하다니, 죽고 싶어 환장했나?"

위소보는 숨이 막혀 발버둥을 치면서도 속으로 투덜댔다.

'빌어먹을! 홍 교주를 그렇게 겁내면서 무슨 영웅호한으로 자처하냐? 내가 보기엔 영웅이 아니라 개똥이다!'

세 사람은 북쪽에 보이는 어느 산봉우리로 향했다. 나무 위, 수풀 사이, 그리고 길가 여기저기에서 독사들이 혀를 날름거리고 있었다. 그런데 이상하게도 세 사람에게는 전혀 접근하지 않았다. 얼마나 갔을까? 산비탈을 두 군데 돌자, 멀리 보이는 봉우리 위에 대나무로 지은 큰집 몇 채가 시야에 들어왔다. 반 두타는 위소보를 안고 그곳으로 치달렸다.

이제 산길은 좁아졌다. 육 선생은 반 두타와 나란히 달릴 수 없어 약간 뒤처졌다. 그러자 반 두타가 위소보의 귀에 대고 나직이 물었다.

"그《사십이장경》은 어디 있나?"

위소보가 말했다.

"지금 갖고 있지 않아요."

반 두타가 말했다.

"그건 나도 알아. 벌써 몸을 여러 번 뒤졌어. 어디다 놔뒀나?"

위소보가 다시 말했다.

"소림 십팔 나한이 가져갔으니 당연히 소림사 방장 대사한테 전해 줬겠죠."

그는 반 두타가 소림 십팔 나한을 당해내지 못한다는 것을 잘 알고 있었다. 그러니 경전이 소림사 방장 손에 들어갔다는 것을 알면 감히 빼앗으러 가지 못할 거라고 생각했다. 설령 가서 달라고 해도 소림에서 당장 그를 쫓아버릴 것이었다.

그날 반 두타는 직접 경전을 징심 대사에게 내주었기 때문에 위소보의 말을 믿어 의심치 않았다. 그는 나직이 말했다.

"좀 이따가 교주님을 만나면 절대 그 경전 얘기는 꺼내면 안 돼. 경전 얘기를 했다가 교주님이 내놓으라고 윽박지르는데 내놓지 못하면, 화가 나서 널 독사 구덩이에다 던져버릴 거야."

위소보는 그가 잔뜩 겁을 집어먹고, 또한 육 선생이 들을까 봐 조심스러워하는 것을 보고 나직이 말했다.

"존자는 그 경전을 이미 손에 넣었는데도 도로 소림 화상한테 돌려줬잖아요. 교주가 그 사실을 알면 더더욱 독사 구덩이에다 던져버릴걸요! 흥, 설령 당분간 벌을 내리지 않고, 소림으로 가서 경전을 다시 찾아오라고 해도, 죽는 것보다 별반 나을 게 없겠죠!"

반 두타는 몸을 한 차례 부들 떨더니, 더 이상 아무 말도 하지 않았다. 위소보는 흥정에 들어갔다.

"우리끼리 서로 약속을 합시다. 무슨 일이 생기면 서로 감싸주고 도와주기로요. 그럼 서로 이득이에요. 그러기 싫으면 서로 제 갈 길로 가다가 함께 죽으면 그뿐이죠!"

육 선생이 뒤따라오면서 간격이 좁혀져 그 말을 들었는지 갑자기 물었다.

"서로 갈 길을 가다가 함께 죽자는 게 무슨 말이지?"

위소보가 대답했다.

"우리 셋은 같은 처지라 공생공사하자는 거예요!"

아무리 생각해도 지금의 처지는 도저히 돌이킬 수 없을 정도로 최악이었다. 이 두 고수를 엮어서 끌어들인다면, 혹여나 한 가닥 희망이 있을지도 모른다고 생각했다.

반 두타와 육 선생은 묵묵부답 침묵을 지키더니, 좀 이따가 둘이 동시에 길게 한숨을 내쉬었다.

다시 밥 한 끼 먹는 시간이 경과되자 산꼭대기에 다다랐다. 청의를 입은 소년 넷이 서로 팔을 끼고 달려왔다. 모두 등에 장검 한 자루씩을 메고 있었다. 왼쪽에 있는 자가 대뜸 물었다.

"반 두타, 그 어린아이는 뭐죠?"

반 두타는 위소보를 내려놓고 정중하게 말했다.

"교주님의 명을 받고 데려온 거요."

이때 서쪽에서 홍의를 입은 소녀 셋이 시시덕거리며 걸어왔다. 그녀들도 제각각 등에 장검을 메고 있었다. 그들 중 한 소녀가 웃으며 말했다.

"반 두타, 저 애는 반 두타의 사생아인가요?"

말투가 경박했다. 그리고 말을 하면서 위소보의 볼을 살짝 꼬집었다. 반 두타는 화를 내지 않고 말했다.

"우스갯소리도 잘하는군. 교주님이 물어볼 게 있다고, 명을 내려 데려온 아이요."

얼굴이 둥근 다른 소녀가 다시 위소보의 오른쪽 뺨을 살짝 꼬집으며 히죽 웃었다.

"이 아이의 생김새를 보니 영락없는 반 두타의 사생아네. 아무리 잡아떼도 소용없어요!"

위소보는 화가 치밀어 소리쳤다.

"그래, 난 너의 사생아다! 네가 반 두타랑 이러쿵저러쿵해서 날 낳았잖아!"

소년소녀들은 그 말에 처음엔 멍해하더니 이내 깔깔대며 웃었다. 그 얼굴 둥근 소녀만이 낯빛이 빨개져 호통을 쳤다.

"요런 못돼먹은 녀석, 죽을래?"

대뜸 손을 뻗어 때리려고 했다. 위소보는 얼른 옆으로 고개를 돌려 피했다. 이때 다시 10여 명의 젊은 남녀가 우르르 달려와 그 얼굴 둥근 소녀를 놀려댔다. 소녀는 부끄럽기도 하고 또 울화가 치밀어 왼발로 위소보의 엉덩이를 냅다 걷어찼다. 위소보는 바로 소리를 질렀다.

"어이구, 엄마! 아들을 왜 때려?"

소년소녀들은 더욱 소리 높여 깔깔 웃어댔다.

'땡땡' 종소리가 들려온 것은 바로 이때였다. 그 종소리에 모두들 숙연해져서 몸을 돌려 일제히 대나무집, 죽옥을 향해 달려갔다.

반 두타가 위소보에게 말했다.

"좀 이따 교주님을 뵙게 되면 절대 헛소리를 해선 안 돼!"

위소보가 보니, 그의 안색이 매우 암울했다. 그리고 그 젊은 남녀들이 그를 무례하게 대하는 것도 왠지 마음에 걸렸다. 무공이 아주 고강한데 왜 그런 애송이들을 두려워하는 건지 이해가 가지 않았다. 절로 측은한 생각이 들어 그냥 고개를 끄덕였다.

많은 사람들이 사면팔방에서 죽옥으로 몰려들었다. 반 두타와 육선생 역시 위소보를 데리고 죽옥 안으로 들어갔다. 긴 회랑 하나를 지나자 눈앞이 훤하게 트이며 대청이 나타났다. 엄청나게 큰 대청이었다. 모름지기 천 명은 수용할 수 있을 것 같았다. 위소보는 그동안 북경 황궁에 머물면서 큰 규모의 대청을 적지 않게 보아왔다. 그러나 이렇듯 엄청난 크기의 대청은 본 적이 없다. 그 기세에 눌려 자신도 모르게 숙연해졌다.

무리를 지은 젊은 남녀들이 오색 옷을 입고 다섯 방위로 나뉘어 서 있었다. 청, 백, 흑, 황 네 가지 색은 모두 소년들이고, 붉은색 옷을 입은 것은 소녀들이었다. 그들은 모두 등에 장검을 멨고, 한 무리가 100명 정도 됐다.

대청에는 맨 안쪽 한가운데 대나무로 엮은 의자 두 개가 나란히 놓여 있는데, 비단방석이 깔려 있었다. 그 양쪽으로 수십 명이 나열해 있는데, 남녀노소를 총망라해 젊은 층은 서른 살 안팎이고 60~70대로 보이는 노인들도 있었다. 그들은 무기를 갖고 있지 않았다. 대청에는 500~600명이 운집해 있는데도 기침 소리조차 들리지 않고 쥐 죽은 듯 조용했다.

위소보는 내심 놀라움을 금치 못했다.

'빌어먹을! 뭐가 이렇게 거창해? 황제가 납시기라도 하는 건가?'

잠시 후 종소리가 아홉 번 울리더니 내청 쪽에서 걸음 소리가 들려왔다. 위소보는 속으로 짐작했다.

'그놈의 개교주가 오는 모양이지!'

그런데 내청에서 나타난 것은 10여 명의 사내들이었다. 오색 옷을 입었고 모두 서른 살 정도로 보이는데, 의자 양쪽에 각각 다섯 명씩 나열해 섰다.

다시 한참 시간이 흘렀다. 갑자기 종소리가 한 번 크게 울리더니 곧이어 수백 개의 방울 소리가 음악을 연주하듯 울려퍼졌다. 순간, 대청에 모인 사람들이 일제히 무릎을 꿇고 입을 모아 외쳤다.

"교주님은 홍복영락洪福永樂, 천수만세天壽萬歲하리라!"

반 두타가 위소보의 멱살을 잡아 꿇어앉혔다. 위소보는 무릎을 꿇을 수밖에 없었다.

힐끗 곁눈질로 보니 내청에서 한 남자와 한 여자가 걸어나와 의자에 앉았다. 방울 소리가 다시 요란하게 울리자 모두들 천천히 몸을 일으켰다. 그 남자는 나이가 많아 보였다. 흰 수염을 가슴까지 늘어뜨리고, 얼굴은 상처 자국과 깊이 파인 주름으로 얼룩져, 아주 추악해 보였다. 위소보는 이 사람이 바로 교주일 거라고 생각했다.

한편 여자는 아리따운 젊은 부인이었다. 겉모습으로 봐서는 나이가 스물두세 살에 불과해 보였다. 별빛처럼 반짝이는 눈동자에 입가에 엷은 미소를 띠었는데, 뭐라고 형용할 수 없을 정도로 아주 요염했다. 위소보는 내심 감탄을 금치 못했다.

'우아, 환장하겠네. 저 여인은 방이 누나보다 더 아름답잖아. 황궁이나 여춘원에서도 저런 미인은 찾아볼 수 없을 거야.'

왼쪽에 서 있는 청의 사내 한 명이 두 걸음 내디뎌, 손에 청색 종이를 들고 낭랑하게 읊조렸다.

"그 은혜가 천하를 비추고 사방에 위엄을 떨치시는 홍 교주님의 훈시를 낭독하겠습니다."

이어 목청을 더 높였다.

"중지를 모아 일심단결하니, 그 위맹이 천하를 진동하리라!"

대청에 모인 사람들이 일제히 입을 모아 따라 외쳤다.

"중지를 모아 일심단결하니, 그 위맹이 천하를 진동하리라!"

위소보는 그저 눈알을 뛰룩뛰룩 굴리며 그 아름다운 부인을 쳐다보고 있다가 모두 입을 모아 외치는 소리에 깜짝 놀랐다.

그 청의 사내가 계속 읊조렸다.

"교주는 신통광대하니 영원불멸하리라! 교주의 신령한 가호로 제자들은 용기백배, 일당백으로, 백당만으로 백전백승하리라! 교주의 혜안 햇불인 양 천지사방을 비추니 광명세계가 오리라. 신룡교를 지키기 위해 적과 맞서싸우자! 교주는 우리를 이끌어 성직에 오르게 하리라! 우린 신룡교를 위해 목숨을 바쳐 함께 극락천당에 오르자!"

그가 한 구절을 읽으면 모두 따라 외쳤다.

위소보는 속으로 빈정댔다.

'무슨 놈의 교주 훈시야? 완전히 뻥이잖아! 우리 천지회의 구호가 훨씬 듣기 좋다!'

모두 다 따라 외치고 나서 다시 입을 모아 소리쳤다.

"교주님의 훈시를 가슴에 새겨 공을 세우고 적을 무찌르니 만사형통하리라!"

그 소년과 소녀들은 유난히 목청을 높여 외쳤다. 홍 교주의 추악한 얼굴에서는 아무런 표정도 찾아볼 수 없었다. 그저 무덤덤했다. 그의 곁에 앉아 있는 미인은 생글생글 웃으며 따라서 읊조렸다.

다 외치고 나자, 대청은 다시 찬물을 끼얹은 듯 조용해졌다.

그녀는 오른쪽 발끝을 안으로 구부려 비수의 손잡이를 살짝 찍었다.

비수는 당연히 그녀의 목을 향해 잽싸게 날아갔다.

위소보는 깜짝 놀라 소리쳤다.

"조심해요!"

홍 부인은 급히 몸을 아래로 움츠렸다. 그러자 비수는 그녀의 머리 위를 스쳐

지나, 뒤에 있는 홍 교주의 가슴을 향해 빠른 속도로 날아갔다.

그 절세미인은 반짝이는 눈빛으로 좌중을 한번 훑어보았다. 그리고 입가에 여전히 엷은 미소를 띤 채 천천히 입을 열었다.

"흑룡문黑龍門의 장문사掌門使, 약정한 기한이 오늘이니 경전을 바치세요."

말을 하면서 왼손을 내밀어 손바닥을 펼쳤다. 그녀의 음성은 해맑고도 간드러져 듣기가 좋았다.

위소보는 그녀와 멀리 떨어져 있었다. 그래도 손바닥이 백옥으로 조각한 듯 예뻐 보였다. 자신도 모르게 가슴 밑바닥으로부터 야릇한 감정이 피어올랐다.

'저 여인은 비록 나보다 몇 살 위지만 마누라가 됐으면 좋겠네. 만약 여춘원으로 데려가 장사를 시킨다면 양주의 난봉꾼들은 물론이거니와 소주蘇州, 진강鎭江, 남경南京의 남정네들도 우르르 벌떼처럼 몰려와 여춘원의 대문이 미어터져서 망가질 거야.'

왼쪽에 서 있는 흑의 노인이 앞으로 두 걸음 나와서 정중히 몸을 숙였다.

"영부인께 아룁니다. 북경에서 전해온 소식에 의하면, 경전 네 부의 행방을 알아내기 위해 최선을 다하고 있다고 합니다. 교주님의 훈시에 따라 목숨을 걸고라도 반드시 경전을 손에 넣어 교주님과 영부인께 바치겠습니다."

그는 뭔가 몹시 두려워하고 있는지 목소리가 떨렸다.

위소보는 속으로 혀를 찼다.

'아깝다, 아까워! 저렇게 빼어난 미인이 저 추악한 홍 교주의 부인 이라니! 장미꽃이 쇠똥에 꽂혀 있는 격이고, 교교한 달빛이 똥뒷간에 비치는 꼴이야!'

그 여인은 미소를 지으며 말했다.

"교주님께서는 이미 기한을 세 번이나 연기해줬어요. 한데 흑룡사 는 차일피일 미루며 성의를 보이지 않으니 교주님께 너무 불충하는 게 아닌가요?"

흑룡사는 몸을 더욱 깊숙이 숙였다.

"속하는 교주님과 영부인의 큰 은덕을 입어 분골쇄신을 하더라도 다 보답할 길이 없습니다. 하오나 이 일은 워낙 어려움이 많습니다. 속 하가 궁에 보낸 여섯 사람 중 등병춘과 유연이 이미 순교를 했습니다. 교주님과 영부인께서 홍은鴻恩을 베풀어 좀 더 말미를 주시면 감사하 겠습니다."

위소보는 속으로 구시렁거렸다.

'그 뚱돼지 궁녀랑 가짜 궁녀는 다 이들의 부하였구나. 그렇다면 늙 은 화냥년도 어쩌면 너보다 직위가 더 높지 못한 것 같은데…!'

여인은 갑자기 왼손을 들어 위소보를 불렀다.

"소형제, 이리 와봐."

위소보는 깜짝 놀라 나직이 반문했다.

"저요?"

여인이 웃으며 말했다.

"그래, 바로 너를 불렀어."

위소보는 옆에 있는 반 두타와 육 선생을 각각 쳐다보았다.

육 선생이 말했다.

"영부인께서 부르시니 어서 나가서 공손하게 인사를 올려."

위소보는 속으로 투덜댔다.

'공손하게 좋아하네! 안 공손하면 어쩔 건데?'

그러나 앞으로 나가서는 역시 아주 공손하게 몸을 숙여 인사를 올렸다.

"교주와 부인은 홍복영락, 천수만세를 누리십시오."

홍 부인은 빙긋이 웃었다.

"정말 착한 아이로구나. 교주 다음에 부인을 넣으라고 누가 가르쳐 줬지?"

위소보는 신룡교의 모든 제자들은 오로지 '교주님은 홍복영락, 천수만세하리라'라고만 외친다는 사실을 모르고 있었다. 입교를 하는 순간부터 바로 그렇게 외치다 보니 그 말을 달달 외워, 어느 누구도 감히 단 한 글자도 보태지 못했다.

위소보가 보기에는 이 부인이 절세미인에다가 또한 권세도 있는 것 같았다. 밑천이 들지 않는 알랑방귀라, 이왕이면 다홍치마라고, '부인'도 집어넣었던 것이다. 지금 부인이 묻자 얼른 대답했다.

"교주님은 부인과 함께 있어야만 천수만세를 누려도 행복하죠. 만약 200~300년이 지나 영부인께서 먼저 세상을 떠나면 교주님 혼자서 얼마나 적적하시겠어요?"

홍 부인은 그 말을 듣자 배꼽을 잡고 까르르까르르 웃어젖혔다. 옆에 있는 홍 교주도 겸연쩍은 듯, 긴 수염을 쓰다듬으며 미소와 함께 고개를 끄덕였다.

신룡교의 제자들은 상하를 막론하고 교주를 보면 떨리고 긴장이 되었다. 누가 감히 이런 우스갯소리를 할 수 있단 말인가? 앞서 위소보가 그렇게 농담조로 말하는 것을 듣고 모두 손에 땀을 쥐었는데, 교주와 영부인이 편안한 모습을 보이자 비로소 마음이 놓였다.

홍 부인이 웃으며 말했다.

"그럼 교주 다음에 부인을 붙인 건, 너 스스로 생각해낸 것이냐?"

위소보가 대답했다.

"네, 그래요. 붙일 수밖에 없죠. 그 석비의 올챙이 글에도 영부인이 언급돼 있어요."

이 말이 나오자 육 선생은 얼음동굴에라도 갇힌 듯 이내 온몸이 차갑게 굳었다. 심혈을 기울여 그 비문을 가르치고 또 가르쳤는데, 난데없이 영부인이 언급돼 있다고 하니, 간신히 맞춰놓은 글자 수를 어떡하란 말인가? 이 천덕꾸러기가 제멋대로 비문을 엉터리로 읽으면 정말 큰일이었다. 자신이 꾸며낸 그 문장은 그렇지 않아도 허점이 많으니 바로 들통이 나고 말 것이었다.

홍 부인도 그 말에 잠시 멍해진 것 같았다.

"그 비문에도 내 이름이 있다고?"

위소보는 거침없이 대답했다.

"네!"

이렇게 대답을 하면서도 속으로는 똥줄이 탔다.

'아뿔싸! 정말 나더러 그 비문을 외우라고 하면, 부인을 언급한 대목이 없는데 어쩌지?'

다행히 홍 부인은 더 이상 자세히 캐묻지 않았다.

"성이 위가고 북경에서 왔다는데, 맞니?"

위소보는 똑같이 대답했다.

"네!"

홍 부인이 다시 물었다.

"반 두타의 말을 들어보니, 북경에서 유연이란 뚱뚱한 낭자를 만나 무공도 배웠다던데, 사실이니?"

위소보는 속으로 잽싸게 생각을 굴렸다.

'반 두타는 그 경전 부분만 빼고, 나랑 한 이야기를 전부 다 교주와 부인한테 해준 모양이군. 그냥 깡으로 끝까지 밀고나갈 수밖에! 뚱보 유연은 죽었으니까 내가 뭐라고 꾸며대도 대질을 할 수 없겠지!'

그러고는 태연하게 말했다.

"그래요, 그 유연 고모는 저의 숙부와 아주 친하게 지냈어요. 낮이고 밤이고 수시로 저희 집에 놀러 왔죠."

홍 부인은 생긋이 웃으며 물었다.

"집에 와서 뭘 했지?"

위소보가 대답했다.

"숙부랑 웃고 떠들며 어떨 때는 끌어안고 뽀뽀도 했어요. 내가 못 본 줄 아는데, 사실은 숨어서 다 훔쳐봤어요."

위소보는 거짓말의 요령을 잘 알고 있었다. 진짜 겪은 일처럼 아주 생동감 있게 말하고, 은밀한 부분까지 세세히 말해야만 남들이 더 곧이 믿게 된다.

홍 부인은 다시 웃으며 말했다.

"아주 짓궂은 아이네. 어른들이 입맞춤하는 것까지 다 숨어서 엿봤단 말이야?"

이어 흑룡사한테 고개를 돌렸다.

"흑룡사도 다 들었죠? 어린아이가 거짓말을 할 리가 없잖아요?"

위소보가 그녀의 시선을 따라 쳐다보니, 흑룡사는 안색이 크게 변해 있었다. 공포가 극에 달해 있는 것 같았다. 그는 몸을 부들부들 떨더니 무릎을 꺾으며 그 자리에 꿇어앉아 이마가 바닥에 닿도록 연신 큰절을 올렸다.

"속하는… 속하가 통솔을 소홀히 하여 죽을죄를 졌습니다. 교주님과 영부인께서 너그러이… 너그러이 용서해주시면 공을 세워 속죄하겠습니다."

위소보는 그의 겁먹은 모습을 보자 몹시 이상하게 느껴졌다.

'난 그냥 그 뚱보 궁녀가 숙부랑 뽀뽀를 했다고만 말했을 뿐인데, 이 늙은이와 무슨 상관이 있는 거지? 왜 저렇게 벌벌 떠는 거야?'

홍 부인의 입가에서 미소가 떠나지 않았다.

"공을 세워 속죄한다고요? 여태껏 무슨 공을 세운 게 있나요? 난 흑룡사가 보낸 사람들이 진짜 교주님을 위해 충성을 다 바쳐 열심히 일하는 줄 알았어요. 한데 북경에서 그런 남세스러운 짓만 하나 보죠?"

흑룡사는 다시 연신 절을 올렸다. 바닥에 계속 이마를 찧는 바람에 피가 줄줄 흘렀다. 위소보는 안쓰러운 생각이 들어 그를 거들어줄, 뭔가 좀 유리한 말을 해주고 싶었는데, 적당한 말이 금방 떠오르지 않았다.

흑룡사는 무릎걸음으로 앞으로 다가가 애원하듯 소리쳤다.

"교주님! 저는 교주님을 모시고 생사를 함께해왔습니다. 설령 공로가 없다고 해도 충성만은 변함이 없습니다!"

홍 부인은 처음으로 미소를 거두고 냉소를 날렸다.

"지난 일들을 끄집어내서 뭐 하려고요? 나이를 생각해야죠. 앞으로 교주님을 위해 몇 년이나 더 일할 수 있겠어요? 흑룡사라는 직책을 벌써 내려놨어야죠. 그럼 맘이 편하잖아요?"

흑룡사는 고개를 들어 교주를 바라보며 다시 애원했다.

"교주님, 옛 부하이고 오랜 형제한테 은총을 좀 베풀어주실 수 없겠습니까?"

홍 교주의 얼굴에서는 아무런 표정도 찾아볼 수 없었다. 그저 덤덤하게 입을 열었다.

"이제 우리 교에도 나이가 많아 정신이 흐릿해진 사람이 적지 않은 것 같아. 한번 새롭게 정리를 해야지."

위소보는 그를 대면한 후 처음으로 음성을 들었다. 그의 목소리는 아주 낮게 가라앉아 유심히 귀를 기울이지 않으면 잘 알아듣지 못할 정도로 흐리멍덩했다.

갑자기 수백 명의 소년소녀들이 일제히 입을 모아 외쳐댔다.

"교주님의 훈시를 가슴에 새겨 공을 세우고 적을 무찌르니 만사형통하리라!"

흑룡사는 길게 한숨을 내쉬고는 비틀거리며 몸을 일으켰다.

"토고납신, 옛것을 버리고 새것을 받아들여야 하니, 우리 같은 늙은 이들은 벌써 죽었어야 마땅하지!"

그러고는 몸을 돌려 한마디 내뱉었다.

"가져와라!"

대청 안에 있던 소년 네 명이 얼른 앞으로 달려나왔다. 그들의 손에는 제각기 나무쟁반이 들려 있었다. 그 쟁반은 황동으로 만든 봉긋한 둥근 뚜껑으로 덮여 있어 안의 내용물을 알 수 없었다. 소년들은 흑룡사 앞으로 다가가 쟁반을 내려놓고 신속하게 뒤로 물러났다. 대청에 있던 다른 사람들도 약속이나 한 듯 뒤로 몇 걸음씩 물러났다.

흑룡사는 혼잣말처럼 중얼거렸다.

"그래, 교주님의 훈시를 가슴에 새겨 공을 세우고 적을 무찌르니 만사형통하리라… 흐흐, 만사 중에 한 가지 못 이룬 게 있다면, 바로 교주에 대한 충성이 부족했던 거지…."

그는 황동 뚜껑에 달려 있는 꼭지를 잡아 위로 들어올렸다. 그 순간, 쟁반에서 뭔가 펄쩍 튀어올랐다. 곧이어 흰 광채가 번쩍이는가 싶더니, 비도飛刀 한 자루가 날아와 그 물체를 두 동강 내버렸다. 동강 난 물체는 도로 쟁반에 떨어져 꿈틀거렸는데, 바로 오색 얼룩무늬의 작은 뱀이었다. 뱀에 물린 적이 있는 위소보는 깜짝 놀라 소리쳤다.

"으악!"

다른 사람들도 여기저기서 일제히 소리를 치기 시작했다.

"누구냐?"

"누가 감히 이런 짓을?"

"잡아라!"

"감히 교주님의 뜻을 거역하는 반도叛徒가 누구냐?"

홍 부인이 벌떡 일어나 팔짱을 끼고 좌우로 세 번 흔들었다. 그러자

싹, 싹, 싹… 검을 뽑는 소리가 요란하게 들리며 수백 명의 소년소녀들이 달려와 나이가 많은 50~60명의 교도들을 겹겹이 에워쌌다. 이 수백 명의 젊은이들은 청의면 청의, 백의면 백의를 입은 사람끼리 질서정연하게 조를 편성해 각자의 위치에 섰다. 대여섯 명 혹은 열 명 정도가 한 조를 이뤄 검으로 한 사람의 급소를 겨냥했다. 나이가 많은 수십 명은 삽시간에 완전히 제압당한 꼴이 되고 말았다. 반 두타와 육 선생도 역시 일고여덟 명에게 포위당했다.

긴장이 고조된 이때 '껄껄' 하며 크게 웃음을 터뜨리는 사람이 있었다. 쉰 살가량의, 수염이 시커먼 도인이었다.

"영부인께서는 이 진법을 훈련시키느라 몇 개월이 걸렸겠죠? 옛 형제들을 상대하는 데 굳이 이렇게까지 애쓸 필요가 있겠습니까?"

그를 에워싼 것은 여덟 명의 홍의 소녀들이었다. 그중 두 명이 대뜸 장검을 쭉 뻗어 그의 가슴을 겨냥하며 소리쳤다.

"교주님과 영부인께 무례한 행동을 삼가라!"

도인은 여전히 웃고 있었다.

"영부인, 그 오채신룡五彩神龍은 이 무근無根이 죽였소! 다른 사람들은 아무 잘못이 없으니 처벌할 거면 날 처벌하시오!"

'오채신룡'은 그 오색 얼룩무늬 뱀을 일컫는 모양이었다.

홍 부인은 도로 자리에 앉으며 미소를 지었다.

"그래도 스스로 시인을 하니 다행이네요. 도장, 교주께서 서운하게 대한 게 있나요? 적룡문赤龍門의 장문사로 임명했잖아요. 그 자리는 교주님 다음의 최고 직책이에요. 한데 왜 모반을 꾀하려는 거죠?"

무근 도인이 말했다.

"모반을 꾀할 생각은 없습니다. 흑룡사 장담월張淡月은 본교에 큰 공을 세운 바도 있는데 부하들의 잘못으로 인해 죽음을 내리는 것은 지나친 처사 같습니다. 그래서 감히 교주님과 영부인께 대신 사정을 하려는 겁니다."

홍 부인의 입가엔 여전히 미소가 걸려 있었다.

"내가 그 청을 받아주지 않으면 어떡할 거죠?"

무근 도인이 다시 말했다.

"신룡교는 비록 교주님이 창설했지만 수만 형제들이 목숨을 걸고 함께 싸워왔습니다. 그러니 모두에게 공이 있다고 할 수 있지요. 지난날 초창기 때 옛 형제들은 1천 명이 넘었는데, 그동안 적과 싸우다가 목숨을 잃거나 또는 교주님께 제거당해 지금 남은 사람은 100명도 안 됩니다. 교주님께서 은총을 베풀어 우리 옛 형제들을 살려주고, 교에서 축출해주십시오! 지금처럼 교주님과 영부인이 젊은 신인들만 신임하고 우리 같은 늙은이들을 배척할 바엔 차라리 다 꺼지라고 하는 게 낫습니다!"

홍 부인은 냉소를 날렸다.

"신룡교가 창설된 이래 살아서 교를 떠난 사람은 없어요. 무근 도장의 그 말은 정말로 황당무계하네요!"

무근 도인은 눈꼬리를 치켜세웠다.

"그럼 허락하지 않겠다는 뜻입니까?"

홍 부인이 말했다.

"미안하지만 본교엔 그런 규정이 없어요."

무근 도인은 껄껄 웃었다.

"그렇다면 교주님과 영부인은 우리 늙은이들을 죄다 죽이겠다는 거군요?"

홍 부인은 다시 미소를 지었다.

"그건 아니죠. 옛 형제들도 교주님께 충성을 한다면 한 식구니 절대 무시하지 않아요. 우린 남녀노소를 불문하고 오로지 교주님께 충성하느냐, 안 하느냐만 따질 뿐이에요. 자, 교주님께 충성할 사람은 손을 들어보세요!"

수백 명의 젊은 남녀들이 일제히 손을 높이 들었다. 그리고 포위당한 나이 많은 교도들도 손을 들었다. 심지어 무근 도인도 왼손을 높이 들고 입을 모아 덩달아 외쳤다.

"교주님께 영원히 충성을 맹세합니다!"

위소보는 모두가 손 든 것을 보고 자신도 손을 들었다.

홍 부인은 고개를 끄덕였다.

"네, 좋아요! 다들 교주님께 충성하겠다는 거군요… 저 새로운 소형제는 비록 본교의 제자가 아니지만, 역시 교주님께 충성하겠다고 손을 들었어요."

위소보는 속으로 욕을 했다.

'제기랄! 난 개뼈다귀한테 충성한다!'

홍 부인이 말했다.

"모두들 충성을 한다면 이곳엔 역도가 하나도 없겠네요. 그런데 과연 그럴까요? 확실하게 알아봐야겠군요. 옛 형제들에겐 미안하지만 잠시 결박을 받아줘야겠어요. 자, 결박해라!"

수백 명의 젊은이가 일제히 대답했다.

"네!"

그런데 그들이 행동을 취하기도 전에 한 사람이 우렁찬 목소리로 외쳤다.

"잠깐만!"

허우대가 장대한 사내였다. 홍 부인은 눈살을 찌푸렸다.

"백룡사白龍使, 무슨 고견이라도 있나요?"

사내가 대꾸했다.

"고견이라 할 건 없고… 내 생각에 이건 너무 불공평하오!"

홍 부인은 혀를 끌끌 찼다.

"쯧쯧… 내 처사가 불공평하다고 지적하는 건가요?"

사내가 말했다.

"그게 아니라, 난 교주님을 모시고 20년 넘게 충성을 해왔습니다. 내가 교를 위해 목숨을 걸고 싸울 때 저 어린것들은 태어나지도 않았어요. 한데 왜 걔네들만 교주님께 충성하고, 우리 옛 형제들은 충성하지 않는다는 거죠?"

홍 부인은 생긋생긋 웃으며 말했다.

"백룡사의 그 말은 자신의 공로를 과시하는 거네요. 다시 말해 백룡사 종지령鍾志靈이 없었다면 오늘날의 신룡교가 없다는 뜻인가요?"

그 우람한 사내 종지령이 말했다.

"물론 신룡교를 일으켜세운 건 교주님 한 사람의 공로입니다. 모두들 그 어르신을 따랐을 뿐이니 공로라고 말할 순 없죠. 하지만…."

홍 부인이 반문했다.

"하지만 뭐죠?"

종지령이 말했다.

"하지만 우리에게 공로가 없다면, 저 어린것들에게는 더더욱 공로가 없는 것 아닙니까?"

홍 부인이 그의 말을 받았다.

"그렇게 말하면 나도 스물몇 살인데, 아무 공로가 없는 거겠네요?"

종지령은 약간 망설이다가 힘주어 말했다.

"그렇소! 영부인도 공로가 없습니다. 신룡교를 이끌어온 건 오직 교주님의 공로입니다!"

홍 부인이 천천히 말했다.

"다들 공로가 없다는 얘기네요. 그러니 당신을 죽여도 억울하지 않겠군요, 안 그래요?"

그렇게 말할 때 눈에 살기가 번뜩였는데, 표정은 여전히 요염하기 짝이 없었다.

종지령은 화를 참지 못하고 언성을 높였다.

"이 종지령 한 사람을 죽이는 건 물론 별일 아니겠지만, 이런 식으로 충량들을 배척하고 죽인다면 신룡교는 결국 부인 손에 파멸하고 말 거요!"

홍 부인은 고개를 끄덕였다.

"네, 좋아요. 말 잘했어요. 그런데 너무 피곤하네요."

그녀는 정말 피곤한 듯 나른하게 말했는데, 그것이 바로 살인 암호였다. 백룡사를 에워쌌던 일곱 명의 소년은 홍 부인의 말이 떨어지기 무섭게 동시에 장검을 뻗어냈다. 그 검은 일제히 종지령의 몸을 노렸고, 그의 몸을 찔렀다. 검을 다시 거두는 순간, 종지령의 몸에서 일곱

줄기의 혈전血箭이 뿜어져나와 소년들의 흰 옷을 붉게 물들였다.

종지령은 그 자리에 쓰러졌고, 일곱 명의 소년은 뒤로 물러났다. 그들의 행동은 절도가 있고 아주 질서정연했다.

교중의 형제들은 종지령의 무공이 고강하다는 것을 잘 알고 있었다. 그러나 졸지에 장검 일곱 자루의 공격을 받자, 전혀 반항할 여지가 없었다. 그만큼 일곱 소년이 오늘 전개한 공격은, 사전에 엄격한 훈련을 거쳤으며 무수한 연습을 거듭해왔다는 것을 방증했다. 몸과 검이 혼연일체가 되어, 행동을 취하는 데 전혀 망설임이 없었다.

홍 부인은 하품을 하면서 왼손으로 앵두 같은 작은 입을 살짝 가렸다. 그 모습조차 너무 요염해 보였다. 홍 교주는 백룡사가 죽은 것을 아예 보지 못한 듯, 표정이 전혀 변하지 않고 무덤덤했다.

홍 부인이 다시 나른한 목소리로 물었다.

"청룡사, 황룡사! 두 분은 백룡사 종지령이 모반을 꾀했으니 벌을 받아 마땅하다고 생각하지 않나요?"

눈이 가늘고 턱이 뾰족한 노인이 몸을 숙이며 말했다.

"종지령은 오래전부터 교주님과 영부인께 반기를 들려고 절치부심해왔습니다. 속하는 그의 배은망덕한 태도가 괘씸해 영부인께 여러 번 고발을 했는데, 그때마다 영부인께서는 옛정을 봐서 그에게 회개할 기회를 주겠다고 말씀하셨습니다. 교주님과 영부인께서 그렇게 넓은 아량을 베푸시니 그가 개과천선하길 바랐는데, 천성이 사악무비한지라 끝내 일을 저지르고 말았습니다. 고통을 받지 않고 이렇듯 편하게 죽은 것은 그의 복입니다. 교중의 형제들은 한결같이 교주님과 영부인의 은덕에 감사하고 있습니다."

위소보는 속으로 시부렁댔다.

'저놈은 아부 대왕이군!'

홍 부인이 살짝 웃으며 말했다.

"황룡사는 역시 사리에 밝으시군요. 청룡사의 생각은 어때요?"

쉰 줄에 키가 껑충한 사내가 주위를 에워싼 여덟 명의 청의 소년을 무섭게 노려보며 호통을 쳤다.

"야, 이 새끼들아, 저리 꺼져! 교주가 날 죽이겠다면 차라리 나 스스로 죽겠다!"

여덟 명의 소년은 일제히 장검을 앞으로 쭉 뻗었다. 검 끝이 사내의 옷에 닿는 순간, 그는 냉소를 날리며 천천히 두 손을 들어올려 옷깃을 움켜쥐었다.

"교주님, 영부인! 지난날 난 적·백·흑·황 네 명의 장문사와 결의형제를 맺어 신룡교를 위해 목숨을 바치기로 맹세했건만, 이런 초라한 꼴이 될 줄이야 꿈에도 생각 못했소이다! 부인이 날 죽이려는 건 그런대로 이해가 가지만, 황룡사 은殷 대형은 죽는 게 무서워 비겁하게 그 따위 구역질 나는 말을 하고 형제를 멸시하다니, 정말 한심하오!"

사내가 양손을 바깥쪽으로 잽싸게 떨쳐내자, '찌직' 하는 소리가 들리며 입고 있던 장포가 반으로 쫙 찢어졌다. 그가 다시 팔을 휘두르자, 두 개로 찢어진 장포가 허공을 수놓으며 여덟 소년의 장검을 전부 뿌리쳤다. 청색 광채가 번쩍이는 순간, 그의 손에는 어느새 두 자루의 단검이 쥐어져 있었다. 단검의 길이는 자 반에 불과했다. '싹싹' 소리가 들리는 가운데 소년 여덟 명은 모두 가슴에 검을 맞고 쓰러졌다. 상처에서 붉은 피가 샘솟았다. 여덟 구의 시체는 바로 그의 옆에 쓰러졌는데, 엉켜 있는 것도 아주 나란하게 질서정연했다. 사내의 출수가 어찌나 빠른지, 그야말로 전광석화 같았다.

홍 부인도 적이 놀란 모양이었다. 그녀가 양손을 연신 흔들자 20여 명의 청의 소년들이 동시에 달려와 청룡사 앞을 가로막고 또 에워쌌다. 청룡사는 껄껄 웃더니 낭랑한 음성으로 말했다.

"영부인이 가르친 이 애송이들은 아무짝에도 쓸모가 없군! 교주님께서 이런 풋내기들을 믿고 과연 대업을 이어갈 수 있을까요?"

홍 교주는 일곱 명의 소년이 종지령을 죽였을 때도 못 본 척하더니, 청룡사가 여덟 명의 소년을 죽인 것에도 또한 아랑곳하지 않았다. 그저 덤덤하게 앉아서 간여하지 않았다.

홍 부인은 생긋이 웃으며 말했다.

"청룡사, 검법이 대단히 뛰어나군요. 오늘….."

이때 갑자기 '챙', '쟁그랑' 하는 금속성이 여기저기서 들리며, 대청 안에 있는 수백 명의 소년소녀가 쥐고 있던 장검을 앞서거니 뒤서거니 다 떨어뜨렸다. 이 갑작스러운 변화에 다들 어리둥절해했다. 소년소녀들은 곧이어 하나둘씩 맥없이 바닥에 쓰러졌다. 나머지 사람들도 제각기 어지럽고 눈앞이 어른어른해지며 다리가 풀리기 시작했다. 공력이 비교적 약한 사람이 먼저 쓰러지고 다른 사람들도 비틀비틀했다. 삽시간에 대청 안은 여기저기 쓰러진 사람들로 인해 난장판이 되었다. 홍 부인이 놀라 소리쳤다.

"아니… 왜… 왜…?"

그러고는 몸이 휘청거리더니 의자에서 미끄러졌다. 청룡사는 제자리에 우뚝 서서 징그럽게 웃었다.

"홍 교주, 이게 바로 형제들을 잔인하게 죽인 대가라는 걸 미처 생각 못했겠지!"

'챙!' 그는 손에 쥐고 있는 단검 두 자루를 서로 부딪쳐 금속성을 내면서, 쓰러져 있는 사람들의 몸을 밟고 홍 교주를 향해 걸어갔다.

홍 교주는 냉소를 날렸다.

"흥! 과연 그럴까?"

그러고는 의자 팔걸이를 힘껏 쥐었다. '뚝!' 대나무를 엮어 만든 팔걸이가 우지끈 분질러졌다. 그것을 본 청룡사는 흠칫 놀라 안색이 변하며 자신도 모르게 뒤로 두 걸음 물러났다.

"홍 교주, 방대한 신룡교를 이렇듯 지리멸렬하게 만든 게 누구요? 애당초 누가 이런 화근의 씨앗을 뿌린 거요? 이제는 당신도 그 원인을 알겠죠?"

"음…."

홍 교주는 신음을 토하며 갑자기 의자에서 미끄러져 바닥에 주저앉았다. 청룡사가 입가에 다시 그 징그러운 미소를 띠며 성큼 앞으로 다가갔다.

그 순간, '휙' 하고 물체 하나가 강맹한 힘에 실려 그의 가슴을 향해 날아갔다. 청룡사가 오른손의 단검을 휘두르자 날아온 그 물체는 두 동강이가 났다. 홍 교주가 분질러진 팔걸이를 던진 것이었다. 그는 그 팔걸이에 엄청난 내력을 주입했다. 청룡사가 그것을 검으로 두 동강 냈지만, 아랫부분은 바닥에 떨어지고, 윗부분은 여전히 힘이 실려 '푹' 하고 그의 가슴을 파고들었다. 갈비뼈 대여섯 대가 부러지면서 폐까지 쩔렀다.

"으악…!"

청룡사는 비명을 질렀지만 바로 소리가 끊겼다. 폐가 손상돼 기를 끌어올릴 수 없어 소리가 나오지 않은 것이다. 곧 몸을 비칠거리더니 쥐고 있는 두 자루의 단검을 떨어뜨렸다. 단검은 떨어지면서 두 소년의 몸에 꽂혔다.

"으악!"

두 소년은 비록 몸이 마비돼 움직일 수 없지만 의식은 또렷했다. 단검이 몸에 꽂히니 얼마나 아프겠는가. 절로 비명을 질러댔다.

수백 명의 소년소녀들은 교주가 위력을 발휘해 청룡사를 제압한 것을 보고 일제히 환호성을 질렀다.

홍 교주는 오른손으로 바닥을 짚고 몸을 일으키려고 버둥댔지만 왼쪽 다리를 펴기도 전에 무릎이 꺾이며 다시 쓰러져 뒹굴면서 나가떨어졌다. 결국 낭패한 모습을 보이고 만 것이다. 이 광경을 지켜본 사람들은 비로소 교주도 자기네들과 같이 중독돼 몸을 제대로 움직일 수 없다는 사실을 깨달았다.

홍 교주는 평상시 교도들 앞에서 말도 별로 하지 않고, 웃지도 않으며, 아주 근엄한 모습만 보여왔다. 그런데 지금 바닥에 나뒹굴면서 비참한 모습을 보였으니, 중독돼 전혀 힘을 쓸 수 없게 된 게 확실했다.

대청에 모인 수백 명이 다 쓰러졌는데 유독 한 사람만이 제자리에 서 있었다. 그는 원래 몸집이 왜소했는데, 수백 명이 다 쓰러진 자리에 우뚝 서 있으니 마치 군계일학群鷄一鶴 같았다. 바로 위소보였다.

위소보는 코끝에 은은한 향기를 느끼며 마음이 아주 편안해졌다.

온몸이 나른해지면서 뭐라고 말할 수 없을 정도로 기분이 좋았다. 그는 수많은 사람들이 하나둘씩 쓰러지는 것을 지켜보며 왜 이런 이상한 일이 벌어지는지 도무지 이해가 가지 않았다. 잠시 어리둥절해 있다가 옆에 쓰러져 있는 반 두타를 붙잡고 물었다.

"반 존자, 이게 어떻게 된 거죠? 다들 왜 이래요?"

반 두타는 의아한 눈빛으로 그를 쳐다보았다.

"아니… 중독되지 않았나?"

위소보는 고개를 갸웃했다.

"중독이라뇨? 난… 잘 모르겠어요."

그러고는 있는 힘을 다해 반 두타를 일으키려 했지만 그는 다리가 풀려 다시 쓰러지고 말았다.

그때 육 선생이 갑자기 청룡사에게 물었다.

"허許 대형, 대체… 무슨 독을 쓴 거요?"

청룡사는 거나하게 취한 듯 비틀거리며 기둥 하나를 부여잡고 연신 기침을 해댔다.

"애석하게도… 애석하게도 성공을 눈앞에 두고 마지막 순간에… 나도… 이젠 쓸모가 없어진 모양이오."

육 선생이 다시 물었다.

"허 형, 칠충연근산七蟲軟筋散이오, 천리쇄혼향千里鎖魂香이오? 아니면 그… 그 화化… 화혈化血… 부골분腐骨粉이오?"

그는 연달아 세 가지 독약을 언급했고, 마지막 '화혈부골분'을 물을 때는 목소리가 떨렸다. 몹시 두려워하는 게 분명했다.

청룡사는 폐를 상해 기침을 심하게 하느라 말을 제대로 하지 못했다. 육 선생은 위소보에게 고개를 돌렸다.

"한데 위 공자는 왜 독을 당하지 않았지? 아! 맞다, 맞아!"

그는 갑자기 뭔가 깨달은 듯 '맞아!'라는 말에 힘을 주었다. 이어 청룡사에게 말했다.

"두 자루의 단검에다 백화복사고百花腹蛇膏를 묻혔군요! 묘수야, 정말 묘수로다!"

그러고는 위소보에게 말했다.

"위 공자, 청룡사가 사용했던 그 단검의 냄새를 한번 맡아보게. 혹시 무슨 꽃향기가 나는지…?"

위소보는 속으로 투덜댔다.

'검에 독을 묻힌 것 같은데, 내가 왜 맡아봐?'

그는 퉁명스레 말했다.

"여기서도 진한 꽃향기를 맡을 수 있어요."

육 선생의 얼굴에 희색이 피어올랐다.

"맞아! 백화복사고가 피를 만나면 진한 향기가 나지! 원래는 향료를 만드는 비법이라 일반 사람이 맡으면 정신이 상쾌해지지만… 하지만 영사도에 사는 우리는 모두 독사를 피하기 위해 늘 웅황약주雄黃藥酒를 복용해왔어. 웅황약주가 그 진한 향기와 맞닥뜨리면 전신의 뼈마디가 노글노글해져서, 하루 종일 그러니까 열두 시진 동안 그 증상이 풀리지 않지."

그는 다시 청룡사에게 고개를 돌렸다.

"허 대형, 아주 묘수를 썼구면. 백화복사고는 여기 영사도에선 금지물품인데, 벌써 암암리에 준비를 해놨군. 내 생각에 허 대형은 아마 서너 달 넘게 웅황약주를 마시지 않았을 거요."

청룡사는 그 자리에 주저앉았는데, 마침 두 소년의 몸을 깔고 앉았다. 그는 고개를 절레절레 흔들었다.

"치밀한 계획을 세웠는데… 하늘이 날 돕지 않는구려. 결국 나도 홍안통洪安通에게 독수를 당했으니!"

몇몇 소년이 바로 호통을 쳤다.

"감히 교주님의 함자를 함부로 부르다니, 무엄하다!"

청룡사는 장검 한 자루를 집어 천천히 몸을 일으키더니 한 걸음씩 홍 교주에게 다가갔다.

"홍안통의 이름을 부르면 안 된단 말이냐? 내가 이 사악한 놈을 바로 죽일 텐데… 콜록… 그래도 이름을 부를 수 없단 말이냐?"

수백 명의 소년소녀들이 일제히 놀란 외침을 토했다.

잠시 후, 황룡사의 늙수그레한 음성이 들려왔다.

"허 형제, 자네가 홍안통을 죽인다면 모두들 자네를 신룡교의 교주로 받들 걸세. 자, 모두 따라 외쳐라! 우린 허 교주를 받들어, 호령에 따라 충성을 다할 겁니다!"

대청 안은 잠시 조용해지더니 곧 수십 명이 따라 외쳤다.

"우린 허 교주를 받들어, 호령에 따라 충성을 다할 겁니다!"

확고한 외침과 우물쭈물하는 음성이 제각기 섞여 있었다.

청룡사는 몇 걸음 내딛더니 몸을 비틀거리며 기침을 해댔다. 그는 중상을 입었지만 안간힘을 다해, 마치 발악을 하듯 홍 교주를 죽이려 했다.

이때 홍 부인이 갑자기 까르르 웃었다.

"청룡사, 다리가 풀리고 힘도 전혀 쓰지 못하네요. 가슴에서 피가 거꾸로 솟구쳐 곧 말라버릴 거예요. 도저히 안 되겠어요. 앉아요, 너무 피곤하잖아요. 어서 앉으세요. 그래요, 앉아서 좀 쉬세요. 검을 내려놓고 이리 내 곁에 와서 쉬어요. 내가 상처를 치료해줄게요. 네, 맞아요. 앉으세요, 어서 검을 내려놔요."

그녀의 음성은 갈수록 부드럽고 애교가 철철 넘쳤다.

청룡사는 다시 몇 걸음 내디뎠으나 결국 천천히 주저앉았다. 장검도 손을 벗어나 바닥에 떨어졌다.

황룡사는 청룡사가 맥없이 주저앉는 모습을 보고는 바로 소리 높여 외쳤다.

"허설정許雪亭, 이 썩어빠질 놈아! 네 주제를 알아야지! 감히 교주 자리를 넘봐? 그 꼬락서니로 교주가 될 수 있겠냐?"

적룡사 무근 도인이 그에게 호통을 쳤다.

"은금殷錦, 이 비열한 소인배야! 간에 붙었다가 쓸개에 붙었다가… 그러고도 네놈이 인재냐? 내 손발이 풀리면 가장 먼저 네놈부터 죽여버리겠다!"

황룡사는 그를 노려보았다.

"왜 뿔따구를 내는 거야? 난… 그저…."

다음 말을 잇기도 전에 청룡사 허설정이 비칠거리며 다시 일어나려는 것을 보고는, 하려던 말을 삼켰다. 지금 상황으로는 누가 최후의 승자가 될지 아리송했다.

이 순간 모든 사람의 시선이 청룡사 허설정에게 집중됐다.

홍 부인이 아주 부드럽게 말했다.

"허 대형, 너무 피곤해 보여요. 그냥 앉아서 쉬세요. 날 쳐다봐요. 노래를 한 곡 불러드릴게요. 그냥 편안하게 쉬세요. 앞으로 내가 매일 노래를 불러줄게요. 날 똑바로 보세요, 예쁘지 않아요?"

허설정은 '음음' 하며 뭔가 웅얼거리는 듯하더니 입을 열었다.

"너… 너무 예뻐… 한데… 쳐다보기가… 두려워…."

그러면서 휘청거리더니 또 주저앉았다. 이번엔 다시 일어나지 못했다. 그러나 속으론 지금의 상황을 정확히 짚고 있었다. 자기가 지금 일어나 교주를 죽이지 못하면, 수백 명 중에서 홍 교주의 공력이 가장 심후하니 제일 먼저 독이 풀려 일어날 것이다. 그럼 두말할 나위 없이 자신에게 반기를 든 형제들을 모조리 죽여버릴 게 뻔했다. 그는 안간힘을 다해 소리쳤다.

"육… 육 선생, 난 움직일 수 없소. 제발… 콜록… 제발 무슨 수를 써서라도…."

육 선생이 위소보에게 말했다.

"위 공자, 홍 교주는 아주 악랄하네. 좀 이따 그의 독이 풀리면 많은 형제들을 죽일 걸세. 자네도 예외는 아니야. 어서 홍 교주와 그의 부인을 죽여야 해!"

육 선생이 이런 말을 하지 않아도 위소보는 이미 속궁리를 정확하게 하고 있었다. 그는 장검 한 자루를 집어들고 천천히 홍 교주를 향해 걸어갔다.

육 선생이 다시 말했다.

"홍 부인은 불여우야. 사람을 홀리는 재주가 있으니 그의 얼굴을 보면 안 되네. 특히 눈은 절대로 보지 마!"

위소보가 대답했다.

"네!"

그가 검을 쥔 채 앞으로 몇 걸음 더 내디디자, 홍 부인이 부드럽게 말했다.

"소형제, 내가 예뻐, 안 예뻐?"

그녀의 음성에는 뼈를 녹이고 혼을 앗아갈 것 같은 교태가 녹아 있었다. 위소보는 자신도 모르게 가슴이 두근거려 몸을 돌려서 그녀를 쳐다보려 했다. 그때 바로 반 두타의 대갈일성이 들려왔다.

"붙여우야! 보면 안 돼!"

위소보는 흠칫 놀라 얼른 눈을 감았다. 홍 부인이 까르르 웃었다.

"소형제, 날 좀 쳐다봐. 어서 눈을 뜨라니까. 보라고, 내 눈동자 속에 네 그림자가 어른거리고 있어!"

위소보는 결국 눈을 떴다. 홍 부인이 그에게 추파를 던지며 생긋생긋 웃고 있었다. 위소보는 마음이 크게 흔들렸다. 하지만 곧 장검을 들고 홍 교주에게 다가가면서 속으로 주문을 걸었다.

'당신 같은 절세미인은 차마 죽일 수 없어. 하지만 당신의 남편은 죽여야 해!'

그가 마음을 굳혔을 때 홀연 왼쪽에서 해맑은 음성이 들려왔다.

"위 대형, 죽이면 안 돼!"

매우 귀에 익은 음성이었다. 위소보는 가슴이 철렁하며 그 음성이 들려온 쪽으로 시선을 돌렸다. 그곳에 한 홍의 소녀가 바닥에 쓰러져 있었다. 고운 머릿결에 빛나는 눈동자, 바로 소군주 목검병이었다.

위소보는 눈이 둥그레졌다. 이런 곳에서 목검병을 만나게 될 줄은

꿈에도 생각지 못했다. 그녀가 왜 신룡교 적룡문 소녀들이 입는 홍의를 입고 있는지는 생각할 겨를이 없었다. 얼른 달려가 그녀를 부축해 일으키며 물었다.

"아니, 왜 여기 있지?"

목검병은 그가 묻는 말에는 대답하지 않고 다급하게 말했다.

"제발… 교주님을 죽이면 안 돼."

위소보는 그제야 짚이는 바가 있었다.

"신룡교에 투신한 거야? 아니… 어떻게…?"

목검병은 온몸이 솜처럼 풀려 그저 머리를 위소보의 어깨에 기대고 있었다. 그러니 말을 할 때 그 작은 입이 위소보의 귀뿌리에 바싹 닿았다. 그녀가 속삭이듯 나직이 말했다.

"만약 교주와 교주 부인을 죽이면 나도 살아남지 못해. 저 늙은 영감들은 우릴 미워하기 때문에 전부 죽여버릴 거야."

위소보가 말했다.

"그럴 리 없어. 내가 죽이지 못하게 할게. 틀림없이 내 말을 들어줄 거야."

목검병이 다급하게 말했다.

"안 돼! 교주가 우리한테 독약을 먹였어. 다른 사람은 그 독을 풀 수 없어."

위소보는 그녀와 오랜만에 다시 만났으니 그 기쁨이야 이루 말할 수 없었다. 게다가 그녀가 자기 몸에 기대 귓가에 속삭이듯 입김을 불어넣으니 무슨 청을 해도 거절할 수 없었다. 더욱이 교주가 그녀에게 독약을 먹였는데 다른 사람은 그 독을 풀 수 없다고 하지 않는가. 만약 교주를 죽이면 그건 지금 품 안에 있는 이 귀여운 미인을 죽이는 꼴이니, 절대 있을 수 없는 일이었다. 그러나 한 가지 염려되는 게 있어 그녀의 귀에 대고 나직이 말했다.

"내가 만약 지금 교주를 죽이지 않으면 독이 풀리자마자 날 죽이려 할 거야."

그가 목검병을 꼭 껴안고 귀엣말을 했기 때문에 그녀만 들을 수 있었다. 목검병이 말했다.

"교주와 부인을 구해줬는데, 왜 죽이겠어?"

위소보는 그 말도 옳다고 생각했다. 홍 부인처럼 아름답고 요염한 여인은 어차피 자기 손으로 죽일 수 없으니, 어쩌면 이건 큰 공을 세울 기회가 될 수도 있었다. 대신 마음에 걸리는 게 있었다. 반 두타와 육 선생, 그리고 무근 도인은 필시 교주에게 죽음을 당할 것이었다.

무근 도인은 진정한 호걸인데 만약 죽게 만들면 그건 정말로 애석하고 한이 될 일이었다. 가장 좋은 수는 교주와 부인을 죽이지 않고, 반 두타 등의 목숨도 보존하는 것이었다. 그래서 말했다.

"맞아! 예쁜 마누라, 설령 교주가 날 죽인다 해도 기필코 너를 구해줄 거야."

그러면서 그녀의 왼쪽 볼에 뽀뽀를 했다. 목검병은 수줍어 얼굴이 빨개졌지만 눈에는 좋아하는 기색이 역력했다. 그녀가 나직이 말했다.

"나이도 어리고 큰 공도 세웠는데 교주가 왜 죽이겠어?"

위소보는 목검병을 내려놓고 육 선생에게 향했다.

"육 선생, 교주를 죽일 수 없습니다. 영부인도 죽일 수 없고요. 석비에는 '교주와 영부인이 홍복영락, 천수만세'라고 적혀 있는데 어떻게 목숨을 해칠 수 있겠습니까? 그리고 두 분은 신통광대하여 해치려 해도 해칠 수가 없습니다."

육 선생이 다급하게 외쳤다.

"그 석비의 글은 다 가짜니 어찌 믿을 수가 있겠나? 다른 생각 하지 말고 어서 그 두 사람을 죽여야 하네. 아니면 우리 모두 죽어서 뼈도 못 추릴 거야!"

위소보는 연신 손사래를 쳤다.

"육 선생, 그런 대역무도한 말은 하지 말아요. 해약을 갖고 있나요? 교주님과 영부인의 독을 빨리 풀어줘야 해요."

홍 부인이 부드러운 음성으로 말했다.

"맞아! 소형제는 역시 생각이 탁월하군. 교주님을 보필하기 위해 하늘에서 위 형제 같은 소년영웅을 보낸 게 분명해. 신룡교에 위 형제 같은 소년영걸이 있다는 것은 모든 교도들의 행운이야."

그녀의 이 말에는 경탄과 감격이 충만해 있었다. 결코 과장이 아니라 진심에서 우러난 말이 틀림없었다. 위소보도 그 말을 듣고 괜히 기분이 들떠서 웃으며 말했다.

"저는 신룡교의 사람이 아닙니다."

홍 부인도 웃으며 말했다.

"그거야 뭐 어려운 일이 아니지. 내가 후견인이 돼줄 테니 지금 당장 입교하면 돼. 교주님, 저 소형제는 본교를 위해 큰 공을 세웠는데, 무슨 직책을 내리는 게 좋을까요?"

홍 교주가 덤덤하게 말했다.

"백룡사 종지령은 교를 배반하여 처단됐으니 그를 백룡사에 임명하도록 하지."

홍 부인은 웃었다.

"아주 잘됐네요. 소형제, 본교는 교주를 위시해서 그 밑에 청·황·적·백·흑, 오룡사五龍使가 있어. 소형제처럼 입교하자마자 오룡사가 되는 경우는 여태껏 없었지. 그만큼 교주님은 소형제를 아주 높이 평가하고 있다는 얘기야. 소형제의 성이 위씨라는 것은 알고 있는데, 이름은 뭐지?"

위소보가 바로 대답했다.

"저는 위소보라고 해요. 강호 사람들은 저를 가리켜 '소백룡小白龍'이라고 하죠."

그는 별호도 없으면 아무래도 창피할 것 같았는데, 때마침 모십팔이 지어준 외호外號가 생각났다. 홍 부인은 몹시 좋아했다.

"거봐, 딱 맞잖아! 이게 바로 하느님의 절묘한 안배야. 아니고서야 이렇게 딱 맞아떨어질 수가 없잖아. 교주님은 입 밖에 내뱉은 말을 한 번도 어긴 적이 없어."

육 선생은 몹시 다급해졌다.

"위 공자, 그들에게 속으면 안 돼! 자네가 설령 백룡사가 되더라도 마음에 안 들면 바로 죽일 수 있어. 그건 손바닥 뒤집듯이 간단한 일이야. 백룡사 종지령이 바로 좋은 본보기지. 빨리 교주랑 그의 부인을 죽이게! 그럼 우리가 자네를 신룡교의 교주로 받들지."

이 말에 모두 소스라치게 놀랐다. 반 두타, 허설정, 무근 도인 등도 이 말이 너무 불가사의했다. 그러나 다시 생각해보면 납득이 안 될 일도 아니었다. 신룡교에서 교주를 제외하고 가장 높은 직책이 바로 백

325

룡사다. 지금 상황은 그야말로 절체절명, 벼랑 끝에 서 있었다. 모든 사람의 목숨이 경각에 달렸으니, 그런 제안을 해야만 위소보로 하여금 교주와 부인을 죽이도록 만들 수 있을 것이었다. 일단 이 난관에서 벗어나면 어린것이 설령 교주에 오른다 해도 오래 버티지 못하고 쫓겨날 터였다. 그래서 모두들 입을 모아 소리쳤다.

"맞아요, 맞아! 우리 모두 위 공자를 신룡교 교주로 받들어, 호령에 따라 충성을 다할 것을 맹세합니다!"

위소보는 은근히 마음이 흔들렸다. 그는 곁눈질로 홍 부인을 슬쩍 쳐다봤다. 그녀는 의자에 앉은 듯, 기댄 듯 비스듬히 몸이 축 늘어진 것이, 마치 온몸에 뼈마디가 없는 듯 나긋했다. 봉긋한 가슴이 가볍게 일렁거리고, 양 볼은 불그스름하며, 게슴츠레한 눈에서 추파가 흐르는 것 같았다. 위소보는 속으로 생각했다.

'교주는 하나마나 별로 재미가 없을 텐데, 저 교주 부인은 예뻐도 너무 예뻐. 내가 교주가 되면 내 부인이 되어줄까?'

이런 생각은 그저 한순간 뇌리를 스쳤을 뿐이다. 이내 현실을 직시했다.

'다들 하나같이 무공이 고강한데, 몸의 독이 풀리면 내가 무슨 수로 다스리겠어? 지금 날 징검다리로 이용하고 있을 뿐이야!'

그는 천지회에서 징검다리 역할을 직접 체험했다. 그래도 천지회 형제들은 영웅호한이라 징검다리를 다 건너고 나서도 치우지 않았다. 하지만 신룡교 사람들은 다를 거라고 생각했다. 일단 강을 건너면 바로 다리를 치울 확률이 높았다. 당연히 치우지, 왜 안 치우겠는가? 교주 부인이 제아무리 예뻐도 자기 생명보다 더 소중하진 않았다.

앞뒤를 잰 위소보는 혀를 날름거리고 나서 웃으며 말했다.

"나더러 교주가 되라는 것은 천부당만부당합니다. 내 팔자를 망쳐놓을 뿐 아니라 또한 대역무도한 짓이에요. 이렇게 합시다! 교주님, 영부인! 옛말에 좋은 게 좋다고, 오늘 일은 서로 퉁치고 없었던 일로 하죠. 육 선생과 청룡사는 교주님께 불경을 저질렀지만 교주님은 하해와 같은 아량을 베풀어 일절 죄를 묻지 않을 겁니다. 그러니 육 선생은 모든 사람에게 해약을 내주십시오. 그럼 다시 화기애애질 테니 누이 좋고 매부 좋은 일 아니겠습니까?"

홍 교주는 육 선생이 입을 열기도 전에 먼저 큰 소리로 말했다.

"좋아, 그렇게 하지! 백룡사가 오늘 일은 없었던 걸로 하고 화해와 협력을 새롭게 다지자고 권했으니, 본좌는 기꺼이 그 충언을 받아들이겠다. 오늘 대청에서 있었던 하극상의 망언망동은 다 용서하고, 어떤 상황에서도 더는 문책하지 않겠다."

위소보는 좋아서 활짝 웃었다.

"청룡사, 교주님이 승낙했으니 아주 잘된 일이잖아요?"

육 선생은 아무리 위소보를 설득해도 교주를 죽일 것 같지 않자 장탄식을 하며 말했다.

"정녕 그렇다면, 교주님과 영부인이 모두에게 맹세를 해주시면 고맙겠습니다."

홍 부인이 바로 입을 열었다.

"나 소전蘇荃은 오늘 있었던 일을, 앞으로 절대로 문제 삼지 않기로 맹세합니다. 만약 맹세를 어기면 기꺼이 용담龍潭에 들어가 수만 마리 독사에게 물려죽을 것입니다!"

홍 교주도 낮게 가라앉은 음성으로 말했다.

"신룡교 교주 홍안통이 만약 오늘 일을 문제 삼아 형제들을 문책한다면, 용담에 떨어져 독사들의 밥이 되어 뼈도 추리지 못할 것이다!"

듣고 보니, 그 '용담에 들어가 독사들의 밥이 되는 것'이 신룡교에서 가장 무거운 형벌인 것 같았다. 교주와 부인은 물론 어쩔 수 없는 상황에서 한 약속이지만, 대중 앞에서 맹세를 했으니 결코 그것을 번복하지는 못할 것이었다.

육 선생이 나섰다.

"청룡사의 생각은 어떻소?"

허설정은 숨을 간신히 몰아쉬며 말했다.

"난… 어차피 못 살 것 같소."

이번엔 무근 도인에게 물었다.

"무근 도장의 생각은 어떻소?"

그는 큰 소리로 대답했다.

"그렇게 합시다! 홍 교주는 본디 우리 형제들의 맏이로서, 문무를 겸비해 그 실력이 일당백으로 어느 누구보다도 뛰어났소. 그래서 다들 그를 교주로 모시고 충성을 다해왔던 거요. 한데 지금의 부인을 얻은 후로는 성격이 크게 변했소. 젊은 아이들만 총애하고 우리 같은 늙은이들을 배척하고 무참히 죽였소. 이번에 청룡사가 나선 것도 목숨을 부지하기 위함이지 다른 뜻은 없었소. 교주와 부인께서 앞으로는 옛 형제들을 가해하지 않고 또한 문책하지 않기로 맹세했으니, 우리가 굳이 반기를 들 이유가 있겠소? 더구나 홍 교주가 있어야만 신룡교가 존립할 수 있다는 건, 다들 익히 알고 있는 사실이오!"

젊은 남녀들이 일제히 환호했다.

"교주님은 홍복영락, 천수만세하리라!"

육 선생이 다시 입을 열었다.

"위 공자, 자네는 백화복사고의 독을 당하지 않았기 때문에, 오늘 일을 원만하게 해결할 수 있게 된 것이네. 어쩌면 이 모든 것이 하늘의 뜻일지도 모르지. 해독을 하는 방법은 간단하네. 밖에 나가서 찬물을 떠와 모두에게 먹이면 독이 바로 풀릴 걸세."

위소보가 웃으며 말했다.

"해독 방법이 그렇게 간단하군요."

그는 바로 대청 밖으로 나갔는데 물을 찾을 수 없었다. 그래서 뒤쪽으로 돌아가보니 물이 가득 담긴 큰 항아리 20여 개가 있었다. 대청에 화재가 발생할 경우를 대비해 미리 준비해놓은 것이었다. 곧 물통을 들고 물을 가득 퍼다가 우선 교주에게 먹이고, 다음엔 홍 부인에게 먹여주었다. 그리고 무근 도인에게 먹이며 말했다.

"도장은 진정한 영웅호한입니다."

이어서 반 두타와 육 선생 순으로 먹이고 여섯 번째는 목검병에게 먹여주었다.

찬물을 마신 사람들은 바로 구토를 하기 시작했고, 차츰 손발을 움직일 수 있게 되었다. 위소보가 다시 여러 사람에게 물을 먹이고 있을 때 육 선생은 몸을 일으켜 걸어다닐 수 있었다. 그는 가서 청룡사 허설정을 부축해 일으켜서 지혈을 하고 상처를 치료해주었다.

반 두타 등도 일어나 물을 퍼다가 가까운 형제들에게 먹였다. 목검병 역시 여러 명의 홍의 소녀들을 구해주었다. 대청 안은 곧 구토물로 가득 차서, 악취가 코를 찔렀다.

홍 부인이 입을 열었다.

"내일 다시 집회를 열 테니, 다들 돌아가서 쉬도록 하세요!"

홍 교주도 진지하게 말했다.

"본좌는 지난 일을 일절 묻지 않을 것이니, 형제들도 오늘 일로 인해 서로 다툼이 없어야 한다. 이를 거역하는 자는 중벌로 다스릴 것이다. 그리고 오룡 소년들은 장문사에게 불경을 범해선 안 되고, 장문사들도 오늘 일로 본문 소년들에게 부당한 행동을 해선 안 된다."

모두들 입을 모아 대답했지만 내심 긴가민가하며 꺼림칙한 마음을 완전히 떨쳐버리진 못했다.

홍 부인이 부드럽게 말했다.

"백룡사는 날 따라오세요."

말투도 바뀌었다. 위소보는 그녀가 자기를 부르는 줄도 몰랐다. 홍 부인이 자기에게 손짓을 하자 비로소 자기가 신룡교 백룡사가 됐다는 것을 깨닫고 뒤따라갔다.

교주와 부인은 어깨를 나란히 하고 대청 밖으로 나갔다. 이미 독이 풀린 제자들은 일제히 몸을 숙여 인사를 하며 목청 높여 외쳤다.

"교주님은 홍복영락, 천수만세하리라!"

교주와 부인은 청색 석판이 깔린 길을 따라 대청을 끼고 왼쪽으로 돌았다. 제법 넓은 죽림이 펼쳐졌다. 그 대나무숲을 지나자 땅을 평평하게 다진 너른 평대平臺가 나타났고, 그곳에 대나무로 지은 집 몇 채가 있었다. 오색 옷을 입은 젊은 남녀 10여 명이 검을 멘 채 나열해 있다가 교주를 보자 일제히 몸을 숙여 정중히 인사를 올렸다.

홍 부인은 위소보를 데리고 죽옥 안으로 들어가 한 백의 소년에게 말했다.

"이분 위 공자가 바로 너희 백룡문의 새로운 장문사다. 동쪽 곁채로 모셔 편히 쉬시게 해라. 잘 모셔야 하느니라."

그러면서 위소보에게 생긋이 웃어 보이고는 안채로 들어갔다.

몇몇 백의 소년들이 위소보에게 공손히 몸을 숙였다.

"장문사께 인사 올립니다."

위소보는 황궁에서 내관 수령을 해왔고, 천지회에서도 향주의 자리에 있어, 떠받듦을 받는 것이 몸에 배어서 아무렇지 않게 고개만 끄덕해 보였다.

몇몇 백의 소년들이 그를 동쪽 곁채로 안내해 차를 올리고 깍듯이 대접했다. 말이야 본채 정방正房 양쪽에 딸린 곁채라고 하지만 제법 넓었다. 시설도 우아해 탁자와 진열장에는 금옥金玉 골동품 따위가 놓여 있고, 벽에는 서화가 걸려 있었다. 침상에 깔려 있는 이불도 비단이어서, 마치 황궁에 와 있는 듯한 착각이 들 정도였다.

백의 소년들은 홍 부인의 언동과 표정에서 위소보를 매우 존중하고 있다는 것을 알아차렸다. 게다가 교주가 기거하는 이곳 선복거仙福居는 외부인이 와서 묵고 간 적이 없었다. 이 영광을 누린 사람은 이 백룡사가 처음이었다. 물론 백룡사는 다른 사사四使에 비해서도 직위가 높은 것이 사실이었다.

이 소년들은 줄곧 선복거를 지키고 있었기 때문에 대청에서 일어난 변고를 전혀 몰랐다. 그저 위소보가 특별한 총애를 받고 있다는 것을 알고 최대의 예우를 했다.

이날 오후 위소보는 백의 소년들에게 오룡문의 여러 가지 규칙에 대해 물어보았다. 알고 보니, 신룡교는 다섯 개의 문, 즉 오문五門으로 나뉘어 있으며, 각 문마다 수십 명의 옛 형제와 100여 명의 소년 교도, 그리고 수백 명의 일반 제자를 거느리고 있었다. 장문사는 원래 교중에서 큰 공을 세운 덕망 있는 고수들이 맡아왔는데, 최근 교주와 부인이 젊은 층을 적극 지원하는 바람에 스무 살 안팎에 장문사 바로 아래 직위까지 오른 경우도 생겨났다. 그러므로 위소보가 백룡문 장문사에 오른 것을 별로 이상하게 생각하지 않았다.

다음 날 아침, 교주와 부인은 다시 모든 제자들을 대청에 소집했다. 모두들 불안한 표정이었다. 교주는 비록 지난 일을 문제 삼지 않겠다고 맹세까지 했지만, 워낙 심계가 깊어 나중에 무슨 독랄한 수단을 쓸지 아무도 예측할 수 없었다.

교주와 부인이 보좌에 앉았다. 위소보는 오룡사 중 네 번째 자리에 배치됐다. 반 두타와 육 선생보다 윗자리였다.

홍 교주가 물었다.

"청룡사의 상처는 어떤가?"

육 선생이 몸을 숙여 대답했다.

"교주께 아룁니다. 청룡사는 상처가 심해 과연 생명을 보존할 수 있을지 아직 미지수입니다."

교주는 품속에서 작고 새빨간 자기병을 꺼냈다.

"이 속에 천왕보명단天王保命丹 세 알이 있으니 그에게 먹이게."

그러면서 손을 살짝 떨치자 병이 그의 손을 벗어나 천천히 육 선생

앞으로 날아갔다. 육 선생은 얼른 손을 내밀어 그걸 받고는 바닥에 납작 엎드렸다.

"교주님의 대은에 감사드립니다."

그는 이 천왕보명단이 얼마나 귀한 약인지 잘 알고 있었다. 홍 교주가 제자들을 시켜 진귀한 약재를 무수히 채집해 만든 약이었다. 그중 300년 묵은 인삼과 백웅담白熊膽, 설련雪蓮, 천년영지 등은 실로 구하기 어려운 약재였다. 교주가 그동안 심혈을 기울여 만들어낸 것이 겨우 열몇 알에 불과했다. 청룡사 허설정이 이 영단 세 알을 복용하면 틀림없이 목숨을 건질 수 있을 것이었다.

나머지 옛 형제들도 일제히 몸을 숙여 고맙다는 인사를 올렸다. 모두의 생각이 다 비슷했다.

'청룡사는 어제 교주한테 정면으로 대들고 죽으려고까지 했는데, 오늘 교주가 오히려 저렇게 진귀한 약을 내주다니, 예전과는 전혀 다른 모습이야….'

모두들 내심 흐뭇했다. 원래 바싹 긴장해 경계태세를 갖췄는데, 이젠 얼굴에 미소까지 띠며 안도의 숨을 내쉬었다.

잠시 후 홍 부인이 웃으며 말했다.

"백룡사, 듣자니 오대산에서 석비 하나를 발견했는데 거기에 올챙이 글자가 적혀 있었다는 게 사실인가요?"

위소보는 몸을 숙여 대답했다.

"네."

반 두타가 나섰다.

"교주님과 영부인께 아룁니다. 속하가 그때 탁본을 떠온 비문이 이

것입니다."

그는 기름종이에 싼 것을 풀어, 큼지막한 종이를 동편 벽에다 걸었다. 검은 바탕에 흰 글자가 드러나 있는 탁본으로, 글자가 비뚤비뚤 꼬부랑꼬부랑 이상해서 알아보는 사람이 없었다.

홍 부인이 말했다.

"백룡사, 이 글자를 안다면 모두에게 한번 읽어주세요."

위소보가 대답했다.

"네."

그는 비문을 바라보며 육 선생이 가르쳐준 대로 읽어 내려가기 시작했다.

"대당 정관 2년 10월 갑자…."

천천히 읽어 내려가며 간혹 잊은 부분이 있으면 뜸을 들였다.

"음… 이게 무슨 글자였더라? 많이 흐릿해져서 잘 안 보이는데… 맞아! '마魔' 자예요."

그러고는 '홍복영락, 보세숭경普世崇敬, 천수만세, 문무인성文武仁聖' 네 구절을 읽을 때 슬쩍 바꿔읽었다.

"홍복영락, 영부인과 천수만세, 문무인성."

이 '영부인과'라는 네 글자는 사실 너무 세속적이고 조잡했다. 만약 육 선생이 직접 썼다면 유식해 보이는 멋진 단어를 선택했을 텐데, 위소보는 워낙 무식한지라 좋은 문구 같은 것을 생각해낼 리가 만무했다. 그나마 네 글자를 다섯 글자로 바꾸지 않은 게 천만다행이었다.

홍 부인은 그 네 글자를 듣더니 만면에 웃음꽃이 피어났다.

"교주님도 들었죠? 비문에 나도 언급돼 있어요. 이건 백룡사가 꾸며낸 게 아녜요."

홍 교주도 매우 좋아하며 웃는 얼굴로 고개를 끄덕였다.

"좋아, 좋아! 우린 하늘의 뜻을 받들어 신룡교를 창설했는데, 대당 정관 연간에 이미 하늘의 계시가 있었군."

대청에 모인 교도들이 일제히 소리 높여 외쳤다.

"교주님은 홍복영락, 천수만세하리라!"

무근 도인 등 옛 형제들도 놀라 입이 딱 벌어지며 속으로 생각했다.

'교주님과 영부인은 하늘의 계시를 받았군. 절대 무례를 범해선 안 되겠어.'

위소보는 마지막으로 그 여덟 부의 《사십이장경》이 있는 곳을 하나 씩 다 읊었다. 홍 부인이 감탄을 했다.

"성현호걸聖賢豪傑이 구세제민救世濟民한다는 것은 당연히 하늘의 계 시인데, 심지어 오삼계 같은 사람도 하늘이 이미 점지하고 있었군요. 교주님, 그 여덟 부의 경전은 본교가 차지하는 게 마땅하니, 언젠가는 신룡교의 소유가 될 거예요."

홍 교주는 수염을 쓰다듬으며 웃었다.

"부인의 말이 옳소."

교도들은 다시 소리 높여 외쳤다.

"천수만세, 영원불멸하리라!"

좌중이 조용해지자 홍 교주가 입을 열었다.

"이젠 위소보를 본교의 백룡문 장문사로 책봉하는 예식을 거행할 테니 향당香堂을 열도록 해라."

신룡교의 향당 예식은 천지회와는 판이하게 달랐다. 향당 앞 제대祭臺

에는 황금쟁반이 다섯 개 놓여 있는데, 쟁반마다 작은 뱀 한 마리가 담겨 있었다. 색깔별로 청·황·적·흑·백 다섯 가지였다. 뱀 다섯 마리는 고개를 쳐들고 혀를 날름거리며 똬리를 튼 몸을 올렸다 내렸다 하면서 계속 꿈틀거렸다.

위소보는 그 '오색신룡五色神龍'에게 경배를 하고 나서 교주와 부인에게 큰절을 올렸다. 이어 무근 도인 등이 그에게 축하인사를 했다.

홍 부인은 잔에 웅황주를 석 잔 가득 따라 위소보에게 마시도록 하고 나서 웃으며 말했다.

"그 술을 마셨으니 섬에 있는 신룡들이 자기 식구라는 것을 알고, 앞으론 물지 않을 거예요."

홍 교주는 백독불침百毒不侵, 그 어떤 독도 근접하지 못하는 웅황구슬 목걸이를 하사해 목에 걸도록 했다.

이어서 백룡문의 집사와 소년들이 장문사를 배견拜見했다.

잠시 후 홍 교주가 분부를 내렸다.

"청룡사는 당분간 요양을 해야 하니 비문을 밝혀내 공을 세운 반 두타가 임시로 그 직책을 대행하고, 나중에 청룡사가 쾌유하면 인계토록 하게!"

반 두타가 몸을 숙여 명을 받자, 홍 교주가 다시 말했다.

"오룡사와 육고헌陸高軒, 여섯 명은 협의할 일이 있으니 후청後廳으로 모이도록!"

교도들은 다시 일제히 환호했다. 무근 도인, 위소보, 반 두타, 육 선생 등은 교주의 뒤를 따랐다. 위소보는 이제야 비로소 육 선생의 이름이 육고헌이라는 것을 알았다.

후청은 바로 대청 뒤에 있었다. 규모가 그다지 크지 않고, 한가운데 큼지막한 대나무의자가 두 개 놓여 있었다. 교주와 영부인이 그 의자에 앉았다. 그 아래로 걸상 다섯 개가 마련돼 있었는데, 장문사 세 사람이 먼저 자리를 잡았다. 반 두타도 그중 하나의 걸상에 앉으며 위소보에게 말했다.

"백룡사도 앉지."

위소보는 육 선생의 자리가 없자 약간 의아해했다. 육 선생이 미소를 지으며 말했다.

"백룡사는 어서 앉게. 이곳 잠룡당潛龍堂엔 직책이 없는 내 자리는 없다네."

위소보는 이게 신룡교의 규칙이려니 생각했다. 반 두타도 만약 청룡사 직책을 대행하지 않았다면 역시 자리가 없었을 것이다. 위소보가 자리에 앉자, 육 선생은 흑룡사 아래쪽에 섰다.

그때 갑자기 황룡사 은금 등이 모두 몸을 일으켰다. 위소보는 영문을 알 수 없었으나 덩달아 자리에서 일어났다. 그러자 은금과 육 선생 등 다섯 명이 입을 모아 외쳤다.

"교주님의 훈시로서…."

위소보도 따라서 웅얼거렸다.

"…항상 명심하여 공을 세우니 만사형통하리라!"

황룡사 은금은 목소리가 뾰족한 데다가 남들보다 더 악을 쓰듯 큰 소리로 외쳐댔다.

홍 교주가 고개를 끄덕여 보이자 다섯 명은 다시 자리에 앉았다.

홍 교주가 먼저 입을 열었다.

"비문에 명시돼 있듯이 그 여덟 부의 《사십이장경》은 사방에 흩어져 있네. 일전에 흑룡사는 그중 네 부가 황궁에 있다고 보고했는데, 그 이유가 무엇인지 말해보게!"

흑룡사가 대답했다.

"그 경전은 원래 소림사와 목왕부 등에 소장돼 있었는데 나중에 오랑캐가 빼앗아 궁으로 가져간 것 같습니다."

홍 교주가 심각한 표정으로 아무 반응도 보이지 않자, 흑룡사의 얼굴에 두려움이 짙어졌다.

잠시 후 홍 교주는 반 두타에게 고개를 돌렸다.

"사형한테서 혹시 무슨 소식이 오지 않았나?"

반 두타가 공손하게 대답했다.

"교주님께 아룁니다. 사형 수瘦 두타의 말에 의하면, 전에 양람기 기주의 집에서 단서를 찾아냈는데, 이후 더 이상 밝혀내지 못했다고 했습니다."

그 말에 위소보는 떠오르는 것이 있었다.

'양람기 기주의 집이라고? 그럼 도 고모의 사부님이 있던 곳이잖아? 이제 보니 반 두타한테 수 두타라는 사형이 있구먼!'

홍 교주의 음성이 들려왔다.

"지체할 수 없는 일이니 좀 더 서둘러서 경전의 행방을 찾아내도록 하라고 전하게!"

반 두타는 연신 머리를 조아리며 대답했다.

이번에는 홍 부인이 미소를 지으며 입을 열었다.

"흑룡사는 경전을 찾기 위해 황궁으로 사람을 보냈다고 하는데, 나름대로 최선을 다했다고 하지만 아직 아무런 수확이 없어요. 아무래도 황궁 쪽은 행운이 따르는 다른 사람을 보내는 게 좋을 것 같아요."

황룡사 은금이 얼른 나섰다.

"영부인의 말이 옳습니다. 경전을 손에 넣는 일은 아무래도 행운과도 직결돼 있습니다. 흑룡사는 교주님께 공을 세우기 위해 최대한의 노력을 기울였지만 여러 가지 난관에 봉착하는 것을 보면, 역시 행운이 모자라는 것 같습니다."

홍 부인의 입가에선 미소가 떠나지 않았다.

"그럼 황룡사 생각으론 누가 운이 가장 좋은 것 같아요?"

은금이 대답했다.

"행운으로 말하자면 당연히 교주님을 꼽아야죠. 다음은 영부인일 테고요. 하오나 두 분께서 직접 나설 수는 없지 않겠습니까. 그다음으로 행운을 타고난 사람은… 바로 백룡사입니다. 그는 올챙이 글자를 알고 교를 위해 큰 공을 세웠으며, 인당印堂에 홍광紅光이 비치는 것으로 미루어 천복을 타고났으니, 교주님 휘하에 그를 능가할 행운아는 없을 것입니다."

홍 교주는 수염을 쓰다듬으며 담담하게 웃었다.

"그러나 그는 아직 나이가 어린데… 과연 그 대임을 제대로 감당할 수 있을까?"

신룡교에서 백룡사란 꽤나 높은 직책이지만 위소보는 별로 탐탁지 않게 생각했다. 그저 재수 없이 이 섬에 들어와 목숨을 부지하기 위해 현실에 따른 것뿐이었다. 물론 뇌쇄적인 홍 부인의 미모를 보는 것은 짜릿한 즐거움이었지만, 자꾸 쳐다보다가 교주가 눈치를 채면 목이 달아닐 수도 있었다. 역시 북경으로 다시 돌아가는 게 '장땡'이라고 생각하고 있었다. 그런데 지금 교주의 말을 듣자, '얼씨구, 땡이로구나!' 싶어 얼른 말했다.

"교주님, 영부인! 저를 이끌어주신 데 대해 심심한 감사를 드립니다. 전 다른 재주는 없어도 두 분의 홍복을 입었으니, 황궁으로 잠입해 그 네 부의 경전을 훔쳐오는 일은 아마도 조금 성공할 확률이 있을 것 같습니다."

홍 교주가 고개를 끄덕였다. 홍 부인도 좋아하며 말했다.

"스스로 중임을 맡겠다고 하는 것만 봐도 교주님께 대한 충성을 짐작할 수 있어요. 백룡사는 워낙 총명하고 복을 타고났으니, 이번 임무를 수행하라고 하늘에서 보낸 사자使者임에 틀림없는 것 같아요."

홍 교주가 천천히 입을 열었다.

"흑룡사의 보고에 의하면, 그가 황궁으로 들여보낸 부하들이 얻어낸 정보로는, 소황제 밑에 어린 내관이 하나 있는데, 이름이 그 무슨 소계자라고 하던가…."

위소보는 내심 소스라치게 놀랐다.

'젠장! 들통이 나면 만사 끝장인데….'

홍 교주의 말이 이어졌다.

"소황제가 그를 오대산으로 보내 우리 신룡교에 불리한 모종의 조치를 취할 모양이네. 그래서 사람들을 시켜 그를 붙잡아오라고 했는데, 장삼은 그를 찾아내지 못했고 반 두타도 성공하지 못했어. 그 소계자를 잡지 못해 실망하던 차에 너를 만나게 된 것이다."

황룡사 은금이 얼른 아첨을 떨었다.

"그게 다 교주님의 홍복입니다."

홍 교주는 가볍게 고개를 끄덕이고 말을 이었다.

"백룡사, 궁으로 들어가면 그 소계자에 관해 자세히 알아보도록 해라. 황제가 무슨 의도로 그를 오대산으로 보냈는지 확실하게 조사해서 보고하게."

위소보는 깜짝 놀라 등에 식은땀이 흘렀지만 시치미를 떼고 고개를 숙였다.

"네, 네!"

속으로는 기쁘기도 했다. 교주의 말투로 보아 자기를 황궁에 보내기로 결정한 모양이었다. 홍 부인이 말했다.

"그 여덟 부의 《사십이장경》에는 건강을 증진시키는 불로장생의 비밀이 수록돼 있다고 해요. 알다시피 교주님은 하늘의 뜻을 받들어 홍복영락, 천수만세를 누려야 하므로 그 여덟 부의 경전은 결국 신룡교에 들어오게 될 거예요. 백룡사가 그 여덟 부를 가져와 교주님께 큰 공을 세운다면, 교주님께서 아주 후한 상을 내릴 거예요."

위소보는 자리에서 일어나 몸을 숙였다.

"속하는 분골쇄신을 해도 교주님과 영부인의 은혜에 다 보답하지 못할 겁니다. 반드시 진충보국盡忠報國, 결사항전決死抗戰하겠습니다!"

이 '진충보국, 결사항전' 여덟 글자는 설화 선생한테서 배운 것이었다. 고사에서 대장군이 출정을 할 때면 군주가 독려를 해준다. 그럼 대장군은 격앙된 감정으로 '진충보국, 결사항전'을 외치곤 했다. 그런데 위소보가 지금 이 자리에서 그 말을 한 것은 아무래도 어울리지가 않았다. 홍 부인이 웃으며 말했다.

"교주님께 진충, 충성을 다한다면 더 바랄 게 없죠. 북경에 가서 할 일에 조력자가 몇 명 필요한지 스스로 선택을 하세요."

위소보는 잽싸게 생각을 굴렸다.

'이 섬에서 벗어나는 게 목적인데, 누가 따라가면 거추장스럽고 짐이나 되지.'

그래서 말했다.

"사람이 많으면 기밀이 누설될 우려가 있어요. 아, 맞아요! 적룡사 휘하 소녀들 중에서 한두 명을 선택할게요. 궁녀로 위장시켜 궁에 들어가면 일하기가 한결 수월할 겁니다."

목검병을 염두에 두고 한 말이었다. 그녀를 데려갈 심산이었다.

무근 도인이 나섰다.

"그 어린 소녀들은 별로 쓸모가 없을 것이네. 교주님과 영부인이 윤허를 했으니 정말 도움이 될 사람을 선택하게."

위소보는 내키지 않았지만 순순히 대답했다.

"네, 조언을 해줘서 감사합니다."

육고헌도 입을 열었다.

"교주님과 영부인께 아룁니다. 속하는 어제 중죄를 범했는데 너그럽게 은총을 베풀어주셔서…."

홍 교주가 눈살을 찌푸리며 손을 흔들어 그의 말을 잘랐다.

"어제 일은 다들 깨끗이 잊어버리고 다시는 언급하지 말게!"

육고헌이 고개를 숙였다.

"네, 감사합니다. 속하가 이번에 백룡사를 따라가겠습니다. 교주님과 영부인의 홍복을 입었으니 조금이나마 공을 세워 은혜에 보답하겠습니다."

홍 교주가 고개를 끄덕였다.

"육고헌은 지모가 뛰어나고 무공이 고강할 뿐 아니라 필력 또한 출중해서 문장을 그럴싸하게 구사하니 안성맞춤이지. 좋은 생각이네, 백룡사를 따라가도록 하게."

육고헌은 내심 짐작 가는 바가 있었다.

'방금 문장을 그럴싸하게 구사한다고 말한 걸 보면, 속으로 이미 빠삭하게 알고 있는 것 같아.'

반 두타도 덩달아 나섰다.

"교주님과 영부인께 아룁니다. 속하도 백룡사를 따라 북경으로 가서 미력이나마 보태고 싶습니다."

홍 교주는 이번에도 고개를 끄덕였다. 하지만 황룡사 은금도 나서려는 것을 보고 바로 입을 열었다.

"사람 수가 많으면 행각이 드러나기 쉬우니, 두 사람만 따라가도록 하게. 모든 행동은 백룡사의 명에 따라야 하네. 절대 거역해서는 아니되네."

육고헌과 반 두타는 몸을 숙여 대답했다.

"네, 분부에 따르겠습니다!"

홍 부인은 품속에서 오색창연한 작은 용 한 마리를 꺼냈다. 청동과 황금, 적동, 백은, 흑철로 만든 것이었다.

"백룡사, 이건 교주님의 오룡령五龍令인데, 당분간 백룡사가 지니고 있어요. 신룡교의 모든 제자들은 그 오룡령을 보면 직접 교주님을 대하는 것과 똑같아요. 큰일을 완수하기 위해 생사여탈권을 부여하는 거예요. 공을 세운 후에 다시 반납하세요."

위소보가 대답했다.

"네!"

그러고는 공손하게 두 손으로 받았다. 속으로는 고민스러웠다.

'난 그냥 빨리 북경으로 돌아가서 다시는 무슨 빌어먹을 신룡곤지 독사교로 돌아오지 않을 생각인데, 오룡령를 내주다니… 정말 골치 아프게 생겼네!'

홍 부인이 다시 말했다.

"백룡사와 육고헌, 반 두타 세 사람은 남고, 나머지는 물러가세요."

무근 도인과 흑룡사, 황룡사는 인사를 올리고 물러갔다.

홍 교주는 흑색 자기병을 꺼내 주홍색 알약 세 개를 쏟아냈다.

"세 사람이 교를 위해 스스로 북경행을 자청해 매우 기쁘게 생각하네. 각자에게 표태역근환豹胎易筋丸을 한 알씩 내리겠네."

반 두타와 육고헌의 얼굴엔 이내 기쁨과 놀라움, 두려움이 교차했으나 곧 무릎을 꿇고 알약을 받아 삼켰다. 위소보도 그들을 따를 수밖에 없어, 그 표태역근환이란 알약을 받아 바로 입에 넣고 삼켰다. 그러자 잠시 후 배 속에서 뜨거운 기운이 피어오르는 것을 느낄 수 있었다. 그 기운이 피의 순환, 즉 혈행血行을 따라 사지백해四肢百骸로 퍼지면서 말할 수 없을 정도로 기분이 상쾌해졌다.

홍 부인이 말했다.

"백룡사는 남고, 두 사람은 물러가도 좋아요."

반 두타와 육고헌은 바로 물러갔다.

홍 부인이 미소를 지으며 말했다.

"백룡사는 무슨 병기를 사용하죠?"

위소보가 대답했다.

"저는 무예를 익힌 지 얼마 되지 않아 병기를 사용한 적이 없습니다. 그냥 자신을 지키기 위해 비수를 한 자루 갖고 있을 뿐입니다."

홍 부인이 말했다.

"그 비수를 한번 보여줄래요?"

위소보는 신발 속에서 비수를 꺼내 자루를 부인 쪽으로 돌려 두 손으로 올렸다. 홍 부인은 그것을 받아 살펴보더니 칭찬했다.

"좋은 칼이네요."

곧 머리카락 한 올을 뽑아 살짝 떨어뜨렸다. 머리카락은 천천히 비수 위에 떨어져 두 동강이 났다. 그것을 본 홍 교주도 감탄했다.

"대단하군!"

위소보는 별다른 장점이 없지만 돈과 재물에 대해선 별로 욕심이 없는 편이었다. 지금 홍 부인이 비수를 좋아하는 것 같아 보이자, 이왕이면 아첨을 확실히 하기로 작심했다.

"그 비수를 영부인께 바치겠습니다. 옛말에도 있듯이, 연지니 보검은 모두… 모두 가인에게 바친다고 했어요. 천하 가인 중에 영부인만한 가인은 없을 겁니다."

그는 예전에 설화 선생한테 그 무슨 '보검은 열사에게 주고, 연지는 가인에게 준다' 따위의 말을 자주 들었었다. 그런데 '보검증열사寶劍贈烈士, 연지증가인臙脂贈佳人'이란 말이 좀 어려워 제대로 기억이 나지 않아서, 그냥 생각나는 대로 말한 것이다.

홍 부인은 그의 말에 까르르 교태가 넘치게 웃었다.

"우리에 대한 충심이 결코 빈말이 아니군요. 난 별로 준 것도 없는데 어떻게 이 귀한 것을 받을 수 있겠어요? 그 마음만 고맙게 받죠. 그리고 위험에 처하는 순간 방어할 수 있는 세 초식을 가르쳐줄게요. 미인삼초美人三招라고 하는데, 잘 기억해두세요."

그녀는 의자에서 내려와 손수건을 꺼내더니 비수를 자신의 오른쪽 종아리 바깥쪽에 묶었다. 그리고 웃으며 홍 교주에게 말했다.

"교주님, 수고스럽지만 무공 시연을 한번 해주세요."

홍 교주는 빙긋이 웃으며 천천히 걸어나오더니 난데없이 왼손을 쭉 뻗어서 부인의 뒷덜미를 낚아채 허공으로 번쩍 들어올렸다. 그의 동작이 너무 빨라 위소보는 깜짝 놀랐다.

"아!"

자신도 모르게 소리를 지르고 말았다.

홍 부인은 몸을 살짝 구부려 가는 허리를 비트는가 싶더니, 왼발로 홍 교주의 아랫배를 겨냥해 걷어차갔다. 홍 교주가 뒤로 몸을 움츠려 피하자, 홍 부인은 자연스럽게 몸을 거꾸로 돌려 왼손으로 홍 교주의 목을 끌어안았다. 오른손에 이미 비수가 쥐어져 있었다. 그 비수로 홍 교주의 등을 겨냥하고 웃으며 위소보에게 말했다.

"이 첫 번째 초식은 귀비회모貴妃回眸라고 해요, 잘 기억해두세요."

군더더기 없는 아주 깔끔한 연속 동작에 위소보는 마음마저 후련해졌다. 절로 소리 높여 찬사를 보냈다.

"우아! 정말 절묘해요!"

그러고는 속으로 생각했다.

'그날 반 두타한테 잡혀 허공으로 들어올려졌을 때 꼼짝도 못했는데, 진작 이 초식을 배웠다면 단칼에 그를 죽일 수 있었을 텐데!'

홍 교주는 부인의 몸을 살짝 바닥에 내려놓았다. 홍 부인은 비수를 다시 종아리에 꽂고 바닥에 엎드렸다. 그러자 홍 교주가 오른발로 그녀의 허리를 밟는 척하면서 마치 손에 칼을 쥔 것처럼 그녀의 뒷덜미를 겨냥해 웃으며 말했다.

"이래도 항복을 안 해?"

위소보는 속으로 시부렁거렸다.

'이렇게 된 이상 별다른 도리가 있겠어? 당연히 항복해야지!'

그런데 뜻밖에도 홍 부인은 낄낄 웃으며 '항복!'을 외치지 않았다. 잠시 후 그녀가 갑자기 머리를 자신의 가슴 안쪽으로 깊이 숙였다. 그 바람에 뒷덜미를 겨냥했던 상대의 칼은 자연히 빗나가고 말았다. 홍 부인은 연결 동작으로 공중제비를 돌아 홍 교주의 가랑이 사이로 뚫고 들어가서, 비수를 쥔 오른손으로 주먹을 쥔 채 홍 교주의 등에 일격을 가했다. 물론 칼끝을 위로 향하게 했다. 만약 상대가 정말 적이었다면 비수가 등을 파고들었을 것이다.

위소보는 다시 탄성을 질렀다.

"우아!"

홍 교주는 그녀가 비수를 거두자 바로 그녀의 팔을 뒤로 꺾었다. 그러고는 왼손으로 양쪽 손목을 동시에 움켜잡고, 오른손으로 무기를 쥔 것 같은 자세를 취해 그녀의 백옥같이 희디흰 목을 겨냥하며 역시 웃는 낯으로 말했다.

"이번엔 내 손에서 벗어나지 못하겠지?"

홍 부인이 웃으며 말했다.

"잘 봐요!"

그러면서 오른발을 살짝 앞으로 걷어차자 흰 광채가 번뜩이며 비수를 묶었던 손수건이 잘리면서 비수가 튕겨져나왔다. 다음 순간, 그녀는 오른쪽 발끝을 안으로 구부려 비수의 손잡이를 살짝 찍었다. 비수는 당연히 그녀의 목을 향해 잽싸게 날아갔다.

위소보는 깜짝 놀라 소리쳤다.

"조심해요!"

홍 부인은 급히 몸을 아래로 움츠렸다. 그러자 비수는 그녀의 머리 위를 스쳐지나, 뒤에 있는 홍 교주의 가슴을 향해 빠른 속도로 날아갔다. 아슬아슬한 절체절명의 순간, 홍 교주는 움켜잡았던 부인의 손목을 놓고, 바로 몸을 활처럼 구부렸다. '팍' 하는 소리와 함께 비수는 그의 가슴을 스치고 뒤쪽 대나무 벽에 깊숙이 꽂혔다.

홍 부인이 발끝으로 비수를 찰 때 위소보는 소스라치게 놀랐고, 그 비수가 홍 부인의 목으로 날아가자 더욱 기겁을 했다. 그런데 그 간발의 틈에 그녀는 비수를 피했고, 그 비수는 홍 교주의 가슴으로 날아갔다. 홍 교주는 영락없이 비수를 맞을 것 같았는데 그도 결국 피했다. 그 경심동백驚心動魄할 순간순간을 지켜본 위소보는 그저 눈이 휘둥그레지고 입이 딱 벌어질 뿐이었다. 어찌나 가슴이 떨리는지 목구멍에서 감탄의 소리도 나오지 않았다.

홍 부인이 그의 모습을 보고 웃으며 물었다.

"왜 그래요?"

위소보는 쓰러질 듯 휘청거리며 뒤에 있는 의자를 잡았다.

"너무 놀라 기절할 뻔했어요."

홍 교주와 부인은 그의 안색이 백지장처럼 창백해진 것을 보고 몹시 놀랐구나, 생각했다. 그리고 방금 한 말을 듣고는 백 마디 찬사보다도 더 듣기가 좋아 무척 기뻐했다. 두 사람은 원래 무공이 고강해 누구한테서 찬사 듣는 것을 대수롭지 않게 생각했다. 그런데 위소보는 진짜 걱정이 돼서 한 말이니, 그의 충심을 확연히 엿볼 수 있었다.

홍 부인은 뻔히 알면서도 일부러 물었다.

"백룡사한테 비수가 날아간 것도 아닌데 왜 그렇게 놀랐죠?"

위소보는 떠듬거렸다.

"난 행여… 영부인과… 교주님이 부상을 입을까 봐….'

홍 부인이 까르르 웃었다.

"별걱정을 다 하는군. 교주님이 그렇게 쉽게 당할 것 같아요? 이 초식은 비연회상飛燕迴翔이라 하는데 연마하기가 쉽진 않아요. 그러나 교주님은 절세신공을 지니고 있어 설령 사전에 전혀 몰랐다고 해도 그 초식에 당할 리가 없어요. 세상에서 교주님을 제외하고, 그 불의의 일격을 피할 수 있는 사람은 아마 없을 거예요."

곧이어 이 미인삼초를 연마하는 방법을 세세히 설명해주었다. 비록 세 초식에 불과하지만 전신의 사지, 어느 한 관절도 연관되지 않은 곳이 없었다. 검을 어떻게 뽑으며, 어떻게 고개를 숙여야 하는지, 속도와 부위, 그리고 힘의 안배, 모든 것이 다 적시적절하게 응용돼야만 했다.

두 번째 초식, 즉 공중제비를 돌면서 몸을 돌리는 동작은 소련횡진小憐橫陳이라 했다. 홍 부인이 말했다.

"이 미인삼초는 전부 고대 미인의 명칭에서 따온 거예요. 남자가 배우기엔 좀 어색한 면이 있지만, 백룡사는 아직 나이가 어리니 상관없어요."

위소보는 1초 1식 따라서 배웠고, 홍 부인은 열심히 가르쳤다. 한시진 정도 지나서야 겨우 다 배울 수 있었다. 그러나 막상 실전에 응용하려면 아직도 오랜 시간 연마를 거듭해야만 했다. 특히 제3초식 비연회상은 약간만 실수를 해도 스스로의 목숨을 끊는 결과를 낳게 된다. 홍 부인은 위소보더러 칼과 비슷한 목검 같은 것을 만들어 연습용으로 쓰라고 알려주었다.

홍안통은 대중 앞에서는 말도 별로 하지 않고 매우 근엄한 모습을 유지했는데, 지금은 부인과 함께 초식을 가르쳐주며 줄곧 웃는 모습이었다. 전혀 귀찮아하는 기색 없이 끈기 있게 부인이 시연하는 것을 지켜보고 나서 말했다.

"부인의 미인삼초는 위력이 너무 강해 상대에게 치명상을 입히기 마련이지. 이번에는 내가 상대방을 항복시킬 수 있는 영웅삼초를 가르쳐주겠다. 이 초식은 자신의 생각에 따라 강약을 조절할 수 있어."

위소보는 매우 기뻐하며 무릎을 꿇었다.

"교주님께 감사드립니다."

홍 부인이 웃으며 눈을 곱게 흘겼다.

"난 영웅삼초를 처음 들어보는데, 이제 보니 제자한테 가르치려고 나한테는 숨겨왔군요?"

홍안통이 웃으며 대답했다.

"이건 방금 당신의 미인삼초를 보고 바로 생각해낸 거요. 아직 식지 않은 따끈따끈한 초식이라 할 수 있지. 글쎄, 만약 허점이 있으면 부인이 지적을 좀 해주구려."

홍 부인은 다시 그를 요염하게 흘겨보며 까르르 웃었다.

"어머나, 우리 교주님께서도 농담을 할 줄 아시네!"

홍안통이 말했다.

"자고로 '영웅난과미인관英雄難過美人關'이라 했듯이, 영웅은 미인의 관문을 넘기가 어려운 법이오. 그러니 영웅삼초는 당연히 미인삼초를 당할 수가 없지."

홍 부인은 더욱 요염하게 웃었다.

"호호… 어린아이 앞에서 못하는 소리가 없네요."

홍안통은 자신의 말이 살짝 지나쳤다는 것을 깨닫고 헛기침과 함께 근엄한 표정을 지었다.

"백룡사는 아직 어려서 몸집이 작으니 적은 그의 뒷덜미를 잡고 번쩍 들어올리려 하기 쉽소. 부인은 날 백룡사로 생각하고 한번 들어올려보시오."

홍 부인이 웃으며 말했다.

"날 다치게 하는 건 아니겠죠?"

홍안통이 말했다.

"걱정 말아요."

홍 부인은 왼손을 내밀어 그의 몸을 잡더니 번쩍 들어올렸다. 홍안통은 몸이 우람해 얼핏 봐도 160~170근은 나갈 것 같았다. 그런데 하늘하늘한 홍 부인이 전혀 힘들지 않고 그를 들어올린 것이다.

홍안통이 위소보에게 시선을 돌리며 말했다.

"잘 봐라."

그는 왼손을 천천히 거꾸로 돌려 부인의 왼쪽 겨드랑이를 살짝 긁적였다. 그러자 홍 부인은 간지러워서 까르르 웃으며 몸이 풀어졌다.

홍안통은 왼손으로 그녀의 겨드랑이를 움켜쥐며 오른손을 느리게 돌려 멱살을 잡고는 몸을 천천히 들어올렸다. 그리고 자기 머리 위로 그녀의 몸을 가볍게 던졌다. 날아가 바닥에 떨어진 홍 부인의 몸은 마치 얼음판 위를 미끄러지듯 앞으로 쭉 밀려갔다. 홍 부인은 계속 웃으며 몸이 멈췄는데도 비스듬히 바닥에 주저앉아 일어나지 않았다.

좀 전에 홍안통이 그녀의 겨드랑이를 움켜쥐고 멱살을 잡아서 머리 위로 내던진 동작은 하나하나 아주 느렸다. 그래서 위소보는 그것을 자세히 볼 수 있었다.

홍안통이 취한 자세는 아주 우아하면서도 뭐라고 형용할 수 없을 만큼 보기가 좋았다. 비록 행동은 느리지만 절도가 있고 의도한 대로 상대의 부위를 정확하게 찍었다. 그건 홍 부인의 신속한 출수보다 난이도가 훨씬 높았다.

홍 부인이 웃으며 말했다.

"그렇게 간지럼을 태우고도 영웅호한이라 할 수 있나요?"

그러면서 천천히 몸을 일으켰다. 홍안통은 미소를 지었다.

"진정한 영웅호한은 남에게 간지럼을 태우지 않지. 하지만 백룡사가 남에게 들어올려졌다면 분명 목 아래 대추혈大椎穴이 붙잡혔을 거요. 그것은 손발 삼양독맥三陽督脈이 모이는 혈도라 전혀 힘을 쓸 수 없게 되지. 부득이 상대의 겨드랑이 극천혈極泉穴을 긁적일 수밖에 없소. 그 혈도는 소음심경少陰心經에 속해, 상대는 손을 놓지 않을 수가 없지. 그럼 백룡사는 그를 내던지면서 팔꿈치의 소해혈小海穴과 앞서 긁적였던 극천혈을 찍으면, 적은 땅에 쓰러져 움직이지 못할 거요."

위소보는 손뼉을 치며 좋아했다.

"정말 절묘한 초식이네요!"

홍안통이 말했다.

"초식을 숙달한 후에는 출수가 빠를수록 좋다."

잠시 후 그는 바닥에 엎드렸고, 홍 부인은 발로 그의 허리를 밟고 옆에 놓여 있던 문빗장으로 목을 겨냥했다. 그러고는 간드러지게 웃으면서 다그쳤다.

"항복할 건가요?"

홍안통은 웃으며 말했다.

"난 벌써 항복했어요, 절을 올릴게요."

그는 무릎을 꿇으려는 듯 두 다리를 오므리며 오른팔을 천천히 가로 휘둘렀다. 그 손이 빗장에 닿자, 우지끈하며 빗장이 부러져버렸다.

위소보는 깜짝 놀랐다. 그가 만약 팔을 세게 휘둘렀다면, 공력이 심후해서 문빗장을 부러뜨리는 것은 어려운 일이 아닐 것이다. 그런데 지금처럼 팔을 천천히 휘둘렀는데도 빗장이 부러졌으니, 뜻밖이고 놀라지 않을 수 없었다. 홍안통이 그에게 말했다.

"상대에게 절을 하는 척 다리를 오므리면서 비수를 뽑아야 한다. 물론 나 같은 내공이 없지만 비수가 워낙 예리해서 적의 웬만한 무기는 다 절단되고 말 거야."

그렇게 입으로 설명을 하면서 갑자기 몸을 뒤집었다. 홍 부인의 가랑이 밑으로 뚫고 들어갈 태세였다.

위소보는 멍해졌다. 신룡교의 지존인 교주의 몸으로 어떻게 여자의 가랑이 밑으로 들어갈 수 있단 말인가? 물론 상대가 자기의 아내지만, 그래도 겸연쩍은 짓이 아닐 수 없었다. 그런데 홍안통은 진짜 가랑이 밑으로 기어들어가지 않고 그냥 폼만 잡더니, 왼손으로 부인의 오른쪽 발목을 낚아채며 오른손으로 아랫배를 찍은 시늉을 했다.

"이게 손가락이 아니라 무쇠도 벨 수 있는 비수라면, 적은 꼼짝없이 당할 거야."

그러면서 부인의 발목을 잡은 채 천천히 일어났다. 발목이 잡힌 홍 부인의 몸이 거꾸로 세워졌다. 그녀는 웃으며 소리쳤다.

"어서 내려놔요! 이게 뭐 하는 짓이에요?"

홍안통은 껄껄 웃으며 오른손으로 그녀의 허리를 껴안고 몸을 바로 내려놓았다.

"백룡사는 몸집이 왜소해 적을 들어올릴 수 없으니 발목을 잡고 끌어당겨 비수로 아랫배를 겨냥하면 적은 항복을 할 수밖에 없지. 그러고는 바로 상대방의 가슴 부위 신장혈神藏穴과 신봉혈神封穴, 보랑혈步廊穴을 발로 걷어차야 적이 반격을 하지 못해."

위소보는 신이 나서 말했다.

"네, 네! 반드시 발로 걷어차겠습니다!"

홍안통은 두 손을 뒤로 해서 부인더러 손목 맥문脈門을 움켜잡고 부러진 빗장으로 뒷덜미를 누르게 했다. 그리고 웃으며 말했다.

"적이 뒤에서 내 양손을 잡으면 당연히 맥문을 움켜쥐어 힘을 못 쓰게 할 거다. 반격을 할 수 없는 이런 상황에서는 부득이 발로…."

그의 말이 끝나기도 전에 홍 부인은 '아!' 하고 소리를 지르며 손을 놓고 뒤로 물러났다. 그러면서 얼굴이 빨개져 눈을 흘겼다.

"어린아이한테 이런 비열한 수법을 가르치면 안 돼요!"

홍안통은 웃었다.

"그럼 요음퇴撩陰腿가 비열한 수법이란 말이오?"

그는 정색을 하고 말을 이었다.

"음부는 사람의 급소라, 공격을 받으면 바로 죽을 수도 있지. 강호 명문 정파에서도 왕왕 정면에서 이 요음퇴를 쓰는 경우가 있다. 소림에도 그런 초식이 있고, 무당파도 예외는 아니지. 하지만 적은 등 뒤에 있고, 두 손이 제압당한 채로 목에 칼이 들어온다면 반反요음퇴를 써야 되겠지!"

여기까지 말하고 나서 약간 멈칫하더니 다시 말을 이었다.

"그러나 적이 그것을 예측하고, 백룡사의 다리가 움직이는 기미가 보이면 그 즉시 칼로 목을 벨 거야. 그러니 거꾸로 차는 반요음퇴를 섣불리 전개할 순 없지."

그는 두 손을 다시 등 뒤로 돌려 홍 부인더러 손목을 움켜쥐라고 했다. 그러고는 갑자기 열 손가락을 갈퀴처럼 구부리더니 등으로 부인을 확 밀면서, 그 갈퀴처럼 만든 손가락으로 홍 부인의 가슴을 낚아채려 했다.

홍 부인은 그가 등으로 미는 바람에 손을 놓고 급히 뒤로 물러났다. 그리고 뽀로통하게 소리쳤다.

"이건 또 무슨 영웅초식이에요?"

홍안통은 빙긋이 웃었다.

"사람의 가슴엔 유중혈乳中穴과 유근혈乳根穴이 있는데, 남녀를 막론하고 다 치명적인 사혈死穴이지. 백룡사, 상대가 두 손을 뒤로 낚아잡았다면 무공이 당연히 고강하겠지? 더구나 맥문을 잡았기 때문에, 설령 백룡사가 뒤로 그의 가슴을 노린다고 해도 아무 소용이 없어. 하지만 상대는 지레 겁을 먹고 반사적으로 뒤로 물러나기 마련이야. 백룡사가 손에 힘을 쓸 수 없다는 것을 깨달았을 때는 이미 늦지. 부인, 다시 뒤에서 내 손을 잡아보시오."

홍 부인은 두 걸음 내디디며 그의 손등을 살짝 치고 나서 왼손으로 양쪽 손목을 움켜잡았다. 그러고는 홍 교주가 가슴을 건드리지 못하게 상반신을 뒤로 약간 젖혔다.

홍안통이 위소보에게 말했다.

"잘 봐라!"

그러고는 등으로 뒤에 있는 홍 부인을 밀치며 갈퀴처럼 구부린 손가락으로 가슴을 낚아채갔다. 홍 부인은 그게 형식적인 허초인지 알면서도 뒤로 몸을 피했다. 그 순간, 홍안통은 갑자기 몸을 뒤로 솟구쳐 다리를 쫙 벌리더니 그녀의 어깨 위에 올라탔다. 동시에 양손 엄지로 그녀의 관자놀이 태양혈을 누르고, 식지로 눈썹을, 중지로 눈을 눌렀다. 그리고 위소보에게 말했다.

"중지에 힘을 주면 상대의 눈을 멀게 하고, 엄지에 힘을 가하면 적을 기절시킬 수 있다. 이때 적의 반격에 신경을 써야 한다."

그는 다시 몸을 솟구쳐 공중제비를 돌아 멀리 날아가서 오른손으로 종아리를 탁 치며 비수를 뽑는 시늉을 했다. 비수 끝을 바깥쪽으로 향하게 하고, 왼손을 비스듬히 들어올렸다.

"적은 눈에 상해를 입었으니 다시 덮쳐올 때는 죽기살기로 사력을 다할 거다. 그에게 붙잡히지 않도록 조심해야 한다."

위소보는 유심히 지켜봤지만 이 초식은 너무 복잡해서 마치 곡예단의 어릿광대가 재주를 넘는 것 같았다. 그러나 적의 칼을 피하고 위기 상황을 역전시킬 수 있는 절묘한 초식임엔 틀림없는 것 같았다. 절로 한숨이 나왔다.

"정말 훌륭한 초식이지만 배우기가 너무 어려울 것 같아요."

홍안통이 말했다.

"내가 가르치는 것은 단 세 초식이지만, 그 속엔 금나수법과 타혈 수법, 그리고 경공술이 내포돼 있다. 그 세 가지 무공 중 한 가지만 소홀히 해도 이 세 초식은 위력을 제대로 발휘할 수가 없지. 무릇 금나수법과 타혈 수법, 경공술 한 가지를 제대로 배우려 해도 최소 10년 동안 노력을 기울여야 할 것이다. 하지만 이 세 초식을 연관시켜 연마한다면 한결 수월하지."

그는 곧 점혈에 필요한 혈도의 위치, 금나수법의 요령, 그리고 경공술의 기초를 가르쳐주었다. 그러고 나서 거듭 서로 시연을 해보고, 틀린 데가 있으면 일일이 바로잡아주었다. 물론 위소보는 감히 그의 어깨 위에 올라탈 수는 없었다. 홍안통도 그건 시연시키지 않았다.

줄곧 지켜보던 홍 부인이 입을 열었다.

"교주님, 난 사부님으로부터 미인삼초를 전수받아 수없이 많은 연마를 거쳐서 겨우 지금의 경지에 이르렀는데, 교주님의 영웅삼초는 임시로 만든 건데도 나의 미인삼초보다 위력이 훨씬 뛰어난 것 같아요. 대놓고 아부하는 게 아니라, 역시 무학의 대종사大宗師다워요. 진심으로 경의를 표합니다."

홍안통은 포권의 예를 취했다.

"부인의 과찬에 몸 둘 바를 모르겠소이다."

어제 대청에서 홍안통은 말도 하지 않고, 웃지도 않고… 마치 나무 토막처럼 그냥 앉아 있었다. 그래서 위소보는 그를 탐탁지 않게 보고 이상하게 생각했었다. '저런 얼간이 같은 늙은이한테 왜 다들 겁을 먹고 벌벌 떨지?' 그런데 지금 그의 진짜 실력을 보고 나서, 내심 감탄을 금치 못하며 우러러보게 되었다.

"교주님은 마음먹은 대로 새로운 초식을 만들어낼 수 있으니 정말 천하무적이라 할 수 있습니다."

홍 부인이 물었다.

"천하무적이라고요?"

위소보가 대답했다.

"네, 그래요. 적이 제아무리 재주가 뛰어나다고 해도, 교주님이 새로 만들어낸 초식을 전혀 알아보지 못할 테니 바로 항복한다고 소릴 지를 수밖에 없죠."

홍안통과 부인은 파안대소했다. 홍 부인이 흐뭇해하며 말했다.

"옳은 말이에요."

홍안통은 그저 가볍게 고개만 끄덕였다. 홍 부인이 이번엔 홍 교주에게 말했다.

"교주님, 내 미인삼초에는 제각각 이름이 있는데, 교주님의 영웅삼초는 더 위력이 있으니 그에 걸맞은 영웅의 이름이 있어야 되지 않을까요?"

홍안통은 미소를 지으며 말했다.

"좋아요, 한번 생각해봅시다. 첫 번째 초식은 상대를 들어올렸으니

오자서伍子胥가 임동臨潼에서 향로를 들어올린 것에 비유해 '자서거정 子胥擧鼎'이라는 이름을 붙이지."

홍 부인이 그의 말을 받았다.

"좋아요, 오자서는 대영웅이죠."

홍안통이 또 말했다.

"두 번째 초식은 적을 거꾸로 번쩍 들어올렸으니 노지심魯智深이 버드나무를 뽑아 거꾸로 들어올린 것과 비슷하잖소? 그러니 '노달발류 魯達拔柳'라고 합시다."

홍 부인은 손뼉을 쳤다.

"좋아요, 노지심도 대영웅이에요. 그런데 세 번째 초식은 비록 절묘하지만 영웅답지 못하고 좀 망나니 같은 느낌이 드는데…."

그러고는 까르르 웃었다. 홍안통이 웃으며 말했다.

"영웅답지 못하다고? 그럼 뭐라고 이름을 지을까? 음… 내가 식지로 부인의 눈썹을 눌렀으니 장창화미張敞畵眉라 하지."[1]

홍 부인은 피식 웃었다.

"장창은 영웅이 아니에요. 부인의 눈썹을 그려줬다고 해서 영웅이라 할 수 있나요?"

홍안통이 웃으며 말했다.

"규방의 즐거움은 눈썹을 그려주는 그 이상이지. 부인의 눈썹을 그려주는 게 진정 영웅이 아니란 말이오?"

홍 부인은 양 볼이 빨개지며 고개를 살랑 흔들었다.

위소보는 장창이 누군지 알지 못했다. 그저 속으로 마누라한테 눈썹을 그려주는 것은 영웅이 할 짓이 아니라 못난 공처가일 뿐이라고 생각했다. 물론 고사를 응용한 홍안통의 말 속에 부부의 은밀한 애정이 담겨 있다는 것도 알 턱이 없었다. 위소보는 자신의 생각을 말했다.

"교주님, 그 초식은 말을 타는 것처럼 적의 목 위에 올라타는 거잖아요. 말을 잘 타는 영웅은 많아요. 관운장은 적토마赤兎馬를 탔고, 진숙보는 황표마黃驃馬를 탔죠."

홍안통이 다시 웃으며 말했다.

"맞아! 그러나 관운장이 탄 적토마는 원래 여포의 소유였고, 진숙보는 황표마를 팔아버렸어. 둘 다 별로 적합하지 않아. 있다! 적청狄靑이 용구보마龍駒寶馬를 굴복시켰으니, 이 초식은 '적청항룡狄靑降龍'이라고 하지. 그가 굴복시킨 용구보마는 원래 용이 변한 거였어."•

홍 부인도 웃으며 손뼉을 쳤다.

"아주 좋아요! 적청이 전장에서 적과 싸울 때 청동귀면靑銅鬼面을 쓰고 출전하자, 서하西夏의 군사들은 혼비백산해서 비명을 지르며 달아났어요. 그도 당연히 영웅이죠. 한데… 항룡降龍은 용을 굴복시킨다는 뜻인데, 우린 신룡교니…."

홍 교주가 미소를 지으며 말했다.

"상관없어요. 설령 용이라 해도 누구를 만나느냐에 따라서 고분고분 순종할 수도 있는 법이오."

홍 부인은 '쳇!' 하고는 얼굴이 빨개졌다. 물기를 머금은 눈동자에 요염한 교태가 넘실댔다.

위소보는 미인삼초와 영웅삼초를 다시 일일이 실연했다. 수법手法이나 신법身法이 틀리면 홍안통과 홍 부인이 즉시 지적을 해주었다. 이 여섯 초식은 아주 절묘해서 짧은 시간 내에 다 터득할 수는 없었다. 홍 교주도 그를 다그치지 않고 서두르지 말라고 했다. 일단 요령부터 익히고, 나중에 틈나는 대로 연마하면 익숙해질 거라고 다독였다.

어느덧 정오 무렵이 되었다. 홍 부인은 비수를 받지 않겠다고 고집하며 위소보에게 다시 돌려주었다.

"백룡사는 아직은 무공이 부족해요. 이번에 교주님을 위해 큰일을 완수해야 하는데, 그 비수로 자신을 지켜야죠."

위소보가 비수를 받자 다시 말했다.

"백룡사, 본교에서 교주님이 친히 무공을 가르쳐준 사람은 나 말고 백룡사밖에 없어요."

위소보는 얼른 몸을 숙였다.

"제가 전생에 무슨 복을 타고났는지 모르겠습니다."

홍 부인이 진지하게 말했다.

"교주님의 은혜에 보답하기 위해서라도 충성을 다해 임무를 완수해야 해요."

위소보가 대답했다.

"네!"

홍 부인이 다시 말했다.

"이젠 가보세요. 내일 아침 일찍 반 두타, 육고헌과 함께 배를 타고 떠나야 하니, 따로 작별인사를 하러 오지 않아도 돼요."

위소보는 대답을 하고 두 사람에게 몸을 숙여 인사를 올렸다. 그리고 몸을 돌려 문 가까이 걸어가더니 다시 돌아섰다.

"영부인, 제가 만약 여든 살까지 살 수 있다면 그때 교주님과 영부인께서 다시 세 초식씩 가르쳐주실 수 있나요?"

그 말에 홍 부인은 처음엔 멍해졌으나 이내 장수를 기원하는 뜻임을 깨달았다. 위소보는 지금 열서너 살에 불과하다. 그가 여든 살이 되려면 아직 60년 넘게 남았다. 물론 교주와 자신은 천수만세를 누릴 테니 그때까지 살 수 있는 건 당연지사겠지만, 그래도 기분이 좋았다. 그녀는 웃으며 말했다.

"약속할게요. 백룡사가 80세 생일을 맞으면 교주님과 내가 다시 세 초식씩 전수해줄게요. 그리고 백세대수百歲大壽 때 다시 세 초식을 전수하죠. 그때는 초식의 이름이 노수성삼초老壽星三招와 노파파삼초老婆婆三招일 거예요."

위소보가 얼른 그녀의 말을 받았다.

"아녜요, 영부인은 그때도 지금처럼 젊고 아름다울 겁니다. 교주님도 마찬가지겠죠. 그러니 그때 전수해주실 초식의 이름은 저… 금동삼초金童三招와 옥녀삼초玉女三招로 하세요."

홍안통과 홍 부인은 하하 웃으며 몹시 좋아했다.

반 두타와 육고헌은 대청 밖 너럭바위에 앉아 한참 기다렸는데도 위소보가 나오지 않자, 혹시 무슨 변고가 생긴 게 아닌가 걱정을 했다. 그런데 위소보가 희색이 만면해 걸어나오는 것을 보고는 마음이 놓였다. 두 사람은 묻고 싶은 게 많았지만 선뜻 묻지를 못했다.

위소보가 먼저 입을 열었다.

"교주님과 영부인이 아주 절묘한 무공을 많이 가르쳐줬어요."

반 두타와 육고헌은 입을 모아 축하해주었다.

"축하하네, 백룡사. 본교에서 영부인 말고는 아무도 교주님께 무공을 전수받은 사람이 없네."

위소보는 의기양양했다.

"교주님과 영부인도 그렇게 말하더군요."

육고헌이 말했다.

"본교가 창건된 이래 교주님한테 이렇듯 큰 총애를 받은 건 백룡사가 처음이네. 전무후무한 일이지."

그러고는 반 두타를 힐끗 쳐다보고 나서 다시 말했다.

"교주님께서 혹시 우리한테 표태역근환의 해약을 언제 내줄 건지 언급이 없었나?"

위소보는 이해가 가지 않아 고개를 갸웃했다.

"그 표태역근환에 해약이 필요한가요? 그렇다면… 그럼… 그게 독약인가요?"

육고헌이 대답했다.

"음… 꼭 그렇다고는 할 수 없지. 자, 우리집으로 돌아가서 자세히 얘기하세."

그는 대나무집을 몇 번 뒤돌아보았다. 얼굴에 두려움과 떨떠름한 표정이 교차했다.

세 사람은 육고헌의 집으로 돌아왔다. 위소보는 두 사람의 표정이 계속 어두운 것을 보고, 이상한 생각이 들어서 물었다.

"그 표태역근환은 어떻게 된 겁니까? 영단靈丹인가요, 아니면 독약인가요?"

반 두타가 한숨을 내쉬었다.

"독약이자 또한 영단이지. 그건 앞으로 두고 봐야 아네. 어쨌든 우리 세 사람의 목숨은 이제 교주 손에 달렸어."

위소보는 흠칫 놀라며 물었다.

"아니… 왜요?"

반 두타는 대답에 앞서 육고헌을 쳐다봤고, 육고헌이 고개를 끄덕이자 비로소 입을 열었다.

"백룡사, 남들은 날 높여 말할 때는 뚱뚱한 '반胖' 자를 붙여 '반 존자'라 하고, 허물없는 사람도 역시 뚱뚱한 '반' 자를 붙여 '반 두타'라고 하네. 그런데 난 전혀 뚱뚱하지 않고 이렇게 깡말랐잖아. 별호와는 전혀 어울리지 않는데, 그게 좀 이상하지 않나?"

위소보는 고개를 끄덕였다.

"네, 맞아요! 그렇지 않아도 나 역시 이상하다고 생각했어요. 아마 농담 삼아 그렇게 부르는 것 같은데, 뜻밖에도 교주님 역시 '반 두타'라고 부르더군요. 교주님은 농담을 할 리가 없잖아요."

반 두타는 한숨을 길게 내쉬었다.

"난 이번에 두 번째로 표태역근환을 복용한 거네. 정말 죽음보다 더한 고통을 당했지. 지금도 악몽에서 헤어나지 못하고 있어. 난 원래 작달막하고 뚱뚱해서 명실상부한 '반 두타'였어."

위소보는 다시 놀랐다.

"아! 그럼 표태역근환을 복용하고 이렇게 키가 껑충하고 깡마르게 변했다는 건가요? 그렇다면 잘된 일이네요. 아주 위풍당당해 보이잖아요. 예전의 작달막한 모습은 지금만 못했을 거 같은데요."

반 두타는 쓴웃음을 지었다.

"말이야 그렇지만… 한번 생각해보게. 작달막한 사람이 석 달 만에 키가 갑자기 석 자나 늘어나고 온몸이 피범벅으로 변하면 살맛이 나겠나? 운이 좋았으니 망정이지, 적시에 신룡도로 다시 돌아와 교주가 자비를 베풀어서 내준 해약을 복용하지 않았다면 아마 키가 두 자 정도는 더 컸을 거야."

위소보는 등골이 오싹해졌다.

"우리 셋 다 그 약을 먹었잖아요. 난 키가 두 자 정도 더 커도 상관없지만 반 두타가 두 자 더 큰다면… 정말 괴… 너무 크겠는데요."

반 두타가 말했다.

"그 표태역근환의 약효는 아주 신기해. 복용하고 나서 1년 동안은 힘이 샘솟고 몸이 아주 강건해지는데, 그 후로 해약을 먹지 않으면 독성이 발현해 이상한 현상이 나타나지. 꼭 나처럼 다 키가 크는 게 아니야. 나의 사형인 수瘦 두타는 원래 키가 크고 말랐는데, 지금은 난쟁이 똥자루처럼 작아지고, 몸은 부은 것처럼 아주 뚱뚱해졌어."

위소보는 웃었다.

"그럼 반 존자가 수 존자로 변하고, 수 존자가 반 존자로 변한 거네요. 두 사람이 별호만 바꾸면 아무 일도 없었던 셈이잖아요."

반 두타는 약간 화난 표정을 짓더니 고개를 흔들며 말했다.

"그럴 순 없지!"

위소보가 얼른 사과했다.

"미안해요, 내가 말을 잘못했나 봐요. 다른 뜻은 없으니까 너무 나무라지 마세요."

반 두타가 다시 말했다.

"백룡사는 지금 오룡령을 쥐고 있으니 난 부하의 몸이네. 설령 날 욕하고 때려도 절대 반항하지 않을 걸세. 더구나 그 말은 날 모독하는 것도 아니지. 솔직히 말해서 나랑 사형은 성격과 용모, 음성까지도 판이하게 다르네. 그냥 깡마르고 뚱뚱한 것만 갖고 이름을 바꾼다고 해서 반 두타가 수 두타가 되고, 수 두타가 반 두타가 될 수는 없지."

위소보는 고개를 끄덕였다.

"네, 그렇군요."

반 두타가 말을 이었다.

"5년 전에 교주는 나랑 사형에게 한 가지 임무를 맡겼는데, 아주 까다로운 일이었네. 일을 다 마쳤을 땐 약속한 날짜보다 사흘이 지나 있었어. 우린 즉시 배를 타고 섬으로 돌아왔지. 그런데 배에서 독성이 발현해 죽을 고생을 했어. 사형은 원래 성격이 불같아 발광을 하면서 돛대를 걷어차 부러뜨리고 말았지. 결국 그 배는 바다에서 표류하게 됐고, 하루하루 날짜가 지날수록 난 키가 크면서 말라갔고, 사형은 키가 줄어들면서 뚱뚱해졌어. 기가 막히는 노릇이었지! 표태역근환을 먹은 것만으로 사람이 그렇게 변할 수 있다니… 생각해보면 교주는 정말 신의 힘을 가졌어. 그렇게 두 달 동안 표류하면서 우린 이젠 영락없이 죽었구나, 생각했지. 당연히 식량도 다 떨어져서 우린 사공을 한 명씩 잡아먹을 수밖에 없었어. 다행히 나중에 다른 배를 만나 도움을 받아서 간신히 신룡도로 돌아왔지. 교주님이 우리가 일부러 날짜를 어긴 게 아니라는 걸 알고 해약을 줘서 겨우 목숨을 부지하게 된 걸세."

위소보는 들을수록 모골이 송연해졌다. 슬쩍 고개를 돌려 육고헌을 보니 그의 표정도 매우 심각했다. 반 두타가 한 말이 거짓이 아님을 알 수 있었다.

"그럼 우린 1년 이내에 반드시 그 여덟 부의 《사십이장경》을 찾아서 신룡도로 돌아와야겠네요?"

육고헌이 말했다.

"여덟 부를 다 손에 넣는다면야 금상첨화겠지만 그게 어디 그리 쉬운 일이겠나? 한두 부라도 갖고 오면 교주님께서 해약을 내주겠지."

위소보는 속으로 생각했다.

'제기랄, 난 이미 여섯 부를 갖고 있어. 정말 어쩔 수 없을 땐, 까짓 것 교주한테 한두 부 나눠줘버리지 뭐!'

그는 안심을 하고 웃으며 말했다.

"교주님이 만약 해약을 안 주면, 어쩌면 우린 어린것이 늙은이가 되고, 노인은 어린애가 될 수도 있겠네요. 다시 말해서 난 70~80살의 영감이 되고 두 분은 갓난아기가 된다면 정말 재미있겠어요."

그 말에 육고헌은 충격을 받은 듯 몸을 부들부들 떨었다.

"그건… 그것도 가능한 일이지."

떨리는 음성엔 두려움이 묻어 있었다. 그가 말을 이었다.

"내가 곰곰이 생각해봤는데, 그 표태역근환은 모름지기 표범의 태胎와 사슴 태, 자하거紫河車, 해구신海狗腎 등 아주 진귀한 보약재를 위주로 만든 것 같아. 사람 신체의 특성을 극대화시키거나 반대로 되돌려놓는 신기한 약효를 노리고 만들었을 거야. 애당초 교주가 그 약을 만든 목적도 반로환동返老還童, 즉 젊음을 되찾기 위한 것으로 추측되네. 그런데 다른 사람에게 시험을 해보니 의도했던 대로 약효가 발생하지 않자, 그걸로… 그것으로…."

위소보가 그의 말을 받았다.

"그래서 자신이 복용하지 않고 부하들에게 사용한 거군요?"

육고헌이 얼른 말했다.

"그건 어디까지나 내 추측이네. 정확한 게 아니야. 그러니 나중에라도 절대 교주님께 언급해선 안 되네."

위소보가 말했다.

"염려 마세요. 교주님이 틀림없이 해약을 내줄 테니 저만 믿으세요. 그럼 앉아 계십시오. 난 가서 방 낭자와 얘기를 좀 나누고 올게요."

그는 어제 목검병을 만났기 때문에 빨리 가서 방이한테 알리고 싶었다. 그런데 육고헌이 그를 불러세웠다.

"갈 필요 없네. 영부인이 이미 방 낭자를 불러갔네. 백룡사가 교주님을 위해 성심껏 임무를 수행하면, 방 낭자도 섬에서 극진한 대우를 받게 될 거라고 하더군."

위소보는 깜짝 놀랐다.

"아니… 그럼 방 낭자는 우리와 함께 가는 게 아닌가요?"

육고헌이 대답했다.

"영부인이 사람을 보내 내 아내에게 전해준 말에 의하면 그러하네. 그리고 적룡문의 그 목검병 낭자도 마찬가지라고 하더군."

위소보는 김이 팍 샜다. 앞서 그는 무근 도인에게 적룡문에서 몇 사람을 선발해 함께 떠나겠다고 했는데, 그건 당연히 목검병을 염두에 두고 한 말이었다. 그런데 홍 부인이 그것을 알고 미리 조치를 취했을 줄이야! 그는 약간 떨리는 음성으로 물었다.

"영부인은… 나를… 못 믿어서 그러는 건가요?"

육고헌이 정색을 하고 말했다.

"그게 아니라 본교의 규칙이네. 명을 받고 섬을 떠나는 사람은 가족을 데려갈 수 없네."

위소보는 쓴웃음을 지었다.

"그 두 낭자는 내 가족도 아닌데…."

육고헌의 반응은 담담했다.

"그래도 가족과 비슷하지."

위소보는 내일이면 방이와 목검병을 데리고 섬을 떠날 수 있을 거라고 생각해 기분이 한껏 들떠 있었는데, 지금 방이와 목검병의 이야기를 듣고는 찬물을 뒤집어쓴 듯 풀이 팍 죽었다. 그는 속으로 시부렁댔다.

'젠장, 교주와 부인은 역시 무서운 사람들이군. 표태역근환으로 날 엮어놓는 것도 부족해서 큰마누라와 작은마누라까지 옭아매다니, 빌어먹을! 정말 대단해, 무서운 것들이야!'

다음 날 아침, 위소보가 일어나자마자 밖에서 호각 소리가 요란하게 들리며 많은 사람들이 외쳐댔다.

"백룡문의 제자들이 교주님께 충성을 다하기 위해 출정하는 장문사를 환송하러 왔습니다!"

이어 폭죽이 터지며 북소리와 취악吹樂이 울려퍼졌다.

위소보가 얼른 문밖으로 나가보니 300~400명이 나열해 있는데, 나이를 불문하고 모두 흰 옷을 입고 있었다. 그들은 위소보를 보자 다시 입을 모아 외쳤다.

"장문사가 성공리에 임무를 완수하고 개선하길 기원합니다!"

뒤쪽으로는 청의를 입은 수십 명의 교도들도 보였는데, 장문사를 대행하는 반 두타를 전송하기 위해 달려온 제자들이었다.

위소보는 이런 성대한 환송에 절로 으쓱해졌다. 그는 곧 반 두타, 육고헌과 함께 배에 올랐다. 그리고 가까이 있는 무근 도인, 장담월, 은금 등과 일일이 작별의 인사를 나누는데, 갑자기 말발굽 소리가 들리며 두 필의 준마가 차츰 가까이 달려왔다. 말을 타고 있는 사람은 모두 흰 옷을 입었는데, 바로 방이와 목검병이었다.

위소보는 몹시 기뻐 가슴이 두근거렸다.

'영부인이 생각을 바꿔 그녀들과의 동행을 허락한 걸까?'

두 여인은 말에서 내려 앞으로 다가왔다. 방이가 낭랑한 음성으로 말했다.

"교주님과 영부인의 명을 받들어, 백룡사의 출정을 환송하러 나왔습니다."

위소보는 맥이 풀렸다.

'그냥 전송하러 온 거군.'

방이가 다시 몸을 숙였다.

"속하 방이와 목검병은 영부인의 명을 받들어 적룡문에서 백룡문으로 전출돼, 앞으로 백룡사의 명에 따를 겁니다!"

그 말에 위소보는 처음에는 멍해졌으나 이내 깨달았다.

'이제 보니… 넌 벌써 신룡교에 가입해 적룡문의 일원이었구나. 이곳까지 오는 도중에 시치미를 떼고 온갖 수작을 부린 것도, 교주의 명을 받고 날 신룡도로 유인하기 위한 연극에 불과했군. 반 존자가 억지로 날 데려가려다가 실패하자, 제기랄 다른 유인책을 쓴 거였어!'

생각이 여기에 미치자 왠지 떨떠름했다. 원래 그녀한테 다정한 말을 좀 해주고 싶었는데, 김이 팍 새서 시큰둥해졌다. 그리고 별안간 생각나는 일이 있어 육고헌에게 말했다.

"육 선생, 내가 데려온 쌍아 말예요. 어서 좀 풀어주라고 하세요. 데리고 가야 해요."

육고헌은 우물쭈물했다.

"그건…."

위소보가 버럭 화를 냈다.

"도대체 뭐가 어떻다는 거예요? 잔말 말고 빨리 풀어줘요!"

그가 호통을 치자 육고헌은 감히 거역하지 못하고 대답했다.

"아, 네!"

그가 곧 배 위에 있는 시종에게 뭐라고 분부하자, 그자는 냉큼 육지로 뛰어내려 쏜살같이 어디론가 달려갔다.

얼마 후 두 필의 말이 달려오는 게 보였다. 앞쪽 말에는 몸집이 왜소한 사람이 타고 있었는데, 바로 쌍아였다. 그녀는 말이 멈추기도 전에 소리쳤다.

"상공!"

그러더니 안장 위에서 몸을 날려 뱃머리에 사뿐히 내려섰다. 무근도인 등 고수들이 보기에 그녀의 신법은 그렇게 대단한 게 아니었지만, 어린 나이에 자세 또한 아주 보기 좋아서 절로 탄성이 터졌다.

위소보는 쌍아가 배에 홀로 남겨진 채 나쁜 사람들 수중에 들어갔을까 봐 몹시 걱정을 했었다. 그녀는 비록 무공이 고강하지만 나이가 어리고 착한 데다가 세상물정을 잘 몰랐다. 혼자 배에 남겨졌으니 수모를 당할 수도 있을 거라고 생각했다. 그런데 방이도 신룡교의 제자라는 것을 알고는, 문득 생각나는 게 있었다. 쌍아를 두고 내렸던 그 배도 신룡교의 배가 분명했다. 그래서 쌍아를 데려오라고 한 것이다.

위소보는 쌍아를 보자 무척 기뻤다. 그녀의 손을 잡고 얼굴을 유심히 살폈다. 많이 초췌해지고 눈이 빨갛게 부어 있었다. 계속 운 모양이었다. 위소보는 얼른 다정하게 물었다.

"혹시 누가 괴롭히지 않았어?"

쌍아는 고개를 내둘렀다.

"아… 아뇨. 저는 상공만 생각하고 걱정했어요. 그들이… 저를 가뒀어요."

위소보가 말했다.

"이젠 걱정 마, 함께 돌아가자."

쌍아는 겁먹은 표정으로 말했다.

"여긴… 뱀… 독사가 많아요!"

그러더니 '으앙!' 하고 울음을 터뜨렸다.

위소보는 방이를 힐끗 쳐다보았다. 그녀는 자기를 숲으로 유인해 독사한테 물리게 만드는 등 모든 짓을 꾸몄다. 그리고 배에서 보여줬던 그 다정다감한 모습들도 결국 다 거짓이었다. 위소보는 절로 화가 치밀어 그녀를 매섭게 쏘아보면서 냉랭하게 말했다.

"출발하자!"

사공들이 닻을 올리자 육지에선 다시 폭죽이 터졌다. 그리고 전송 나온 사람들이 일제히 외쳤다.

"장문사가 성공리에 임무를 완수하고 개선하길 기원합니다!"

배는 순풍에 돛을 달고 천천히 섬을 떠났다. 육지에서 고함 소리가 아득하게 들려왔다.

"교주님의 훈시를 가슴에 새겨…."

위소보는 속으로 생각했다.

'방이가 신룡교에 들어간 것을 몰랐다면 계속 걱정하고 그리워했을 텐데, 이젠 마음이 홀가분해졌어.'

그러나 방이의 그 다정다감했던 모습을 떠올리니 다시 마음이 착잡했다.

'그녀들은 왜 신룡교에 들어갔지? 정말 이상해. 장삼이 그들을 잡아갔고, 그 셋째 마님이 사람을 시켜 구해주려고 했는데, 뜻대로 안 된 모양이야. 그래서 강요에 못 이겨 신룡교에 들어갔겠지. 소군주가 독약을 먹었다고 했으니 방이도 마찬가지일 거야. 그래, 방이가 그들 명에 따라 날 섬으로 유인하지 않았다면 독이 발작해 죽었을 수도 있겠지. 어쩔 수 없는 입장이니 그녀만 나무랄 수도 없어. 그래도 빌어먹을, 날 감쪽같이 속인 것을 보면 아주 깜찍해! 여자란 정말 요물인가 봐. 젠장! 신룡교는 대관절 무슨 개뼈다귀야? 난 그들의 백룡사가 됐는데도 뭐가 뭔지 도무지 모르겠어.'

따지고 보면 애당초 일의 발단은 그 장삼 노인이었다.

'그 영감태기는 어떤 문에 속해 있지? 나중에 신룡도에 다시 돌아오게 되면 영감을 백룡문으로 불러들여 매일 볼기짝을 100대씩 때려줄 거야!'

생각이 이어졌다.

'한데 장삼 노인은 내가 섬에 있었다는 걸 몰랐나? 알았다 해도 내가 소계자라는 사실을 감히 교주한테 보고하지 못했을 거야. 만약 보고를 했다면, 간신히 손에 넣은 나 같은 큰 인물을 교주가 다시 놓아줬을 리가 없지. 맞아! 반 두타가 내 정체를 밝히지 않았듯이 장삼 노인도 나에 대해서 까발리지 못할 거야.'

〈5권에서 계속〉

▶ **모든 주석은 옮긴이 주이다.**

1   한나라 때 경조윤京兆尹, 지금으로 치면 서울시장을 지낸 장창張敞이라는 사람이
있었는데, 정무를 게을리 하고 자기 부인의 눈썹 화장을 해줬다 하여 그 사실이
황제에게까지 보고되었다. 황제가 힐책하자 그는 "신이 듣기로 안방에서 일어나
는 부부간의 사사로운 일은 눈썹 그려주는 정도를 넘어서는 것입니다臣聞閨房之內
夫婦之私, 有過於畵眉者" 하고 아뢰었다. 황제는 그의 말이 일리가 있다고 인정해 더 이
상 추궁하지 않았다고 한다. '화미畵眉'는 부부간의 금실을 뜻하기도 한다.

18장　① 순치 황제의 황후는 네 사람이다. 그중에서 단경端敬 황후 동악董鄂씨와

효강孝康 황후는 순치와 함께 효릉孝陵에 합장돼 있다. 그리고 폐후廢后와 효

혜孝惠 황후(이 책에 나오는 황태후)는 따로 동릉東陵에 묻혔다. '효강'과 '효혜'

는 모두 옹정擁正과 건륭乾隆 연간에 이르러서야 붙여진 시호諡號다. 강희康熙

때는 그런 칭호가 없었다. 그러나 통속소설에서는 굳이 엄격하게 그런 역

사적인 사실에 의거하지 않아도 될 것이다.

② 순치 황제가 오대산으로 출가한 일은 청나라 민간 설화에 많이 등장한

다. '청대사대의안淸代四大疑案', 즉 '청나라 4대 의문사건' 중 하나로 꼽힌다.

나머지 3대 사건은 다음과 같다. 순치 때 황태후가 섭정왕에게 시집간 것

과 옹정이 적자嫡子 자리를 빼앗은 사건, 그리고 건륭이 해령海寧 진陳씨 집

안 태생이라는 의문이다.

청나라 관서官書 기록에 의하면, 순치는 천연두를 앓아 죽었다고 한다. 그러

나 관서 기록에 의문점이 많아서 후세에 이르러 많은 추측을 낳았다. 청나

라 초기 대시인 오매촌吳梅村이 지은 〈청량산찬불시淸凉山讚佛詩〉에서는 틀림

없이 동악비와 관련이 있다고 했다. 그래서 사람들은 순치가 사랑하는 동

악비의 죽음으로 인해 너무 상심한 나머지 오대산으로 들어가 출가했다고

생각하기에 이르렀고, 그런 설이 나돌게 된 것이다.

서북쪽에 높은 산이 있어 西北有高山

문수대라 일컫는다. 云是文殊臺

그곳 달빛 어린 명월 못에는 臺上明月池

잎새 무성한 금빛 연꽃 피고 千葉金蓮開

꽃마다 서로 어우러져 만개하니 花花相映發

잎사귀 잎사귀는 같은 뿌리로다. 葉葉同根栽

천상의 왕모는 선녀 쌍성을 데리고 王母休攜雙成

(쌍성은 왕모를 모시는 동쌍아 董雙兒다.)

푸르게 뒤덮인 구름 속에서 온다. 綠蓋雲中來

높은 몸 홀로 궁에 앉아 漢主坐法宮

날이면 날마다 배회한다. 一見光徘徊

같은 한마음으로 굳게 맺어 結以同心合

비녀를 꽂아주려 했건만 授以九子釵

......

잡은 손 갑자기 놓치니 攜手忽太息

겨운 행복은 결국 슬픔으로 기우나니 樂極生微哀

그 긴긴 세월의 적막함을 千秋終寂寞

이젠 누구와 함께하리오. 此日誰追陪

(동악비는 순치의 총애를 한 몸에 받았다고 한다. 그녀가 세상을 뜨자 순치의 슬픔은

이루 말할 수 없었고, 인생무상을 느꼈다. 그 심정이 시에 절절히 녹아 있다.)

아픈 마음 찬바람이 일고 傷懷驚涼風

작가주

구중궁궐에 귀뚜라미가 슬피 운다. 深宮鳴蟋蟀

아름다운 나무에 서리가 내려 嚴霜被瓊樹

부용꽃 시들어 소슬하다. 芙蓉凋素質

불쌍하도다 천리초여 可憐千里草

(여기서 '千,里,草'는 바로 동악비의 '동童' 자를 이룬다.)

시들어 그 빛을 잃었구나. 萎落無顔色

......

남쪽 창서의 묘를 바라보니 南望倉舒墳

(어린 나이에 요절한 조조의 아들 등애왕 조창서를 영친왕에 비유했다.)

얼굴을 가려도 애처로움은 더한다. 掩面添悽惻

침묵으로 나의 말을 몰고 戒言秣我馬

더불어 세상을 유람하리라. 遨遊凌八極

(시구에 순치의 애통한 마음이 역력하다. 다음 시구는 순치황제가 오대산에 가려는
뜻이 생겼음을 드러낸 내용이다.)

천지는 왜 이리 망막한가 八極何茫茫

청량산으로 간다고 말하리라. 日往清凉山

이 산에 영험한 기운이 모이고 此山蓄靈異

호연지기 구불구불 가득하네. 浩氣供屈盤

......

명산에 올라 기쁨을 바라니 名山初望幸

모든 걸 내려놓고 편안하도다. 衡命釋道安

이제 최고봉에 올라 預從最高頂

칠불단에 술을 올리리라. 酒掃七佛壇

......

그곳에 앉아 있는 천인은 中坐一天人

재덕才德이 붉은 단향목인 양 향기로워 吐氣如旃檀

말하기를 황제의 몸이건만 寄語漢皇帝

어찌 속세에서 괴로워하는가? 何苦留人間

......

오직 큰 도를 닦는 마음만이 唯有大道心

돌과 같이 영원히 변치 않으리라. 與石永不刊

이로써 불법을 수호하니 以此護金輪

드넓은 법해法海는 흔들림이 없어라. 法海無波瀾

들자니 주周나라의 목왕은 嘗聞穆天子

만리길을 마다하지 않고 달려갔건만 六飛騁萬里

......

성희의 병을 치료하지 못해 盛姬病不救

채찍을 휘두르며 약수에서 통곡하노라. 揮鞭哭弱水

한나라 황제는 신선 부럽지 않게 살고 싶은데 漢皇好神仙

아내는 자꾸 멀어만 간다. 妻子思脫屣

총애하는 사람이 있어 寵奪長門陳

모든 것을 다 주었네. 恩盛傾城李

(한무제가 금옥에 애첩을 숨겨놓고 황후를 폐하여 장문궁에 머물게 하니 이부인李夫人

고사故事에 미치다.)

긴긴밤 지새웠건만 橫華卽修夜

비통함을 금할 길 없네. 痛入哀蟬誅

죽지 않을 방법이 없으니 苦無不死方

살릴 길이 없도다. 得令昭陽起

……

이로써 각왕께 예를 갖추니 持此禮覺王

(각왕은 석가모니다.)

성현은 결코 모두 한길이로다. 賢聖總一軌

도를 닦아도 묘방은 생기지 않으니 道參無生妙

부끄럽지 않기만 바랄 뿐. 功謝有爲恥

색과 공을 다 버리고 色空兩不住

선종에 귀의해 해탈하리다. 收拾宗風裏

결국 불문에 귀의하여 歸結爲皈依佛法

불법佛法으로 해탈을 얻고자 했다. 以禪宗求解脱

③ 순치는 재위 당시 옥림을 스승으로 모셔 불법을 배웠다.《옥림국사연보
玉林國師年譜》에 의하면, 순치 16년 세조는 그에게 법명法名을 지어달라고 청
했다. 국사가 10여 개의 글을 올리자, 세조는 '치癡' 자를 택했다. 그리고 그
위에는 선종 용지조법파龍池祖法派의 '행行' 자를 써서, 법명이 '행치行癡'가
됐다고 한다. 옥림은 '통通' 자 항렬이라, 이름이 '통수通琇'고, 자가 '옥림玉林'
이다. 그의 제자들은 모두 '행行' 자 항렬이다.

20장(360쪽) 적청은 송나라 인종 때의 무관으로, 서하西夏 변경을 수호한 공으로 인종의
총애를 받아 송군宋軍 전체를 이끄는 추밀사樞密使에 올랐다.